U0117338

宋振庭文集

（下）

宋振庭／著

吉林人民出版社

宋振庭文集
Song Zhenting Wenji

目 录

下 · 讲稿　随笔　诗词

读书漫谈 / 0803
人生漫语录 / 0938
中秋佳节聆佳音 / 0987
论新二人转 / 0989
学习雷锋，树立共产主义道德 / 1000
吉剧创建二十年 / 1016
题画诗话 / 1025
寄给母亲 / 1028
我为什么要画画 / 1031
老家伙的晚年情趣 / 1034
记傅抱石和罗时慧 / 1037
人真，情真，才有好词 / 1042
从翠溪和画竹想到的 / 1049
《红楼梦探微》卷首弁言 / 1052

我和我的好老师艾思奇 / 1057
关于傅抱石先生 / 1060
爱晚晴诗抄 / 1067
红五月心曲 / 1072
你好！布尔哈通河 / 1076
艺苑飞花录七首 / 1081
干校诗词 / 1083
百首题画诗 / 1096
1978 年以前的诗词 / 1129
1979 年以后的诗词 / 1146

读书漫谈

第一讲　中国经典的分类及“经”部

（1982 年 11 月 20 日）

机关党委组织一些同志搞文化活动，我说我可以参加一项，搞一点儿读书漫谈，或者叫杂谈，谈谈读书的事。主要是讲讲我自己读书的一点儿体会，和大家交流一下读书的经验心得。

记得毛泽东同志在世时就多次提倡大家没事少打点儿扑克，不要浪费时间，多读一点儿书。他提出要读点儿哲学，读点儿历史，读点儿逻辑学、语言学、文学等等。胡耀邦同志最近和党校中青班学员在中南海谈话时，也提到读书问题。他说我们现在的干部文化素养普遍不高，不适应新的工作要求，应多读点书，这很有必要。他说，最好每天读几千字，甚至万把字，坚持下去，一定会有好处的。

读书问题，无论对青年中年同志还是对老年同志都同样重要。我们老年同志年龄大了，退到第二线、第三线了，更有时间多读点儿书了，确实应该把这事儿摆到我们老年生活的日程上来了。我们老年同志，参加革命时大多是一二十岁，在白区都没怎么念过书，虽也有念过大书的，但并不多。即便有一部分上了大学，但也是搞了学生运动了，以后到根据地参加当地的活动，有些人上过像抗大一样的学校，大家基本上是边工作边读些书。建国以后就更没有时间坐下来读书了。60年代，正是精力旺盛的好时候，又赶上"文化大革命"。赶到结束动乱，十一届三中全会之后，平了反，又回来工作了，心情好多了，但又到了白头发了，甚至老而残了。所以我们这一辈人"生辰八字"是命里注定了！一生读书的机会不是那么多的。

"文革"这十年，不论老中青，都没有好好地读书，误人子弟整整十年呀！这儿说点小故事，我们这回新学员入学，我们拿一百道常识题测验了一下，总的来说多数同志还不错，有的同志得了满分。但是也发现不少做领导工作的干部知识面狭窄，这是个很迫切需要解决的问题。今后我们做各级领导工作的干部，知识面如果不相应地扩大，老是这么狭窄，跟今后的工作要求会越来越不相称。这次测验虽然大部分答对了，但也有答错的。比如像拿破仑是哪国人，有人就不知道；再比如"四大家族"是谁，有人就答"彭罗陆杨"，不知道"蒋宋孔陈"；还有对《资治通鉴》的作者是谁，有人答是马克思。我那天跟教办的人说，答马克思的应该给他三十分，因为"司马光"里面不是有一个"马"字么？他能记住这个"马"字，应该原谅。讲个笑话。

清末时，搞戊戌变法，提倡洋务运动，洋务维新派在北京搞新科举，有一个考官他出了一道题"拿破仑论"。那时还未全废八股，八股的第一步叫破题，这个破题很要紧，是八股全文的枢纽，破题破好了，下边的起承转合就好办了。有个举子是这样开始破题的，因为他不知道拿破仑是人名，他写道："夫轮之难拿也，何况破乎？"意思是说轮子本来就很难拿，何况破了，就更不好拿了。可见戊戌变法时，虽然梁启超等人介绍了美国的华盛顿、林肯，介绍了俄国的彼得大帝、日本的明治维新，也介绍过拿破仑，但很多人是不明白的。其实，这并不奇怪，因为那时也是历史的转折过渡期，出这样的笑话可以理解。

最近有人问我，你退休以后想干什么？我说，如果没人找我，能让我安安静静地读点书就好了。陶潜曾有一句诗“但恨在世时，饮酒不得足”，他所遗憾的是酒没有喝够。我说我是“平生无所恨，读书不得足”。如果能安安静静地坐在那里念念书，一读就读它几天几夜，我倒是最感兴趣的。每当我激动或心情不快时，如果得到一本感兴趣的书，读上几页之后，烦躁不安的情绪就过去了，比吃药都灵。

读书是件很有趣味的事，马克思的女儿有一次测试她爸爸，出了十几个问题叫他回答，其中有一道是：“你最喜欢做的事是什么？”马克思答：“啃书本。”欧洲哲学史上有个人叫培根，培根有两个，一个较早的是英国的罗吉尔·培根，我讲的这个培根是写《新工具》的作者，叫弗兰西斯·培根，他是资产阶级经验学派的祖师爷，被马克思称为“英国唯物主义和整个现代实验科学的真正始祖”，“知识就是力量”这句名言就是他第一个提出来的。

读书就是求知，我们提倡要多读书，读书要广泛一些，有时间就读一点东西。我们读书，正面的书当然要读，这是主要的，但反面的书也要读。不仅马列的要读，和我们观点一样的要读，也要读一读反对我们的书，也要读中间的、各种各样观点的书，参考书更要多读。总之，读书广泛一点没有坏处，不要用框子框死自己。下面我先谈谈读中国书的问题，以后如果有时间，再谈谈读外国书。

我先声明一句，我本身就是个半瓶子醋，是个读书不多而又不求甚解的人，我讲的可能是一知半解，甚至是误解谬解。好在我们在座的多数朋友大家都彼此一样，一般来说都是读书不多的人，差不多是半瓶子醋对半瓶子醋。当然，在座的也有大专家，一听就会听出我的破绽和笑话。但我想辩解一句，半瓶醋讲给半瓶醋听，比大专家来讲还是有点好处的，因为半瓶醋彼此之间有更多的共同语言。

先说中国书，这可多极了。据说在世界文化宝库里，中国书是最多的。

一般讲，读书的开头要有一个准备工作——酝酿阶段，就是要绘制一个读书的草图，即知识旅游的向导图，搞一搞书的门牌号码。自己要有一个书目，先开一个量力而行的、比较适合自己的书单子。不然的话，将是以有限之年去对付无限的书籍，就会一事无成。我们的生命对任何人都是有限的，你即使年轻，年富力强，也总是有限的，因为你还要工作，你能拿出来读书的时间就更有限了。如果一下子把书单子开得太大，那是完不成的。这道理就是庄子说的："吾生也有涯，而知也无涯。以有涯随无涯，殆已！"人生是有限的，而知识是无限的，你拿有限对无限，那你首先就在战略上犯了错误，准得打败仗。

读书要读什么东西，要有一个清醒的、具体的目标，我究竟大体上想读哪几类的书，我能够读哪几类；也要讲兴趣，还得想想能否读得进去，也就是讲讲学力的渐进，根据自己的力量、特点、爱好，由浅入深地选读。这样就得有一个蓝图在胸，有一个大致的向导，先知道大体的门牌号码。比如，到了北京城，你要先了解北京有几条大干线，这样就不会迷失方向。

清朝有一个当过两江总督的人叫张之洞，这个人在清末也是个顽固的保皇派。他搞经学，但也暗中支持过洋务维新。他和他的幕僚编过一本书叫《书目答问》。这本书看起来不起眼，但有一个好处，他开的中国书目比较简练，比较切实。我和琉璃厂老的书商朋友谈过，他们告诉我，搞贩卖书籍的人，必须懂得版本学、文献学。他们说，他们学徒时，第一本功课书就是张之洞的《书目答问》。《书目答问》把中国书作了最扼要的介绍，而且挺切实，挺考究。顺便说一句，三人行必有我师，行行有状元，琉璃厂这条文化街，出的专家学者可不少。比如写《贩书偶记》的孙殿起就是一个读书很多、很有见识的大专家。

简单来说，中国书这个大书单子有两个大部头的家伙，这就是清代编撰的《古今图书集成》和《四库全书》。前者属于类书，康熙年间由陈梦雷主编；后者属于丛书，乾隆年间由纪晓岚任总编纂官。纪晓岚他们后来还编了一个《四库全书总目提要》，把中国书分成经、史、子、集四大类进行编目，这也形成了中国书传统的分类方法。

先说说“经”吧，封建社会把五经、七经、九经、十三经、孔孟之道，提到吓人的地位。“经”是否就是从织布的经线说的呢？有可能，有经有纬，天经地义嘛。其实“经”也就是一种哲学思想，哲理性的书，但也不尽然；“史”就是历史类；“子”就是诸子百家，其实中国历史上从战国诸子以来岂止百家？其实“子”和“经”就很难分了。有的人，有的时候就把某“子”书提到“经”的地位，又把有的“经”书降到“子”的地位（如荀子）。这种经、子之争我们就不去管它了。最重要的就是“集”，就是文集，也就是各大思想家、文学家、哲学家他们的文集。最大量的是“集”部，诗、词、歌、赋、文集、稗史、传都在内。

“经史子集”的四部分类法始于何时？这个问题，在目录学界是有争论的，应该说是“逐渐形成的”。到南北朝以后，中国书大体上就按这四大类分了。过去对“经”有一个观念，认为都是孔门的东西，儒家的东西。“四人帮”大搞批孔以后认为“经”可以不用再读了。但就作为知识来说，四书、五经、十三经这些东西，读中国书还是必须读的。为什么呢？因为它是一个总的源头，中国的文字、文学、文化、诗词歌赋、文史知识等等，都和它有关。我们现在常用的一些成语典故来源，多跟这些“经”分不开。所以“经”要不涉猎一下的话，读中国书就要处处碰到拦路虎，因为很多知识都和它有关，都是从那里开头的。

长期封闭停滞的中国封建社会，都是以“经”取士的。孔门有一条规矩，叫“述而不作”，就是只能叙述和阐明前人的学说，自己不能创作。除圣人之外，别人只能解释“经”，从音韵、训诂、注疏、笺释上来讲“经”，是不提倡自己著书立说的。甚至还讲“经书之外无书”，结果“经”书就变成中国书的基本东西了。

“经”都包括哪些东西呢？最初有五经之说，就是《诗经》、《尚书》、《礼记》、《周易》和《春秋》，简称为“诗、书、礼、易、春秋”。《诗经》是中国最早的一部诗歌总集。书就是《尚书》，以后分为今文尚书、古文尚书，实际都是周前后的政府公报，都是些公文。这里面关于夏、商的部分，有些有根据有实物做参证，是可靠的，但有些是后世仿制的，不太可靠。但是殷、周的东西，大部分是汉以前的人搞的，还是基本可靠的。其余那些部分不太可靠的，但也是言之有故，仍有一定的参考价值。《周易》是中国古代哲学的主要源头之一，它最早是古代占卜的书，就是算卦的书，后来经过发展，《周易》就变成一个哲学体系了，到现在研究中国哲学，确实有不少思想还得从《周易》开头。比如，你去看中医，和中医谈话，他有好多话就是来源于《周易》，来源于阴阳五行，中医的立论就是借助阴阳五行以及一部分《周易》的思想体系的。礼是《礼记》，是讲古代的典章制度，维持封建等级制度规范的书。《春秋》则是一部古史，它本来是鲁国的国史，是我国第一部编年史，它记载得虽然很简要，但是可靠的。后来经过左丘明（关于这个人有争议）和其他几家注解《春秋》，合起来叫《春秋三传》：左丘明的叫《左传》，还有《公羊传》和《穀梁传》。这三传把《春秋》注得很详细，文体也接近于散文了。

历来的中学课本都有几篇《左传》的文章。比如，唱戏的有一出叫《怀都关》，讲的是郑庄公掘地见母，就出自《左传》。演义小说《东周列国志》也有这段故事。《左传》的原题叫“郑伯克段于鄢”，说的是郑庄公的故事。郑庄公他妈妈平素喜欢小儿子共叔段，不喜欢大儿子郑庄公。为什么不喜欢大儿子呢？因为他妈妈生他的时候难产，所以他小名叫“寤生”。因为生他时受了惊吓，所以他妈妈一直不喜欢这个大儿子。后来，她想让共叔段当国君，暗中让小儿子搞政变。郑庄公用计谋把他的弟弟打败了，郑庄公把他妈也赶走了，并且生气地起誓说：“不到黄泉不相见。”他手下有个大将叫颍考叔，这个人很孝顺，庄公请他吃饭，他把肉留起来。庄公问他：“你怎么不吃呀？”他说：“我带回去给我老妈吃。”庄公听了很难过，说：“你有妈妈奉养，多好呀！我没妈妈。”考叔趁机刺激他，你也有妈妈呀！庄公说，因为共叔段的事，我们有句誓言“不到黄泉不相见”。考叔说：“那容易得很，我给你出个主意，在牛脾山这个地方挖个大坑，黄泉嘛，就得挖得深一些就行了，你们在隧道里见一面不就没问题了吗？”庄公觉得这个办法很好，就掘地见母，后来母子抱头大哭。这段故事本来在《春秋》中记载很短，只是一两句话。可就是这么几个字，后来经左丘明一注一传，就传成了一篇几百字的散文，记叙这个全过程。在《郑伯克段于鄢》的传文中，还有一句很厉害的话，“多行不义，必自毙，子姑待之”，后人常引用这句话。这就是陈毅同志讲“四人帮”的“不是不报，时候未到，时候一到，一切全报”的原意出处之一。我在吉林省时，听说有一位中学语文教员出过一次笑话，就是当他讲到这一段时，句断没断对，他给这么断开的：“多行不义，必自毙子，姑待之。”因为把“子”断到上面去了，意思就变成了多行不义就要死儿子，就要断子绝孙，姑待之，你等着吧。所以看来读古书，句断也是不易的。

同时三家注《春秋》，左氏、公羊氏、穀梁氏，这就是所谓《春秋》的今文学派和古文学派之争。最早定下来是诗、书、礼、易、春秋为五经，后来《春秋》分成“三传”，《礼》分为“三礼”，就把五经变成九经了。所谓的“三礼”就是《周礼》、《仪礼》和《礼记》。其中《仪礼》，也就是礼仪。礼仪我们现在也得用一些呢，比如，客人在右首坐，主人在左首坐，以右为上，就是从《仪礼》来的。现在我们招待客人还用这个，右为上首，左为下首。古人说某某人“左迁”了，就是降职了，“右转”了就是升官了。什么尚书右丞、尚书左丞，右丞就比左丞大，右丞相也大一些。“仪礼”就是讲究这个的，再比如迎接宾客“主从东降，客从西升”。死了爹娘，礼仪是很重的，那个孝服孝礼可是厉害的喽！要讲究穿的衣服：麻冠、麻衣、麻鞋，这是全孝服，差一点都不行。让人家挑剔了，轻者丢官，重者杀头，这就是“礼”。《礼仪》就是讲这种制度的。还有一本书叫《礼记》，这本书很重要，是由从春秋到汉代几十个篇章组成的。其中也有些说的是孔门对礼的议论，一段一段地记载关于礼的论述的。还有一些其他的内容，比如其中有一篇《乐记》，就是中国音乐理论的主要经典著作，也是当时全世界最早和最完整的音乐科学著作。

以上是《礼》分成“三礼”，《春秋》分成“三传”。原来各有一个，又各自添两个，就变成了“九经”了。唐代提倡孝道，朝廷下令把九经以及《论语》、《孝经》、《尔雅》都刻在石碑上，总共十二部书，这就是有名的“开成石经”，大家去西安碑林可以看到。其中的《尔雅》是一部讲经的工具书，它注释了很多古词的字义和同义词，还记载虫、鱼、鸟、兽的名字，这本书是中国最古的辞典。到了宋朝，理学家们把《孟子》也提高到经书的地位，北宋哲宗元祐年间的科举考试中就包括《孟子》了。从此“经”再次扩充，便形成了“十三经”，从此“十三经”的名称就稳定下来了。这“十三经”是旧社会每个读书人必读之书，因为它是皇家指定的“高考教科书”。以后又出现过“十七经”等说法。这就多了，我们不去谈它了。“经”大体上就是以“五经”、“九经”、“十三经”为主了。

到汉唐以后，实际从西汉开始，就把孔孟的书提到“经”的地位了。我们常说的儒家经典“四书五经”，就是在原有的“五经”之上，先把《论语》挤进去了，后来又把《孟子》提高了。到南宋时代，把《礼记》中的“中庸”、“大学”两篇升了级，说这两篇东西是孔门哲学的单独的思想体系，这就有了“四书”之说。“四书”是《论语》、《孟子》、《中庸》、《大学》四部著作的总称。

“经”我们现在是不是要读一点呢？我看，有时间的话，不妨翻一翻，虽然不必去背诵了，也不必从头到尾去读了，但选读一些，翻一翻有个大概的知识还是有必要的。为什么呢？我看就在这个地方：全部中国书、中国字、词汇、成语，不论读唐诗也好，唐宋八大家的古文、后人的文言文也好，总要有不少处是跟“四书”、“五经”、“十三经”连着的，典故也多出在经书里，所以读中国书不读“经”是很困难的。我们即使不是专做哲学史工作，不研究中国哲学，可以不去花大力气去读“经”，但大体上知道一点儿还是有好处和必要的。

从隋唐到清朝，考秀才就离不开这些东西。那时教书或考试，有一个办法叫“贴经”，就是把经书的上句、下句或两边都贴上，单剩下中间的几个字，让你说这是哪段儿，还得做一篇八股文，如果做对了就成了秀才了。秀才在县里就是高小毕业了，可以穿蓝衫，穿长袍了。秀才穿蓝衫，见县长就是一躬了，可以不磕头了。因为县长是主考，秀才是县长的门生，所以县知事就是他的老夫子了。那时当秀才就得读“经”，做八股文。

至于读点这玩意儿困难不困难呢？我看如果大致了解一下，不过多地搞它，也还是不难的。我就是一个大体上读了一遍或几遍，粗粗地知道一些梗概的人。虽属于半瓶子醋，不求甚解，也还是有好处的。这好处就在于碰到这些玩意儿时我不至于全然不懂或无言以对。再说，读“经”也是很有趣味的，因为自战国和秦汉以来，孔门就是提倡读经，一直念到清朝，念到乾嘉时期。讲经的又分三大派，一派叫“汉儒”，一派叫“宋儒”，一派叫“清儒”。原先的两派中，“汉儒”实际上是把孔孟之道当成宗教，把孔子奉为“通天教主”，就是宗教化的儒。“宋儒”则把孔孟之道当作一种至高无上的哲学，把孔子当作义理祖师，也叫万世师表。“汉儒”也罢，“宋儒”也罢，他们读经讲经，搞了一千多年，有时也是瞎念胡说，甚至把不少汉字和词义都念错了，讲歪了。老师就那么教，学生就那么听，其中有不少注释是胡说八道。

我这里讲一个故事，比如《诗经》本来是先秦的民歌、民谣，其中很大一部分是民间的情歌，也就是我们说的恋爱诗，而且这些恋爱诗写得是很厉害的，比如《摽有梅》描写的是女子对爱情的渴望。“感帨惊尨”说个小伙子找女朋友幽会，尨就是狗。姑娘和小伙子说你动作轻轻地慢慢地，不要动我的佩巾，别惊了狗，它要咬的，你看这里写得多俏皮温情。这本来是男女幽会搞恋爱的一首情诗，可是“宋儒”也好，“汉儒”也好，他们一注解就不得了，说这是文王后妃之德呀，是宰相想举荐贤人呀，是君臣之义呀，等等，全是胡说八道伪装了一大通。再比如《诗经》的头一篇“关雎”，你们看过昆曲《牡丹亭》吗？里面有个老学究陈最良，是杜丽娘的家塾老师。这个人本来是实有其人的，他原是江南一个大儒，汤显祖写时是用了真名真姓的。他教杜丽娘念“关关雎鸠，在河之洲。窈窕淑女，君子好逑”，杜丽娘说，照书讲解学生已经会了，请先生铺陈大意吧！本来按道理说这段应该这样讲：春天，在河里的小岛上，正是鸟儿发情的时候，公鸟和母鸟在那里“呱呱，呱呱”地发出求偶之声。听它们这么一叫，使我想起美丽的姑娘，我非常想和她要好，为了想这个姑娘，我翻来覆去地睡不着觉，失眠了。本来应该是这样讲的，可是汉儒不敢这么说的，他说这是文王后妃之德，发乎情，止乎礼。甚至《朱注》也这么注。还有更糟的，就是经常把字给念错了。唐宋时的人念经书，念错了的就不少。因为中国语言文字汉朝发音是一个样，唐朝的发音又是一个样，到了宋朝发音也有变化，叫中州韵，到了清朝发音又变化了。人们根据自己当时的发音去念，结果总念不对。比如，唐朝有一个诗人叫金昌绪，一生只留下一首诗《春怨》，选在《千家诗》里面。诗是这样写的：“打起黄莺儿，莫叫枝上啼。啼时惊妾梦，不得到辽西。”这个“儿”字，古音和现在的音就不一样，唐朝是“儿”和“倪”是一个音，应该念作“打起黄莺倪”，读“倪”全诗就押韵了。再比如贺知章的诗：“少小离家老大回，乡音未改鬓毛衰。儿童相见不相识，笑问客从何处来。”现在我们这样念也是可以。但在私塾老先生那里这样念可是不行的，“少小离家老大回”的“回”字要念“怀”，“乡音未改鬓毛衰”的“衰”要念“催”，这就和韵了。可是在清朝以前，这个问题没有全弄清楚，一直到乾嘉，有一个学派叫考据学派，其中由顾炎武开头，到戴震、段玉裁、王念孙、王引之等人。他们从整理国故、标点训诂经书入手，大有成就。特别是安徽人戴震，用唯物主义思想解释“十三经”。他们这些人根据音韵训诂，把中国古书的文字大部分给真正凿通了。这样一来，古书才念明白了。所以读经读了一两千年，其中也有糊涂账，有些念对了，但不少也念错了，这个事情就不多讲了。

“清儒”和“汉儒”不同，和“宋儒”也不同，所以儒家就分三大儒了。汉儒是方士，宋儒是道士，清儒是考据学派，是学究、书虫，把古书一个字一个字地考究出来了。古书经过他们的整理才变成真正能够懂的书。另外，读一点儿“十三经”还是有点好处，对准确理解现在语言和文章里的词汇、成语、典故很有好处。毛泽东同志的文章中用了好多成语都是有出处的，比如“知己知彼，百战不殆”、“文武之道，一张一弛”等等。

如果事先读过一点古书的人，就不需要再看注了，这些都是古书上常见的东西。中国书中的文字、成语、典故很多都和经分不开。我说经书不必多读，读一点有好处。要学中国哲学的话，你不读经是没有办法的。中国哲学问题，好多是从“十三经”中发源。关于“经”就拉杂地说这么一点吧。

第二讲 “史”部及历史知识的记忆

（1982年11月5日）

下面讲讲“史”部。中国人是很注重历史的，有文字以来，中国就搞国史。皇帝旁边有“左史记言、右史记事”的说法，大概就是起居住行之类的秘书工作吧，专管记录皇帝说的话、办的事、大事记等等。后来从中专门分出一个叫《起居注》，这是实录。而且据说有一条规矩，不让皇帝自己查看《起居注》。不准自己看自己的档案，这办法也挺好的。（可见，不查档案不装袋子，这一条那时就有点规矩了）唐太宗要查自己的《起居注》，史官就告诉他，帝王不许查《起居注》，因为如果准许你查，我就不敢老实记了，我那么记，你就该杀我的头了。《起居注》在皇上死了以后别人是可以看的。当然，那么老实的皇上也很少，你也不要全信。

中国人的历史书很讲史德的，文天祥的《正气歌》里有一句“在齐太史简，在晋董狐笔”，说的就是两个史官捍卫直书实录的传统精神。“在齐太史简”，说的是齐国大臣崔杼杀死国君之后，齐太史就真实地记下“崔杼弑其君”，崔杼就杀了这个太史；第二个太史又勇敢地往竹简上书写，也被杀死；再上来一个太史还是如是写，最后崔杼只好摇摇头罢手了。另一个说的是晋国的太史董狐，我们常说的“董狐笔”说的就是他的故事：晋灵公是个昏君，而晋国的宰相赵盾是个正直的大臣，经常劝谏晋灵公，晋灵公嫌赵盾碍手碍脚，就派刺客去暗杀赵盾，赵盾只得逃走。不过在尚未逃出国境时，赵盾的族人赵穿便起兵，杀了晋灵公。晋太史董狐便在史书上写道“赵盾弑其君”，并且“示之于朝”。赵盾对董狐说：“我并未弑君。”董狐说：“你是正卿，逃亡没有出境，国君就被杀了，你回来执政后并未法办弑君的人，当然就等于是你弑君了。”赵盾毫无办法，只好叹口气，听任董狐写自己弑君了。

编纂历史是一门大学问，历史学家应有强烈的历史责任感，忠于史实，坚持善恶必书，而且秉笔直书。中国历史上有史家“三长”或“四长”之说，即：史才、史学、史识、史德，尤其是后两者——史识与史德，说的是编撰者的史学思想与道德标准。写史的人应该很讲究史德的，也就是说历史绝不能胡编乱造。“文革”的时候，党史就随便乱造，可以造出毛泽东同志在井冈山上和林彪会师，把当年朱德和毛泽东同志井冈山握手的油画改成了林彪和毛泽东同志握手。据传说，当年年事已高的朱老总老眼昏花，看到这幅《井冈会师》的油画时，不知道自己已被人家换成了别人，还以为是画家没把自己画好，于是对身边人员说：“这油画画得不好，画得一点不像我，我当时没那么年轻。”可见这样造假的“历史学家”，这样的“党史家”，这样的“共产党员”，在“史德”这一点上连封建时代的知识分子都不如。

最近，胡乔木同志写了一首诗，其中有一句：“愧对朱云折槛事。”“朱云折槛”是一个典故：汉成帝时，丞相张禹做过成帝的老师，张禹便利用这权势，处处为自己牟取私利。有位小官叫朱云，刚正不阿，敢说敢为，便上书请求斩杀张禹。在上朝时，皇帝出面说情，说照顾一下吧，别太死板了。朱云说，那不行，必须得斩。皇帝生气了，叫人把他拉出去杀了。他说，你要杀我，我就不走。他就死死地抱住殿前栏杆，武士拽朱云，结果一使劲把栏杆弄断了。当时另一个大臣出面愿以一死担保朱云，磕头竟把头磕出血来。汉成帝被两位诤臣感动了，便赦免了朱云。后来宫里的一个司，相当于总务科吧，要把栏杆修理修理。皇帝说，不要修了，就让它这么样吧，当个展览。这就是“朱云折槛”的故事。

还有一个“董宣强项”的故事：董宣为官清廉，克己奉公，打恶除霸，政绩显著，被汉光武帝刘秀重用为洛阳令，相当于洛阳市的公安局局长吧。

当时的都城洛阳住着许多皇亲国戚，他们倚仗权势，恣意妄为，就连他们的奴才都狗仗人势，欺弱凌贫，把京城搅得乌烟瘴气，百姓有苦难诉，官府装聋作哑。光武帝很头疼这种状况，就起用了浑身是胆的董宣。董宣上任第一天，就遇到一起棘手的案子：刘秀姐姐湖阳公主的亲信家奴杀人后一直躲在公主府里，逮不着这个坏蛋，董宣就派人在公主府周围“蹲坑”。几天后，公主乘车出门，那个罪犯也得意扬扬地跟随其后。董宣得报后，就在公主的必经之路上等候，待车子驶近，董宣立即带着几名捕快，冲上前去要将其逮捕。那奴仆拒捕，董宣立即下令将他当场格杀。湖阳公主从小和刘秀一起受苦，是很亲近的人，平时刘秀都让她三分。她跑进皇宫见着弟弟又哭又闹，说董宣大街上就杀她的人，非要将董宣“斩立决”不可。光武帝知道董宣是秉公执法，也不好杀他。公主就抱怨皇上太没威严，一个小小的洛阳令分明是在挑衅皇权。光武帝脸上挂不住了，面带怒色说要杀董宣。董宣面对皇上正气凛然：“陛下，您一心想严肃法纪，使江山社稷长治久安，人民安居乐业，没想到今天却糊涂到允许皇亲纵奴杀人的地步！君要臣死，臣不得不死。”说完以头撞门框，血流满面。光武帝忙命人拉住董宣，自找台阶说：“念你一片赤胆忠心，就不治你的罪了。赶快去给公主认错，赔个不是。”光武帝想和稀泥让事情了结，谁知董宣始终不肯给公主叩头谢罪。侍卫上来强按他的头，他两手撑住地面，硬挺着脖梗子，就是不让按下去。光武帝无奈地说：“行，算你的脖子硬！”因此，董宣有了“强项令”的美称。

我们讲史书，为什么还要讲董狐、朱云、董宣一类的事呢，现在我们提倡讲道德、讲文明、讲原则性，其实历史上有些古人做的事情，也是值得我们现在的人学习的。不能因为是奴隶主阶级、封建地主阶级就全无好人好事可言。如这三个人、这三件事，我们许多人读了、听了觉得惭愧内疚，起码我自己是这样的。

中国历代修史书的人是非常讲究史实的。修史的人当时做的记录，作为历史材料，有关战争、朝政、新闻、吊丧、朝聘、使节、政治等方面，它都有记载，有逐年逐代的大事记作基础的史料。可是也得注意，历史有信史，也有诬史。因为大凡修史的，都是一个朝代灭亡了，后一个朝代给前一个朝代修史。比如我们现在修民国史、清朝修明史、明朝修元史。鲁迅曾讲过这样的话，大意是说，对史书也不要完全相信。他说有一个规律，朝代短的就没有好皇帝，朝代长的，皇帝都好，这也算是一个秘密。因为朝代长了，历史久了，净说歌功颂德的话，不好的事情都勾抹掉了，后来修史的无据可查了，就延续下去了。像隋朝，朝代短，对隋炀帝杨广就尽是骂他的话。所以朝代短的，皇帝没有一个是好东西。常常是朝代短的被称为秽史、诬史，往往朝代长的伪装就很多，可见史书里面也不见得完全没有藏掖的。但是中国的史书大多数是可信和可读的，读一点中国的通史、断代史，增长一些历史知识十分必要，这也是文化知识的基本组成部分。

人们常说一句话，“一部二十四史，不知从何说起”，形容中国史书之多、头绪之繁和通读之不易。但是对二十四史的大体线路和源流还是知道一点儿好。说你汉唐不分，南北朝不分，唐宋元明清不分，对一个有中国文化教养的干部来说，总是不光彩的。我们的老同志即使不能通读二十四史，哪怕读点历史简明课本，甚至读点通俗演义也是必要的。

中国的历史很长，三千多年发生的事情，时代、人物、历史事件、经济、政治、文化等等，都和历史的编年和朝代分不开。那么史书大体上是怎样的呢？二十四史大体是这样组成的：秦汉以后，大多数朝代是一朝一史了，这样一直到明代，就有了二十四史之说，到了民国，又加上了清史，就有了二十五史之说。

中国史书的源头和“经”有关，中国的第一部史书就是《春秋》，它是世界最早的一部编年史，在世界史学上也是非常珍贵的，是值得中国人骄傲的。二十四史里面重要的是前四史，史家都说前四史是要害。前四史初读以后，后面的就可以简略地读一下。前四史就是《史记》、《汉书》、《后汉书》、《三国志》。为什么说前四史是二十四史中的要害呢？作为常识来说，读书如果要开大一点的书单子，“四书五经”和“十三经”粗略地涉猎一下就可以了。但是前四史，需要认真地读一下，它们既有文学性、知识性，又有故事性、趣味性，而且二十四史中很多带共同性的问题在前四史里都有了。读前四史时下点儿功夫，再读后面的历史书就势如破竹，迎刃而解，不困难了。

《史记》是纪传体的史书，是司马迁写的。这本书是古代一本不得了的大书，它从黄帝的传说写起，到夏、商、周各代的历史传说和故事，再到春秋战国、秦汉一直到汉武帝。最后一篇是《今上本纪》，就是当时的皇上汉武帝的本纪。它把这一两千年的历史大事件和重要人物统统写出来了，不仅写了帝王的历史、国家的历史，而且还写了几百个人物的传记。司马迁这个人经历广，受过挫折，他写出来的东西材料丰实，有很多是他经过实地调查的。他说他跟汉武帝上泰山，到曲阜看了孔子的家，瞻仰了孔庙。他一生走遍了名山大川，竭力收集历代的史料。因为他当太史公，相当于国家历史馆或图书馆的负责人，有机会研究经济史、文化史、军事、文学、艺术，等等，所以取得了极大的成就。

《史记》在写法上采用本纪、世家、列传、书、表等体例，他不仅写大人物，还写《滑稽列传》、《刺客列传》等中小人物；不仅写政治，还写军事、经济。《货殖列传》以及后来的《食货志》就是写经济的。这本书的史学价值和文学价值都极高，它可以作为历史书来读，也可以作为文学作品或小说来读。比如项羽和刘邦争天下，项羽被刘邦打败了。照理说，司马迁是老刘家的史官，但在他的笔下，项羽这个失败者却被写成值得怀念的英雄，当然失败的原因他也写了。读过《史记》的人都认为《项羽本纪》写得非常好。可是他写汉高祖本纪时，只要你仔细地去看，就能看出他是不客气的。比如，写汉高祖回乡那一段，刘邦和他爸爸及兄弟亲朋一起狂饮，又是唱歌又是跳舞，回沛县嘛，他得意极了。他说："老爹，你说我做买卖不如大哥，家产不如大哥，现在我怎么样？"他老爹忙说："当然你好！你好！你当皇上了。"看看那得意的神情，流氓的丑态，活脱脱一个泥腿光棍的形象。还有这样一件事情，按照汉朝儒家的规矩，皇上每天早上要给太上皇，也就是皇上他老爹请安的，也要来个早请示晚汇报。刘邦早晨睡懒觉起不来床，受不了折腾，就问："这规矩谁定的？"答："是儒家定的，天子以孝为本，忠孝嘛。"他觉得这样别扭，太难办，他老爹那里也不好受。后来有人出了个主意，跑到太上皇那里讲了个故事，说："天无二日，当了皇帝就是全国第一了，你是他爹，也是他的臣，你比他皇上还大，那怎么行！"太上皇问："那怎么办呢？"那人就告诉他，再见皇上是要行臣礼的。又一天，刘邦去看他爹，一推门，他爹夹着一把扫帚在一旁站着，说："今天我给你请安，人家说了，只有一个皇上，我得给你扫地，让你进来。"刘邦一把夺过扫帚，抱着他爹哈哈大笑。从那以后，就免去了皇上早请安这一说了。这些《史记》都给写上了。司马迁的《史记》，对项羽写得很好。对朱家、郭解这些侠客，对平民老百姓、战国四公子，以及鸡鸣狗盗之徒，都给他们立传，写得都很好，唯独对老刘家不客气。

在《三国演义》里有一段书，王允杀了董卓之后，暴尸于市，后来就引发了蔡邕被杀的事。蔡邕是个高级知识分子、大学者，是蔡文姬的父亲，和曹操是好朋友，当时很多重要的国家经典碑文是他撰写的。董卓当然是人人恨的，据说因其肚大肠肥，杀掉之后在他肚脐眼上点灯。但我不相信这个，说肚脐子点灯，我看点不着，可书上是这么写的。因为董卓在世时，对蔡邕是比较好的，蔡邕也是知识分子的脾气，他说不论董卓怎样坏，但他对我好，他就到大街上伏尸哭了一鼻子。王允很生气，要杀他，有人出面劝阻，说蔡邕是大史学家，大知识分子，他哭董卓是不对，不过是一点知遇之感罢了，应该留下他继续修史。《三国演义》写到这里，有这么一段话，王允说："昔孝武不杀司马迁，后使作史，遂致谤书流于后世……"谤书就是诽谤皇帝的书。所以，后人说司马迁的《史记》是谤书，也是有点道理的。

《汉书》是班固作的，它和《史记》差不多，但是文学气味没有《史记》浓厚。在材料的占有方面和《史记》有所相同，但又不雷同。《史记》、《汉书》都是纪传体，两书记载的内容和时代有相当一部分是一致的。但是《史记》有《史记》之长，《汉书》有《汉书》之长，谁也不能代替谁。《汉书》在才气、文学性上不如《史记》，但《汉书》更注重严谨，主张“无征不信”。比如，霸王和虞姬在帐子里的谈话，他就要问：“你听见了啦？你就给写上！”说的是“无征不信”，话虽这么说，实际上谁也不能完全做到。但只要持之有故，言之成理，当时有记载，有传说，就算基本可靠，就不能说不信了。否则，很多史书就没有了。比如《史记》里写了一段韩信讨封的故事：说韩信破齐之后，打了个报告说：“三齐之地，反叛无常，得镇压。必须派一个有权有势的人去办。我请求封我为假三齐王，镇压一段时间。”刘邦一看就生气了，“你小子，现在是我的兵马大元帅，三齐一破，你马上要三齐王，露了馅吧！”刘邦的脸色就变了，要爆炸。韩信派去的人就在那儿跪着呢，张良就在刘邦身后，拿脚踢了他一下。刘邦马上由怒容变成笑容，一拍桌子说：“大丈夫，王即王耳，何必假乎？”就马上批了，让韩信做真三齐王。张良为什么踹他一脚呢？因为兵权在韩信手里，三齐王就三齐王，他要啥就得给啥，要防止不测呀！刘邦的确反应很快。这事儿在《史记》上写得很生动，资料估计只能来自传说，但时间相距又不远，应该是可信的。

要不说看京戏也有好处呢，京戏里哪一出都有历史故事。有的是真的，有的是传说，有的可能是胡说八道，当然这些胡说八道也是有点影子的。同样一个人、一件事，在历史上和戏剧里有时是矛盾的。有的历史是那样写，而戏剧正相反。戏剧冤枉了不少人，专门给人制造冤假错案的。所以郭老要给曹操翻案，那倒也是该翻的，曹操不是戏里写的那样。还是应了那句话：老曹家当皇上的时间太短，所以挨骂就多。至于翻得过来翻不过，可以研究。我建议大家读点儿《史记》、《汉书》，许多历史故事、古代传说都记在那里，可以当小说读，也可以当文学作品读。《后汉书》里也有许多好文章，当年毛泽东同志曾给大家推荐过。《三国志》写得也很好，我在后面还要讲到它，这就是前四史。

三国之后，两晋有《晋书》；接下去就是南北朝时期了，有《宋书》、《南齐书》、《梁书》、《陈书》，称南四书；又有《魏书》、《北齐书》、《周书》，后来隋统一了，有《隋书》，称北四书；隋以后这南北八书经过李延寿删繁就简，又撰写了《南史》和《北史》。唐朝和宋朝之间有个五代，也有两部史书：《新五代史》和《旧五代史》。唐史有两部，《新唐书》和《旧唐书》。《旧唐书》修得比较早，是五代时修的。到宋仁宗以后，认为《旧唐书》不好，又修了一部《新唐书》，主编是欧阳修，所以唐史有两部。以后有《宋史》、《辽史》、《金史》、《元史》、《明史》。二十四史大体上就是这样一个顺序。

和这个二十四史并列的还有几部史书，最著名的就是司马光主持编写的《资治通鉴》，是皇帝让他写的。那时当皇帝也很不容易，古人说为君难，因为难的是长久统治呀！老皇帝在世时，怕他的儿孙们亡国，从小就开办“皇帝训练班”，请最好的大知识分子做老师，叫太师、太傅、太保，这三公是保护皇帝和教导皇帝的，其中最要紧的是传授政治统治的经验。为此，宋朝的皇帝想搞一个教材，作为皇帝的基本教科书，于是就产生了《资治通鉴》。它是一部编年通史，是帮助皇帝治理国家的教材。编这部书宋真宗、宋仁宗在时就提出来了，一直写到宋神宗时期。司马光这个人，政治上是个保守派，和王安石是死对头。可是他在学术上，在编《资治通鉴》这件事上，他是大学者，是立了功的。他一辈子都带着修《资治通鉴》的一个写作大班子，最后他罢相免职时，外出做州官，还带着这个班子，回到朝廷时又带了回来。其中有一个叫刘攽的，跟他一起把这部巨著最后完成了。《资治通鉴》和《史记》、《汉书》不同。它不是从夏商周开始，它按照《左传》的路子，从三家分晋写起。韩、赵、魏三家分了晋国，这就是春秋战国的转折。三家分晋以前算春秋，以后算战国。《资治通鉴》一直写到赵匡胤灭后周，把这一千三百多年的重大的历史事件的前因后果，与各方面的关联都交代得清清楚楚。它既是一部编年通史，还是一部政治史。它对政治的谋略、故事的描述和分析，在世界政治史中是一部最丰实的教材。这里顺便说一下，北洋军阀的政客、专家就是研究《资治通鉴》的。

《资治通鉴》以后，又有了《续资治通鉴》，一直续到元，后来又有了《明通鉴》。这样通鉴也就延续下来了，形成了一个完整的体系，是和《二十四史》并行的通鉴体系。

这里讲个小故事，有一天司马光和刘攽几个人散步，在街上看到跑来一匹马，有一只狗正好在路当中趴着，马一下子把狗踩死了。司马光和他带的几个修《资治通鉴》的大主笔说："列公，这件事要写入史书，用最简练的文字来写，应该怎么写？"有人说："有马奔于野，路遇犬而毙之。"司马光说："像你这样写史书，得写多长呀，真得汗牛充栋了。"那人就问："那你怎么写呢？"他说："几个字就解决了，'马逸毙犬于道'。"六个字就记载了这件事，这是司马光有名的一件事情（也有人说此事是别人的事情，不是司马光）。所以，我们现在写文章也是写长容易，写短难。

除了两大史书体系以外，还有其他的东西。历朝都有自己的会要、自己的长编、自己的史料，大家有时间可以选读一些。比如，清朝学者章学诚写的《文史通义》，是一本重要的史学理论书。还有世人所称的史学"九通"，就是考据典章制度的大部头史书。

"史"部的数量在《四库全书》里占第二位，除"集"部之外，"史"部书最多。

下面讲讲历史知识的记忆问题。读史书，记忆是比较难的事情。但是，也可以找到一些适合自己的记忆方法，在这里顺便谈一下。过去有一个观点，我们批评得过分：一讲到史，就说是帝王将相的家谱，认为历史以帝王将相来纪年，这样不好。这样的观点不能说它错，因为历史是人民的历史，我们是奴隶创造历史的观点，不是英雄史观。但是马克思主义者也并不排斥研究帝王将相英雄人物，因为他们代表着各个时代的政治统治、国家统治，他们是该时代的代表人物。无论是世界史还是中国史，都离不开帝王将相的脸谱。我们研究历史虽然不是只研究帝王将相的业绩，但也不排斥研究他们。从另一方面说，帝王将相作为历史的符号标识，作为一些历史大事件的"门牌号码"还是必要的。举个例子说，《资治通鉴》是一部编年史，是个大部头，加上后人作的《续资治通鉴》、《明通鉴》，越续越多，读起来很是吃力的。但有一本书大家可以找来看看，就是南宋有个人叫袁枢，他按照《通鉴》的编年史，横着编写了一本《通鉴纪事本末》。把《通鉴》书里的每一个故事，都作为一个单元，再把相关的内容集中在一个标题之下。这本书是专门以记事为主的，详细记录每一事件的始末，并自立标题，独立成章，大概记了二百多个事。它的好处在什么地方？比如，唐朝的“贞观之治”，就是唐太宗的政治。整个贞观时代的面貌如何？虽然材料全是把通鉴的原文摘录到一块儿的，但经他这么一编写，内容就清楚多了。再比如“赤壁之战”，是三国时一个大的战役，他就把始末源流写了一大段，基本上是摘自通鉴的原文。但经他这么一集中写，故事性很强，文学性也强了。读了《通鉴纪事本末》，再读《通鉴》，就容易记多了。这本书大家有兴趣不妨找来看一看，不仅能当史书看，当小说看也很好。我读书时，读《二十四史》觉得东西太多；读《资治通鉴》，觉得头绪还太多；后来我读了《通鉴纪事本末》，读了那么几十个单元，就感到故事性很强，易读易记了。对我来说，这本书很得力。袁枢之后，还有作《续通鉴纪事本末》的。这里我只是举这么个例子，作为便于记忆的一种方法。

历史和帝王将相的家谱不分开不对，但完全分开它，也不行。要读历史书，你就难以避免。像朝代名称，各个朝代有多少年，多少个帝王，帝王姓啥名谁等等。这些事看起来简单，但很重要。我自己记忆各个朝代用的方法是：把各个朝代用三字句或五字句编成个顺口溜，这样我就把它背下来了。比如清朝就是“顺康雍乾嘉”、“道咸同光宣”。清朝入关前，清代还有两朝，努尔哈赤是清太祖，皇太极是清太宗。到北京以后是十朝：就是顺治、康熙、雍正、乾隆、嘉庆、道光、咸丰、同治、光绪、宣统。这顺口溜是不是有用处呢，有用处的！比如有人问你清朝的某些大事发生在什么年代？“四库全书”发生在乾隆年代，“戊戌政变”在光绪年代，“鸦片战争”在道光年代……有了顺口溜，就好记多了。再比如，读《汉书》，也可以把它编成，“高惠吕，文景武，昭宣元，成哀平，孺子婴”，这就是西汉。记东汉是，“光明章，和殇安，顺冲质，桓灵献”。记北宋是，“祖太真，仁英神，哲徽钦”，南宋是：“高孝光，宁理度，恭端昺”，其实南宋后三朝已经不行了，已经进入了元朝。明朝除了埋在南京的太祖朱元璋，还有一个不知所终的惠帝，北京建都后的皇帝年号是，“永洪宣正景，天成弘正嘉，隆万泰天崇”，共十五朝。唐朝是，“高祖、太宗、高宗，中睿玄肃代，德顺宪穆敬，文武宣懿僖，昭哀，中间还有武则天在位二十来年”。背这些的好处就是把各朝各代都编串起来了，像符号一样记在脑子里。历史上大的事件，就要知道它发生在哪个朝代，是哪个皇帝在位的时候，碰到那个符号就连起来了。如想更进一步记住这些皇帝的年号就比较费劲儿了，这往往是专业工作者的事，我们大家就没必要记了。比如你看到一枚古钱，上面写着“祥符元宝”，你可以知道这是宋代的钱币，因为宋真宗有一个年号是“大中祥符”；如果你看到的钱币是“太平通宝”，那就是北宋宋太宗赵光义时造的，“太平兴国”是宋太宗的年号。比如，“王安石变法”发生在宋神宗熙宁年间，“范仲淹变法”发生在宋仁宗庆历年间，也叫“庆历变法”，这些都是历史上的大事件。

读历史书多了，习惯了，记起来并不难。也有一些自己用功的办法，最简单的就是念《三字经》。比如，其中有“周武王，始诛纣。八百载，最长久”，这八百年中，西周四百年，东周四百年，东周的四百年中又分为春秋二百年，战国二百年，最后秦始皇统一。把《三字经》背熟以后也很有用处。比如，《三字经》中有“梁唐晋，及汉周。称五代，皆有由”。“皆有由”说得有意思，“梁唐晋汉周”这五个朝代的名称以前都有过，所以这“五代”历史上称“后五代”，在“梁唐晋汉周”前面冠以“后”字。后梁皇帝是朱温，后唐李存勖，后晋石敬瑭，后汉刘知远，后周是郭威，到了959年，周世宗柴荣病死，儿子继位才七岁，宋太祖赵匡胤搞了个“陈桥兵变”，兵不血刃就改朝换代了。这样一背《三字经》，历代王朝的更迭就容易记了。

还有看《三国演义》等历史小说也有好处。《三国演义》是一本历史小说，但这本小说基本上是按史书写的，其中关于几个大的军事战役，就是读三国史的一条纲，抓住战争战役这条纲就好记了。比如，从汉末黄巾起义起，封建诸侯割据，这时有几个战役，青徐之战、兖州之战，使得黄巾起义军惨败，最后曹操站住了脚，他的主力就是收编了黄巾的部队。另外是三国相互之间战役，曹操统一北方的几个战役，如濮阳之战、渭水之战、徐州小沛之战。对曹操来说，其决定性的战役就是官渡白马之战，这次战役是曹操和袁绍的决战。袁绍的力量比曹操大很多倍，最后曹操以少胜多，把袁绍打败了，一直赶到辽东。这个战役是古代军事史上有名的以少胜多的战役，而且是战争史上一个大杰作。在这场决战之前，曹操曾非常犹豫，整夜在屋子里转，下不了决心，怎么打呢？这时，他的一位最重要的谋臣郭嘉来了，曹操问："你怎么来了？"郭嘉说："我知道你睡不着觉呀。"当时战争一触即发，打起来的话，不是曹操打败袁绍，就是袁绍打败曹操。袁绍是四世三公，宽仁博厚，战将广，粮食多，河北都是他的地盘，袁绍的力量曹操是比不了的。当晚郭嘉就和曹操分析形势，提出建议，后来又详细地把他的意见写下来送给曹操。这是一件很有名的事情，史称"郭奉孝十胜十败之论"。"十胜十败"是一篇战略学的名文，郭嘉对双方的政治、经济、政策、军事实力、人心向背，以及个人的气质和才能，做了全面而深刻的剖析，指出袁绍必败，原因有十条，曹操必胜，也是十条。其中虽然有几条是恭维曹操的，给他打气的，但也是分析得符合事实。后来的官渡白马战役的结局，跟郭嘉提出的战略预见完全一样。

还有一事，史书上也记载了。《三国演义》写到曹操赤壁受挫败走华容时，当着谋士大将的面，捶胸大哭，说："奉孝（郭嘉）你死得太早了，你要在此，绝不会让我倒这大霉呀！"那些谋臣听了都羞愧无色。为什么呢？因郭嘉死前留有遗计定辽东，他也规劝过曹操不可轻易地与吴决战。赤壁之战是奠定三国鼎立的关键战役，吴蜀联军把曹操打败了。但这个事件，从《资治通鉴》起，后来的史书都把它夸大了，说曹操八十三万人马汇于赤壁，这是明显夸大了。事后曹操为自己辩护，说我是"自烧战船而回”，这场仗并不是你打败了我，而是我自己要走的。他给孙权的信就是这么写的。这次战役曹操遭到失败是事实，但并不像后来史书上说得那么惨重。这个战役的确使曹操的势力不能再过长江了，进而就形成了三国格局。另外一个战役是猇亭之战，结果是吴蜀两败俱伤，蜀打败了，以后就一蹶不振了；吴虽胜，但也败了，最后促成了晋的统一，三国结束。可以说：赤壁之战开三国，猇亭之战结束三国。战争和历史就是这么个关系，分是分不开的。为什么呢？因为战争是政治的继续、政治的决战，其结果往往带来历史的变革。

我们看《三国演义》时有个正统观念，老是记住刘备、诸葛亮。其实，陈寿写的《三国志》时是以魏晋为正统的，他自己是晋的臣子，不能不为曹氏、司马氏说好话。但是《三国志》确实写得好，评人论事是比较客观的。陈寿的父亲曾被诸葛亮处分过，可是陈寿作书时又怎么样呢？写到吴蜀时，陈寿还是很客观的，这叫有史德。他写了《诸葛亮传》之后，还专门写了一段声明，其中有几句话是讲了些诸葛亮的缺点，其余的基本上是史实，而且还是很恭维诸葛亮的。他讲到邓艾、钟会入蜀灭阿斗时，命令三军要保护诸葛亮的墓，不许在墓的周围砍柴牧马，并吊祭了诸葛亮。这也很难呀，因为那是敌方总司令呀。最后他还写了一段表白自己的话，大意是我个人并不是要恭维诸葛亮，确实这个人是实在很伟大的。

孙权这个人你也不要小看他，他在历史上也是一个了不起的人物。我们讲干部政策，讲善于用人，就这一条来说，谁要能和孙权比，那就不简单了。孙权活到七十多岁才死，史称吴大帝，他同三国人物相始终。他死后到他孙子孙皓，离亡国就没有几天了，整个吴国几十年的历史，都是他一个人干的。给他当总司令的人前后有四个，这四个人的任命，有的是别人想都想不到的，更不用说全力相信了。孙权对他们是用则必信，信则必专，完全把兵权交给他们。第一个用周瑜，史书上讲“周郎”，其实他的岁数并不小。看京剧《赤壁之战》，诸葛亮是带胡子的，周瑜是光嘴巴，那不符合事实，岁数是不对的。赤壁之战是建安十三年，当时诸葛亮才二十几岁，应该是个光嘴巴，是个小生，周瑜应该是三十多岁了。但为什么周瑜变成小生了呢？因为周瑜年轻时人称“周郎”，他出名很早，曾有“曲有误，周郎顾”。周瑜大概音乐水平很高，是个音乐鉴赏家。给他演奏时，有人弹奏错了，他就转头看一看那个人。周郎很小就出名了，以后就老是“周郎周郎”地叫他，所以他一“郎”就“郎”到底了，他死时才三十多岁。孙权用周瑜那是把自己的身家性命和吴国的老本都押上了，赤壁决战时以数万兵力破曹操几十万大军，这是个力量上绝对悬殊的战役，结果打胜了。但不久周瑜就短命死了，第二个总司令是鲁肃，鲁肃年纪稍微大一点，也是一个大人物，很有谋略。《三国演义》和戏曲把他歪曲了，成了个老好人，甚至像个糊涂人，如《草船借箭》一剧。其实鲁肃怎么会是那么一个人呢？他是个大谋略家，吴蜀联合，蜀的主谋人是诸葛亮，吴的主谋人就是鲁肃。吴蜀联合抗曹是个战略问题，这个战略一旦破坏，三国就没有了。诸葛亮未出隆中，就已料到天下三分之势，决定了这个总战略。他把当时那些军阀都不放到眼里，料到北方必定是曹操的，不是袁绍的；南方一定是孙策孙权的；刘备你必须先取荆襄，然后入蜀，才能建立基业。司马光的《资治通鉴》里“隆中对”就记录了刘备三顾茅庐时与诸葛亮的一席谈话，那真是一篇好文章，百读不厌。鲁肃在东吴也提出这个观点，是很有主见的。可是不久鲁肃又病死了。第三个用的是吕蒙。吕蒙是个大老粗，行伍出身，斗大的字可能认不得几个。这个人前期是一味武勇，后期却奋发图强，以白衣渡江夺得荆州，击败关羽。但没多久吕蒙又死了，第四个总司令是陆逊。陆逊是个年轻的书生，在战将如云的东吴，他就是一个“应届毕业生”。他猇亭一战，火烧连营八百里，一下子就把老奸巨猾、久经沙场的刘备打败了，刘备连气带病在白帝城死了。孙权会选人用人，他一生选的四个总司令，个个都好，这说明了孙权是个不可多得的大政治家。曹操就说过“生子当如孙仲谋”，宋朝词人辛弃疾也用了这句话，说他“坐断江南战未休”，很了不起。当然，辛弃疾也是指着和尚骂秃子，讲给南宋那帮昏君奸臣们听的。

最后我想说一下，看历史演义小说，对记忆历史知识也有好处。有的通俗读物如历史演义小说，可当史书看，至少可作参考，也能引起读史的兴趣。著名历史演义小说如《东周列国志》，据说是明代冯梦龙编写的，它基本上是史书。跟《战国策》、《左传》、《国语》都能对得上号，东周的历史就是这三部书。有人说，《国语》、《战国策》是《左传》的余编，这可能不正确。《国语》、《战国策》虽成书较晚，但都是有独立特色的史书，许多好文章就出在那里。比如，《国语》的《晋语》就是写晋文公重耳走国的故事；《齐语》就是齐桓公小白的故事及管仲、晏婴的故事。齐桓晋文之事在《国语》中占的比例最大。《战国策》是战国时代的东西，分量更大了。《左传》、《国语》、《战国策》这些史书读起来很简要，《东周列国志》在历史内容上没加什么东西，只加了一些趣闻、宫廷故事和一些文艺性的细节，它大体上基本还是史书。

再一个就是罗贯中的《三国演义》。《三国演义》之后，写历史演义小说的重要人物是一个叫蔡东藩的人，他一个人就写了十来个朝代的演义小说，抗日战争初期他还活着，他原是上海报社做报尾文章的小文人。他人很勤奋，文笔也快，一部《明史演义》据说不到两个月就写下来了，上百万字的大书可以连续在报刊发表。他把历史上的故事传说等穿插得很有趣味。《清史演义》他写的，《民国演义》也是他写的，还有元史、明史、宋史、唐史、五代史、两晋史、前后汉史演义都是他写的，总的名称叫《中国历朝通俗演义》。特别是他写的《民国演义》，就发现他有个长处，就是他把北洋军阀时期的通电，连同孙中山的电文，他大部分都记载了。你要查资料，比如曹锟、吴佩孚、孙中山等人的电文，他全文登录，现在查起来还非常有用，还可靠。你还别小看小说稗野史，其中像《民国史演义》就很不简单。所谓的演义稗野史，就是说它的材料不是正史记载的，但有些也是有根据的，另外加了一些宫廷史话，加了一些后妃们的新闻和一些朝官的言行，也是有点儿阅读价值的。当然好多就是为了调剂笔墨的东西，有的就是捕风捉影，胡说瞎编的。看蔡东藩的演义，这个人思想很混乱，他既反对封建皇帝，又反对维新派。他是个封建文人，但又是一个自由主义者，但他文笔很好。我们看了《东周列国志》、《三国演义》，不妨再看看蔡东藩的《中国历朝通俗演义》。你读二十四史有点难，不妨先读读通俗演义。

还有一个办法，历史上有一些通俗读物，就是那些启蒙用的教科书，也是历代通俗教本。像小孩子一入学读的《文字蒙求》，就是学文字的开蒙书。史书也有开蒙书，最简要的历史启蒙书如《纲鉴易知录》等等，这类书虽简小，但也有用处。从汉代的《急就章》起一直到清末，这种简单入门的书就多得很了，如《幼学琼林》、《千字文》、《百家姓》、《三字经》、《龙文鞭影》，等等，这些通俗启蒙读物里面都有一些历史知识的。“史”部就讲这么些吧。

第三讲　“子”部及中国哲学思想史的特点

（1982年11月10日）

春秋战国时确实有一个百家争鸣的时代，说是“诸子百家”也不夸张。当时社会处于大变革时期，思想非常活跃，产生了各种思想流派，如阴阳、儒、墨、名、法、道、农、医等，他们著书讲学，互相论战，出现了百家争鸣的景象。顺便说一下，中国历史上出现好几次大的转折期，往往是新旧朝代交替时期，史书上对这个时期常用的语言是“之际”。“春秋战国之际”就是春秋到战国的转换时期。这个“之际”很要紧，是研究历史转换的要害。“魏晋之际”就是曹氏到司马氏的关键时期；“开元天宝之际”就是唐玄宗时，大动乱前后历史产生巨大变化的时期，这些都是历史上要重点研究的时期。为什么呢？因为历史上发生大转折的时候，思想也是最活跃的时期。历史的长河也和长江黄河一样，有缓有急有大转折。黄河到转折处，像三门峡、刘家峡，涌起一个大波涛、大旋涡，然后往下流，又有一个旋涡。春秋战国之际就是历史上的一个转折点、大旋涡。在经济上、生产力上、生产关系上都波澜不断。百家诸子就是在这个时代产生的，这是古代中国思想最繁荣的一个时代。

诸子百家形成的文字不少，但还有很多是没有文字可考了。明清时整理“子”书，实际流传下来的没有一百家那么多，其中多半是后人伪托的，根本没有原书；或有个名字，原书失传了；另外有些连名字也靠不住了。我国研究“子”书最早的是司马迁的父亲司马谈写的一篇文章叫《论六家要旨》，这是一篇重要的学术论文，它概括地分诸子为六家，对阴阳、儒、墨、名、法、道这六家的学术思想作了精练的评价和论断。

《论六家要旨》和《史记》、《汉书》都有对先秦诸子百家的不少论述。比如《史记》里有《孔子世家》、《老子韩非列传》、《孟子荀卿列传》、《仲尼弟子列传》等。《汉书·艺文志》是我国现存最早的文献目录，是专记图书的历史。历代史书中都有“文苑”这一章，“文苑”就是文化思想专论，写文化史、思想史。

百家中最大的几家，一个是儒家，一个是道家，一个是法家，一个是名家，一个是墨家，一个是阴阳家，此外还有纵横家、杂家、小说家、农家、兵家，再加上汉代以后的佛家、诡辩家、医家等。但是在中国历史上影响最大、最深远的还是儒家。孔孟之道对中国人影响极深，其原因一直是哲学史探索的问题。

在中国历史上，儒家的正名、忠君、等级制度、尊王攘夷、礼、义、仁、爱这些学说，确实迎合了奴隶制、封建制的需要。但是仅仅这样说，还是不行的。儒家在历史的长河中确实形成了一部百科全书，形成了一个完整的思想体系。而且它还有一个能耐，它能随着时代的变化而变化。所以孟子有一句话说得很透彻，他说孔子是“圣者时之也”。鲁迅翻译过来就更明白更神似了，说这句话就是洋文的“摩登圣人”、“时髦圣人”。儒家能适应形势而变，随着朝代的更迭，它随时改变自己的面貌、颜色，但万变不离其宗，其根本的东西还是不变的。历代的皇帝并不是开始都信任它、拥护它，也有不少人开始是反对它，这样的人不少。汉高祖就反对过它，但后来不但不反对了，反而利用它了。

汉高祖这个人是泥腿子光棍出身，见到儒生就骂“臭读书的”，他甚至把儒生的帽子拿来解小便。一次，他传一个叫郦食其的六十多岁儒生来见，他当时正四仰八叉地躺着，叫两个女人给洗脚。见来人他也没有起来的意思。郦食其不动声色，浅浅地作了一个揖，问刘邦：“你是不是想助秦灭诸侯？”刘邦一听，破口大骂：“该死的儒生！天下百姓长期受秦祸害，所以诸侯才相继起兵反秦，你怎么说我是助秦灭诸侯呢？”郦食其淡定地回答道：“既然你是要率领诸侯灭秦的，那一定要聚集义兵，反对无道。你现在这样没礼貌地对待长者贤士，将来怎能为王？”刘邦听郦食其这么说，心里一惊，立即停止了洗脚，换好衣冠，恭敬地向他道歉，请上坐。后来刘邦一步一步地把儒生请来帮他。

最使他舒服的是有个儒生叫叔孙通。在汉高祖打下天下、大封功臣时群臣闹得很厉害。原因是刘邦的老部下大都是苏北的穷哥们儿，都是和刘邦一起起兵的布衣君臣。当时刘邦是村干部泗水亭长，也就是相当于现在的生产队长。萧何在县政府当财政科长，当时最大的官就算萧何了。刘邦后来说，他没钱用的时候，别人给三个大钱，萧何给他五个大钱，萧何是好朋友。这些人都是丰、沛、萧、砀一带的哥们儿，他们管刘邦叫“刘老疙瘩”，史书上说叫“刘季子”。谁也不怕他，他也没有皇帝的威严，他也很犯愁，后来他就请来了儒生叔孙通。叔孙通是一位懂得审时度势、圆融变化的儒生，他选择了在刘邦取得大汉天下，登基成了皇帝，需要树立威信的时刻，借鉴周、秦礼制，制定出了具有大汉特色的礼制。他定朝仪，定很严格的儒家礼仪。上朝要磕头，文官站左，武官站右，等级制度森严，谁要多走一步就杀头。开始有人不服，就用监斩官来监督着。他在长安郊区先用草绳子拦出一块地，开国功臣按部就班站着，天天演习礼仪。文班是丞相，武班是太尉，按官的品级排座位次序。然后演奏韶乐，把刘邦用轿子抬出来，群臣三呼万岁，磕头。这下子刘邦高兴了，他回去后大叫：“我今天才知道当皇上好哇！”也就是史书上写的“今日乃公方知为君之乐也”，从此他知道儒家真的有用啦，儒家也就从这时起就时髦起来了。因为叔孙通会投机，从礼仪入手定规矩，使这个泥腿皇上高兴了。

我再举个例子，元世祖忽必烈打到曲阜，他想屠城，他手下的大将耶律楚材对他讲，你可不能这样，你蒙古人到了中原，如果不利用儒家肯定要失败的，更不用说南方了，连北方你也统治不了。忽必烈这个人很厉害的，他懂了。他问，那我已经到了曲阜了，怎么办？耶律楚材说，很好办，历代天子登基之后，不是都派大臣到曲阜朝圣吗，你就在曲阜这儿来个大的祭孔，搞个大活动，这样南方的读书人就能给网罗来了。忽必烈真的就穿上祭孔的衣裳，真的磕了头，还专门立了一个碑。这一招对元代的文化统治确实起到效果。

历代的封建统治者都是利用儒家的，因为儒家对他那个生产关系、社会制度、等级制度有用，合乎他那个体系的需要。另外，儒家在哲学的认识论上，在教育学上，特别是在道德伦理学上，它确实有一整套东西。人和人的关系、规范礼节、天地、父子、君臣、夫妇，这里面有很多是人格服从，但是他能调剂这些关系，在这方面不失高明之处。一部《论语》，里面有许多道德、伦理学说，另外还有很多政治学说、教育学说，如“学而时习之”，等等。

孔子这个儒家他是不多讲神鬼，不多讲性命，关于哲学本体论这部分他讲得很少，所以有“子罕言性命”，“子不语怪力乱神”，神鬼之事他不讲。他滑头地说“祭神如神在”，这个“如”字很滑头，可以作“比如”讲。到底有没有神呢？他不回答。我小时候在家里写对联，给祖宗的对联横批就写得很妙，“如在其上”，就像他在上面呢。后来读了书，我明白了，这是要滑头。也就是磕头时你就假装祖宗在那里罢了，这就是“祭神如神在”。用什么证明呢？不是有一成语“尸位素餐”吗，死尸的那个“尸”，这个字原来不是现在这么讲的。“尸位”就是占据高位，“素餐”是吃好的，这个成语现在的意思就是占着好位置不干活，光白吃好的，已成为贬义词。其实，当初它只是指上古时的一种民俗祭神活动，并无贬义。在以前，“尸”

是祭神仪式中神的象征。原始社会祭神时，挑选一个本族的男孩子，把他扶坐在正中间，他闭上眼睛，一族人跪下来给他磕头。孩子闭上眼睛是什么意思呢？据说他一闭上眼睛，祖宗的灵魂即降临他身上了，大家给他磕头就是拜祖宗了。他坐的这个位置就叫作“尸位”，“尸位”原来是个好词，“尸”当“死尸”讲那是后来的事。祭祀这一套儒家是用的，“祭，礼也”，是等级制度的礼，是用于调整阶级关系、人和人关系的。

儒家是多变的，比如：孔子之儒是一种儒；子思、孟子之儒是另一种儒——孟之儒，和孔子就不完全一样了；到了汉儒，就大变了，它逐渐宗教化、政治化和制度化了，孔子已不是学者、思想家、政治家了。特别是董仲舒的“天人三策”，他提出的“天人感应，君权神授”和“罢黜百家，独尊儒术”对中国的政治文化影响极其深远。他极力把孔子变成宗教的教主了，变成“上帝”了。马融、郑玄这些汉儒大师他们的功劳是什么呢，就是他们考溯源流，把儒家的经典收集整理了，保存下来了，把秦朝动乱中失散或搞乱了的恢复了面貌，还注释了一番，但那些注释还有好多也是杂乱无章胡说八道的。

唐朝以后，儒又有一变，唐朝大学士孔颖达又讲儒学。唐太宗李世民对儒家是信仰的，也是用的，但他倒并不特别强调，不像汉武帝那样独尊儒术。所以中国历史上要注意，唐朝老李家对儒家、道家、法家、名家，基本上都是同样看待的。李世民自己起初不信佛，晚年也信佛，成为虔诚的佛教徒，他儿子唐高宗李治就更信佛了。特别的是道家的师祖老子姓李，唐朝的皇帝就说老子是他们的祖宗，结果把道家给捧起来了。唐朝的思想不像后来的封建王朝，特别是两宋那样拘泥于儒家，那时的思想还是比较开放的。唐朝全盛时期是万国来朝的时代，西北，从天山南路、天山北路、小亚细亚到欧洲，东边整个远东，日本、琉球都有不少的人来长安。国内的各少数民族在长安都有代表团。当时唐朝的文化发达，对世界的影响很大。外国人管中国人叫唐人，管中国叫唐国，不少欧美国家都有唐人街，这是有道理的。

现在的西安，唐朝时就是首都长安，那时宾馆的数目不比现在的少，旅游的规模可能比现在的还要大。所谓的丝绸之路，就是东西方通商和文化交往的大道。流传下来的《职贡图》，描绘的就是当时不同地域、不同种族、穿着不同服装的使者前来中国朝贡的景象。唐朝时期，中国和日本的往来交流空前繁荣，中国的政治、文学、绘画、音乐、建筑等对日本都有很深的影响。那时长安的留学生很多，从日本来中国比较有名的人物如日本的小野妹子，两度以遣隋使的身份出使中国；诗人阿倍仲麻吕，中国名字叫晁衡，他留居中国长达五十多年，唐诗写得很好，与李白、王维等人有着深厚的友情，常作诗唱和；日本留学生吉备真备和空海和尚受中国汉字的启发，回到日本创造了日文的“片假名”和“平假名”；还有后来的日本大画家雪舟也是长期在中国研究水墨山水画法。

唐朝在长安的译经馆的规模是相当大的，可能比现在的编译局还大。玄奘活着时，在大慈恩寺译佛经时，组织了一个大的翻译机构，把印度文、梵文的佛经大部都翻译了。那个翻译工作可能比我们现在翻译马克思列宁全集还要严格，它有十多道手续，最后都译出来了，还要找一个文学博士在文字上修改润色。

唐朝还有自来水，不仅有上水道还有下水道，在西安现在还能看到当时排水用的砖。唐朝的大明宫麟德殿有多大呢？可能比人民大会堂小不了多少。有什么根据呢？记载说，坐在下边的人可举几丈大的旗。这次在西安挖掘的宫殿遗址，丈量下来真吓人呀！东西南北一测，那是多大的一个跨度啊！

讲这段话是什么意思呢？就是唐朝的文化高，因为对儒家还不是那么拘泥的。

到了宋朝的儒家就不一样了，儒家和宗教结合了，这就是“周张”，周敦颐、张载，“二程”程颢、程颐，到南宋以后是朱熹，这些人是中国哲学所谓的宋儒。宋儒这一套就坏了，恐怕到宋儒，封建礼教这些东西，腐儒东西就多了，这是他们的一个罪状。当然啦，宋儒也不是完全不可取的，也有它的长处，也不能一笔抹杀了。但是宋儒以后，男尊女卑、君臣死节、文死谏、武死战、臣死君、子尽孝、妇尽节、忠孝节义这一套，也就是程颐讲的“失节事大，饿死事小”，儒家强调的是失节不得了，改嫁不得了，饿死事情小。《儒林外史》就写了一个儒生逼着自己的女儿上吊尽节。为什么呢？因为他的女儿是寡妇，死了就可以挣得一个节烈牌坊，好去夺取功名立传。一家子出了一个孝女，出了一个死于节的寡妇，这一家这一族就神气起来了。你们看到南方那些贞节牌坊没有？现在可能都没有了，真应该留下来好好看一看的呀！那每一个牌坊都是一个屈死鬼，多少个屈死鬼呀！因为她一族里的人都逼她，什么你不是死了丈夫了吗，你该尽孝哇，尽节呀，逼她自杀。死了以后怎么办了呢，这一族就在县志上、府志上记上了，什么老蔡家老李家出了一个节妇，怎么怎么的啦，文人再帮忙润色一下，什么啼涕流血了等等。这一家子就不得了啦，将来出秀才就容易了，当官也容易了。就是这一套，这些都是宋儒干的。赶到清儒又变了，清儒又不把孔子当神了，当成哲学家，当成思想家、政治家了，特别是清儒的考据学派。“五四”以后，批儒打倒孔家店以后，儒又有了变化。所以儒这个大家，在中国思想史上影响是很大的。对这个问题采取一个简单的方法，闭眼不承认，或是打倒，搞简单化，是不行的。搞批孔批儒评法，“四人帮”的那一套更解决不了问题。只有详细地研究中国思想史，切实地、准确地、科学地分析研究，把儒家的历史发展、来龙去脉搞清楚，写出真正的中国哲学史、思想史，对儒家进行分析、批判、扬弃，这样才能解决问题。这是儒家。

第二个大家是道家，就是老子、庄子、淮南子。道家思想产生可能很早，但形成大概是战国后期。道家最大的代表人物是老子、庄子，到汉代以后有了《淮南子》，以后道家的书就多了。道家也是随着历史的潮流改换衣服，改变颜色，改变面貌，它的变化也是很大的。道家的学说在先秦可能是有的，关于老子到底是怎么样的一个人呢？《史记》说得比较恍惚。根据《史记》记载的老子年龄，这个人得活一百六七十岁，这不可能的。另外，他自己在文字上也有点恍惚，或者说老聃就是李耳呀！所以留下了一些疑团。但这无关紧要，这一派的思想在中国历史上是很厉害的。其中老子的道家是一种道家，庄子的道家和老子又不一样，他比老子又有变化。现在的哲学史专家认为《庄子》早，《老子》晚，《老子》成书可能在《庄子》之后，这个说法也有些根据。因为《庄子》是私人著书，《庄子》是人写的，文理很通顺。特别是《庄子》内篇的七篇，从《逍遥游》到《齐物论》、《养生主》，这七篇是非常可靠的，是著书。虽然不像《孟子》那样好像是一个人的文章，但起码这个学派的文章是很完整的。《道德经》的五千言，原来的人研究恐怕是西汉初年形成的，但是绝不会突然就在西汉初年就形成了，它的原始思想可能形成较早。有人说它是《庄子》之后形成的，也有一定的根据。现在又发现了《道德经》较早的竹简、写本，情况就不同了。最近出土的《道德经》竹简和原来的版本不一样，原来我们说的《道德经》和出土的正相反，是《德道经》！德经是在上部，道经是在下部，上下部五千言倒过来了。

后来这个学派到魏晋时就变成清谈、竹林七贤，到两汉黄巾起义的时候，他们又搞了一个道家，也打老子、庄子、淮南子的旗号，后来变成了一个宗教，这就是中国的道教。现在道教有几大流派，江西龙虎山张天师那就是汉代老张家，道教的老根据地。大家看《水浒传》，就知道了，张天师就是张道陵的后代。

不过道家倒是出了一个大人物的，是很值得骄傲的。我们不要忘掉《三国演义》中有个张鲁，马超和曹操在渭水之战打了一个败仗，被曹操使了个离间计，把马超和韩遂分裂了。马超带了自己的力量投了汉中一个叫张鲁的人。张鲁这个人信道教，信五斗米教，而且他以汉中这个地方做根据地，大概相当于现在的八九十来个县的大小组成一个道教式的共和国，叫原始共产还是什么说不清楚，是个很有趣味的道教共和国。搞过吃饭不要钱，外来的客人免费招待，妇女相当解放，而且互相称师傅，称天公，称同学。按道教的主张，其最主要的代表人物叫天公，原始的道家的共产主义学说，实行了好多年。道家学说在历史上真正搞政治，形成国家形态的就是张鲁。所以大家看《三国演义》，马超投靠张鲁，后来马超背叛了张鲁，张鲁失败了。可是张鲁确实干了二十来年按道家的政治思想形成的一个国家形态的社会，就在汉中这个地方。张鲁后来在人民群众中留下很深印象，这是给道家扬眉吐气的一件事情。

道家在唐朝因为老李家认祖宗的关系，那就很盛了。道家到宋朝也很盛，因为宋朝的宋儒，它自称为道统，传承了儒家的脉络和系统。它是儒家，它口头上反道家反老庄，可是它继承了道家的若干东西。

儒家的纲领是“格物、致知、诚意、正心、修齐治平”，是三纲领、八条目，是大学之道，是它修养的阶梯。第一步是格物，格物就是科学、考察，第二步是致知，第三步是诚意，第四是正心，然后修身、齐家、治国、平天下，这是儒家的个人修养以及奋斗纲领。最后达到什么程度呢？就是成为一个真儒，最后成为一个大思想家、大哲学家。儒家并不像别的家最后要成神。道家可不同，道家最后的追求目标是宗教化了，它要变神仙，老道要成神仙。什么叫神仙呢？神仙和和尚不是一回事，老道和和尚不是一回事。神仙就是把世俗的地主贵族变成永恒存在的地主贵族，神仙就是把大地主的庄园所有的东西，大官僚的家宅连同鸡犬、仆人、房子都搬到天上去，变成永恒不死的永世豪华。父子妻妾、鸡犬白日升天，道家叫“羽化”，就是把世俗的地主阶级和大官僚贵族变成不死的、长生不老的、永恒的地主阶级和大官僚贵族，这就是神仙。

怎么变呢？道家无非两派，有内功、外功之分，所谓“丹鼎符箓”。“丹”就是炼丹、炼红汞、炼石头，魏晋就干这玩意儿，炼好多云母石、丹砂、水银等等。他们那时不懂化学，瞎炼，炼了就吃，吃了就死。《红楼梦》中的贾敬就是吃丹药死的。还有一个吃死的，北海一进去，有一个正殿，那就是嘉靖这个皇帝在后来不想当皇上了，一心一意当老道，想成神仙，就在北海的那个正殿天天炼丹修道，他想变成永恒存在的神仙。严嵩所以得宠，就因他能帮皇帝写青词，青词就是道家祷告上帝的报告信。所以，

“丹鼎符箓”的“丹”是炼丹，“符箓”就是画符，画符之后把它烧了，然后吞下去，或者挂起来，或弄在身上，这些是“外丹”。“内丹”有些可取的东西，就是现在所说的气功。练气是道家主张的东西，这里面也确实留下了点儿东西。现在所说的大周天、小周天、气功得法，这是道家留下的可取的东西。道家认为人的中枢神经有一个循环体系，现在中医还用这个学说。人体有一个循环系统要冲破几个关口，最后有一个大周天的循环。练气就会长生，长生就不老，不老就不死，最后就变成神仙了。最初《庄子》上没有讲神仙，庄子讲过“真人”。入水不濡、入火不热的人就叫真人，以后就演变成神仙，就是不死的活人了。内家还有一套就是炼房中术，就是男女性生活，这就很肮脏了。

道家是迷信的，它想方设法长生不老，然后当神仙，最后到玉皇大帝那儿去报到。道家的体系是多神的，所以《封神演义》里面神的家族很乱，它又有佛又有道，还有神仙，还有狐鬼，是乱七八糟的东西。神仙就是这样一套，就不详细说它了。

道家到晚期，这一派学说对中国知识分子影响很大。比如魏晋时期的清谈派，就是竹林七贤。当时社会动荡，司马氏和曹氏争夺政权的斗争异常残酷，导致民不聊生。文士们不但无法施展才华，而且时时担忧生命，因此他们大都“弃经典而尚老庄，蔑礼法而崇放达”，他们从虚无缥缈的神仙境界中去寻找精神寄托，用清谈、饮酒、佯狂等形式来排遣苦闷的心情。晚期的道家在知识分子中相当有势力。大体上是这样，如果做官，他就要齐家治国平天下；一旦退归林下，道家思想就来了，神仙逍遥就来了。所以道家学派到晚期还是很有势力的。到清朝，虽然公开的没有什么很大的代表人物，但是思想还是杂糅到知识分子里面去了。特别是佛老结合以后，形成了新的佛老派的知识分子。崇尚道家是好多封建社会知识分子的晚年归宿。所以道家思想影响还是很深的，尤其对知识分子。这是讲道家。

下面讲讲墨家。在中国先秦思想史上，墨家是很特殊的一家，这一家在世界思想史上也是有特殊意义的。墨家学派的创始人是墨子（墨翟）。

墨家的基本主张和其他各家都不一样，其主要内容是“兼爱”、“非攻”、“尚贤”、“尚同”等，也可以说是它最基本的社会纲领。“尚贤”、“尚同”和“兼爱”代表当时原始的平等思想。“非攻”，就是反战，把一切战争都看成不义的，对侵略战争特别反感。墨家有这样几个特点，一个特点是，凡是墨家学派的老师和学生，有一个很严密的社会组织，组织内部纪律严明。墨家的老师称为“钜子”，钜子在墨家组织里不仅仅是老师，实际上是领袖，具有无限的权威。如果有谁违反了纪律，是可以把他处死的。另一个特点是在《天志》、《明鬼》这两篇文章中宣扬是有鬼的，而且这个鬼是有人格的，是赏善罚暴的，这是在先秦著作中就鬼神问题有明确主张的。除此之外，在墨子的书中还有一个特点，就是开创了中国的逻辑学，讲逻辑关系、讲论辩逻辑。他比较自觉地、大量地运用了逻辑推论的方法，以建立或论证自己的政治伦理思想。《经上》、《经下》、《经说上》、《经说下》、《大取》、《小取》六篇很有特色，是《墨子》书中的精华部分。《墨子》书里面还有相当数量的古代自然科学内容，涉及数学、光学、力学等方面。郭老认为，它是吸取了其他哲学学派的著作，而基本思想还是墨家的东西，这是大家一致公认的。

墨家讲究自苦以利天下。古人是留长发的，直到明朝头发还是不准剃掉的。清朝进关后，才留头不留发，留发不留头。墨子却主张“摩顶放踵以利天下”，“摩顶放踵”就是说为了天下人的利益日夜操劳，四处奔波，从头顶到脚都磨伤了，累得头上没有毛了，鞋破了，脚后跟露在外面。

墨家讲究“非攻”、“兼爱”，大家都知道有个著名的故事，这段情节很有趣，出自《墨子》的《公输》篇。据此篇说，楚王要攻打宋国，有一位著名的能工巧匠叫公输盘（后来说他就是木匠的祖师爷鲁班，这个说法不一定准确）受楚国雇佣，造成了一种新式的攻城器械，楚王准备用这种新式器械进攻宋国。墨子听说这件事，就去到楚国，对楚王进行劝阻。劝阻不起作用，他就和公输盘在楚王面前演习了他们各自的进攻和防御。墨子解下腰带当作一座城，把木片作为守城器械。公输盘使用九种不同的进攻器械，九次都被墨子击退了。最后，公输盘用尽了他的全部进攻器械，可是墨子的防御手段还远远没有用完。公输盘输了，但他说：“我知道用什么办法能抵挡你，我不说。”墨子听了哈哈大笑，说：“我知道你对付我的方法，我也不说。”楚王问墨子这是什么意思，墨子说：“公输盘的意思，不过是杀了我，宋国就没人能防守了。可是我的弟子禽滑釐等三百人，早已手持我的防御器械，在宋国的城上等候楚国人入侵呢。就算杀了我，你也不能灭绝他们。”楚王听了这番话，嚷了起来：“好啦好啦！我不要攻宋了。”就这样防止了一场战争。墨子不但是一个社会学家和思想家，而且是古代的一位自然科学家。上面说的那个故事不仅见于《墨子》一书本身，还见于其他著作。

墨家学派可惜在秦以后失传了。失传的原因之一是秦汉以后封建社会制度逐渐稳定，这个学派不适宜封建统治的需要而被排斥了。儒家，特别是孟子，主张“辟杨墨”，把杨子和墨子两个极端的人物放在一起批判。杨子叫杨朱，也是战国诸子百家中的一个人，这个人很惨，光留下一个挨骂的名字，全部著作一点也没有流传下来。杨朱的思想与墨子的思想正相反，墨子主张“兼爱”，杨朱则主张“贵生”、“重己”，重视个人生命的保存，反对他人对自己的侵夺，也反对自己对他人的侵夺。孟子说：“杨子取为我，拔一毛而利天下，不为也。墨子兼爱，摩顶放踵利天下，为之。”孟子认为，“杨氏为我，是无君也；墨氏兼爱，是无父也”，无君无父就破坏了“忠孝”和“仁义”，不合人道，就是禽兽。

杨朱的“贵生”、“重己”，提倡人应该爱护自己，尊重生命。生命只有一次，人要有生活的权利。为什么要主张这个呢？因为古代奴隶社会讲的是对天、对权威、对贵族要绝对地服从。奴隶是没有人格的，奴隶主死后可以成百成千地把奴隶杀掉殉葬，而奴隶们也认为为奴隶主去死是天经地义的，这是第一条。另外一条，古人在奴隶社会，由于自然的威胁，生活的艰难压迫，使人产生一种思想，叫作轻生思想。大家看中国古书时往往会感到人死得很容易。我又提起看京戏了，京剧《伍子胥过文昭关》，那死了多少人呀！伍子胥叫伍员，楚平王把他父亲杀了，他逃往吴国去，立誓要报仇。逃到江边饿得很，见有一个渔夫在河边，想要点吃的。渔夫看他饿成那个样子，就忙把自己的饭给他吃了。伍子胥吃完饭后走了几步就转回来对渔夫说："后面有追兵的话，你千万别告诉他们说我从这儿过去了。"渔夫听了有些不高兴，说："我看你逃难的人挺可怜，给你吃的，结果你还怀疑我。那好了，我表表我的心吧！"说完"扑通"一声跳下江自杀了。这个有点瞎编了，渔夫还能叫水淹死？《赵氏孤儿》那场戏，古人把死看得多么轻呀！为朋友随便就死了，捐生了。可见在古代奴隶社会，人们在人格服从思想的麻痹之下，轻生是很容易产生的一种思想。杨朱他就反对这种轻生思想，他说一个人活着就必须有自己人格的权利，不能随便就死掉，要重生。由此可见，后人攻击他，说他自私，拔一根毫毛有利天下他都不干，这也是一种偏见。

孟子在儒家中是一个大家，雄辩学派，最好论战。孔、孟相比，孔子讲问题还是从容不迫的，而孟子则是气势汹汹的。孟子的文章很有文学性，《孟子》书中有几篇文章写得很好。《梁惠王上》、《梁惠王下》、《万章上》、《万章下》、《公孙丑》等都写得很严密，论辩性很强，但有时他也不很讲道理。

孟子一生对儒家很大的功劳，就是打倒了杨子和墨子，叫"辟杨墨"。可是这功劳也不能全记在孟子的账上。汉初，墨子的书都没有了，西汉后期才从民间发现。杨子的书现在一篇也没有，只是从他的对立面《墨子》里和比他稍晚的《荀子》里能看到一点。郭老在《十批判书》里有一个观点，认为墨家流传不下来，和他的团体纪律过严，以及过苦行僧式的生活有关。这种说法可能过分了一点，我个人也不十分赞同。墨家是很受人们赞赏的，在先秦思想史上是个大放异彩的学派。

法家我就不准备讲了，头几年讲得太多了，什么韩非子，等等。后来把所有的人都列到法家里面去了，把马克思列宁也列到法家里面去了。但是法家确实是先秦的百家之一，有那么几个人是地地道道的法家，像商鞅、邓析子、韩非啦，韩非是最大的法家。可是要注意，法家和儒家后来合流了。有这么一句话说得很清楚：“儒表法里”，儒家的外貌，仁义忠恕，法家的内容。统治阶级没有一个例外，这是事实。法家是讲权术的，讲政治统治的，是先秦百家中一个重要的学派。但不是像“四人帮”说的那样，用它来取代儒家，根本不是那么回事儿。后来很多的儒家同时又是法家，法家本身又是儒家，法儒合流了，甚至后来道儒也合流了。

还要说一个“名家”，名家是相对论、诡辩论，是先秦辩证法另外一种形态，最典型的代表，就是惠施、公孙龙的“白马非马”，这个思想比古希腊、古罗马、欧洲哲学史早几百年。它把辩证法对立成绝对了，而且相对主义绝对化了，它都达到一定的程度。顺便说一句，庄子思想也是把相对主义绝对化了，是绝对的相对主义者。名家又把相对主义从另一方面绝对化了，所以这两者有不同。比如：惠施有所谓的“二十一事”，就是有二十一个命题。其中有“一尺之棰，日取其半，万世不竭”。他说一尺多高的木头竿，一天取它二分之一，剩下的一半第二天再去掉二分之一，一再地去掉二分之一，一万年也分不完。这个思想产生在公元前几百年的时候，像这样的思想他一共举出二十一个例子，叫“惠施二十一事”，每一件事情都是很高明的。现在用辩证法来理解就好懂了，“一尺之棰，日取其半，万世不竭”，这说的是物质可分性。凡客观存在就有可分性，这很合乎辩证法。他还有一个例子叫“鸡三足”。大家都知道鸡有两条腿，谁见过鸡有三条腿。他说凡是“鸡”就不应该是公鸡也不是母鸡。那么“鸡”是另外一种东西，不但不是公鸡，也不是母鸡；更不是大鸡，也不是小鸡；不是芦花鸡，也不是黄花鸡；不是黑鸡，也不是白鸡。即“鸡”的概念，超乎所有的鸡。你问我公鸡是两条腿？对！母鸡两条腿？对！但要是问鸡的话，就不是两条腿，是三条腿！“鸡”概念三条腿，他就是这样说。“白马非马”的道理和这个道理是一样的。他说“白马不是马”。你牵一匹白马过来说“这是白马”，再牵一匹黄马过来说“这是黄马”，你说“这两匹马都是马”。他说，“你胡说！如果这匹是马，那匹就不是马；黄的是马，白的就不是马”。你说，“这都是马嘛，黑红蓝白都是马嘛”。他说，“不对，真正的马不公不母、不黄不白、不黑不紫、不红不绿，那才叫马”。马的概念不应该有颜色，颜色就抽象掉了，只要是马就不应该有颜色。你要一匹白马，就是具体的马啦。“白马非马”就是这么来的。从这里就懂得了，它是从反面给你提出了问题，这就是辩证法的普遍性和特殊性，就是一般和个体的关系。黑格尔也就是讲这个道理，他讲苹果不是果子，苹果是苹果，不是果实。黑格尔的全部小逻辑也就是从这儿开了头。黑格尔的小逻辑第一章是讲“有”，讲“存在”，“存在”就讲“一般”。“一般”是概念，“一般”是果实。那么果实是客观存在的话，苹果就不是果实，苹果是果实的一种。概念是全部思维活动的基本形式，全部思维无非是概念的运动。就是从一个概念到两个概念，两个概念合起来形成一个判断。两个判断形成一个新的判断，再由几个概念就形成了推理分析综合。这都是概念的运动。

“昨日驰郢而今至”，这句话更厉害。郢就是现在的郢县，楚国的京城。他说我昨天来到郢，实际上我是今天来的。这里面也有个道理，我说，你什么时候到的北京啊？你回答说昨天，对不对？对！过两天再问，你什么时候来的北京啊？回答说前天。我前三天问，你什么时候到的北京啊？你说今天。今、昨、前这都是时间概念，看你从哪儿算。你说“今”对将来来说它就是“昨”，对过去来说它是“后”。他说时间是相对的，看对谁说。

希腊哲学家赫拉克利特，他有一个辩证法最原始的提法。他说“人不能过同一条河”，这是人的辩证思维最有名的命题，他深刻而形象地说明了事物运动而发展的思想，马克思最称赞他的。比如说，我们门前的这条河，说为什么不能过同一条河呢？他问你，“你下水第一步是什么河”，“是运河”。“第二步呢？”“还是运河。”不对！你头一步的那个水已经流过去了，第二步的水又过来了，是第二条河，第三步是第三条河，第四步是第四条河。不然的话，我问你这河的流量宽窄大小在每秒钟都一样吗？原来没有河，以后也没有河，你过河的过程，这个河已经流逝了一段时间，因此这个河早就变了。在你过河的这个时间这河已变成好几千条河了。这句话对不对？对呀。现在我们在这儿讲读书漫谈两小时，我早已变成非我了。道理也很简单，你活多大岁数？说我活了两小时，对！但也等于你接近死亡近了两小时，活了两小时也等于死了两小时。两边算，正数和负数一边大。我们在这儿讲两小时，也是浪费时间两小时。浪费时间就是浪费生命，如果胡说八道就得偿命。那种八股文章胡说八道挺长的，得看六七个小时，实在应该是冤有头债有主、杀人偿命，要提起法律诉讼，因为这叫浪费生命。六小时在人生的时间里等于死亡六小时，生和死是同一个过程。像这样的思想，我们先秦的“名家”公孙龙、惠施就已经发现了，就提出来了，而这个问题在欧洲诡辩学派很晚才发现。可惜这一派的学说后来没有传下来，到了以后，佛教、道教才把它捡拾起来了。这就是“名家”。

还有一个叫“阴阳家”，特别是齐鲁的所谓“稷下学派”。稷下就是齐国当时的国都，现在山东的临淄，在临淄有个城门叫稷门，在这个地方的学宫里集聚了当时中国许多知识分子，形成了一个学术中心。荀子也到过临淄，后来他成为儒家的大师了。各派都在那个地方讲学，那个地方是百家争鸣的。有个叫邹衍的齐国人，人称“谈天衍”，他是阴阳派的代表人物，大讲阴阳五行学说。这里顺便讲一下，阴阳五行学说虽然是战国时形成的体系，以后儒墨名法都用，它在中国哲学里占有特殊的地位。远在中国原始社会的后期，天地阴阳的变化、阴阳五行学说远比周易还要早，后来演化时间很长。像汉儒董仲舒就把五行拿来做儒教的教礼，道教也把五行拿来作为它的一个学说，法家也用。后来医家的根本理论更是阴阳五行。这个“五”字，后来配的就多了，红黄蓝白黑、南北东西中、心肝脾胃肾、金木水火土、宫商角徵羽，等等。五行搭配天干就成了东方甲乙木、西方庚辛金、南方丙丁火，北方壬癸水、中央戊己土。这是讲的什么呢？你不信，你到中山公园去，那儿有个社稷坛，有五色土。中间那块是黄的，东边是青的、南边是红的、西边是白的、北边是黑的。它叫社稷坛，社稷代表国家土地。阴阳五行学说在中国非常有势力。

说到中国原始的唯物论、原始的辩证法，确实是在阴阳五行学说中有它最初的形态，后来它又加以很大的发展，特别是形成了中医的理论。中国的医学、农学以及古代的工科学都离不开五行。还有一条，各个朝代的皇帝都修天文修历，中国是农业国家，非常注重二十四节气的运行，注重春夏秋冬、农时、天文、气象，这些都跟阴阳五行密不可分。

以上就是儒、墨、名、法、道、阴阳六家要旨。

除此之外，还应该注意的是兵家，这是值得我们中国人骄傲的。我国在战国时代就已经有了很高水平的军事著作，孙武、吴起就是我国古代许多大军事家中的代表人物，他俩并称“孙吴”，他们的军事著作及军事思想是非常有价值的。

孙武的故事大家都知道，他是实有其人，他辅助吴国，写下了《孙子兵法》十三篇，这在世界军事思想史上是一部永放光辉的著作。《孙子兵法》里充满了辩证思想，我们常说的“知己知彼，百战不殆”就是《孙子·谋攻篇》里的。兵法十三篇都有篇名，是一个很严谨的科学体系，现在看肯定是属于唯物主义的。它是从战争的规律讲战争的，从战争的性质、环境、过程和军队的素养讲战略学、战术学的。对《孙子兵法》，历代有十家注，其中赫赫有名的注家就是曹操，他的《孙子略解》是《孙子兵法》最早的注释本。曹操在研究《孙子兵法》中彰显了他的光辉思想，他继承并发展了《孙子兵法》。舞台上大白脸的曹操可不是一个简单的人物，这个人是个政治家、军事家、大诗人。曹操和他的儿子曹丕、曹植史称“三曹”。曹操的孙子魏明帝曹叡也是个大文学家，儿媳甄氏也很有文采。建安时代的文学就是由他们提倡的。

“吴宫教战”的故事大家都知道吧，讲的就是孙武的事。吴王为了富国强兵，他把孙武请去，吴王问他“应该怎样训练军队”，孙子说：“得其法者，可以将弱者变成强者。举个例子来说，宫女是些软弱的女子，如果训练得法，也可以上战场打仗。”吴王听了很感兴趣，说我这里宫女很多，挑选一些看看你如何来训练。孙子说：“好，可以。不过要给我独断权，得我说了算。”吴王答应了，就挑选一百多名宫女组成了妇女团。孙武把宫女分为左右两队，指定吴王最宠爱的两位美姬为队长，同时指派自己部下负责执行军法，拿着令旗宝剑，击鼓发号，指挥宫女们列队、卧倒、左右转……头一天，宫女们不听号令，嘻嘻哈哈。孙子说，再不执行命令，就执行军法了。宫女们不信，依然嬉笑打闹。孙子便召集军吏，根据兵法，要斩两位队长。吴王见孙武要杀掉自己的爱姬，马上派人传话说："寡人已经知道你能用兵了，没有这两个美人侍候，寡人吃饭也没有味道，请求赦免她们。"孙武毫不留情地说："臣既然受命为将，将在军中，君命有所不受。"孙武当着宫女的面杀掉了两位队长，又任命了新的队长。这下子宫女们被镇住了，吓得腿打哆嗦，大气不敢喘。继续练兵时，当孙武再次击鼓发令时，众宫女前后左右，进退回旋，跪爬滚起，再不敢怠慢。经过训练，全都合乎规矩，阵形十分齐整。吴王失去了爱姬，心中有气，孙武再见到吴王时说："令行禁止，赏罚分明，这是兵家的常法，为将治军的通则。对士卒一定要威严，只有这样，他们才会听从号令，打仗才能克敌制胜。"吴王明白了，气消了，任命孙武为军师，这是中国军事史上的一段佳话。

孙子这个人不仅有著作，后来吴王用他还打了很多胜仗，他留下的《孙子十三篇》是非常宝贵的财富。在历史上，有人把孙武和孙膑弄混了。孙武和孙膑，长久以来人们一直分不清他们到底是一个人还是两个人，搞不明白他俩谁是真孙子。《史记》、《汉书》讲得也很模糊。孙武、孙膑是不是一个人？是不是还有《孙膑兵法》呢？"吴宫教战"是孙武还是另有其人？《孙子兵法》到底是谁的著作？最近这个问题解决了，地下发掘把孙膑的竹简发现了，和《孙子兵法》不是一回事。孙膑的原名至今也弄不清楚，"膑"是古代砍了小腿的一种刑法，叫刖行，刖刑是一种很残忍的刑法。刖刑有两种说法，一种说法是把膝盖骨拿掉，另一种说法是把小腿砍掉。无论哪一种，都是把受刑人的腿搞残废。由此可见，孙膑就是孙瘸子的意思，不是他的真名。

讲讲"孙庞斗智"的故事。梆子戏里叫《五雷阵》，电影也演过这个故事。孙膑、庞涓都向当时的大隐鬼谷子学艺。鬼谷子的学生多了，连苏秦、张仪都是。孙膑和庞涓他们两个人在一块儿念书，鬼谷子特别喜欢孙膑，说他老实、用功，是个好学生，庞涓学到点能耐儿就自高自大起来了。三年以后，鬼谷子就问他们愿不愿意下山，孙膑说："老师，我觉得自己还差得多，还需要学习。"庞涓却说："我觉得自己学得很充实，先生讲的到底怎么样，我想去用一用。"鬼谷子没等他说完就明白了，说我可以推荐你去游说魏王。战国时期讲究游说，也讲养士制度。庞涓就跟随魏王，被魏王封为大将，做了不少较好的战争部署，打过几次胜仗。

又过了几年，鬼谷子对孙膑说，你已经学得差不多了，应该下山了。孙膑还不想走，鬼谷子给了他一本兵书，让他下山去找庞涓。但又告诫说："我发现庞涓这个人比较自私，如果不行，你就到别处去。"孙膑这个人老实，下山之后就去找庞涓了。结果庞涓发现孙膑多学了几年，他的学问比自己高得多，但因为是同学，碍于面子，不得不把孙膑引荐给魏王。魏王与孙膑谈了话，也发现孙膑的见识比庞涓高，就想让他做军师。没想到庞涓嫉贤妒能，唯恐失去宠信，于是暗地里设计让魏王残害孙膑，魏王下令拿去了孙膑的膝盖骨。为什么没有处死孙膑而使用刖刑呢？因为庞涓想要得到他下山之后老师教给孙膑的兵法。他就骗孙膑说："魏王要杀你，因为你我是老同学，是我求情才保下你的性命。"孙膑太厚道老实，信以为真，就玩命地为庞涓书写兵书。幸亏后来童仆把实情告诉他："就是庞涓害的你，你赶快逃命吧。"孙膑这才如梦方醒，把写出来的兵书都烧掉了，并且装疯、吃屎，往脸上抹脏东西。佯狂以后庞涓不信，亲自来试验。最后齐国使者出面搭救，把孙膑藏到车厢的一个箱子里，这才保全了性命，逃到齐国。齐国的国君齐威王让他做军师统领军队，他说，我是个残废之人，这样对三军的仪表不好。我可以做个不露面的军师，坐在车里，隐姓埋名，给你任命的总司令出谋划策。后来齐国和魏国发生了一场很大的战争，战争的最后就是孙膑和庞涓的决战。庞涓怀疑用兵的人不是普通的人，其中最厉害的一招就是"减灶增兵"。古代打仗估计对方的兵力有一个方法，就是派探子到对方的营地去数灶火眼儿。当时在野外埋锅做饭，十人一个锅，点清了炉灶就知道有多少兵了。他俩都是一个师父教的，都懂得这个。孙膑用什么办法呢？他让自己的军队见到庞涓的兵就退。庞涓想，还未打仗，为什么就跑了？这不对，可能是诱兵之计。然后他派人跟在敌兵之后，一路去数灶火眼儿。孙膑呢，他是一面后退一面减灶。开始十人一个灶，过两天改成二十人一个灶，再过两天又改成三十个人一个灶，把灶眼儿数故意弄得很少。庞涓很高兴，认为敌兵溃败了，逃跑的很多，就放心去追。这就是孙膑的“减灶增兵”之计。

实际上孙膑的兵力不但没减反而增强了，结果庞涓上了大当。当他的兵追到一个叫马陵道的峡谷，被孙膑事先埋伏在峡谷内的军队堵在峡谷之内。庞涓在溃逃中突然看到一棵大树，树皮都被剥掉了，树上有几个大字。庞涓令人举火，看到树上写的字：“庞涓今日死于此树之下。”因为孙膑知道庞涓多疑，必看此树，所以命令手下见举火就乱箭齐发，朝着火把的方向如飞蝗齐下，使对方全军覆没。这是孙庞斗智的故事

看来孙武是孙武，孙膑是孙膑，这是兵家的两个大家了。还有一个人叫吴起，也是一个大兵家。他先在鲁，最后投楚。这个人很残忍，为了事业不择手段杀了很多人，“杀妻取将”就是他干的。他为了取得信任当总司令、当大将，人家说两国交战，可是你的老婆是敌国的人。他说：“这很简单！”回去就把老婆宰了。还有是“母丧不归”，古人母亲死了不回去安葬，那可是不得了的事，这事也是他干的。

吴起也有著作，是兵不厌诈的大将军。他打了很多胜仗，特别新鲜的是他死后还能报仇。他主张变法，主张尊王室，主张军事制度绝对统一。他要楚王抄贵族的家，把财产充公，全国的贵族都恨死他了。楚王突然闹病死了就发生了政变，贵族的家兵家将杀进王宫追杀吴起，吴起就与他们展开了巷战。吴起一看打不过了，他就跑，贵族的兵就在后面追。楚王的尸首就放在大殿里，他就趴在楚王的尸首下边。贵族下令射死他，射得他就像刺猬一样，楚王的尸首也射成刺猬了。后来楚国的大臣们说，你们射

吴起还行，竟然把楚王的尸体也射了，这是大逆不道，得统统杀头。后来太子即位，就以“兵犯王尸”的罪名诛灭了射死吴起的一些贵族。吴起临死还搞了这么一个绝招。这是吴起的故事。他是兵家的一个典型代表，后人也很重视他。

中国的兵家是一脉相承的，一直到近代，对中国的军事思想都是有影响的。世界军事专家认为德国军事思想家毛奇、克劳塞维茨是大战略学家。在延安时，郭沫若给我们讲过战略学，说以《孙子兵法》为代表的我国的军事学说比毛奇、克劳塞维茨要早得多。和外国相比，中国的军事思想家在世界军事思想史上具有特殊的光辉。

此外在先秦诸子百家中，还有一个是杂家。杂家是在百家时代的一种必然现象，它综合各家，思想体系上不够一贯，但能取各家之长。秦时有一部著作叫《吕氏春秋》，这部书是集体创作的。吕不韦请他的门客综合百家写成了这部书，简称《吕览》。这部书就是杂家的代表作，到现在也值得一读。它是可靠的总结战国时期百家的著作，里面有儒家的思想、道家的思想、法家的思想，也还有其他各家的思想，这一派在战国时期就叫杂家。

我们上面讲到的主要这么几家，还有农家、医家等等，我们就不一一详细讲了。其实所谓的百家，多数是有名无书的，什么文中子、邓析子等等。而著作比较多，且比较可靠的，也就是上面讲的这么几家。后来，顺着这个源流演变下来，法家和儒家结合了；道家形成了一种新的思想，和后来的儒家结合了；再到后来，道儒法都结合到一起，就用儒家的名目贯穿下来了。

再讲讲《管子》，管子是春秋时齐桓公的大宰相管仲，是当时最大的政治家。《史记》列传的第二篇《管晏列传》就是写管子和晏子的。可是《管子》这部书现在看起来不是他本人的著作，可能是两汉以后，人们根据他的思想和其他书的记载集中到一起编成的。这部书很有价值，其中有四篇写得很好，像《内业》、《白心》等，都讲的是富国强兵的道路，讲经济和政治的关系，也讲礼，讲强国与教化及经济的关系。齐国的齐桓公为什么能成为五霸之首九合诸侯，其中管仲起了很大的作用。纵观《管子》全书，内容较为庞杂，汇集了道、法、儒、名、兵、农、阴阳等百家之学。但其思想的主流是黄老道家思想，它将道家、法家思想有机地结合起来，既为法治找到了哲学基础，又将道家思想落实到了社会政治经济人事当中。

这里顺便谈一下交友。中国人民历来把交友好义当作美德，什么桃园三结义、路遥知马力、羊角哀等等，古书中讲得很多。历史上真正讲究好朋友之交，最动人的是管鲍之交，就是管仲和鲍叔牙。就像鲁迅给瞿秋白写的一副对联“人生得一知己足矣，斯世当以同怀视之”，就是那种一生一世的知交。早先酒店里有一块匾，叫作“管鲍之风”，说的就是重义轻利、彼此信任的经营之道。下面我们简单讲一下管鲍的故事。

鲍叔牙在做官时，管仲还是一个很穷的无名之辈，后来鲍叔牙出本钱，他俩合伙做生意，挣了钱起码应该二一添作五，平分。结果管仲拿走百分之七十，鲍叔牙留百分之三十。天长日久鲍叔牙的家人就不愿意了，就说管仲的闲话。鲍叔牙听了说：“这样拿得对，分得好。管仲不是贪心，是因为家贫，他有老母要奉养，我比较富裕不在乎这几个钱。”这是管鲍之交的一个特点。第二件事，齐国发生了内乱，亲兄弟两人争国权，管仲保公子纠，鲍叔牙保公子小白。一个借鲁兵，一个借莒兵，打了两场大仗，即乾时之战和长勺之战，管鲍两个各保一个。他们俩说好了，不管谁胜都是齐国的国君，咱俩往死里干，谁也不要客气，最后不管咱俩谁胜谁败，咱俩还都是好朋友。乾时之战公子纠败了，公子小白赶回国内做国君。管仲从小路上追上小白，指责说：“公子纠是长子，你是小儿子，不应该坐皇位。”小白说：“管先生，你说的道理我知道，可是公子纠不成才，我比他强，我听说你和鲍叔牙是好朋友，你能不能跟我一块干？”最后两人吵翻了，管仲趁他没防备，射了他一箭，正射中小白的心口窝。幸亏射在皮带钩上，小白就势栽倒车上。管仲受了骗，以为把他射死了，便扬长而去，告诉公子纠说小白已经死了。鲍叔牙从后面赶上来，他知道管仲的箭法厉害，以为射死了小白，三军也都紧张起来。等到看见小白没死，管仲跑了，鲍叔牙说："坏了，他回去后，公子纠一定是连夜赶到国都临淄，我们也要连夜进兵，抢在公子纠之前。"结果小白到了临淄登上了君位，这就是历史上有名的齐桓公。后来齐桓公出兵到乾县和鲁军大战，把鲁国打败了，公子纠自杀了。

小白派人到鲁国向鲁庄公要管仲，鲁国有个大夫叫施伯，这个人也很厉害，他和鲁庄公说："管仲可是天下的一个大人才，如果管仲归了齐国，就如虎添翼。如果留不住，你就把他宰了，可不能活着交给小白。"鲁庄公就对齐国的使臣说："我也很恨管仲，那就当着你的面把管仲杀了吧。"齐国使臣受鲍叔牙的委托，坚持要活的管仲，他说："管仲射中我们国君的带中钩，差点儿要了他的命，国君要亲自手刃之。"其实管仲也明白，小白不会杀他的，把他装入囚车他也老老实实的。这样，囚车就上路了，由于天气炎热，看囚车的人不愿意走，一路上歇晌住店走走停停的，一天走不了多远。管仲他心想，这可坏了，施伯一定会派兵来追杀我，不会让我活着进入齐境的。他问同行的人，你们都是哪里的人呀？回答说是齐国临淄一带的。他就说，我唱一个你们家乡的歌吧。说完就唱起了黄鸟之歌，这是临淄一带流行的民歌。唱着唱着大家就随着他一起唱了起来，一边走一边唱，忘记了疲劳，很快就走出了鲁国国境进入了齐国。后来，施伯果然派兵来追杀，见囚车出了国境也就没有办法了。

管仲到了齐国，齐桓公按鲍叔牙的意见，不计一箭之仇，请管仲做了齐国的宰相。当时齐国人都认为最有功劳的是鲍叔牙，一定要由他来做宰相。但鲍叔牙说，我不能做宰相，我不如管仲。齐桓公把管仲请来，对他说，按功劳按资格都应该是鲍叔牙做宰相。你看，你们两个人谁做宰相好呢？管仲说，我好，他不行。齐桓公问为什么，管仲说，鲍叔牙是我的好朋友，他是个将才，是一个大好人。但他有一个弱点，就是"察察为明"。什么是"察察为明"呢？古人讲"水至清则无鱼，人至察则无徒"，水至清则无鱼，水若是太干净了，里面没有浮游生物，就养不活鱼了。这句话是很符合养鱼学的，一丈多深的水，清澈得一眼就能看到水里的鱼，这鱼还能养得住吗？仰首为观、俯首为察。“仰观俯察”是《兰亭序》里讲的。观和察是不一样的，观是整个地看，察是仔细地看，用放大镜看叫察。管仲认为“察察为明”不好。就这个话题，顺便我再讲一段儿汉朝班超的故事。

班超是通西域、开疆拓土的大人物，对维护汉代边疆有很大的贡献，被汉朝封为定远侯。班超是班固的弟弟，投笔从戎说的就是他。他还有一个妹妹叫班昭，夫家姓曹，史称“曹大家”。班固的《汉书》没写完，就是他妹妹曹大家完成的。

班超七十多岁了仍在西北，曹大家就给当时的皇帝汉和帝，即当初派班超出塞的汉明帝的孙子上了一书，说我们家世世代代给国家效忠，现在班超已经很老了，如果在西北一旦有失，对国家威望也不好，希望让他活着回到长安。汉和帝被感动了，说定远侯的功劳太大了，应当活着过玉门关，回到长安养老。

接替班超的这个人名字挺怪，叫任尚。任尚到任后反复地向班超请教。他说，君侯在西北这么多年，威震西北，一定有很多秘诀妙方，请您告诉我一下。班超说，这个好说，临走时我告诉你。临走那天，任尚到班超的屋子里求教，班超告诉他的就是一句话：“水至清则无鱼，勿以察察为明。”就是说对人考察不要过细，要存其大体，恕其小过。这个就是我们现在所说的不要在细处责备，大处看人吧。任尚接着问还有什么，班超说没有了。任尚回去对他的心腹幕僚说，别看定远侯在西北威名赫赫，其实平平，只告诉我一句极普通的话。班超看出了他的心思，在回长安的路上就对他的幕僚说：“我的话任尚是不会重视的，也一定不会用，西北危险了。”幕僚问他，既然如此，那你为什么不同他把道理彻底讲清楚呢？他说，一是我年龄大了，西北的问题来不及彻底解决好，西北受到挫折也是必然的。还有一点是任尚他这个人很难理解我劝告他的“勿以察察为明”的道理。你们看，凡是逃到西北从军打仗的人都是在中原犯过这样或那样错误的人，都是有些毛病的，也有犯过罪判了刑的人。如果他们没有毛病，不是想立功赎罪，他们就不上西北边疆来豁死卖命了。对于他们，你如果净找毛病，查档案，那就一个能用的也没有了。古代的政治家、军事家都是懂得用人之道的。用人主要看大方面，有没有谋略、勇敢不勇敢、能不能忠心报国边陲立功。至于那些小毛病，不关大局，不去管它就是了。后来，果然西北大败，朝廷不得不调离了任尚。

咱们再回到管仲的问题上来。管仲说，这个人好是好，做将可以，做宰相不行。宰相必须宽怀大度，兼容并包各派力量，各种不同的人，他都能用，宰相肚里能行船嘛。管仲认为在这方面他自己行，鲍叔牙不行。管仲走后，齐桓公又把鲍叔牙叫来，齐桓公对他说，我不是在你们朋友面前挑拨离间，管仲说你做宰相不行。鲍叔牙说，管仲说得对，我确实不如他，这个宰相离了他不行的。如果不用他，你想要做五霸之首当盟主根本不可能。鲍叔牙极力推荐管仲为相，结果管仲帮助齐桓公成就了大业。

到后来管仲临死时，齐桓公问他："仲父一旦不济，谁可为相？"问到鲍叔牙可以不，管仲仍说鲍叔牙还是不行，他善恶过于分明了，而且他也老了。当时齐桓公有三个宠爱的宦官：易牙、开方和竖刁，是三个小人，是大坏蛋。易牙是当时有名的厨师，他是厨师的祖师爷，为了讨好齐桓公，把自己的儿子煮了给齐桓公吃；开方侍奉齐桓公 15 年，父亲死了也不回家奔丧；竖刁呢？他为了留在齐桓公身边宁愿自阉。当管仲病危时，这三个人也在眼前，管仲叫他们退下之后问齐桓公，你认为这三个人怎么样？齐桓公说，这三个人对我忠心耿耿，他们为我可以干任何事。管仲告诫齐桓公，这三个人是三个祸害，是国家的三个毛贼，你要赶快把他们除掉。齐桓公还是不理解，管仲叹了一口气，解释说："大王可以仔细想想：一个人连自己的亲骨肉都可以杀害的话，那么他还害怕杀别人吗？一个人连自己的身体都可以去残害的话，那么他难道就不敢去残害大王您吗？父亲死了，都不回去奔丧，这是不近人情呀！你怎么能信任这样的人呢！"齐桓公问："仲父，你以前为什么不讲呀？"管仲说："这三个人给你办事，不外乎是吃点喝点，给你找几个漂亮的姑娘。我曾经想过，你是国君，生活上乱就乱点儿吧，反正国家大事有我管。他们三人好比洪水，我是堤坝。有我在，他们泛滥不了，危害不了。现在你可要注意啦，我死了，堤坝没了，洪水就会淹没了齐国。你要远离他们才对。”齐桓公连声答应：“是！是！”这是管仲临死时的一件事。

等到管仲死后，齐桓公果然按照管仲的提醒，将这三人打发出宫。但是时间一长，齐桓公就觉得心里空落落的，连饭也吃不香，觉也睡不好，这样熬了三年，他实在是熬不住了，于是又召三人回来，结果成了后患。齐桓王到了晚年惨得很，这三个人堵塞宫门，不让人进入。齐桓公最后饿死在宫殿里，四十多天尸首腐烂了，大蛆从宫殿里爬到宫外。所以，提醒现在当首长的可要留点儿心呀，别看他能把儿子杀了给你吃，这种人不可靠。

上面我讲的是管子，讲的不是演义，史书上就是这样写的。管子这个人有一句名言：“礼义廉耻，国之四维，四维不张，国乃灭亡。”后来又讲：齐鲁之地，买卖兴通，“销山为钱，煮海为盐”。那时徐州叫铜山县，是出铜的地方，产铜可以制钱，煮海为盐得鱼盐之利。当时齐国是最富庶的。他首先是富国，然后治礼仪，最后再强兵，讲究礼仪待人。管仲有一整套的内政外交政策，这是管仲的主张。从以上诸子百家的情况看来，战国确实是中国思想史上的一个黄金时代。

最后我再讲一点儿佛教。佛教是在中古时代从印度传进来的大哲学。在“子”书里最初不列佛教，《六家要旨》里也没有佛教。战国没有佛教，佛学也没有，主要有儒墨道名法阴阳，还有杂家、农家、兵家等。汉代以后佛教传入中国。佛教大体上是东汉明帝时传入的印度教。佛教是现在世界三大宗教之一，按信徒人数它比基督教、伊斯兰教恐怕只会多不会少。它的影响波及范围较广，但是它的严密程度不像基督教那么厉害。到东汉以后，到唐到宋，佛教思想在六家之外成为中国一个大的思想学派，佛教唯心论在中国逐渐形成势力。

佛教产生在古印度，现尼泊尔境内的迦毗罗国。现在印度也好，巴基斯坦也好，尼泊尔也好，缅甸也好，都有佛教。佛教南传是经太平洋。北传有两条路，一条是通过天山葱岭向北，以后通过西藏变成喇嘛教的一个派系；另一条是从天山南路入长安入洛阳，到中国，以后传到朝鲜、日本，到整个东亚。就这样从印度到中国，形成了大的佛教势力。现在日本、朝鲜的佛教实质上都不是印度教，而是中国的佛教。所以说佛教的老家虽然是印度，但是佛教的发展并形成一个巨大的思想宗教流派是在中国。佛教应该说是半中半洋的这么一种产物，而且这个产物很大程度是土货——中国货。所以现在日本人到中国来，好多都来找和尚的祖宗坟，叫找祖庭，祖庭就是祖宗的坟。日本和尚哪个宗的都来中国找祖庭。像律宗就到扬州找鉴真和尚，华严宗也来，禅宗也来，净土宗也来，到五台山、庐山，还有到山西的，去找他们每一个宗派的祖先。

佛教发源在印度，但是在中国发展了。到唐宋以后就逐渐有人想把佛经列入“经”部里面，但一直行不通，后来还是列进“子”部里了，还有一部分列在“集”部里，大部分在“子”部里。所以在哲学史上是应该讲讲佛教的。

佛教和道家不同，和尚不是想当神仙。儒家是当万世师表，当君王、统治者，当大哲学家；道家追求的是天上人间地主贵族。佛教是另外一种主张，它主张入涅槃之境，往生极乐的世界。这个世界是什么世界呢？即不生不死、不寂不灭、无空无色，永恒的寂静，像一面镜子那么干净。去一切烦恼，去一切痛苦，去一切忧伤，入一个真如洁净的极乐世界。它管“死”也不叫“死”，叫“入涅槃”。道家管“死”叫“羽化”、“尸解”。佛家讲究入涅槃，它是什么思想呢，就是解除一切痛苦。

讲几个小故事。佛祖释迦牟尼确有其人的，这个人叫悉达多，姓瞿昙，其父为释迦族。他是一个小国的国君净饭王的儿子，成道后被尊称为释迦牟尼，意为“释迦族的圣人”，就是最大的觉悟者的意思，所以以后的和尚都姓释。他的一个典型的东西就是成为佛的成道记。成道记是怎么来的呢？他父亲做皇帝的时候非常宠爱这个太子，16岁时就给他娶了一个美女，叫耶输陀罗，是很漂亮的印度美人。但是这个太子的思想和别人不一样。据记载，他出京城四门，就是东西南北门，东城见了产妇的痛苦，西城见了老年人衰老的痛苦，南城见了病人的痛苦，北城见了死人的痛苦，生老病死，遍地都是苦。他想人活一辈子，生孩子孕妇哼哼直叫唤，那么苦那么难；等老了，胡子拉碴的没人照顾；闹病的时候那么惨，最后还得死。人就是这样活一生，最后还都是苦。他想人真是苦呀！他老是想这个“苦”，他想人生那么短暂，为什么要这么苦呢？他就天天在“苦”字上做文章，就想这个“苦”字。他就问先生，先生给他讲为君之道，讲治理国家，他都不听，就是想这个问题。后来有一个晚上，他和爱人躺在床上，他爱人睡着了，他的思想就演变了。他想这么美妙的佳人，看着看着一会儿就胖起来了，一会儿就变成白发老太太了，一会儿就死了，再一会儿她身上就爬大蛆了，一会儿又变成骷髅躺在那里。他想，她将来要变成中年妇女、老年妇女，最后要死，死了要爬大蛆，美女变成骷髅。她要这样变，我也要这样变呀！他问别人变不变，说谁都要这样变的呀。他想，这有什么意思呢？他就把人生时间像演电影似的快速放一遍。如果咱们把一生用镜头演一下，从生到死几秒钟演完，那也够害怕的啦。他对这个问题悟不出一个道理来，他到处找人解答，谁也解答不了。他说，不行！我要想通这个道理，要解除这些生老病死所有的痛苦，还要解除战争、人整人、欺诈、说谎等等一切罪恶，就是所谓佛家说的五戒“杀盗淫诳酒”，六识“眼耳鼻舌身意”，他就遵循这个思想探索下去。最后他就偷着跑了，跑的时候他谁也没带，后来让一个剃头的人发现了，苦苦要求跟着他。他说，跟着我有一条，我到哪儿要保密。剃头的人说：“行吧！”这人很忠实于他，一直跟着他走。那时印度婆罗门教、土教教徒很多，他到各地去访问，人们都回答不了他的问题。他这样思考了很多年，和很多教派辩论，也吃了不少的苦头，被人当成骗子、强盗、小偷，把他整得好苦。可是他这个人很坚定，唯心主义哲学家也有一股顽强劲儿。后来他来到尼连河，尼连河畔有两棵娑罗树。这个娑罗树佛教是很注重的，北京香山的卧佛寺就有娑罗树，大叶子开小白花。他在树下铺了一些稻草坐了下来，他说我想不通就不离开这个座位，饿死也不走。结果他一坐就坐了几年，没想通就天天想。好多人都认为他是个疯子，那位剃头人每天给他募化一点吃的东西，他饿得骨瘦如柴，每天只吃一点点东西。突然有一天他想明白了，他说我可能发现了一个不生不死不灭不腐的永恒的境界。现在世界上一切形态状态，一切东西都是一种色界，都是一种现象界，都是假象。将来这些东西都要灭亡，这些色界以后都要完的，诸色皆空。要注意，没有永恒的现象，现象最后都要完的，辩证法也讲这个的。他是从唯心主义方面得到这个东西。唯有一个东西不死不灭亡的，就是不生的东西，凡发生的东西都要灭亡。然后他讲“色即是空，空即是色”，他明白了这个道理。明白以后他说宇宙本来是个无，是个空，空还不彻底，最后是不生不灭永恒的极静，最后是极乐，一切烦恼都消除了，他是要达到这么一个真正理想的世界。这里注意，佛教不上天国，基督教上天国。佛教不上天国，是往生极乐世界、涅槃世界，懂得这个道理的人就叫佛。“佛陀”的印度文的原意是“彻底觉悟者”，大彻大悟，佛就是大彻大悟的人。他创立了这个学说，提出了“苦集灭道”的佛教四谛教义。

大彻大悟之后，他对剃头人说：“行了，你扶我起来吧。”然后他到尼连河里洗了一个澡。正在这时来头母牛，跪在他的面前，他这时也饿坏了，他就吸吮母牛的乳汁，吃得饱饱的，然后换了身衣服，就开始给别人讲道了。开始是小规模地讲，后来到处大规模地讲，最后国王请他去讲。其中有一个特别厉害的国王，就是《西游记》中的那个给孤独园的长老，给他讲课的条件是整个院子都用金砖铺地。这样他的学生就越来越多了，最初他收了十个弟子，叫十大弟子。后来他的儿子找他来了，他把他儿子收为弟子。佛陀的母亲死得早，他有一个大姨叫大爱道，也来做他的学生。大爱道就是现在尼姑的祖宗，因为是佛的大姨，所以说尼姑比和尚大一辈。他有一个叔伯弟弟叫阿难，现在佛的边上不是站着两个人吗，左边的是阿难，右边的叫迦叶。迦叶是婆罗门教的一个大教主，他自己有几百个学生，他的整个教团皈依了佛，全部参加了佛教，这是他的两大弟子。十大弟子中还有他的儿子，还有那个剃头的，还有他的大姨，还有舍利弗，舍利弗是能打架的。还有目犍连，目犍连也是十大弟子之一，你们南方人不是看目连戏《目连救母》吗，那个目连就是佛门弟子目犍连。这样形成的这个大教派就很兴盛了，在印度就成为一个大的哲学思想。佛是长瘩背疮死的，那时外科手术也不行，他很痛苦。他快死时，十大弟子围着他，问“你要死了，以后怎么办”，他说：“我死不是死，是入涅槃。入涅槃之后我还有显化。”你们注意，卧佛寺的那个佛相就是苦相，就是他长瘩背疮的那个相。凡躺着的是佛临死前的遗像。在卧佛寺，是右手枕着，面朝南，脚朝东，头朝西。

他的弟子阿难这个人博闻强记。凡是佛经里的话都是语录。佛一辈子讲过多少次话谁也记不住，就阿难这个人记忆力好，他就一步一步地说，在什么地方，那天佛是怎么讲的。所以凡是佛经的第一句话总是“如是我闻”，就是“我那天听老师是这么说的”。所以各个大哲学家的思想最初都是语录。佛的语录也就是这样的，最初就形成这个样子，后来是五百人集俗语录，以后就演变成整个佛教。

佛教以后在中国的隋唐分支，形成了很多宗派：三论宗、唯识宗、天台宗、华严宗、禅宗、净土宗、律宗、密宗，等等，到唐宋演变成五宗。佛教宗派变化很大，现在日本的佛教宗派数量比中国还多。中国最盛的可能是三大宗派，其中有一宗叫禅宗。最近你们看电影《姿三四郎》里面那个和尚就是禅宗和尚，他不是老拿把锤子吗？这就叫“禅宗棒喝派”。范老（范文澜，编者注）在《中国通史》里讲佛教有两大基本学派，一种叫作“渐门”，一种叫作“顿门”。“渐门”的一个大宗叫净土宗，现在净土宗是最普及的，全世界净土宗的和尚最多。什么叫“净土宗”呢？和尚不是有个念珠吗，108 颗珠子。念一声佛号，数一个念珠。他一天念多少呢？他要发愿，一星期或十天要呼十万次的佛号，就是这个念珠要抡撸过几百上千遍才能大约完成十万次佛号。干什么呢？他在念“南无阿弥陀佛”这六个字时，脑子里就在想佛，天长日久了，他睁开眼睛就看见佛了，白日见佛了。这就是净土宗，很简单，很廉价，但是要靠工夫。“渐门”就是逐渐练，就是思想集中，驱除杂念，守规矩，念佛号。中国劳动人民被愚弄的精神鸦片，净土宗最多，为什么呢？这个不用讲很多的经文，就是呼佛号，简单易行。净土宗是最大的一个宗派，在日本净土宗最厉害，日本的净土宗叫莲宗。

那个《姿三四郎》中的和尚不是净土宗，他是禅宗。禅宗又讲什么呢？这就要讲点《红楼梦》啦。广东韶关有个放惠能真身的寺庙叫南华禅寺，六祖惠能逃到那个地方，这是禅宗的一段传说。在《红楼梦》里写禅宗参禅悟道的地方有好几处，有一段是：宝玉和黛玉、宝钗闹三角争逐，袭人等丫鬟也慢待他，宝玉两边都受冷遇，心里很不是滋味，回房读了一段《南华经》有触发，就写了一篇“日记”，大意是钗黛袭麝等你们别看都是花月容貌，其实就是一张引人入邪魔的大网，我应该自我解脱，绝弃她们。正好叫黛玉看到了，黛玉当即给他批上：“无端弄笔是何人？作践南华庄子文。不悔自家无见识，却将丑语诋他人！”宝钗和黛玉虽然是情敌，可她们看到宝玉好久不见，不知是怎么回事儿，两人各怀心腹事，说咱们去看看他吧。到了怡红院就问袭人，袭人说：“宝玉这半天没出门，也不和人说话，就在屋里闷着，写了些字，也不知写的是什么。”黛玉说拿来我看看。看过之后，宝钗说：坏了，都怨我，那天看戏的时候我点了一出《醉打山门》。原来这戏里有一段牌名叫《寄生草》的曲子：“漫揾英雄泪，相离处士家。谢慈悲，剃度在莲台下。没缘法，转眼分离乍。赤条条，来去无牵挂。那里讨，烟蓑雨笠卷单行？一任俺，芒鞋破钵随缘化！”这本是描写和尚鲁智深看破红尘的。可“赤条条，来去无牵挂”一句戏文使宝玉动了禅机，他写了一首偈子：“你证我证，心证意证。是无有证，斯可云证。无可云证，是立足境。”宝钗看了，恐怕宝玉听戏文，入了禅机移了性，动了遁入空门的念头，自己岂不成了罪魁祸首。黛玉说，不怕，跟我来，我有办法。她们进了宝玉房间，黛玉劈头就喝问：“宝玉，我问你：至贵者是‘宝’，至坚者是‘玉’。尔有何贵？尔有何坚？”这其实是禅宗的一个话头，宝玉的道行还不行，他一时竟答不上来，坐在那里僵住了。黛玉又讥讽说：“你还参禅悟道呢，我们姐妹能的，你还不行呢，你就死了这条心吧！”黛玉后来又说了一句极具禅机的话：你那偈子最后是“无可云证，是立足境”，我再给你续两句，“无立足境，是方干净”。你看黛玉续的这两句，那实在是高！禅宗提倡的是心性本净，佛性本有，强调悟。林黛玉补充的两句，那是彻悟，是不是更空、更虚无呢。接着宝钗又讲了一段《传灯录》上五祖传法的故事。

我讲讲这个故事。当初五祖弘忍要传达摩老祖的衣钵，就相当咱们现在的“挑选接班人”。衣钵的衣就是袈裟，钵就是和尚要饭的那个盆。和尚是不做饭的，要饭吃。禅宗五祖弘忍传衣钵是叫弟子们每人做一首诗，就算是毕业考试吧。看谁做的好，就把法嗣的正位及衣钵传给谁。他的弟子中最优秀的是大学长叫神秀，他做了一首诗，和尚的这种诗不叫诗，叫偈子。神秀写的是，“身是菩提树，心如明镜台。时时勤拂拭，勿使惹尘埃”。弘忍说好，这个偈子写得好，就要把衣钵传给他了。这时在磨房里有一个推磨的苦工和尚叫惠能的，是个苦行僧，一边推磨一边也念了四句，“菩提本无树，明镜亦非台。本来无一物，何处惹尘埃”。你看这个彻底不彻底。神秀说像树像镜子那样干净。惠能说，树和镜子本来就没有，哪有什么尘埃，这就是禅宗的心即是法。他一念，大家都吃了一惊，弘忍说：“谁？把他找来！”这样弘忍就认识了惠能。因为和尚传了衣钵他就死了，弘忍说：“今天就到这儿吧，今天不传了，改日再定。”然后，弘忍拍拍惠能，手指做个“三”。惠能懂了。半夜三更时分惠能来到弘忍房间，弘忍对惠能说：“你是我禅宗的真正传人，你的偈子证明你最了解禅宗。禅宗就是不立文字，讲心宗心法，你的偈子完全对了。现在我把衣钵交给你，从现在起你就是六祖。可是，你不能在这儿待下去了，你的师兄弟们不能容你。你得连夜逃走，往东南跑，后面必定有人追你，你得想办法对付。”第二天，神秀问：老师传法的事怎么样了？弘忍说：这事再等几天吧。敷衍了几天之后，还是走漏了消息。这帮人知道惠能跑了，他们就追呀撵哪，想要在路上杀了他抢回衣钵。据说赶到江苏的一个山上，看见衣钵被抛到地上，结果谁也拿不动。从这个传说可以看出“悟道”是佛教禅宗这一派的根本主张。神秀作的“身是菩提树，心如明镜台”可以比作“渐派”；惠能作的“本来无一物，何处惹尘埃”可以比作“顿派”，后来又发展出了“当头棒喝派”。比如日本电影《姿三四郎》里的那个和尚，动不动就是一榔头。更有甚者发展到打佛骂祖，吃狗肉喝烧酒。以上讲的是佛教。

“子”书就讲到这儿吧。再用点儿时间说一下中国哲学思想史的几个特点，四个特点吧。

凡是哲学史、思想史，或一个哲学思想流派，对自然、社会、人的思想三个部类都是要研究的，都是要论述的。人类的宇宙无非三大内容：自然、社会和人。所有的思想史、哲学史都要论述这三者的普遍规律，这也是思想史、哲学史研究的对象。中国哲学史和世界哲学史在这一点上是一样的，共同之处我们就不讲了，讲讲我们的特点。

第一，中国哲学史讲伦理道德、教育、政治这方面多，它是从理论道德、教化方面来讲自然哲学。专门讲自然的也有，但不太充分。关于自然本体的论述比较少，可是伦理、道德、政治、教育方面特别多，发展丰富。它是把社会和自然天人合一。而欧洲哲学史首先研究自然，这点和中国不同，这是第一个特点。其原因在什么地方，这是哲学史家一直在探索的一个问题。

第二，中国思想史上有过几个大的繁荣时代。但是和中国的封建社会长期停滞有关，影响了思想史的发展。特别是汉武帝以后，废黜百家，独尊孔子，尊儒教。这和欧洲中世纪尊天主教有相同点，但又有不同。因为儒教毕竟不是宗教，它不是神学，它还是哲学教化。儒教是随着时代变化着自己的面貌，而且它能吸收各家的长处，像海绵似的，既能够摩登（就是时髦），又能吸收变化，所以儒家思想一直在中国占据统治地位。后来各家也都打着儒家的旗帜来发展自己的思想。汉武帝以后，封建专制主义讲究“述而不作”，只能讲解经书，讲解孔子之书。你可以注、可以疏、可以笺、可以诂，但你自己不能著书立说。因此，不管多大的学者都是躲在儒家的旗帜下，用解释经书的形式发表自己的见解，这一点要注意。比如，他注《孟子》、注《论语》、注《左传》、注《诗经》、注《尚书》，他述而不作。注里面有各家不同的注法，他们在注里发挥自己的发展部分。

这里顺便说一下，注经最好的是阮刻本《十三经注疏》，是清代阮元主持校刻的。阮元这个人是乾隆、嘉庆、道光三朝重臣，做过两江总督、内阁大学士，死后被抄家。《十三经注疏》的内容摘自善本，是一部集儒家经典的大成之作。这是中国思想史的第二个特点。

第三，就是辩证法的因素、唯物主义的因素在中国哲学史上是受压抑的，这点跟欧洲是相同的。但是一有机会，它或以异端形式出现，作为反对派、少数派，肆意出书，秘密流行，冒着杀头的危险。有时候，它也采取合法的形式，利用儒家的面貌，让皇帝批准，搞合法斗争，来宣传唯物主义和辩证法思想。这里讲几个大人物，先秦诸子百家中较晚的，一个大思想家荀子（荀卿），他是战国最后的一个儒家代表，他是韩非、李斯的老师。他游学齐国、楚国，陕西他也到过。《荀子》这部书实在不得了，今存三十二篇，里面有《天论》、《劝学》，还有《非十二子》，特别是《天论》这一篇，是中国和世界哲学史上唯物主义非常光辉的代表作。可是他口口声声称他是儒家的代表，是文武之道、仲尼之徒、孔子的嫡传。他确实是儒家的学生，但他吸收了先秦百家的优良思想。荀子之儒是特殊的，他是打着儒家的旗号。《荀子》这本书在先秦思想史的研究中大家有争议，个别的哲学家认为荀子是唯心的，绝大多数的人都认为荀子是唯物主义的。《荀子》这部书值得一读。

再举一个例子，就是明末清初的王夫之、顾炎武、黄宗羲这三个大思想家。他们三个毫无疑问都是典型的儒家，但是他们都有自己的思想建树。特别是王夫之，他是典型的唯物主义者。还有乾隆时期的大学者，编纂注解《四库全书》的一个骨干叫戴震，是安徽人，皖派的代表人物，他也是唯物主义思想家。

还有，像汉朝的王充，写的《论衡》基本思想观点是唯物主义的。南北朝的范缜，他写了《神灭论》，这本书值得注意。他跟和尚在一起辩论，是佛教徒把他的思想观点保存下来的，不然很难保存下来。现在的《四部丛刊》这部书里，子部里收藏着一部丛书叫《法苑珠林》，其中就保存了范缜的《神灭论》。他主张没有鬼，没有神，他认为神是一种作用，是物的形和气的良能。《神灭论》坚持了物质第一性的原则，阐述了无神论的思想，指出人的神（精神）和形（形体）是互相结合的统一体："神即形也，形即神也，形存则神存，形谢则神灭。"他打了一个比方，神和物质的关系就像刀刃和刀的关系：人的精神就像是刀刃，如果人死了，刀之不存，刃在哪里呀！刃也就亡了。人死之后，神就灭了。范缜和梁齐时代的高僧挑战，在皇帝面前辩论。这是第三个特点。

第四，研究中国的思想史要注意改朝换代和历史重大转折的时期。如春秋战国、乾嘉之际、清末民初之际等社会大动荡、大发展之时，都是思想史上辉煌灿烂的时代。历史的转折期，在当时看来好像混乱纷纷，可是从长远的眼光、宏观的眼光来看，大转折年代往往是人才辈出的年代。最近中央负责同志与法国共产党总书记马歇的谈话中有这样一段话：近二十年来，社会主义是受了一些挫折，名誉不太好，这是事实。这是有内外原因的。一个原因是无产阶级专政的问题，犯了一些错误，没有强调无产阶级专政的民主与法治，这是普遍性的错误。另外一个原因是社会主义经济发展搞慢了，有些不得其法，社会主义经济有些僵化，这是国内原因。国外原因有两个，共产党和共产党干仗，社会主义国家和社会主义国家干仗，还发动战争。相形之下，战后资本主义大发展，而社会因国内外两种原因、四条理由使社会主义遭到了一些失误。但这是前进中的事，转折中的事（这些话不是原话，是我的理解）。这个转折是吃一堑长一智，社会主义制度必然终究要战胜资本主义，总结这方面经验之后，会有一个新的飞跃。大概和马歇的谈话有这么一段意思。

因为历史在前进中要碰到坎坷、挫折和失误，会产生一些波折，形成一种曲线。总的来说，历史的轨迹是螺旋式上升的，这是客观事实，不足为奇。从宏观的眼光来看，历史上的挫折往往是大的跃进的开始。用恩格斯的话来说，就是“历史上每一个失败，常常是以巨大的收获作为报偿”，这句话是很辩证的。历史上的大转折之际，大局未定之际，常常是思想大解放、大动荡，同时也是社会大进步的时期。这一点是中国思想史的一大特点。

经一堑，长一智，经大堑，长大智。除此之外，由于中国是文明古国，指南针、火药、印刷术、造纸这些伟大贡献，对我们物质文明和精神文明都是很重要的。特别是造纸，历史上说，纸是东汉蔡伦造的，就是所谓的“蔡伦纸”，实际上在他以前就有了。最近在西汉墓的发掘中就发现了纸张。甚至在战国后期的墓葬中也发现了像纸样的东西。纸是用破麻绳头、破网、破布头捣碎了，用水捣成浆，然后用竹帘子一抄，上面有一层薄薄的纤维，然后揭下来往墙上一贴。现在我们有些造纸的小作坊还在用这种方法，现代的机器造纸的工艺原理也离不开这一套。纸的发明是一件了不起的大事，再加上印刷术，也是我国对人类历史的一大贡献。中国的刻板印刷是世界第一，木刻，特别是木版印刷也很有名。而最重要的是活字印刷，活字版。最初是刻木头字，把它镶在一个木头框里，每个字都是活的，可以换，就和现在的铅字印刷一个样。发明它的人留下了名字，叫毕昇，是北宋人。后来不用木头刻了，用胶泥放在火上烤，用烧出来的字拼版，一个版可以印得多一些。再以后才变成铅字，一直到现在。当然，这个办法目前看来已很落后，将来这种印刷的书就将成为历史文物了。书的历史是这样的，古人先是结绳记事，以后是王八盖子、牛骨头记事，这叫甲骨文。以后在铜器上刻字铸字，叫钟鼎文和金石文。在石头上刻字叫石文。再往后往绸子上写字。顺便提一下，绸子也是中国人发明的，欧洲人不懂绸子。中国已经绫罗绸缎了，纺绢织纱穿了好几百年了，当时他们欧洲人还在披羊皮呢。古人在绢子上写字，叫帛书，写后卷起来。现在我们说一卷一卷的“卷”字就是帛书的一个单位，后来就沿用下来了。与帛书同时的还有用漆往竹板上写的，叫册竹书。以后用刻板印刷，现在发现最早的刻板印刷品是佛经，就是《金刚经》，是隋朝大业年间刻印的，它的原件还在。后来就是活字印刷到近代的铅字印刷，一页页装订成为书。将来也许书也是要报废的。很有可能向录音机、活体音像传导、微缩胶卷等方向发展。未来可能用类似一个电子计算器那样大小的东西，把我们中央党校图书馆的全部藏书，一百多万册都缩到里面。现在的微缩胶卷已经能做到这个程度。在欧洲我就看到那么一个小盒子，能把大百科全书全部微缩到里面去。我们中国的好书好画，有比现在保存下来的多几万倍的好东西都没有传下来，都烧掉了。秦始皇烧一次，隋炀帝烧一次。项羽更会放火，阿房宫一下就烧光了。那时秦末六国所有的书画等好东西都集中在咸阳，项羽进咸阳时，放了一把大火统统烧光了。现在我们的政策好，文物由国家博物馆收藏。不过话又说回来，文物局管起来好是好，就是都放在战备仓库里面，那东西一旦遇到爆炸，也就一下子全完了。为了防止万一又便于利用，现在非常需要把那些东西统统制成微缩胶片，多做几份，分几处保存。乾隆皇帝修《四库全书》一共抄好七部。在北京放一部，热河放一部，沈阳放一部，浙江天一阁放一部，南方北方都放了，现在只剩一部半了。

讲了这么多我国古代的发明，就是想说一句话：中华文化源远流长。正因为我们的前辈发明了造纸术，发明了刻板印刷术，我们的文化才得以流传和发展，这是我们引以为荣的。现在我们可以去读两千年前写的文字，这一点外国就做不到。外国哪个国家也不可能直接看到两千年前的文字，他们最讲究的《圣经》都是羊皮、牛皮的，可我们有甲骨文、钟鼎文、金石文、木刻文，还有印刷术，中国文化就有这样的特点。

第四讲　“集”部与中国古典文学

(1982 年 11 月 12 日)

下面讲“集”部。集部就很杂了，不属“经”，不是“史”的，不够“子”的，都叫“集”。文学、艺术等都叫“集”。集部在《四库全书》里是最大的部分。“集”部在中国文学史上是极其光辉灿烂丰富多彩的。怎样来说“集”部呢？我想还是用老办法为好，就是按中国历史各个朝代的顺序，讲述各种文学体裁在各个时期发展情况的办法。鲁迅先生当年讲《中国小说史略》和《汉文学史纲要》这两部文学史教材时就用这个方法。鲁迅先生生平留下两部教材，就是这两部。从这两部书中看出鲁迅确实是了不起。他说，叫《中国文学史纲要》不对，如果叫《中国文学史纲要》就应该包括少数民族。这书不包括回族、蒙古族、满族、藏族、维吾尔族以及其他少数民族的文学，因此只能叫作《汉文学史纲要》。下面我就按这个顺序挑典型来讲一下。

中国的文学史有这样一个顺序，中国文学的源头是《诗经》。《诗经》是先秦时期的一部诗歌集，包括三百多篇。稍晚是屈原的《离骚》和先秦的散文，这些也是中国文学源头的一部分。先秦的散文以《左传》为代表，对后世影响很大。接着是汉赋，汉朝时赋体文最多，司马相如、张衡、枚乘都是大家，东方朔也是，最突出的是司马相如。“西汉文章两司马”，一个是司马迁，一个是司马相如。司马相如写的《上林赋》、《大人赋》、《长门赋》、《子虚赋》都是汉赋的名篇。贾谊的《鹏鸟赋》、枚乘的《七发》、张衡的《二京赋》也都是佳作。《文选》（《昭明文选》）中选的最多的是汉赋。汉赋以后流传下来成为骈体文、四六对句。像唐朝王勃的《滕王阁序》，可以说是晚期的赋了，其中写道：“关山难越，谁悲失路之人；萍水相逢，尽是他乡之客”，“落霞与孤骛齐飞，秋水共长天一色”，这种骈体文都是对联，读起来朗朗上口。汉赋之后就是乐府，有汉乐府、南北朝乐府、古诗乐府。乐府是古诗，以四言的居多，五言的是个别的，它一般是可以入乐的。到南北朝，骈体文兴盛一时，叫齐梁骈文。再后来是唐宋古文的兴起，唐朝的韩愈、柳宗元，宋朝的欧阳修、曾巩、王安石、苏洵、苏轼、苏辙，世称“唐宋八大家”为代表的新古文运动。附带说一下，唐宋时就出现了小说的原始形态——唐宋传奇录，在《太平广记》里收录的实际上就是古代的小说。接着是唐诗、宋词、元曲、明清小说，这是中国文学史上一个大体的顺序。

从诗经、楚辞、先秦散文到元明杂剧、明清小说，说起来是很多的，但读起来可以各选其要，也并不是可怕的。只要能从各种代表著作中找出几本好好看看，就可能获得一个大致的中国文学史知识。比如考试时人家问你《儒林外史》是谁作的，你就能说出是吴敬梓；问你《红楼梦》是谁作的，你就能说出是曹雪芹。《红楼梦》有多少别名？就很难说的，有好多呢：《石头记》、《金陵十二钗》、《风月宝鉴》、《情僧录》、《金玉缘》都是它。汉赋的主要代表人物是谁——你可以答是张衡、司马相如、班固、枚乘等；先秦散文是什么？诸子百家都有哪些？你答：先秦散文以《左传》为首，诸子百家有儒、名、法、道、阴阳家、兵家、杂家等。唐宋八大家是谁？韩愈、柳宗元、“三苏”、欧阳修、王安石、曾巩。唐诗分四唐，初唐、盛唐、中唐、晚唐。初唐四杰是王勃、骆宾王、卢照邻、杨炯；李白、杜甫都是盛唐时期的；中唐有白居易、杜荀鹤、刘禹锡、韦应物等；晚唐有李商隐、杜牧等，这些都要背下来。宋词分北宋、南宋，北宋大家有苏轼、欧阳修、“二晏”（晏殊与其子晏幾道）、柳永、周邦彦等；南宋的更多，陆游、杨万里、辛弃疾、李清照等。元曲有四大家，关、马、郑、白，指的是关汉卿、马致远、郑光祖、白朴（还有人认为元曲四大家是关汉卿、王实甫、马致远和白朴）。清小说代表作是《红楼梦》、《儒林外史》。但清小说的前头可上溯到明朝晚期，万历、泰昌、崇祯时期的“三言二拍”，即冯梦龙的《喻世明言》、《警世通言》、《醒世恒言》和凌濛初的《初刻拍案惊奇》和《二刻拍案惊奇》。“三言二拍”还有一个简本（选本），就是《今古奇观》。评剧的故事大部分出自《今古奇观》里边，像《花为媒》、《杜十娘》等等。

古文有两大部书，一部是《文选》，这是中国现存的最早一部古诗文总集，它是由南朝梁武帝的长子萧统和他的门客编的。萧统当了太子，但他死得早，没当上皇帝，死后谥号昭明，所以他编的书叫作《昭明文选》。这部书在中国文学史上影响很大，主要收录的是诗文辞赋，一般不收经、史、子等学术著作。它把从先秦到齐梁为止重要的名篇，楚辞、汉赋、乐府都选了进去。同《文选》相对的是清朝桐城派编的《古文辞类纂》，它专选《左传》、“唐宋八大家”作品等历代古文。主编方苞、姚鼐都是安徽桐城人。过去毛泽东同志和章士钊先生有一次谈话，毛对章说“你是桐城遗种，我是选学余孽”。就是借用了“五四”新文化运动打倒孔家店时有名的一句话：“桐城谬种”和“选学妖孽”。虽然是贬词，但它概括了中国古文两大派，中国的古文不是桐城派就是文选派。毛泽东同志精通古文，尤其精通的是《文选》，他年轻时写骈体文、四六句写得很拿手，他青年时代写的文章有少数现在还可以见到。毛泽东同志对古诗比较喜欢“三李”，李白、李贺、李商隐。他对杜甫的诗原来也是很称赞的。李白、杜甫在唐诗的地位如同长江、黄河，日月同辉，是整个文学史的诗歌领域的两大高峰，我看谁也压不倒谁。因为他们两人性格、作风、诗歌的题材都不一样，各有所长，春兰秋菊皆一时之秀也！扬李抑杜、扬杜抑李都不可取，不能抬高一个打击一个，有日无月或有月无日都不行的。

还有中国古文两大家的韩柳之争，就是韩愈和柳宗元。他们俩是同时代的人，是好朋友，但互相有争论。从人格、政治见解和思想解放方面来看，柳宗元要好一些。但韩愈也是儒家的大家，他以道统自居，文起八代之衰，他的古文确实不错。从唐以来就存在韩柳之争，一直到了近代出版了章士钊的《柳文指要》，章是崇柳的，为了提高柳宗元的地位，他把韩愈说得很不堪，也有些过了。

对于宋词也有争论，南北宋之争。明清文人多讲北宋词比南宋词好，后来又出一派，说五代词好，说李煜李后主的词最好。词分婉约派和豪放派。豪放派主苏东坡、辛弃疾；婉约派主柳永、周邦彦、吴文英。汉赋也有争论，有的认为《三都赋》、《两京赋》是最好的，以宋玉为代表，相传宋玉是屈原的学生。也有的讲短篇散文赋好，大赋不好，像贾谊的《鹏鸟赋》，鹏鸟就是猫头鹰，就写得很好，是贾谊的最后一篇赋。像陈子昂他们以后就主张大赋长赋，不赞成小赋。小说也有争论，有一种叫悲观野史派，就是推崇《红楼梦》、《儒林外史》等等。还有另外一派，讲究典雅的小说。对元曲也有不同的主张和看法。这些就不再细讲了。

总之，讲到集部就要记住这样的源头和顺序，诗经、楚辞、先秦散文、汉赋、齐梁骈文、唐宋古文、唐诗、宋词、元曲、明清小说，按照这个顺序各读一些书。水有源，树有根，这个顺序是互相联系，有源流关系的。

从诗经楚辞起，一直演化到现代文学，“五四”以后出现的四大文学社：语丝社、创造社、文学研究会、太阳社。以鲁迅为首的语丝社，以郭沫若、郁达夫为首的创造社，以茅盾、郑振铎为首的文学研究会，以蒋光慈为首的太阳社。这是现代文学的问题，你怎么评论呢？你说是郭沫若的创造社好还是鲁迅的语丝社好，是茅盾的文学研究会好还是蒋光慈的太阳社好呢，这四大家，特别是前面的三大家，是各有所长，也各有其短的。当然鲁迅先生我们是更敬爱他了，但是也不能薄今爱古，要平等对待。讲这部分要注意喽，有很多老头儿还活着呢，创造社的李一氓还活着，还有中央党校的老顾问成仿吾也是创造社的一员名将，是创造社的一大君子；叶圣陶是茅盾文学研究会的代表人物；太阳社现在可能没人了，冯乃超大概还活着？语丝社现在人不多了。这是现代文学的问题了。

下面再详细讲一讲集部。首先讲中国的文学源头——《诗经》和《楚辞》。《诗经》是先秦几百年间的一部诗歌总集，是中国的一大骄傲。《诗经》里面最早的确实有殷商时代的东西，即使不是殷商当时的，也是殷商到周朝的移民的记录。像《大雅·公刘》这一章，就是纪念殷的祖先举族迁徙，去开拓新的领域的一篇史诗。《诗经》不能单单当作文学看，作为历史看、作为哲学看、作为文学史看，同样都很重要，《诗经》的“风”、“雅”、“颂”中的“雅”和“颂”两部分的史料价值就很高，《诗经》作语言学研究也很重要，对研究音韵学颇有价值。另外，《诗经》的传诵比较可靠，现在大体上还是原面貌。

顺便说一下，清朝人研究《诗经》的成就是超过前人的，几千年来从《毛诗》到《郑笺》，历代讲《诗经》的人有一个问题没弄懂，就是《诗经》

的音韵。到清朝人研究之后，才认为《诗经》完全是押韵的。那为什么现在读《诗经》有些不押韵呢？这是因为古韵的关系，有些字古代和现代的音韵不同，按当时的音读是押韵的，到了后来有的音就不押韵了。清乾嘉时期的学者通过音韵训诂终于把《诗经》的音韵搞清楚了。

《诗经》按照它的体裁分作三大类，即“风”、“雅”、“颂”。“风”又分各国国风，总共分十五国风。国风大体上就是民歌，它编的次序是以《周南》、《召南》为首。“雅”分“大雅”、“小雅”。“颂”有“周颂”、“鲁颂”、“商颂”，它们之间的区别是很鲜明的。“风”大体上是民间诗歌，内容有歌颂英雄人物、大政治家的，也有不少对社会道德伦理进行讽刺的。除此之外，占三分之二以上的大量的诗歌是述说爱情的。朱熹这个老道学家在他的《诗集传》解诗中，第一个把这些诗看成是讲爱情的。“风”里面爱情诗大概占三分之二以上，有些爱情诗写得是很细腻、很精练、很俏丽的，写得非常好。那么“雅”和“颂”呢，“雅”是专门记载朝聘、朝请、宴会等朝廷大事的，有些是要入乐的。看过《左传》的就可以知道，那时古人利用诗可以搞政治活动。两国朝聘，两个国君相会，明明是要谈判，却不用谈话进行。比如郑和宋两邻国要谈一下边界问题或割地问题，但是他不说，先念诗，对方也念诗，结果双方都明白了。当时“雅”就有这个作用。至于“颂”呢，往往是庙堂之上，大典祭司的文章，里面有祭神、祭鬼、祭祖先、祭天地等比较典重的东西。

《诗经》按艺术手法来说，是“赋、比、兴”。“赋”是记事叙述的意思；“比”是比喻，形象的联想，如“河水清且涟漪”；“兴”和“比”差不多，但不同的是它不是直接比喻，而是由一个观念引起一个话头，然后再引到另一个地方，即引入主题。今天我们可以从这些手法中看出，在公元前几百年的先秦时代，古人的文化造诣就很深了。这不但在我国的文化史上永放异彩，在世界文化史上也有相当的地位，是值得我们骄傲的！

《诗经》在当时就有了一套完整的文学理论，叫作“在心为志，发言为诗”，就是“诗言志”。这个道理是很对的，诗不是没有目的的，诗都是有目的而发的。爱情是个目的，政治是个目的，讽刺是个目的，歌颂也是一个目的。表达喜怒哀乐，爱憎分明，诗都是有目的性的。“在心为志，发言为诗”，“诗言志”这个主张是我国文学理论的一个基本理论。

但是诗注解后来变化很大。比如：汉儒注诗较为头巾气、宗教化，很迂腐，宋儒也较迂腐，但还有些功劳。其中功劳最大的是道学家朱熹，在历代注《诗经》的著作中，看来还是朱熹的《诗集传》是比较好的。当然喽，贡献更大的是清朝人，乾嘉以后把《诗经》的考究弄得更清楚了。

以上是讲《诗经》，下面讲《楚辞》。《楚辞》是继《诗经》以后，对我国文学具有深远影响的又一部诗歌总集，而且是一部浪漫主义的诗歌总集。《楚辞》主要是屈原作的，但《楚辞》和《离骚》不同，因为《楚辞》包括的内容比《离骚》要多，《离骚》是《楚辞》的一个主要部分，是屈原的一篇抒情的自传体的古诗。屈原是一位伟大的爱国主义诗人，芈姓，屈氏，名平，字原，他做过楚国的大臣，和楚王同姓。《离骚》以外还有《九章》、《九歌》。对《九章》、《九歌》的作者，后来的学者有争论，估计《九歌》中大部分是屈原的作品，也可能其中有当时楚国的民歌，可能是后人掺进去的。《九章》里有几篇看起来是当时祭司用的歌子，大多数是和屈原同时代的东西。只有《渔父》、《怀沙》是屈原死后的事情。《哀郢》是楚国灭亡以后的事情，这些当然不是屈原的东西了。但是，我们说即使这些作品不都是屈原本人的，也是屈原前后不久的作品，由此我们把这些东西都列入《楚辞》里。

《楚辞》里最好的就是《离骚》了，后辈有人把《离骚》列为“经”，故有《离骚经》之说。《离骚》难读一点儿，但也不是难得无法读。现在有翻译成白话的《离骚》，可以参照读一下，诗中他抒发自己忧国忧民、怀才不遇的感伤之情，缠绵悱恻，爱国的深情实在是感人的。他讲，我是爱国的，我对楚君是非常尊重的，但是祖国遭到坏人们的离间挑拨，正直的人不能得用。最后，他要摆脱人世间的遭遇，怎么办呢？他要上天去，跑到天上去遨游，坐着马车去追逐日月星辰，写了很长的一段，写了很多的神话故事。最后一直走到天边，赶车的车夫也非常依恋故国，马儿也不愿意走了。自己回头一看，下面是我的祖国呀！我死也要死在我的祖国。这是一种什么样的感情呀！中国民间有一句话“儿不嫌母丑，狗不嫌家贫”，我们民族自古以来就有爱国主义的传统。祖国就是再不好、再穷、再丑，也是我们的亲妈妈，我是祖国的儿子，我就是处于逆境也不能背叛她，顺境逆境我都是忠臣孝子。屈原和他的《离骚》好就好在这里，所以说《离骚》是我们历史上爱国主义传统的完美表现。

另外，《离骚》的艺术魅力还表现在它浪漫主义的创作风格上，作品的结构是现实和幻想交织在一起，他写自己上天入地去追寻理想的对象，写天、鬼、人、奇花异草、珍禽等，都交融在神话和想象之中。最后他到了天国的门前，守门的倚靠着天门望着他，也发愁，不肯开门，写得十分形象感人。《离骚》真是一篇极好的古代文学作品，初读可能麻烦，首先要突破文字关。现在有白话译本，包括郭老（郭沫若，编者注）的译本，光是现在人译的就有十几家。这些译本大同小异，个别的就是有十几个句子解释的不一样，可以互为参照吧。

屈原的作品中还有一篇是比较特殊的，叫《天问》，毛泽东同志在世的时候很重视这篇文章。《天问》翻译过来就是“问天”，全篇自始至终，完全是问句，一口气对自然、对社会、对历史、对人生，问了多少问题呢？一百七十多个问题！这真是一篇千古奇文。比如，他问：盘古以前你是怎么样的？女娲那时你是怎么样的？后羿射日时你是怎么样的？鲧禹时你又是怎么样的？等等很多。《天问》中的有些问题，我们从《太平广记》、《山海经》以及先秦神话故事中可以找到它们的来龙去脉，但是有好多故事失传了，他问的问题依据是什么，用意是什么，到现在还考究不出来。另外，他说的故事有些和后来书的记载不一样，这本身也是很有趣的。后来古本书《竹书纪年》里的儒家的《尚书》、《春秋》古文也有不一样的。比如“周公辅成王，诛管蔡”的故事。周公是武王的弟弟，武王死后，周公辅助武王的儿子成王。同是文王的儿子的管叔和蔡叔统治殷的六民，后来管蔡和殷的移民勾结起来反周，让周公用武力镇压下去了。“周公诛管蔡”这是我们都知道的故事，也是儒家经传记载的。但是在《离骚》等著作中，说的不是这样，正好相反，说是周公把成王抓起来了，他篡位了。你看，这就有两种说法，到底哪个真实是可以研究的。

以上讲的是《楚辞》，《楚辞》是继承《诗经》的，但在形式上又向前发展了。《诗经》基本上是四言诗，到了《楚辞》就开始向散文化方向发展，向赋的方向发展了，说《楚辞》是汉赋的源头是有道理的。

下面讲讲先秦散文，也就是诸子百家的文章。这里面丰实得很，文学价值很高，读起来也很有趣味。像《庄子》这本书，它的内篇、外篇、杂篇都很好。内篇中《逍遥游》、《德充符》、《应帝王》，特别是《齐物论》，是他哲学思想的精华。庄子的《齐物论》就是讲事物的相对性，这是庄子思想的总纲。

要读的书很多，看时总要看一个作家最具代表性的著作，这叫作画龙点睛，提纲挈领。读《庄子》，你就抓住《齐物论》，读懂了，读通了，就可以迎刃而解了。他的整个思想就是从《齐物论》的观点下来的，是他相对主义思想的核心，是最深刻的部分。当然在这之外还有一些像《秋水》、《马蹄》、《胠箧》、《达生》等写得也很好，读起来朗朗上口，文章辩论机敏，里面的语言比喻也很多，作为文学欣赏来说的确能够引人入胜。

《孟子》的七篇又是另外一种文风了，它是有头有尾、雄辩式的文风，行文气势磅礴，感情充沛，雄辩滔滔，极富感染力。《韩非子》的散文文风精练犀利，构思精巧，语言幽默，于平实中见奇妙，具有耐人寻味、警策世人的艺术效果。像《说难》、《孤愤》、《五蠹》中的比喻都是非常精辟的。

韩非的文章作为文学教材选取的是比较多的。韩非是个悲剧人物，他和李斯是同学，同是荀子的学生。李斯先到秦为相，韩非去找李斯。他去时荀卿并不放心，后来果然韩非被李斯害死了，大师哥害死了师弟。韩非最有名的一篇文章是《说难》，说帝王是非常不好说服的东西，他很危险，他的脖子底下有逆鳞，你不能碰，一碰他就像龙一样要吃掉你。有人说韩非懂得“说难”，但最后又死在“说难”上了。

《论语》的文学性也是很强的。比如《子路、曾皙、冉有、公西华侍坐》一章，说的是几个学生陪孔子坐着，孔子启发弟子们说说各自的志向抱负。文章虽简短，但弟子每个人的思想、性格以及动作、语言、神态都跃然纸上。用很少的几个字表明了孔子对弟子们所言的赞同与否，也很微妙地诠释了孔子的“以礼乐治国”的理念。《论语》中有许多这样的小故事，一篇篇散文写得非常出色。所以我们讲，先秦诸子散文和《左传》是一个风气，多是口语化的散文。《左传》虽是历史著作，但与《尚书》、《春秋》有所不同，它情韵并美，文采洋溢，是先秦时期最具文学色彩的历史散文。

秦汉之后，一方面《左传》式的古散文继续发展，另一方面继承《诗经》、《楚辞》，发展了汉赋。两汉之间赋体文很发达，一直到以后的三国、两晋、南北朝，赋体文大约兴盛了六百年。赋体文为什么在当时那么兴盛呢？一个原因是这里边是有韵的，赋体文和《诗经》、《楚辞》都属于韵文，另一个是社会原因，因为统治阶级、帝王贵族们需要它、提倡它。有些赋体文的产生实际上是国家的需要，政治上的需要，要建立一种无上人格的权威，它是对皇室和国家威严的一种崇视的东西。像《三都赋》、《两京赋》都是这样，是比较有名的。我们常说的“千金难买相如赋”就是指的《长门赋》。《长门赋》这个故事写的是汉武帝刘彻的事。武帝小时候到他大姑家去玩，大姑长公主有个女儿叫阿娇，和他的年龄差不多。长公主把武帝搂在怀，问他：“你长大了娶媳妇要啥样的呀？”武帝说：“像阿娇那样的，我要是娶了阿娇，我就建一个金屋子给她住。”后来阿娇和武帝结了婚，是为陈皇后。因为阿娇的脾气很大，后来和武帝闹崩了，被武帝贬到一个冷宫叫长门宫。阿娇这时后悔了，什么办法也没有了，感情回不来了。后来有人给她出了个主意，说长安来了一个大文学家、大才子叫司马相如．他的赋写得好极了，你请他给你写篇文章感动一下皇帝吧。结果阿娇花了很多银子给司马相如，相如就为她写了《长门赋》，述说她离开了皇帝被贬到长门宫，整宿睡不着觉，她很难过，很后悔，拉拉扯扯的这么一篇文章。后来还真的感动了武帝。此外，还有一些，像《大人赋》、《子虚赋》、《上林赋》都是司马相如的名赋。东方朔的《答客难》、《非有先生论》也很好的。

常言道“梁园虽好，不是久恋之家”，梁园指的是啥呢？西汉梁孝王刘武是汉景帝同胞弟弟，又是窦太后最宠爱的儿子，他修建的梁园比皇家的还豪华，是当时古代园林中最豪华的了。《梁园赋》描写的梁园，各种花木、飞禽走兽应有尽有，风景优美，气象万千，是当时的游览胜地。天下的文人如邹阳、严忌、枚乘、司马相如等成了梁孝王的座上客，都曾在梁园处流连做客，饮酒赋诗。梁园因此又是文人雅士聚集的地方，他们在梁园留下大量的辞赋作品。后世说的“梁园文化”，指的就是西汉期间形成的梁园辞赋作家及作品。

赋体文有不同的类型，一种是典重型的，铺张华丽的长赋大赋，这种赋占的分量很大。但是最好的赋还不是它，最好的赋是散文化的小赋，这些赋后来逐渐向散文发展过渡，到了汉末这种赋就越来越多了。最有名的像曹植的《洛神赋》。《洛神赋》是赋体，但它已不是汉赋原来的东西了，它是非常明白，文辞如话，抒情并带有散文性。

《洛神赋》的内容也是很有趣味的，曹家父子不愧是通脱达变的。曹操这个人是军事家、政治家、文学家、诗人，他有一个特点，在帝王中最特殊的一点，就是善通脱。通脱就是讲究随变，主张风流。他甚至可以下这样的命令：取人才不顾细行，有点儿小毛病，偷鸡摸狗，搞点男女关系都不算事儿，只要有大才就可以用。他三下《求贤令》的文章留下来了。他说考察人才，不要去打听，你一打听就要问到一些细行、小毛病，这样就容易把人才埋没了。另外，他自己在行为方面也是不太讲究的，大家看京剧《战宛城》，他带着儿子一块儿去嫖妓女，干这样的事情。所以非汤武、薄周礼，尚通脱达变，这是曹操的一大特点。还有，古人对这样的一种习惯是不允许的，就是一般管自己的儿子都叫小名、叫名字就到头了，没有称自己儿子字号的。而曹操就管他自己的儿子叫字号，他在文章中也就这么写。比如，曹丕的字叫子桓，他就写：这事你去跟子桓商量吧。曹操临死时，把他的妻妾歌姬都叫了来，恐怕有百十来人吧，他说："我死后你们不会有好果子吃，怎么办呢，我打了几十年的仗，平生没什么好东西，就是留有一些好香料，你们大家分分吧。你们再弄点儿布料做些鞋，卖鞋为生吧。""分香卖履"这就是曹操临死时干的。曹操还说，等我死后，妻妾们不要祭祀我，每逢初一十五，你们就在铜雀台，对着我的西郊陵寝墓穴方向给我跳跳舞就行了。

他们曹家兄弟也是这样的人。曹军打败袁绍，进城后，曹操自己把袁绍的几个小老婆都纳为妻妾，把袁绍的儿媳妇给了他的儿子曹丕了。可是这个儿媳妇到了曹家封为甄皇后以后，又和曹丕的弟弟曹植感情很要好，嫂子和小叔子关系暧昧。一次曹植在廊下睡觉，甄后给他送了个枕头，曹植就做了一个好梦。为了这个事，再加上其他一些理由，曹丕当上了皇帝之后，就把甄皇后杀掉了。当时她有一个儿子才七八岁，就是后来的明帝曹叡。这年春天曹丕带着他的儿子去打猎，见一个母鹿带一个小鹿。曹丕一箭把母鹿射死了，小鹿跑到母鹿身边，曹丕对曹叡喊，我儿赶快射！赶快射！曹叡听了，却将弓箭扔到地上，跪下了说："陛下已杀其母，臣安忍复杀其子？"这句话是双关的，你既然把它妈妈杀了，你怎么还忍心杀它的孩子呀！曹丕听了十分难过，他明白他儿子话的意思，所以他称赞儿子说："我儿真乃仁德之主。"他抱起儿子，爷俩抱头痛哭。

曹丕知道他弟弟和他老婆有暧昧关系，他老是迫害曹植，还因为曹操在世时有个想法，想传位给曹植。因此曹植受他哥哥的气，天天被外派，今天是山东，明天是河南，后天是陕西，曹植一辈子总是搬家。当年他经洛阳过洛水时就写了一篇赋，就是有名的《洛神赋》。"黄初三年，余朝京师，还济洛川"，就是说，黄初三年的时候，我去京师朝拜天子，回来时渡过洛水，后面就写到他看到神女宓妃。《洛神赋》里有很多句子是非常脍炙人口的，比如这两句，"翩若惊鸿，婉若游龙"，现在这是对舞蹈形象最好的描写。他写在水里沐浴的女子赤着脚，穿着很轻的纱裳，翩翩起舞的姿态，真是妙笔生花，是对中国民间舞蹈的一种很生动形象的刻画。《洛神赋》描写了洛神容仪服饰之美，写了作者爱慕之深，写了别后的追寻和思念。写来写去讲到最后，还是讲到他的嫂子，不过是托名神话而已。像这样的故事，实际上赋体文就成了一种抒情散文了，它和原来的汉赋完全不一样了。

还有贾谊，一位杰出的政治家、文学家，他也留下一些名赋。汉文帝很器重贾谊，二十几岁就把他破格提升为太中大夫，他写的《过秦论》、《论积贮疏》，都是很厉害的政论文章。文帝和他谈话到了“可怜夜半虚前席”的地步。古人没有椅子，都是坐在地上各自的席子上谈话。文帝和他谈话，越谈越近乎，他自己就跑到贾谊的席子上去了。可是贾谊遭到元老三公们的攻击，说他年轻，嘴上没毛办事不牢。此后，贾谊遭到离间，汉文帝也有意疏远了贾谊，将他派去当长沙王太傅去了，后人又管他叫贾长沙。后来他又做了梁怀王太傅，没料到梁怀王骑马摔死了。贾谊十分自责，就天天地哭道“为傅无状”，“我是太傅呀，梁王的老师呀，是要保护梁王的呀，我没有尽到责任呀！”再加受排挤，政治上不得志，他就拼命地哭，年纪轻轻的就哭死了。他还曾跑到汨罗江屈原跳江的地方去吊屈原，觉得自己同屈原的遭遇一样，写了一篇凭吊屈原的赋，他情绪很不好。有一天，从窗外一下子飞进一只猫头鹰，落在他对面跟他眨眼睛。贾谊说我大概要死了，接着就写了一个短赋，叫作《鹏鸟赋》，这是一篇很有名的赋了。它借与鹏鸟的问答，抒发了郁闷的心情，并用一连串贴切的比喻说明祸福相倚、生死荣辱等人生哲理，很值得一读。

赋在中国文学史上的量很大，特别是《文选》选的赋体文很多，现在我们读起来有点费劲儿。后来文学史上的人，特别是唐宋古文家把汉赋和六朝的赋说得一钱不值。“五四”以后，甚至不久之前，中国文学研究史专家和学者也把汉赋和齐梁的赋体文说得太坏。理由对不对？对，赋有个大毛病，就是铺陈华丽，典章典故太多，一句一个典，甚至一句几个典，强拉硬扯，说得没边儿没沿儿，可以无限夸张。赋体文还有一个缺点，说了半天，言之无物，写得挺长，意思是什么，看不清楚。到了南北朝以后的赋就更坏了。齐梁的赋更香艳，宫体赋，描写女人的，更加萎靡不振了，文风更加颓废了。但是，很多赋还是言之有物的，有背景内容，有目的的，仔细研究还是看得清楚的，有其时代特点的。

你到洛阳去就可以看到许多的魏碑及出土的墓志铭。这些魏碑受南北朝赋体文的影响，没内容，多是些空洞无物的东西。它记录公主、大将军生平，都是那么一套。到最后写墓志铭成了一个固定的模式，换个名谁用都中。这个公主死了用这一套词儿，另一个公主死了也可以用。但是魏碑作为书法来说，确实是好。墓志铭在书法的历史上是很值得推崇的，特别是北碑。北碑出土是近一二百年的事，它的书法价值很高，但它的文学价值不高。

赋体文在文学技巧上、语言运用上，它继承了《诗经》、《楚辞》、韵文的精华。像唐初王勃的《滕王阁序》，现在读起来仍然是朗朗上口的。它有什么目的吗？有！王勃当时很年轻，他回家看他的父亲，路过南昌。洪州都督那天大宴宾客，本来是要卖弄一下他女婿的才华，并提前写好了底稿，都督的女婿又不好意思把底稿拿出来抄，他就边想边抄。王勃看他挺费劲，就提笔写起来，洋洋洒洒当场写下了近千字的《滕王阁序》，那真是一赋惊四座。《滕王阁序》的确好，我们现在读一遍还会感到很有味道。它文笔流畅，文字优美，对以后的唐诗给予了极好的影响。它不仅描写风景，它也反映现实，而更多的是抒发了自己的抱负。可见《滕王阁序》这种赋就不能轻易地一笔抹掉。

凡事不能攻其一点，不及其余，应该兼容并包，取其优点，对于赋体文也应该采取这个态度。当然，正因为赋有它的缺点和弱点，延续下来到南北朝的后期，它就越没有内容，越没有生气了。到陈子昂，就兴起攻击赋体文之风，想恢复到古文时代，叫作“唐代新古文运动”。陈子昂这人的文学作品并不多，有名的就是那首“前不见古人，后不见来者。念天地之悠悠，独怆然而涕下”。新古文运动主张恢复先秦散文、《左传》、《庄子》、诸子百家之散文，就是提倡口语化，要语文一致，不要四六骈偶。在这个问题上，韩愈和柳宗元两人确实是冲锋陷阵的，再加上刘禹锡。他们力排齐梁萎靡的文风，给新古文打开了局面，特别是韩愈。他们自己就写非常简练、明白如话的和语言相结合的新古文，以后逐渐形成了“唐宋八大家”，这八大家确实在中国文学史上是很有贡献的。新古文运动是一次文学革新的运动，它讲散文化、杂文化，对以后文字简练、修饰、记述产生很大的作用，相应地也开创了各式各样的文体。

唐宋的古文就不同了，它变得非常散文化、抒情、言志、讲道理，用的语言都是口语。如韩愈祭奠他侄子的《祭十二郎文》：“年、月、日，季父愈闻汝丧之七日，乃能衔哀致诚，使建中远具时羞之奠，告汝十二郎之灵”，“嫂尝抚汝指吾而言曰：‘韩氏两世，唯此而已！’汝时尤小，当不复记忆。吾时虽能记忆，亦未知其言之悲也。”这段就像今天的抒情散文一样，真真的情深意切，字字血泪，是言、志、情的统一，非常口语化。它就没有格式限制，没有板起面孔，不像赋体文那样八股气。

唐宋八大家的古文是中国文学的财富，读一点儿是有必要的。他们的文章很多，但代表作不过若干篇。读韩愈可读他的《祭十二郎文》、《送李愿归盘谷序》、《送孟东野序》等就差不多了。柳文读《永州八记》、《三戒》、《小石潭记》，读他的游记散文，柳文很雄辩。欧阳修读《醉翁亭记》、《丰乐亭记》、《秋声赋》就可以了。苏东坡的作品就多了，《前后赤壁赋》、《石钟山记》等。他的散文多变，议论文也是多变，比如他评论张良的《留侯论》，一种文体一变。

随便说个笑话，大文豪有时也胡来。苏东坡做黄州太守，到黄冈游了一番，说黄冈的北山是赤壁，于是有了《前后赤壁赋》。什么“壬戌之秋，七月既望，苏子与客泛舟游于赤壁之下。清风徐来，水波不兴。举酒属客，诵明月之诗，歌窈窕之章”。文章写得很美。可是游了半天不是曹操和周瑜打仗的赤壁，游糊涂了。真的赤壁在湖北嘉鱼附近，在武汉边上。后来因他是大文学家，没办法，黄冈的赤壁就改叫“东坡赤壁”了，所以现在赤壁有两个。

老苏苏洵也有几篇论文写得不错的，论辩性很强。不过有一篇列入唐宋古文中是假的，是托苏洵之名骂王安石的《辨奸论》。苏家父子和王安石是政治对立面，苏轼和王安石是有争论的。苏辙参加了王安石的变法，前一段是王安石变法的支持者，后一段反对王安石。苏轼和王安石的个人关系也不错，他从四川出来头一个投靠的是欧阳修，宋代有很多出名的文人都出在欧阳修的门下。这里有一段故事，王安石罢相回到南京，在平山堂修了五间草房住的时候，被人称作“半山老人”。白天，他让个老头驾着一个车或骑着一个毛驴，弄个蓝布口袋，做几个大面饼，带上点腊肉到外边去溜达。有一天，他坐着车走，正好苏轼从四川回来，听说王安石在岸上走，苏轼急忙让船靠岸。靠岸后苏轼没来得及换衣服，穿便衣去见王安石。王安石听说苏轼来了，也急忙到河边去见他。苏轼刚一上岸，赶忙进前下拜，王安石把他扶起来，手把着手非常亲近。苏轼和他开个玩笑说，“士今日敢以布衣见大宰相”，意思是今天我没来得及换官服来见你。王安石笑着回答说，那些礼仪难道是为我们这些人设的吗？然后两人坐在石头上掏出大饼，就着腊肉大嚼一顿。分手后，船走了很远，王安石立在江边说：“这样的人物还得几代才能出现呀！”他两人政治上闹派性，可私交感情还是不错的，这是古书有记载的呀！不过冯梦龙在《警世通言》中讲王安石和苏轼的故事，那是编造的。说有一天，苏东坡去看望宰相王安石，恰好王安石出去了。苏东坡在书桌上看到了一首咏菊诗，才写了开头两句“西风昨夜过园林，吹落黄花满地金”。苏东坡心想，这老头子老糊涂了，菊花耐寒是不落瓣的，菊花只有干枯在枝头，哪见过被秋风吹落得满地呢？于是提起笔来，续上两句：“秋花不比春花落，说与诗人仔细吟。”王安石回来以后看到了苏轼的这两句诗，心知这个年轻人有点过于自负，想用事实来教训他一下，于是借故把苏东坡贬为湖北黄州团练副使。苏东坡被贬，只道是王安石报复他，心内不服。到黄州住了一段时间，转眼到了九九重阳，秋风刮了多日，苏东坡便邀请好友到花园赏菊。到了园里一看，只见菊花纷纷落瓣，满地铺金。他顿时目瞪口呆，原来黄州的菊花是落瓣的呀。他这时才醒悟，是自己的肤浅无知，从此不敢轻易说人笑人。

曾巩的文章写得也是不错的，特别是史论，写得更好。王安石的文章短小精练，说理透彻，哲理性强，富于辩论性、逻辑性。他的词也写得很好，诗也好。他的诗的特点是雅淡，可称为宋诗的典型代表。宋诗与唐诗不同，宋诗不讲究辞藻，不讲究气韵，明白如话，有说理性。把议论引入宋诗，这是宋诗的特点。比如王安石的这首诗，写的是白梅花："墙角数枝梅，凌寒独自开。遥知不是雪，为有暗香来。"这首诗很明白如话，粗看很浅，仔细看却有深意。此诗比喻精辟，把梅花人格化、气骨化了。以上这些是唐宋的古文，其实不仅仅是这么几个人，唐宋的散文大家还有很多，像和柳宗元并称"刘柳"的刘禹锡。就不细讲了。

下面讲唐诗。唐诗分初、盛、中、晚四个时期。初唐的古诗受齐梁的影响，以王、杨、卢、骆为代表（王勃、杨炯、卢照邻、骆宾王）。当时的诗一般是五言，七言很少，大体上比较拘谨。经过唐太宗、武则天、高宗一直到玄宗，所谓开元天宝之际：唐玄宗的前半段叫开元，后半段叫天宝，以安史之乱划界，开元就是盛唐。从初唐到盛唐几十年间，从武则天一直到安史之乱之前，唐朝的文化达到了中国历史上繁荣的高峰。无论是宗教、音乐、文学、艺术、哲学、思想，都有极大的发展，也给予世界极大的影响，因此外国人管中国叫唐国。这时产生的盛唐诗人可以说是群星灿烂，光辉无比。其中佼佼者如李白、杜甫，还有王维、孟浩然、贾岛……诗人太多了。稍后的是边塞诗人高适、岑参。中晚唐，有元稹、白居易、李贺等。经过安史之乱以后，唐诗有改变，它既有盛唐的开元兴旺气象，也有安史之乱后的衰败情景，特别的丰富多彩。

现在专门来讲一讲李白和杜甫。李白的老家究竟是哪里？有说他是山东人，有说是四川人，考察半天又说是新疆碎叶人，他自己也语焉不详，填籍贯表也胡填。李白的诗是中国浪漫主义的典型，他的性格也是典型的诗人性格。他蔑视权贵，高力士为他脱靴，杨贵妃捧砚，醉写《清平调》三首，那可能是真的。他周游各地，与老道交朋友，在终南山学道，他诗酒成仙。杜甫《饮中八仙歌》中的“李白斗酒诗百篇，长安市上酒家眠。天子呼来不上船，自称臣是酒中仙”，活生生塑造出一个桀骜不驯、豪放纵酒、傲视权贵的李白形象。李白被唐玄宗钦点为翰林待诏，后唐玄宗受到杨贵妃、高力士、杨国忠的挑拨，又将李白“赐金放还”，说白话就是“发点路费，打发走人”了。之后他加入了永王李磷的幕府，永王李磷造反，被肃宗打败了，他做了俘虏，被发配到夜郎，经朋友解救，在武威到张掖的路上就把他放了。他没处去，就投奔到他从叔李阳冰做县令的当涂去了。可能是喝醉了酒，掉到水里淹死了，李白的墓就在安徽当涂。李白才华出众，英名盖世，他的一生充满了浪漫主义色彩。他写下了一千多首诗留给后世，名句名篇很多。他的诗，五言、五律、七言、七律、绝句，各种体裁无一不具备，各种体裁写得都好，不愧为诗仙。

杜甫是河南巩县人，比李白小十来岁，这两个大诗人后来成了好朋友。传说他俩有矛盾，那不对，他俩确实是好朋友。他们在济南北海太守李邕（大文豪、大书法家）那里饮酒聚会见了面。以后又分手了，后来杜甫也到了西安，献三大礼赋，得到唐玄宗的赏识，命他待在集贤院等候分配工作，等了四年多才给了一个“右卫率府胄曹参军”的小官，其实就是一个兵器仓库管理员。杜甫年轻时同李白差不多，也喝酒，看来诗人与酒是颇有点儿关系的。

古人喝酒，但是不抽烟。抽烟是明朝以后才从东印度、拉丁美洲传向全世界。古人没有留下什么抽烟赋、抽烟诗，鼻烟也是元末明初才有的。酒可是原始社会就有了的，有了农业也就有了酒。饭放酸了就成了醋，再放就成酒了，酒就是剩饭的化学反应式。现在山西河曲一带还在吃酸饭吗？要把饭放酸了才吃，这里面多少是有一点养生之道的。古人的酒是米酒，不是老白干，度数较低的。武松连喝十八大碗，拿现在的茅台试试？酒量再大也是不行的。就是低度的米酒，让咱们喝那么多也是不行的。

杜甫是很有才华的，年轻的时候写了一些诗，后来倒霉了，安史之乱他就惨了。安禄山进长安他没跑了，叫安禄山抓去了，后来他偷偷跑了。他走的路就是现在咱们上延安的路，从长安出咸阳向北走。后来他到了灵武县朝拜了肃宗，做了左拾遗，不久被贬又离开了肃宗。他从西安到延安，经关中，绕出去过剑阁，沿着现在宝成铁路那条路到了成都，一路上带着妻儿老小很凄惨的。《彭衙行》写的就是避贼逃难的情景。杜甫安史之乱后写的诗特别好，像“三吏”、“三别”都是写于那个时期。

他到一个地方就写一首诗，按编年表正好是一个地理图。后人称他的诗“无一字无来历”，说得太神了。他的诗被后人称为“诗史”，也是因此而来的。杜诗都是按照事件年表写的，每首诗都有背景、有政治事件、有来往，既抒情，又有地图，又是历史，“诗史”之说就是这个道理。杜甫在成都节度使严武处寄居，住在浣花溪的草堂。在成都安顿下来，他写的诗就相当多了。安史之乱平定后，他很高兴，买舟出川东下，到了鄱阳湖被水隔阻不能上岸，饿了几天。朋友给他送去牛肉白酒，传说他是吃了牛肉白酒中毒死的，死在鄱阳湖上。传说李白、杜甫这两个大诗人最后都死在水上，一个死在当涂，一个死在鄱阳湖。后人并称李白和杜甫为“李杜”，称李白为“诗仙”，称杜甫为“诗圣”。

中唐诗人有元稹、白居易。晚唐就更多了，李商隐、杜牧，等等。到晚唐诗有个变化，就是律诗越来越严格了，讲究对仗、平仄。到李商隐，诗就特别的精练、工细、严格，他的诗确实有这方面的特点。这样问题就来了，也符合辩证法。到最严格、最程式化、最凝练、最工整的时候，就到了公式主义，也就受约束了，向相反的方向走了。因此李商隐的诗就没有了初唐、盛唐的气象，是一片晚唐的气息。像“春蚕到死丝方尽，蜡炬成灰泪始干”，“身无彩凤双飞翼，心有灵犀一点通”，都是对仗的，一个字和一个字都对得好，平仄都对。

律诗就是近体诗，与古诗不同，有五律、七律、排律。律诗到晚唐就很严了，中间的颔联和颈联必须是对，如果不是对就不能叫律诗。现在我们有些同志写了诗，没有对仗，标上“七律一首”，这是不行的。七律不是每句有七个字就行，起码得有一条：中间有两联得对得上。“红雨随心翻作浪，青山着意化为桥”，这是主席的诗。“红雨”对“青山”，“随心”对“着意”，“翻作浪”下面对的是“化为桥”。非得对，不然不能叫作律。我们有些同志不大知道这一点，你就说作古诗一首，别叫律，要不让人家笑话你了。可是这个问题也难说，出韵的问题，出体的拗体诗，大诗人也在所难免，也不是完全合乎规矩，也能挑出毛病。人家李商隐就挑不出毛病，就没有一首不合律，那可以说是太严了。

再说作对子，有一本书叫《诗韵蒙求》就是专门讲作对子的。作诗的头一步就是作对子，什么“天对地，雨对风，大路对长空。山花对海树，赤日对苍穹”，得先会作对子了，然后再写诗。学写诗有这么一个秘密，就是先得有一个好对。得着好对以后，记在笔记本上，然后把头尾一加，就是一首诗，这诗就主要是围绕这个对子来的。像李白的“三山半落青天外，二水中分白鹭洲”，这是一个好对，前后一加，就是一首好律诗。诗都是要有名对、好对，才能作律。晚唐时律体大兴，讲究平仄必须协调，一三五不论，二四六分明，平仄绝不能失粘，这里就不详细谈了。要作律就很严格，但古体就不同了，古体不讲究对，十句八句都可以。

唐朝以后，到了宋朝，诗就有了另外一种情况。宋诗好议论，好用诗的形式写散文、写政论、发议论、抒情、讲哲学。宋诗和唐诗的文学艺术性不一样，出现了诗词散文化的现象。宋诗议论多了，又有另外一种好处，诗的体裁原来是诗酒、宴会、朋友、离别、归思、情怨、爱情、咏讽之类的，它都有一定的范围。到宋诗范围就广多了，就无所不谈了，谈道、谈哲学、咏物，最后道家、佛家也参加了。宋诗在体裁的广泛上，诗的形式应用上是大发展了，可是诗的味道、艺术性就不像唐诗那样讲究了。所以有人贬宋诗好议论，宋诗散文化是缺点，可是宋诗体裁的丰富，也是应该承认的。这也是文学史上的一争，一个大的争论。“扬唐抑宋”的观点不对，这是文学史家的片面性，我们不要听那一套。

这里讲一个道理，朱熹这个人是道家，以后与和尚结合了，他的诗是哲理诗。他有《观书有感》这么一首诗，就是一首和尚诗，讲的是禅理："半亩方塘一鉴开，天光云影共徘徊。问渠那得清如许？为有源头活水来。"这诗写得多妙呀，你能说这首诗不好吗？把宋诗完全打倒是不行的，何况像北宋、南宋的那些大家都是很厉害的，像杨万里、陆游、苏门四学士，他们的诗都是不错的。

顺便说一下陆游，陆游是一位爱国诗人，宋诗到了陆游，也是到了一个大高峰。陆游流传下来诗是最多的，可能有八千到九千首之多。《陆游全集》收了八千多首。杜甫稍多，比李白多几百首，李白大概一千几百首。陆游的诗也是很好的，他最后一首诗《示儿》："死去元知万事空，但悲不见九州同。王师北定中原日，家祭无忘告乃翁。"陆诗写得很豪放，"楼船夜雪瓜洲渡，铁马秋风大散关"，写得多好呀！南宋四大家还有范成大、杨万里，都是很不错的。

宋诗再往后的明诗、清诗就确实差一点儿。明朝有明七子，还有高启。明诗也不能说没有好的，但明人有个反动主张，主张推崇唐诗，打倒宋诗，所以到明朝的诗就很拘泥。到清诗，雍、乾、嘉时的馆阁体太盛。一直到嘉靖后期到近代，魏源、龚自珍一直到戊戌变法的康有为、谭嗣同，清诗有了一个较大的变化。

诗就讲到这里，下面讲宋词。宋词发源于北宋，但最早的词有一说，说是出自李白和白居易。李白有《忆秦娥》，白居易有《忆江南》，说唐就有词了，对不对？也对，但那是长短句，说它就是词？恐怕靠不住。长短句的诗到宋代就与音乐结合了，叫诗之余，也叫乐府。宋人到汴梁时，音乐很发达，国家有中央音乐机关叫大晟乐府，周邦彦做了大晟乐府的乐正。另外宋人还发展了一种文人写词入乐，这些词人精通音律，并且善于按律填词，这一点与唐、五代不同。苏轼、欧阳修的词写得都很好。不仅这些人，范仲淹的词《苏幕遮》写得也很好。还有大小晏，晏殊和晏幾道。欧阳修、"三苏"、黄庭坚、秦观，都写词，写得很好。到南宋以后的词就更讲究了，和晚唐的诗一样。

词大体上是这样分的，58 字以内为小令，59 ~ 90 字为中调，91 字以上为长调。到南宋时，长调、中调就发展了，词牌也多了，音乐也讲究了。南宋的词人像吴文英等，被后来的一些专家认为是典型。但反对的人则认为词太雕琢了，他们把吴文英的词说成如七宝楼台，看着五颜六色的，打碎之后，全无是处。

事情往往是这样的，京剧也好，美术也好，文学也好，各种东西“物壮则老”，这是老子的一句话。人怕出名猪怕壮，一种事物，它最发达时也就跟死亡最接近了，这是辩证法。文学也是这样，诗到晚唐最发达，词到南宋最发达，戏曲发展到京剧也程式化了，完整得很，如果不改变就要衰败了。现在有人说京剧要灭亡，我看是灭亡不了的，但必须要革新。现在有些青年看京剧不懂得“起霸”，“起霸”就是程式化了的东西，它是表现武将出发之前的披挂舞蹈，也叫披甲舞。现在看戏的人不明白它为什么老有那么一连串的动作，其实那都是有一套程序的。所以说一种事物到了它鼎盛时代如果不改革，不充实新鲜的内容，不革新的话，它会衰落的。昆曲也是这样的，词到南宋也是这样的，它极端发展了，即完整了，到最后的完整了，不革新就不行了，这是一个普遍的规律。

下面讲曲，曲和词是一回事，曲基本上也就是词。那曲和词的区别在哪儿呢？它们之间的差别不好讲。词原来有牌子，牌子是哪里来的呢？第一个人创造了一个长短句，他起了一个名字，这首词的名字就叫这个了。后来的人再用这个长短句的格式，按照它那个字眼，按多少字、多少韵这个模子来写，这叫填词，以后就成固定的牌子了，词牌就是这样来的。《菩萨蛮》最初是有一首词，《浣溪沙》也是有这首词的。后来的人就按照牌子的调，按它的格式往里填词。

词到后来在用韵上比诗要宽，诗究竟有一点限制，规矩太严。后来，当人们把这个词唱起来的时候，唱词的人往往爱在词的中间加上“衬字”。像《宝剑记》中林冲夜奔“丈夫有泪不轻弹，只因未到伤心处”，这本来是一句词。可是唱到这地儿，他觉得不够劲儿，就加上一句白："高俅哇，高俅，贼呀！"然后再唱下一句。以后加的字多了，就又开始加话了。后来人把词叫慢，什么什么慢的，像《木兰花慢》。就这样慢、慢、慢地慢下去了。衬字以后再加上衬话，就越来越多，词被解放了，结果就演变成曲了。曲和词的最显著的区别，简单说来就是看有无衬字，有衬字的是曲，没有衬字的是词。再后来把词编成一套，按音乐的调门，五音的"宫商角徵羽"，按固定的音乐格式，演奏这个调门时就用这一套曲子，就成了套曲。把八、九、十来首曲编成套曲以后，就有头有尾的了。

像王实甫的《西厢记》，写红娘见张生，"侧眼观，大人家举止端详，大师行深深拜了，启朱唇语言得当，穿一套缟素衣裳，眼挫里抹张郎"，再续上一句口语："全没那半点儿轻狂。"就这样，词向白话接近，向口语接近，向戏曲接近，向散文接近，这就变成了曲，然后成为套曲，一套套的也就程式化了。

现在京剧舞台上出来的头一个武将，用袖子把脸这么一挡，一定要唱这几句"地动山摇，清平武讨，闻威豪，江山好"，还有什么"将士英豪，儿郎虎豹，传令号，地动山摇，要把狼烟扫"。最后他不会唱了，就随着笛子哼哼。这些都是固定的曲牌子，叫"粉蝶儿"或"点绛唇"。为啥一定要唱这个？这里有个道理，元曲正宫调的"粉蝶儿"是套曲第一支曲子。"粉蝶儿"是曲牌名。还有"新水令"、"步步娇"、"江儿水"、"哭皇天"、"夜深沉"等等很多的曲牌。《宝剑记》中林冲夜奔就一共有十几支曲子从头到尾的一套的。为什么要成套呢？因为伴奏的音乐不能改弦，笛子不能改弦，定了这出戏就按这个调儿唱。曲牌规定了曲子的句数、字数、押韵格式及音调。总之，从词到曲的演变是有词在先，然后"选词配乐"，后来逐渐将其中动听的曲调筛选保留，依照原词及曲调的格律"倚声填词"。有些曲调仍沿用原曲名称，"曲牌"就这么来的。

元朝发展了元曲这种形式，它刚开始时坐着唱，后来逐渐几个人唱，男女唱，化装唱，然后发展成戏剧，到明朝就叫杂剧了，曲就变成戏词、南戏了。

戏曲要是从源流来讲，唐朝就有了参军戏，那是假面戏，就像猴戴的那个脸儿，也就是大傩舞，本是一种求神的舞蹈，跟现在喇嘛教的“打鬼”差不多，戴上假面具唱跳。现在缅甸、泰国还流传这种舞蹈。最原始的戏剧就是那样一步一步演变来的。

元曲是什么时候成为中国文学史上一个重要的组成形式的呢？民国初年，清华大学有个教授叫王国维的，还有吴梅等几个人，他们认为元曲是中国文学史上独立成章的精华，就逐渐研究它。明朝人已经知道王实甫的厉害了，当时有王实甫的“王西厢”，还有董解元的“董西厢”，它们各有所长，现在我们一般读的是王实甫的，“董西厢”文学上也很有价值。可是大家知道《西厢记》，对元曲不大重视，直到民国初年才陆续发现元曲里的东西。在敦煌经卷里发现了元曲的抄本，后来发现的东西越来越多。原来说“元人百种”，现在流传下来的恐怕有九十多种，以后又发现四十来种。现在大体上成出的元曲不超过一百五十种。那后来的四十几种编成外编叫《元曲选外编》，这里面好文章就很多了。

明朝以后就是明杂剧了。明杂剧的最先提倡者是朱元璋。这个皇帝是个怪皇帝，凤阳皇觉寺的小和尚，真正的贫农出身，刘邦还是个村长呢，他连村长也没当过，他从军投郭子兴。后来他要提倡礼教，《琵琶记》就是他提倡搞起来的，是从高则诚的《孝顺赵五娘》演变成戏剧的。明代戏剧就发展了，先在南方兴盛起来，南戏以后分为两大支，一支向宫廷文人发展，昆山腔以后成为昆曲。另一支向民间走，向乱弹、高腔上发展。南戏最后汇合在安徽，然后向西、向南、向北、向东。乱弹向北方发展为山西梆子、山东梆子，一路“梆子”下来。高腔发展变化就是四川高腔，就是现在的川剧；向广东发展，和广东丝竹乐相结合就成为现在的粤剧；戏剧最繁盛的省份还是安徽，像苏北的海盐腔、昆山腔、弋阳腔，以后发展到江西。其中有一个朱家的王爷对南戏的贡献很大的，他自己粉墨登场，有权有势又有钱，还会写剧本，人称“朱爷”。

最后说说小说，小说绝不是到清朝才有，先秦散文中就有很短的小说，有头有尾的《庄子》、《韩非子》都有了小说，可是那些不称为小说。后来《史记》中"侠客列传"也是小说的，但是也不能叫小说。唐宋时出现一种传奇，《虬髯客传》、《红线传》、《李娃传》等等，这些都是唐宋传奇。唐宋传奇也不是完整的小说，最初都是韵文，以后才变成白话文。像《西厢记》就是由唐宋传奇中元稹写的《会真记》改编来的。后来出了一部书叫《太平广记》，它是古代文言小说的第一部总集。

小说与评说有些渊源关系，评说又称说书、讲书，是一种古老的民间传统口头表演形式，各地的说书人都以自己的母语对人说着不同的故事。汉族传统口头讲说表演艺术形式，在宋代开始流行。有人说、有人表演就有人写了，逐渐地白话的章回小说就形成气候了。明清时期是中国古代小说发展的高峰，四大名著都出现于此时。

"集"部就讲到这里吧。

第五讲　中国书画和中医中药

（1983 年 11 月 26 日）

读书漫谈讲了四次了，今天下午再讲一下，明天下午再讲一点儿，然后大家就要上火车，放假回家了。

最后这两次想讲这么三个问题：中国书当中还有一部分关于中国美术的，想讲一讲中国书画、中国美术简史；还想讲一讲中医中药、它的简史；最后讲一点读书的方法、心得体会。就把中国书这一部分讲完它了。

作为整个人类精神文明的总宝库，我们的民族——中华民族，由于她占人类人口的四分之一，由于她地大物博，历史悠久，有独特的历史环境和地理环境，有独特的民族心理和自己发展的历史的渠道，因此，在人类的精神文明的总宝库里，有一些我们中华民族文明中的瑰宝，一些特殊的智慧结晶，这是中国人引以为民族骄傲的东西。比如说，中国的农业，中国的以手工劳动为代表的农业，创造了全世界人类农业史上最高的单产。中国是一个大农业国，列宁和斯大林都讲过：中国的手工农业几乎就像在土地上绣花一样，中国的农业创造了人类农业最高的纪录，现在仍然在发挥它的优势。

中国手工业，它的智慧、技巧，在世界也是著名的。我们的手工业产品，有雕刻、瓷器、刺绣、玉器、贝器、剔红、漆器等等。

中国书法、中国绘画，在全世界也只此一家。因为民族心理和传统的不同，中国书画所用的材料，绢、帛、纸张、毛笔、墨的特殊，才创造了中国美术书法这种特殊的东西。

中国的戏曲，是世界戏曲文艺中特殊的剧种，而且是世界戏曲中一个很复杂的，高综合的艺术结晶体。

中国人的烹调、做菜。中国人是很讲究吃的，是以吃著称的。我们广东的同志不是说笑话吗，说我们广东人特别能吃，天上飞的除飞机不吃，地上四条腿的除了板凳不吃，其余的都吃。咱们中国菜全世界有名，是公认的，我们有六大菜系，它本身也是艺术。

中国的农业、中国手工业、中国的书法、中国绘画、中国戏曲、中国饮食烹调，在人类的文明史上，在世界文化史上，是异常丰富的。

那么，作为整个人类智慧来说，希腊唯心主义哲学家柏拉图和亚里士多德有一个归纳：作为人类认识的文化产品，大体上分三类，一个是真，一个是善，一个是美。真是真假的真，是真还是假，或说“是与非”，这是属于科学领域要回答的问题，科学的本质就是回答是和非、真和假的问题，科学归根结底是要回答这个事情最终是对的还是错的。善和恶是伦理道德所要回答的，即行为规范的问题。某人的一个行为，对社会、对其他人产生了什么后果，这个后果是良好的，就被称为善；对社会、对大多数人产生坏的结果的，就被叫作恶，这是社会道德要回答的问题。此外是美或丑，这是美学要回答的。人类的精神文明归根结底是这三大类：真善美、假恶丑，这个大分类恐怕还是对的。这里包括科学要回答的问题、社会道德要回答的问题、美学要回答的问题。

中国的精神文明，由于种种原因，在整个人类精神宝库中占有特殊的地位，上面我们谈的中国书“经史子集”就涉及这些问题。

下面简单讲讲中国的美术，中国的造型艺术。中国的美术和书画是世界精神文明里面特殊的一支，而且是很重要的、很有影响的一支。普列汉诺夫在《论艺术》这本书里提到劳动、提到艺术的起源：人们在劳动中体现美，体现美感，因而产生美的愿望和原始的美。普列汉诺夫在艺术的起源这个问题上的论述是科学的、精辟的、马克思主义的。

考古学告诉我们，从旧石器时代，到新石器时代，像周口店，像半坡，像丁村，像仰韶，像龙山文化，所谓以红陶和黑陶为代表的新石器时期后期，可以看出一些人类原始美的要求和审美观的特征。在仰韶时代的红陶，就是红色的土陶的时代，已经看到了三角形、方块形、鱼形、走兽形、人体形。烧的火候比较小的陶罐子，陶的鬲、鼎、觚、釜，就是锅了，在这些土陶罐子上有了一些造型，记录了原始的美。在新石器的后期，已经把一些动物的牙齿穿了细孔，你说那有多难呀！可能用的是石针？慢慢地穿，得穿很久很久，然后用皮草连起来，戴到人的脖子上，在半坡遗址和丁村遗址都可以看到这个东西，古代那时候就有了把玉钻成孔穿成串的实物。赶到了黑陶，也就是我们说的龙山文化，因为黑陶的火候比红陶高，而且又经过一道加工变成黑色的陶器，这个陶器的面上发光。大家去任何一个博物馆，都可以看到我国红陶和黑陶的两大历史分期，就是仰韶和龙山文化的区别。我们历史上的黑陶面很光滑，上面绘有成形的人体，有集体的打猎，一群人追赶一头鹿或野兽，一群人拉网抓鱼，已经有这样的象形的图画了。在陶器里面已经有美的造型，已经有了美的要求，而且这时象形文字的雏形已经有了，文字最初的胚胎开始形成。

人类在原始生活中，在集体生活中，得到温饱是很困难的，得忍饥挨饿好多天才能打着野兽，吃上一顿饱饭，那时候是吃肉喽。以后学会用火，用打磨的石器宰割野兽。大家在参观西安的半坡时已经看到，有部落群，有房屋，有圆形的房屋。房屋最初是圆形的，为什么呢？一根柱子一支，四周有一些椽子，用树枝草席一盖，就像蒙古包似的，这种房子最好盖。所说的房顶开门，屋里打井，就是那时的情况。那时已经有了最初的地下储藏粮仓，而且有了集体的埋葬地点。半坡的文化我是看过的，在半坡遗址可以看出这些特点。

我们就不详细讲美术史啦，美发源于劳动：劳动中人对人，对大自然，产生了美感，而且产生了形体艺术，用文字、线条、色彩，把它记录下来，体现出来，这就是美，这就是美术。它产生于劳动，这个学说基本上是科学的。

原来的中国美术史，从先秦到西汉的这一段说得很简略。先秦到战国，到两汉，有大量的铜器，毛公鼎、周公鼎，还有古金文、甲骨等实物，从墓葬里面也可以看到一些东西。美术史中的这个时期，绘画不是很多，因此说中国的绘画史是从东晋开始的，始于所谓的“画家三祖”，晋代的顾恺之、张僧繇、陆探微，就是这么三个祖师爷。这个结论现在看来是错误的，中国的绘画绝不始于晋，中国的绘画在先秦到两汉已经发展到相当的高度。为什么呢？有实物证据，最大的证据譬如武梁祠石刻，譬如画像砖。汉代的画像砖大量出土，汉墓的壁画大量出土，一些古汉墓、战国墓相继被挖掘，里面的石雕相当成熟，人物造型相当有水平。特别是近几年马王堆一号墓、二号墓的出土，不仅是画像砖、汉刻石，而且有帛画，就是在绸子上画的。马王堆的那个帛画，天人鬼三界，金乌玉兔，古代神话，而且那个人，是人跟蛇的连身，上面是人，底下是蛇，正好和《山海经》所说的神话、女娲后羿的古代神话完全对上号了，而且绘画的水平很高。至于那些图案式的绸缎，那些汉锦，就已经把花卉变成图案了，达到了相当高的程度了。所以过去说中国的绘画始于晋，始于顾恺之、张僧繇、陆探微三祖的这个说法肯定是错误了。中国的绘画正像中国的文学、哲学一样，在先秦两汉时期，中国的人物画和围绕人物画的造型艺术，已经有很高的发展了。比如汉的刻石、画像砖，就画了成批的故事。特别是孔子西行见老子，孔子手赞雁的石刻，这个刻石现在都在嘛！那个造型、车服礼器，那个孔子的形象、老子的形象、人物的形态，画得很准确，线条非常明快。正像中国的文学艺术一样，中国的美术在先秦两汉就已经开始了。

汉墓的出土，特别是近两年楚墓出土的漆器、楚简，一些漆器上面画了很多人物、花鸟、风景，因为漆器是很好保存的了。现在又出土了老子的《道德经》，出土了孙膑的兵法，出土了很多新的楚简。不仅在新疆居延的沙漠里发现了汉简，还在两湖地区出土了战国先秦时期的陵墓，出土的楚墓越来越多。不仅有金器、青铜器，那上面还有铭文，还有那些文字和图案，那些花卉人物。

中国的最早的瓷器原来定为晋，是青瓷，现在看来也错了。现在出土的就有三国魏、蜀、吴的龙泉窑瓷器。所以中国的美术史应向前移了300年到200年，两汉是200年嘛。出土越来越多了，这是历史学上新的发展。

顺便说一下，中国的历史始于夏、商、周，商是准确的，因为有安阳小屯，有殷墟，有甲骨文出土了。夏可能是在东部，在长江淮河的下游，在冲积平原上，夏禹就是夏，《史记》里它的《帝王本纪》写得很清楚。但夏的实物因为它在冲积平原，文化层很厚，现在出土的东西确实不多。但是从商来推断，夏肯定是没有问题的。因为司马迁的《史记》里面的《帝王本纪》中关于商的推断，经出土的青铜器验证基本准确，就是上下有某些差别，基本是符合的，因此关于夏也是没有问题的。我们就希望，在山东、安徽，在长江淮河这个地区，如果地下更多的挖掘，出现更多的实物，把夏禹时代的东西发现更多，那么中国的古代史可以向前推进600年，那是我们民族的骄傲了。这是另外一个话题，在这里我们就不提它了。

从两汉的铜器、墓刻、石刻、砖刻、画像砖、武梁祠，到三国，我们看艺术已经有了相当的发展。但是，作为作者的画家究竟是些什么人？不清楚。这些人现在都是无名的能工巧匠，有好多恐怕是奴隶。像马王堆出土的那个帛画的作者就可能是奴隶，是不是殉葬了很难说。作为专门的画家画工，他们的身份是不清楚的，都是些无名的劳动者。

作为文学艺术有一定地位的画家，确实是从东晋开始的。现在传世的，在绸子上绢上的画，中国最早的画有一些被国民党拿去卖到美国，卖到波士顿，有的叫帝国主义抢走了，有的叫国民党逃跑台湾时带跑了，现在故宫里还保存一些。现在传世最早的有一张画，是东晋的顾恺之，画家“三祖”之一，也叫顾虎头，不大的一张画，在绢上画的，画的是洛神，曹子建的洛神。这个画是工笔的有颜色的，线条造型已经是很工细的，神态是很生动的，跟《洛神赋》的文字是完全能对上号的。还有顾恺之的一张画，在故宫博物院，叫《女史箴图》，画的是女人起居梳妆，是个连环画，现在只剩几幅喽。现在，这两件还都在，但这两件是不是就是原来的那一件不好说，因为流传是要有序的，时代太久了，没有什么佐证了，应该说是基本可靠的。张僧繇和陆探微的画现在没有见，他们也是画人物的，以人物为主的，其他山水花鸟等是作为背景和插图来画的。

这里说一个问题，世界美术、美感最初是应该以画人物为轴心的，然后一个半径支出去，随着衣食住行和人的距离的长短，逐渐顾及其他。首先是画人，衣食住行的人，活动中的人；然后画人的环境，衣食住行、车服礼器；然后画花鸟花卉、山水、动物翎毛。肖像画、人物画首先是绘画的中心，绘画首先是画人物的。中国画最初也是画人物的，画家“三祖”顾恺之、张僧繇、陆探微也都是画人的。中国是这样一个顺序，世界上也是这样的。

经过两晋，经过南北朝，这个画就有一个变化喽，最大的变化是东汉以后，特别是汉明帝以后，佛教传入中国。就是明帝夜里梦到一个金人，然后才有了向西方求佛的想法。白马驮经以后，竺法兰到了中国洛阳，就在白马寺译经传经。东汉以后，到晋和北魏，东魏、北齐、西魏、北周，这时以人物为中心的画就分成几个大类。第一个就是画帝王将相；第二个画隐逸高士、豪服衣冠；再一个就是画仙佛、道士的佛教画。在这个问题上，传世证据最大的就是几个石窟：山西的大同、云冈，洛阳的龙门，然后是甘肃武威、张掖，一直到敦煌、麦积山，特别是敦煌的石窟。还有从敦煌到延安，到清远关中这条线的西北，甘肃河西走廊，丝绸之路的这条线上；从山西大同，就是魏原来的首都，以后南迁了，拓跋宏把首都从大同迁到洛阳，迁都之前的几个石窟都有壁画；延安的清凉山下，原来新华社和解放日报社印刷厂的那个仓库也是一个石窟。这样说来，两汉南北朝时期，以石窟、帛画、雕刻、六朝写经、南北朝的写经、佛像为代表的中国艺术品是十分丰富和宝贵的。

值得一提的是，那些写经的后面有一些讲唱佛经因果的俗文学，叫变文，像《快嘴李翠莲》啦，《大唐三藏取经记》啦，一些民间的传说，小调啦，民歌啦，情歌啦，唱曲啦，那里都有。那些是非常珍贵的民间文学，可惜大量的珍本都在巴黎博物院，在美国几个博物馆。我们国内到现在为止，这些东西还是要研究的，因为它是世界的。大家不是说古希腊、古罗马是欧洲文化的摇篮，那是精华呀，是全世界旅游的中心。可是我们的云冈、龙门、敦煌、麦积山这几个大的石窟，和西北延安一带的石窟，从两汉南北朝以来一直到唐宋的石窟，也是人类艺术史上特殊的珍宝，而且它都是以画人为中心，其中有佛像，也有人。最近大的舞剧《丝绸之路》就是受了敦煌壁画的启发。从壁画里发现了很多古代的乐器、人们的生活、舞蹈的姿势、古代的风俗。像古代的杂技是什么样的，我们现在不知道，但书上有记载，那比现在的项目要多得多，这些在敦煌壁画里都有，包括吞刀、吐火、玩蛋子、走钢丝、走绳索、空中飞人、叠椅子、晃杆、摇杆、中幡，而且还有魔术，在敦煌壁画里全有。我们的祖宗，中国人的祖宗，确实是值得骄傲的祖宗。

从晋以后，经过南北朝，到隋的统一。隋的统一也把全国的文化来了一个大的统一，都集中在隋的陪都洛阳了。但是，也发生了一件大事，就是隋炀帝南巡下江南。他把全国的书画、绢画、帛画拉了几百船跟着他下扬州，结果扬州兵变，他死在扬州，这些东西扬州大火都给烧掉了。中国文物的历史大劫前后有十几次，特别是中国绢帛纸张文物的损失。扬州这一次损失是很大的了，还有清末溥仪出宫，从故宫盗宝，盗的宝带到天津的张园，以后又带到东北的长春，“八一五”苏军进长春，溥仪又跑，这两次就损失了两千七百多件，现在收回了九百多件，收为故宫所有，还有一千多件散失。至于“文革”中的损失那就别提了，痛心疾首呀！

到了唐代，中国的绘画达到了异常繁荣的高度，形成了独特的中国绘画。唐代由于修佛庙修佛寺，唐朝的帝王，太宗晚年，高宗、武则天、中宗、睿宗、玄宗、肃宗，他们几个人都提倡崇佛、崇佛老，大修佛殿，因而壁画就非常发达。再加上历代给功臣画像，人物肖像画就非常发达。特别是给帝王将相功臣画像，汉代有麒麟阁，供奉霍光等十一名功臣的画像；东汉有云台二十八将，就是汉光武帝的二十八个大干部，马武、马成、铫期、邓禹、耿弇、冯异，都画了肖像。唐代有凌烟阁，明代也有功臣阁，清代就是紫光阁。现在国务院的紫光阁就是清朝挂它的功臣像的地方，那地方还有清代的石刻石雕，紫光阁就相当于以前的麒麟阁和云台了。这种肖像画，杜甫的诗里就有长篇的描述，“良相头上进贤冠，猛将腰间大羽箭。褒公鄂公毛发动，英姿飒爽来酣战”。写得神态非常生动，和古希腊、古罗马的绘画相比毫不逊色，在某些方面还超过他们。

然后就是仙佛、神仙、道士这种飞天图，地狱变相图，经卷图，佛的本生记。前几天大家在电视上看的动画片《九色鹿》，那就是“鹿王本纪”，就是佛经上的连环画，敦煌的壁画里的《鹿王本生》，是有名的壁画，也是一部文学作品。

唐朝前后的著名画家就有名有姓了，出现了隋代的展子虔，他的一张画叫《游春图》，现在在故宫。唐代有名的画家有二郑、二阎、二王、二李。二郑是郑虔、郑法士；二阎是阎立本、阎立德弟兄两个；二王是大诗人王维、王宰；二李，父亲李思训，大李将军，儿子李昭道，小李将军，二李是画山水画的。特别的是吴道子的人物画。中国的人物画讲“曹吴两大家”，不是有“吴带当风，曹衣出水”之说吗？什么叫“吴带当风”呢？就是吴道子画的人物，他画的人物衣袍和女人的裙带就像吹了风一样飘起来了，说他画的人物衣服有风气。另外一个画家叫曹仲达，“曹衣出水”就是说曹仲达画的人物衣服紧紧地贴在身上，就像刚从水里捞出来一样。“吴带当风，曹衣出水”就是这么来的，这是两种画人物的方法。人物画讲究描画流畅，有什么兰叶描、游丝描、柳叶描、莼菜描、铁线描等等十八描法。

另外，从唐代以来，中国人敬先法祖，讲究给祖先画像。儿子要在父亲在世时请画家给父亲画一幅像，父亲死以后家里要供起来，也就是他祖先的肖像了，中国人是有这个民间传统的。现在民间还有这个画影像的土画家，比如，孙子请他给过世的爷爷画个像。画家问，你说吧，你爷爷长啥样？我爷爷方脸、五绺胡、眉毛粗，画家就按他说的画了张画，说这就是你爷爷，反正他也没见过他爷爷，这就算他爷爷了。这影像就是肖像画，外国人的肖像画大概也是这么来的。

唐代的道士画、仙佛画、肖像画、仕女画、美人图等就多起来了。这个“美人图”要说一下，中国关于什么叫美的观念发生过很大的变化。现在我们认为的美人，都是希腊鼻子，高鼻梁、大眼睛、高颧骨、柳叶眉、瓜子脸，这样叫美。唐朝以前可不是这样，中国的美不是这个美。中国人以前认为的美是富态的，面如银盆满月、杏眼桃腮、樱桃小口。面如满月，你们想想，月亮要满了那像个啥，不就是一个大烧饼吗。面如银盆满月，肤如凝脂，手如柔荑，啥叫柔荑呢，就是像初生植物的嫩芽，也像玉兰花瓣一样，小馒头似的，分几个杈。银盆满月就是胖乎乎的，杨贵妃的美就是那样的美。西安出土的美人都是胖乎乎的，我们叫她“唐妞妞”。你们现在买的三彩珐琅、三色陶器的唐代美人都是胖乎乎的胖姑娘，古代管这个叫美的。从明末清初到现代，美的观念才发生了大的变化。现在你看古代帝王后妃的画像没有一个不是大胖子，就是这个道理。

唐初的画家有的是做了很大的官的，像阎立本、阎立德弟兄两个，做过尚书的，实际上是侍从文官，也就是个弄臣，表面上官很大，实际上还是个画匠。郑虔、郑法士，杜甫的朋友，官也很大。李思训和李昭道，大小李将军，有将军的称号，实际上也是画家。

这时著名的文人画家出现了。文人画在世界上也确实是一个独创的东西，“画上有诗，诗上有画”，“画上题诗，诗上题画”。这个影响从近代的吴昌硕、齐白石、张大千、傅抱石，一直到现在。王维是大诗人，他诗中有画，画中有诗，开创了中国文人画的体系，一直占了很高的地位，到现在还被人们认为是很高雅的。

唐代画的繁荣，同时又产生了另外一个问题，就是中国山水画的“南北宗之争”。南宗以王维为代表，王维这一派用羊毫笔在绢纸上画这种叫“披麻皴”水墨山水，就是土山、土包、林、高原、平原这种画法。明朝董其昌以后，把南宗这一派奉为正宗。相反的另一派，就是所谓的“青绿”山水，工整的山水画，勾金的金碧山水，而且大青绿，青绿紫红，分大青绿和小青绿。这就是以大将军李思训、小将军李昭道父子为主的“北宗”。就像禅宗分南宗北宗一样，画也分南北。到底南宗画派是正宗，还是北宗画派是正宗，这是中国画史上的一大争执。

唐代的人物画和欧洲画的规律一样，后来就发现在人物画的背后出现了山水，还出现了动物翎毛和花卉，作为辅助背景来体现。人就在山水之间了，看见高山流水，远山近山，看见松树，看见翎毛花卉，看见仙鹤鹿老虎狮子，特别是还看见昆虫了。逐渐沿着以人为轴心的半径，随着生活圈子放大，人物画又出现了分支了。

唐朝的画达到了一个高峰，这个高峰带来画的各个分支，这个拳头就分开了。分支里面又出分支，画花卉的又分品种了，出现了以单项著名的，梅兰竹菊四君子就出来了，有画兰竹名家的，有画牡丹名家的，有画菊花名家的。翎毛花卉里又出现了画鹰的，杜甫写的画苍鹰的那首诗“素练风霜起，苍鹰画作殊。竦身思狡兔，侧目似愁胡。”写得非常好。有一个叫韦偃画松树的，杜甫说他画的松树：“阴崖却承霜雪干，偃盖反走虬龙形。”杜甫题画诗有不少，如山水画“堂上不合生枫树，怪底江山起烟雾”，“十日画一水，五日画一石”，“焉得并州快剪刀，剪取吴淞半江水”。再如他赠曹霸的诗“将军魏武之子孙，于今为庶为清门”，“弟子韩幹早入室，亦能画马穷殊相”，诗里说的韩幹也是一个画马的。这里顺便说一下，周总理在世时，有人强买回来一个流失到香港韩滉的，和韩幹同时的《五牛图》，差不点儿跑掉了，被买回来了，现在存在故宫。这个《五牛图》太好了，韩幹的《马图》故宫还有一张。曹霸就是曹操的后代，杜甫关于画画的诗大概有二十几篇，写得非常生动，可见当时唐朝的画达到了一个什么样的高度。

唐代以后，在唐宋之间有个五代，就是梁、唐、晋、汉、周了，五代之后又出现了十国。在五代十国期间，唐画继续发展，特别是一些地方上的小王国。四川的孟蜀孟昶，就养了很多的画家，和唐代的画院一样。四川的画家有黄筌、黄居寀父子，黄筌与江南的徐熙并称“徐黄”，他们都是以画花卉著称。形成了五代、宋初花鸟画两大主要流派。黄筌多画宫中异卉珍禽，徐熙多写汀花水鸟，故有“黄家富贵，徐熙野逸”之说。中国画花卉的老祖宗就是五代时的黄筌、黄居寀、徐熙及他孙子徐崇嗣他们，以他们为代表的中国花卉画，开始了一个独立的分支。

然后发展到北宋六大家，李成、范宽、荆浩、关仝、董源、巨然。北宋六大家的山水画比唐代的山水画又发展了，它大体上画太行山、华山、泰山的雄伟。现存范宽有两张画，一张《溪山行旅图》在台湾。另一张是天津的张叔诚捐给故宫，叫《雪景寒林图》，去年在故宫展览过，很大的一张画，画的山体气势雄伟得很，绢底子。巨然有一个长卷在台湾。荆浩、关仝的画有几张靠不住。北宋六大家主要以山水画为代表，在陆游的诗里面就提到了。除了六大家以外，北宋有些大文人同时也是画家。苏东坡画竹子，画兰草，也画山水。他的一张竹子的画现在传世，是“文化大革命”前邓拓同志把它买回来捐给了国家，是原来四川总督的东西。咱们现在看也不高明，比咱们画得好不了多少，说是苏东坡画的，证据就是北宋时就有人打图章，写题跋，因为流传有序你也只好相信了。苏东坡有个好朋友叫文同，文与可，画竹子，是画竹子的祖师爷。宋朝的大书法家米芾，米元章，也叫米南宫了，儿子米友仁。大米小米氏父子俩都画画，有“米家山水”之称。他画雨后山水，上边点点子，叫“米家点”。大概宋朝的大书法家都画画，苏、黄、米、蔡四大书法家同时也是画家。黄庭坚画画，文同也画画，米家就更画画了。

北宋那时就有皇家画院了，宣和画院指的就是宋代宣和年间的翰林图画院，南宋也有画院。徽宗、钦宗都会画画，徽宗自己就是一个大画家，又是个词人。后来爷俩做了金人的俘虏，从开封一直押送到现今的东北哈尔滨一带。徽宗赵佶老实说做皇上不合适，可是做个词人，做个画家，做个书法家，确实是高明的。他没事就到画院待着去，去考画家，南宋的皇帝也去画院考画家。皇帝出一句唐诗，或者出一个题目，然后就叫几百个画家画，画完了他评出甲乙定状元。比如说，他出一个题目“踏花归去马蹄香”，画家个个都画，画了几百幅，画的有路有花，有人骑马等等，结果徽宗都没看中。有一张他看中了，这张是咋样的呢？画的是一条山道，有几棵树，有点落花，最后画一个马屁股马尾巴和两个马蹄子，马蹄子的周围有两个小蜜蜂在那儿转。他说，这个高！为啥高呢？马蹄香不香别人不知道，蜜蜂知道呀！他说这个画传神，结果这个画得了状元。可见这个皇帝是很懂画的，出的题目也很厉害，考的也高，几个蜜蜂就把“踏花归去马蹄香”的意境画出来了。

南宋小朝廷很残破，被金兀术赶过了黄河，赶过了长江、淮河，一直在逃亡。从开封起一路地逃，跑到南京、杭州、福州、泉州、最后到了海边崖山，南宋灭亡了。但南宋的画却继续发展，南宋有四大家，叫“刘李马夏”，刘松年、李唐、马远、夏圭。除了四大家以外，其他的山水画家也很多了。这时的画又有一个变化，向着残山剩水发展了。马远、夏圭他们画山水多是描写山之一角、水之一涯，不画全景山水。

到了元朝，文化中心从南向北转了，元朝一共 97 年，元大都就成为全国文化的中心啦。元曲、杂剧、绘画这些都集中在北京，尤其是唐宋以来的名画也集中到北京了。元代中国又出现另外一种画风，就是元朝的画风喽。元朝画风的开创者就是写字有名的赵孟頫，就是赵子昂。他本来是宋朝的王孙贵族，人称赵王孙，老赵家的人，但在元朝做了大官。他的老婆叫管仲姬，管道升，俩人都画画，又信佛，既是大文人又是大书法家。我们说的中国书法赵体字就是从他开始的。在他的影响下出现了元朝的四大家“黄王倪吴”。黄就是黄公望（字子久，号大痴道人），他有一幅画是国内名画了，叫《富春山居图》，画的是浙江富春江。这张国宝级画就神奇了，一共有三张，有一张大概是假的，台湾有一张，北京故宫有一张。北京这张被火烧了，也叫火烧本。由于打仗从火盆子里抢出来的，外面两头被烧掉了，里面画芯还存在。第二个大家叫王蒙（字叔明，号黄鹤山樵），赵孟頫的外孙子，他是用宣纸羊毛笔画水墨淋漓的山水，多焦墨渴笔，干湿互用，厚重浑穆，画得气势丰满。第三个人叫倪瓒（字元镇，号云林子），也叫倪高士。这时已经到元末了，他画的画非常冷逸清秀，意境荒寒空寂，画残山剩水、孤木寒林，画上一个人也没有，画的亭子里也没有人。画的石头叫折带皴，画的一层一层的页岩。他的字也很怪，很冷逸。这个人更怪，家里是个大地主，朱元璋起义的时候见过他。他这个人有洁癖，衣服鞋帽一日洗多次，家里雇了好几个人，专门拿着扫把扫院子擦屋子，一天扫好多遍，大概洗脸也得洗几次吧。还有一个叫吴镇（字仲圭，号梅花道人），善用湿墨大墨点子画山水，晚年爱画竹子。元朝除了四家以外还有一些大画家，像高克恭，即高房山。

这里就发生一个问题，没有人了！山水画取代了人物画。从宋朝开始到元朝，山水画兴起，画里只有山水没有人了，画中无人了。所以一提起中国画，就成了山水画了，山水画成了中国画的代称了，山水画成了中心了，人物画地位反而降低了。仙佛道士、佛教画都不行了，仕女画也不行了，影像成了民间工艺了，不上数了，更等而下之了。人物画越来越不行了，山水画也成为文人画的中心了。所以从南宋以后到元朝，中国画逐渐以山水画为中心了。

元朝是蒙古人统治了，另外还有一个画家也姓赵，叫赵子固，也叫赵孟坚，跟赵孟頫是堂兄弟。他画兰草不画根，人家问他画兰草咋没有根呢？他说，国破家亡一寸土都没有了，兰草上哪儿长根去？表达了亡国后萧索凄凉的黍离之悲。还有一个叫郑所南的也是画兰草不画根的。在这一点上赵孟頫是挨骂的，因为他本来是赵王孙，但是投靠了蒙古人，做了蒙古人的大官，所以他很受攻击。虽然他是书画名家，但在这一点上，他和赵孟坚、郑所南比，他的人品不行，对宋来说，他是贰臣，这是另外一笔账了。

到了明朝，画风又一转，明朝画的剧烈的变化，就是宫廷画派和民间画派之争。明朝的宫廷画家就是“待诏”，就是等待皇帝的诏书，供皇家御用的。什么唱戏的、画画的、剃头的、修脚的、手工业的、厨师等等都有待诏。这里头有些大画家，像画工笔人物山水的戴进，文徵明也在宫廷里画了几天画。多数的是不肯进宫画画，就在民间画。这时绘画的南北宗之争就变化发展了，尤其是以江苏苏州为中心的，包括苏州、常州、太仓、虞山一带，形成了中国文人的民间集中地，出现了明四家，沈周、文徵明、唐寅、仇英。明四家的首领就是沈周；第二个是文徵明，文徵明一家，他三个儿子、两个女儿、几个侄子，还有侄孙，一个大家族都是画家，文彭、文嘉、文伯仁等等；再一个苏州画家就是唐寅，唐伯虎，苏州桃花坞人，考过一回解元，因为一场科场案被贬了，变成了一个民间画家喽，他诗文书画都很好，关于他的三笑姻缘那是胡编的，与他无关，可能与他的朋友张灵有点影子；另外一个是漆匠，民间画工笔楼台、仕女人物的，出身低微，是沈周和文徵明的学生，叫仇英，也叫仇十洲，他是漆匠出身，画漆盒的，工笔人物画得相当好。《红楼梦》上提到他，那个宝琴捧着梅花的情景，贾母就说比仇十洲画的《艳雪图》还漂亮。除此以外，明朝的大画家就多了，有一二百人。

这里头就有了北京和苏州之争，分成南派和北派，就像以后的京派和海派之争一样，发生了激烈的对抗。到明末出现了一个礼部尚书叫董其昌，一个大画家，也是一个大地主，清朝时康熙是很提倡他的字和画的。当时民间的画也逐渐上来了，民间出现了两个画家，一个叫徐渭，字文长，号青藤老人；另一个叫陈淳，号白阳山人，两人被后人并称“青藤白阳”。这两个人开始了一种文人的、没骨的、宣纸的、大羊笔的，在宣纸上画花卉。

大笔道的字，大笔道的花卉，用大墨水、大毛笔，水墨淋漓地画花卉花鸟。“青藤白阳”受“文沈唐仇”的影响，这种文人画派就逐渐地发展起来了，这也就是现在所谓的吴昌硕、郑板桥、齐白石的祖先了。

到清朝以后，在朝派、宫廷派，也叫院体派和民间派的激烈争斗继续发展。院体画作画讲究法度，重视形神兼备，风格华丽细腻。院体派代表就是六大家，既“四王吴恽”，“四王”就是王时敏、王鉴、王原祁和王翚，再加上吴历、恽寿平这六个人。这宫廷派的六大家在清朝占据统治地位，特别是乾嘉两朝。然后就是蒋南沙、蒋廷锡、邹一桂、邹小山这些宫廷的供奉画家。他们的工笔山水名气很高了，非常贵重，宫廷提倡的嘛。和他们对着干的就出现了“扬州八怪”，扬州八怪是什么人呢？郑板桥，兴化人，在山东潍县做过县长，和地主打官司，叫恶霸地主给告倒了，回到扬州卖画去了。他公开在家门口贴一个告示，一根兰草多少钱，一竿竹子多少钱，老子就靠这个吃饭了。扬州八怪中当官最高的做过县长，有的是副县长，有的中过进士，其他都是举人秀才。其实也不止八个人，但都是在扬州这个地方。他们的画在民间很受欢迎，在市场上非常流行，不胫而走。他们比宫廷画家还有名，因为宫廷画老百姓得不到呀，扬州八怪就是这样一些人。他们的首领年纪最大的就是金农，他的一个徒弟叫罗聘，也叫罗两峰，专画鬼画花卉。实际上他的画画能力超过金农，金农的好多画都是他这个徒弟代笔的，特别是人物。然后是郑板桥郑燮了，画兰草画竹，写诗，写隶书，写六分半的字。然后是李鱓、李方膺、高凤翰，还有黄慎、汪士慎，就是这么八个人。为什么叫“扬州八怪”呢？就是他们专反宫廷的“四王吴恽”六大家，他们八个人和那六个对着干，他们专向老百姓这边靠，而那些人向宫廷发展。这就是中国画的院体派和民间派的对立。

八怪主张走“青藤白阳”的道路，从“青藤白阳”到“扬州八怪”，后来到明末清初又出现了四个和尚，这“四个和尚”指的就是石涛（原济）、朱耷（八大山人）、髡残（石溪）、弘仁（渐江）。四个和尚都是画黄山的，也画花卉，特别是石涛和八大山人朱耷。朱耷这人的名字很怪，就是一个“大”字下面一个耳朵的“耳”字，读“搭”音，也叫“八大山人”。你看八大山人的签名，连起来看就是“哭之笑之”。这两个人都姓朱，是明朝的王孙，后来明朝灭了，出家当了和尚，他们都是黄山画派的喽。

从王维、苏东坡、文同、米芾以后，经过元朝的倪云林、王蒙，到明朝的“文沈唐仇”，到清朝的“青藤白阳”，到清朝的“扬州八怪”、“四个和尚”石涛八大，这就是形成一个大的民间文人画派。文人画讲求笔墨情趣，强调神韵，是文学、书法、诗词和画中意境的集合，他们多画花卉山水，特别是花卉。

后来到清末的咸丰、同治年间，中国的字，也发生了一个大的变化。什么变化呢？出现了一个人，叫包世臣。这个人说中国字山穷水尽了，就因为都学王羲之、钟繇，按帖写字，形成了所谓的帖派。这时间大量的碑刻出土，发现了南北朝的墓志铭、汉碑、北碑，包世臣就写了一本书叫《艺舟双楫》，提倡碑学。他说中国人的字，特别是明朝、清朝提倡赵松雪、颜真卿以后，字写到绝境了。清朝的字确实是没出息，为啥没出息呢？它是一个固定格式。清朝考状元的字都是扁扁的，像算盘珠似的，都是一色的赵松雪。一千个人写的都是一个样，都是那个馆阁体字，很没出息的。赶到嘉道咸同年间，经过包世臣的提倡，再加上光绪年间康有为的提倡，这两个人提出“尊碑抑帖”的观点。康有为又写了一本书叫《广艺舟双楫》，他们提倡中国字要从“二王”的牢笼里面解放出来，要直接写北碑、汉碑、魏碑，要写《张黑女墓志》、《张猛龙碑》、《郑文公碑》、《龙门二十品》等。这个提倡就产生了大解放，中国字又挺拔起来了。清代又出现了一个大的篆书家叫邓石如，号完白山人，他写的篆书是很有名的了。这样一来，清朝的末年，中国的书法又发生了一个新的变化，产生了北碑派。

到民国初年，浙江出现了西泠画派，首领是吴昌硕。他这个画派有二十几个人，是“扬州八怪”的西泠画派。当时年龄最小的就二十来岁，叫王个簃，现在还活着，在上海。然后到民国初年，北京出现了齐白石。他从湖南搬到北京，他在五十多岁的时候，经过清华大学的一个教授陈师曾（陈三立的儿子）帮助他到日本开了一个画展。这就形成了以齐白石为中心的写意山水花鸟画，也就是现代中国画的形成过程。现在市场上比较兴盛的中国画，它的形成大致就是这样一个梗概。

以上把中国画的大概的线路图说了一下。讲一讲这段历史，研究一下中国画将来怎么发展，怎么办，和这个有关系。读点儿中国书，知道点儿中国美术史，对于我们今后的生活，对于今后参与评论接触有好处。

中国画论在南齐的时候有一个总结，这个人叫谢赫，中国画论基本上有六法，哪六法呢？“六法”包括“气韵生动、骨法用笔、应物象形、随类赋彩、经营位置、传移模写”六个方面，特别是“传移模写”。这六法大概全世界绘画的基本要领都包括其中。在“六法”的基础上有了“三品”说，以后又有了“四品”说。最低的等级叫作工品也叫能品，工整的工。然后是妙品、逸品，最高的等级是有神韵的神品。最高的中国画的境界要达到“神品”的境界，画人物可以感到传神，画山水可以感到进入这个山水里面去了，可以遨游，感到一种高境界的美感（“四品”另有一种说法，即能、妙、神、逸四品）。这“六法四品”之说是中国美术中最要紧的东西。

读中国书，了解中国画，知道这样一些知识，对于我们今天的精神文明很有意义。现在的中国画对朝鲜、对日本、对南洋、对新加坡、对亚洲、对欧洲都产生了一定的影响。日本就产生了一个南画院，日本的浮世绘是中国人物画的一个变种。朝鲜画跟中国画有直接关系，也叫朝鲜的国画。新加坡南洋对中国画也很重视，全世界都关注中国画。现在中国画在最近几年又发生了一个新的变化，特别是齐白石画派的影响。

中国画现在有几个地方流派，一个是北京，齐白石、徐悲鸿。有个南京画派，也叫金陵画派，有钱松喦、亚明、宋文治，特别是傅抱石。有岭南画派，有黎雄才、关山月、赵少昂。有四川画派，还有安徽画派。现在中国的国画正在方兴未艾，有一个大的来潮。

另外有一个非常可喜的现象，就是把国画和油画、西画、东洋画结合起来，跟现代的科学画论结合起来。特别是画《江山如此多娇》的傅抱石的改革，把国画和岩石学、地貌学、地质学结合起来，和西画的透视写生原理结合起来，创造了新的中国画。中国画讲究皴法，一共有十几种皴法，什么披麻皴、豆瓣皴、雨点皴、卷云皴、折带皴、大斧劈皴、小斧劈皴等等。现在又创造了“抱石皴”，这种皴法就摩擦用笔的方法，产生了一种新的画法。

随着我们国家国际地位的增强，全世界形成对中国画新的注意。这里要小心一个事情：因为我们国家多灾多难，殖民地半殖民地，以前许多画人在国内连饭都吃不上，像吴昌硕在杭州卖画，5 块钱一张没人要，但日本有一个大洋行的大老板，他说我包你吴昌硕，画一张我买一张，一张 200 银元，画多少全归我，他最后想把吴昌硕买死，所以吴昌硕的画大部分落在日本。最近日本人就扬言，你们要开吴昌硕的画展，你们不行，吴昌硕的精品都在日本。因为我们那时候穷嘛，没人买呀。齐白石说“饿死京华无人问”，但陈师曾带 200 张画到日本，一张小荷花卖 200 元，一只大虾卖 100 元。我们中国画在国内不值钱，拿到外国就值钱，从来如此，因为国家穷嘛，老百姓生活艰难。可是周围的资本主义国家的富翁知道这个厉害，这就产生一个问题，我们画家在国内的价格很低，但拿出去一张就不得了，现在走私贩子就搞这个事情。现在国内很多地方都成立了中国画研究院，我们要为发展繁荣中国画多做一些研究，多做一些工作。

我们民族值得骄傲的中国农业、中国手工业、中国绘画、中国书法、中国戏曲、中国菜，比排球拿冠军要保险。足球拿冠军那么费劲儿，中国菜不用怎么费劲，到哪儿都稳拿冠军。我这次去意大利，不是一二百年有个争论吗，面条是中国人教给意大利人的，还是意大利人教给中国人的？常常吃饭就因为这个问题发生讨论。我说，中国人吃的多得很，这个发明权就送给你们吧。意大利人说，不对！不对！是马可·波罗带回来的。你看，连一个面条还发生讨论呢，因为意大利人很喜欢吃面条。所以我们说，中国书法绘画、中国农业手工业、中国戏曲，这些是我们民族的骄傲。随着我们国家的日益强盛，一个高度民主、高度文明、富强的社会主义新中国的建立，我们对中国书画，中国思想史、哲学史、文化史，我们大家应该有一定的知识。

读中国书为什么还讲中国书画史呢？因为这是中国自己文化的最起码的东西。如果你和外国人谈话，人家问齐白石是谁，你总得要知道齐白石是湖南人，活了 96 岁，中国近代的大画家，写意花卉的大画家，是我们民族的骄傲。总是知道的好，不知道总是不光彩的。像英国人不知道莎士比亚，美国人不知道华盛顿，那总是不光彩的吧。这是中国文化的很重要的一点。

最后，再谈一点中国的中医。为什么要谈这个东西呢，你们早上不是打太极拳，做气功，最近做什么鹤翔功，什么针灸吗？现在不是提倡中医中药吗？中国文化在世界文化里面，既是文化也是科技，这里就有中医中药学的问题。中医中药学在中国书里占一个很重要的地位。关于这个问题我们吃过的苦头是很大的，但随着历史的进程，越来越证明，中国的中医中药给世界文化宝库里面增添了光辉灿烂的内容。简单说一下它的历史文献和它大概的发展线索。

中国的医学在先秦两汉有四大经典，这是它的源头，整个中医学奠定在这四大经典上。这就是《黄帝内经》、《难经》、东汉张仲景写的《伤寒杂病论》和《金匮要略》（中医四大经典还有其他不同的说法），一切中医中药都来源于这四大经典。可以这样说，有中国社会以来就有最初的中医学中药学，在四大经典以前，在先秦战国时候，中国的针灸、按摩、中药、中医早就产生了。《史记》上写了仓公、扁鹊这两个大名医，在《史记》上有他们的传。特别是扁鹊，中国医学的古代圣人，写得非常生动活泼，在文学传记上是非常有名的。两汉的时候有华佗，给曹操治过脑后风的，就是神经痛，后来被曹操杀了。他留下青囊书，整个烧掉了，只剩下最后关于兽医的小部分。《三国演义》里面也描写了华佗，他是针灸大家。

最主要的一个代表人物，有理论、有体系、有方子又有药的就是东汉末年出现的伟大的医学家，被称为“医圣”的张仲景。他做过长沙太守，四大经典主要是从张仲景这里起。其中特别是《伤寒杂病论》，他把名曰伤寒的包括多种流行性疾病的发生机理、演变过程、辨脉、审证、论治、立方、用药规律等，有一百多个方子，都总结出来了，成了基本方。

以后经过南北朝，经过唐宋，中医有了很大的发展，像东晋葛洪的《肘后方》，西晋王叔和的《脉经》，唐朝孙思邈的《千金要方》、《千金翼方》。到宋代，经过宋代医生的发展，有了《政和本草》、《宣和本草》，发展变化很大，我们不详细谈它了。

到了金元时期，中医就分支了，出现"金元四大家"，即刘完素、张从正、李东垣、朱震亨他们是四大派，什么寒凉派、攻下派、脾胃派、滋阴派。金元四大家以后，著作有发展了，就分科了。然后到明朝又有四大家，特别是李东垣以后，出现了一个新的学派，从伤寒这个学派里独立出一支温病学派。到清初，到王孟英、叶天士，加强了以温病调辨为中心的温病学派。到清代，形成一部大部头的医学著作叫《医宗金鉴》，就成为国家的固定教材了。

历史上流传下来中国医学的书浩如烟海，为什么呢？因为从四大经典之后有几千种注解。从唐宋以来又有大的类书，唐朝出的大的类书叫《广济方》，明代出的大的类书叫《普济方》，清代出的《医宗金鉴》，清代以后的医书就更多了。《古今图书集成》又把它集中起来，叫《医部全录》。所以说，中国的医书就产生了一个庞大的、丰富的医学体系，而且在世界医学科学里面，在哲理、辩证、施用上产生了一个完整独立的学派，独立的科学。毛泽东同志讲过这样一段话，现在回味起来是对的。他说，将来的中国医既不是今天的西医，也不是从前的中医，将来的中国医是把中医和西医融合到一起的中国的新医学。现代的西医在战后一二十年发展很快，特别是电子计算机、微生物的研究，人体的研究，病毒的研究，仪器的研究都有新进展。但是越发展越进展，反过来，中医中药又给了人们以新的启迪，印证中医中药确实包括着丰富的科学宝藏。

中医的生理学四个字，叫"营卫气血"。营就是营养的那个"营"，卫就是卫生的“卫”，气就是气体的“气”，血是血液的“血”，血和营是一组，气和卫是一组，但还不同。当你看一个健康的人，头发黑亮黑亮的，眼睛很有神，出气很匀，说话中气很足，皮肤有光泽，脸色很正常，不黄不黑不瘦，精神状态很旺盛，这叫作“营卫气血”俱足，是一个健康的人。至于他什么时候死，那不一定，那是另外一回事儿，起码他现在是健康正常的。

中医学讲的病因论，分内因外因。内因讲七情六欲，就是人的精神状态。七情就是喜、怒、哀、乐、爱、恶、欲，或者叫喜、怒、忧、思、悲、恐、惊。七情是伤人的情绪，是可以造成病理现象的。外因叫六淫，是风、寒、暑、湿、燥、火，就是受风、受寒、受暑、受湿、受燥、受火，受这六种侵袭。外因和内因两者交互影响产生邪正之争。邪就是病，邪里头包含着外感，也包含着内因。当时是没有细菌和病毒这个范畴的，但实质上也是有毒，指的是毒气，六淫其中也有病毒学说。中医认为整个病理的辨证叫作六纲“阴阳虚实表里”（后有八纲说法：阴、阳、表、里、寒、热、虚、实）。它基本的辨证就是阴情、阳情、虚情、实情、表情、里情，这“阴阳虚实表里”是辨证施治的基本纲领。这看起来神秘，其实也简单，这个人很旺盛，发音很强，发烧，脸通红，很亢奋，脉搏强，正在进行中，这就叫阳盛；这个人面色苍白，说话有气无力，脉搏很缓，心脏很慢，像个痨病鬼，这就叫阴盛。它就讲这个问题，就是阴虚和阳虚的问题。

中医治病的治疗侦查手段，四个字“望闻问切”。望就是看，看你的形象特点，病人一进屋，你坐下来，整个望诊就有一个印象。闻，就是闻他的气味。老经验的医生，他有一种嗅觉，一闻就知道你有什么传染病。问，就是问你的病史、病程、病历，有一个“十问”歌诀的，什么“一问寒热二问汗，三问头身四问便”等等，他都要问到。望诊里面有一个很要紧的就是“舌诊”，就是看舌头。舌诊分舌质、舌苔和舌型。这个可妙极了，为什么呢？舌头这个东西是人的内脏，又是可以用眼睛能够直视的内脏。你一张嘴就能看见，是唯一可以看到的人的内脏器官，舌头不是外脏。还有舌型，看是什么型，胖、瘦、宽、窄。舌质看黄、白、红、紫。舌苔看湿、滑、干、薄、厚。这个东西讲究就大了，一看基本类型就知道了，舌诊就是厉害。最后就是切，切脉诊脉。原来是脖颈子、手腕子、脚腕子，现在简化了，就手腕子了。按左右两个桡骨动脉，分寸、关、尺三部，合称“三部九候”，左为心肝肾，右为肺脾肾。

它的生理内部结构就是五脏六腑论，脏属阳，腑属阴。脉象就是阴阳虚实表里，带着沉、浮、滑、涩、迟、数。沉就是深，浮就是浅，滑如滚珠，涩如刀刮竹，迟就是慢，一个呼吸四下以下就是慢，一个呼吸六下以上就是数，数就是快。由这六个字中医讲有二十八个脉，是不是那么多那么准不一定。但是这个脉诊，西医同志一直不承认这个东西，说这是胡说八道。一个桡骨动脉，你一摸，知道心脏一分钟跳多少下这是可靠的，但你说阴阳虚实病在哪里是不可靠的。可是那个中医他就是不告诉你，他就是能说出病来，这个官司现在是打不清的。当然你说它那么可靠那么神秘的，也不是的，只是一个诊疗手段。望闻问切、二十八脉等等，以上就是中医学的基本范畴。

下面讲中药学。中药学讲“药有四性”，叫“升沉浮降”。从药性上讲有“寒热温凉”，把药分成四大类：寒性药、热性药、温性药、凉性药。然后就是“汤头歌诀”，有三百多个治疗各种病的方子。治疗的方法有八法，叫“汗吐下和温补清消”，把这个八法作为用药的指导方针。你这个人需要“和”，需要“消”，消就是消导，需要“补”，需要“清”，它的治疗方针是不同的。药方子的配伍就是“主次辅佐”，原来叫“君臣佐使”。佐是辅佐的“佐”，使是外交大使的“使”。你比如治血症的妇科药，基本是四味，叫“地芍归芎”，熟地、白芍、当归、川芎，这叫“四物汤”，“四物汤”配伍严谨，是中医补血养血的经典方。

我为什么讲这个呢？因为我也算是个半吊子中医，“文化大革命”期间缺医少药的，我给家人和朋友都开过方的。再比如六味地黄丸是六味药，熟地黄、山茱萸、山药、泽泻、丹皮、茯苓。这六味药“三补三泻”，三开三合，一个管一个，分三组斗争，高明之极。这些都是名方了，我这里就不讲这些了。

中药汤头的主次辅佐讲的就是复杂的相互配合。除汤头歌诀之外，还有“十八反”、“十九畏”之说，“十八反”很简单。我在“五七”干校军管的时候，因为是走资派，没事可干，铲地劳动以外也给“五七”战友号脉开方，还真有的吃了就好了。后来老百姓就来了，我老伴儿就急眼了，跟我掀了桌子，把来人都撵走了。说你走资派还给人看病，要是死了，你不是罪上加罪，还得了啦？当时有人还问过我，你给人开方，你知道“十八反”、“十九畏”吗？这个其实简单，“十八反”就是三味中药，一个甘草，一个乌头，一个藜芦。这三味中药用时有四句歌吗，“本草明言十八反”，“诸参辛芍叛藜芦”，就那四句我还背不下来呀？“十九畏”就是说什么怕什么，也就是十来味药嘛，这些是中医起码要知道的东西。

中医的核心理论是“辨证施治”，就是要微妙地辨别症和象来施治。根据望闻问切所收集的资料，通过分析、综合，辨清疾病的病因、性质、部位，以及邪正之间的关系。它最妙的地方是症和象相反，明明是这个病，但脉象和这个病正相反。比如你体内大发烧大热，大便干燥，小便黄色，可你就是浑身发冷，出现的寒相，这是假象，这里面就有复杂性了，有危险性了。症象相反，脉症相反，这个时候就非常微妙，就是所谓的三阴三阳之说，产生了太阳、阳明、少阳，太阴、厥阴、少阴的辨证问题，五脏六腑的辨证问题。这里面就有了中医辨证施治的微妙变化。这就是说不同的病，不同的症、不同的象、不同的要求，就产生不同的治疗。

再附带谈一下针灸。针是针，灸是灸喽。人有手三阴、足三阴、手三阳、足三阳，有任督二脉。这个神经脉络穴位究竟怎么样呢，现在看来大体还是对的。最近针灸的学者又发现了新的穴位，还很有效。经络究竟是怎么样的神经传导？这个问题在解剖上没有完全证实，但是神经传导这个东西确实是存在，跟中枢神经有关系也很明确。中医的理论自身确实是唯物论的，是朴素的辩证唯物的，朴素的唯物论，朴素的辩证法。

中医的阴阳五行、辨证施治，它和中国的经史子集的关系很多。中医的历史学说和故事也很多，非常复杂。新中国成立后，我们党和国民党正相反，国民党已经把中医搞垮了。另外，旧社会，中医误人、庸医杀人很多，庸医江湖骗子不少。鲁迅先生一提起中医，气就不打一处来，鲁迅先生的文章没有说过一句中医的好话。因为他父亲病的时候他去抓药，他父亲可能是慢性肝炎死的，看他说的那个样子大概是这样的，他以后学医了。中国两个大文学家鲁迅和郭沫若都是学医的出身，都在日本学医。鲁迅对中医很恶感，他挖苦中医，说蟋蟀一对还要原配的，他说什么原配不原配的，我知道它们是原配还是离婚续弦的。鲁迅还说我很后悔，父亲临危的时候，家里让我叫他，使劲儿地大声嚷他。学了西医我才知道，人临危的时候心脏和神经最需要安静，做孝子的在耳边越叫唤他死得越快。他讲的这个是对的，是中医不准确、不科学的地方。鲁迅就两件事，一个是对梅兰芳没说好话，他对京剧没好感；再一个就是对中医没好感。鲁迅一生骂国民党、骂旧社会、骂封建，连带把梅兰芳和中医一块儿给骂了。现在看来不全面，鲁迅先生也不能搞“两个凡是”。

中医确实有糟粕，有神秘主义，有不科学，有庸医、江湖骗子，确实有那些不好的东西，但确实又是我们民族的宝藏。是美玉与璞，是精华与糟粕，是泥沙俱下的，这是事实。

中医中药、中国的气功疗法、中医的神经学说，在读中国书时，自古以来的读书人都是要懂得这个东西的，这里就包括经史子集、医卜星相、诗词歌赋、琴棋书画等等。再说人吃五谷杂粮，哪有不生病的，中国人得了病，一辈子总难免与中医中药打交道的，多少知道点这方面的知识有好处。

以上就是中国书，从经、史、诸子百家、文学，到中国绘画和中国的中医中药，读中国书的读书漫谈就讲到这里。明天再讲一段我的一点儿心得体会，不见得对，明天再见。

第六讲　读书要摆正的几种关系

（1983 年 1 月 27 日）

读书的方法问题是大家最关心的问题，我只能是粗浅地说说我的笨办法，概括地谈谈我的心得体会。

关于读书，我觉得要摆正这么六种关系，或者说要处理好六个问题。

第一个问题，记忆和理解的问题，或者说是背诵、记忆力和理解力的问题，两者的关系要摆正。

说来可怜，许多同志对我说，你讲“读书漫谈”，你读了那么多的书，怎么还能记得住，还能讲出人名、书名、地名和故事来，我们怎么记不住呢？其实，我的这点知识很可怜，对人家专家来说都是些皮毛东西，都是些常识范围的东西，而且我记得、理解得也很肤浅。

我们这一辈人的遭遇都是一样的，我们叫“土八路”，少年参加革命，一生没有机会读书，也没有时间认真读书。小时候读的仅仅那么一点点儿书，说起来很可怜，也很酸楚。就是读的那么一点点儿书，确实也花了一些代价的，这是事实。我和一些同志说过，像我们这辈人，叫“三八式”吧，生辰八字大体是这样：小时候书就没有好好读，七七事变到来，到延安时也就十六七岁、二十来岁（我是十六岁去的）。好多同志高中、大学没有念，就是高小、初中生嘛，这叫自幼失学。以后上抗大、陕北公学，投入抗日战争的烽火，放枪放炮，做根据地工作，做群众工作。抗战之后，解放战争连续下来，然后新中国成立，我们这些人大体都三十多岁了。以后就进入繁忙的国家和地方工作。大家都没有机会去读书，要想去读书、做学问那是不大可能的。

脚打后脑勺地忙活工作了十几年，正在好的时候，四五十岁，“文化大革命”了，出现了“四人帮”，拦腰一剑，关进牛棚，落得牛棚对月长叹息。

赶到老了老了，“四人帮”被粉碎了，从牛棚里出来了，可也就上了一把年纪了，脑子也不太好使了。我们的经历大致如此。

小平同志在十一届三中全会以前说，老了要工作，不要做官，要做事。对我们共产党人，对我们这些干部来说，做官、做事、做学问、做文学艺术这四件事是打架的，这“四个做”是矛盾的，常常不可能得兼。要单纯做官就做不好事；要想做事，跟做学问读书就有矛盾；想做学问还爱好文艺，那就更麻烦了。所以，这几件事不是那么容易统一的。读书对我们这一辈人来说是比较困难的。只有靠自学，靠自己挤时间读一点书。

读书是要花一点儿工夫的，花一点儿气力的，而且还需要有一点儿求知的渴望，这里面就有一个记忆和理解的问题。

记忆和理解的关系，马克思的理论认为，你感觉到的东西，不一定理解；只有理解了的东西，你才能更深切地感觉它。感觉和理解的关系大体是这样。单凭感觉、印象记忆，你不一定理解；只有你理解了它，你才能有敏锐的感觉，更亲切的感觉。

古人读书，开蒙以来，大概五六岁开蒙吧，他是有一个读书方法的。古人要求一个什么方法呢？就是趁他小的时候，儿童记忆力比较好的时候，先要你把文字、句读背诵记住。除了要背诵开蒙书以外，四书五经，他先让你背。那个时候可能不一定理解，以后理解力增长了，旧书才开讲，讲《论语》、讲《孟子》，开讲是很晚的。背诵在先，开讲在后，古人读书是这个法子。

我们读书和今后人读书不能完全用这个方法，今后的学校教育也不能完全用这个方法，我们是提倡记忆和理解同时进行。但是背一点东西，记一点东西，锻炼记忆力，这一条还是需要的。记忆力这个东西，不管年龄多大，都是有的。当然幼年的时候，青少年的时候，记忆力要好得多，但不是说以后的记忆力就不行。现在的生活条件、健康情况、脑力的营养比小时候要好，而且我们随着理解的成熟，记忆的方法还可以简便，理解还可以帮助记忆。所以记忆和理解是相辅相成、相互促进，不是矛盾的。

我们一些同志常常感叹记不住事了，年纪大了，书读完了记不住，很苦恼，这确实是个苦恼。读马列的书，读文章，看的时候明白，但是放下书以后就记不起来了，再想找就费劲儿了。有的时候，一篇文章、一些用语、一个典故，往往似曾相识，好像在哪里见过，但又说不出来自何书、何地、何段了。这个矛盾常常都会遇到的，任何人都会遇到的。但这点也不是绝对的，不管年纪多大，记一点东西还是必要的。记一点东西，对于读书的理解，对于系统的求知还是有好处的。

我曾经接触一些老的同志，也接触过一些老的学者、教授、知识分子，和他们做朋友时间久了以后，他有时会把年轻时写的笔记给我看。他说，你看，我那时读书做学问的时候，我都是自己过录，虽然有书，但重要的我也要抄下来。另外我还要做节录，我把它们编成号码，开出个提纲，便于记忆。他说，我这个本本一生轻易不给别人看，对我自己来说，什么时候翻一下，就能理出一条线索，这样我再查材料就好查了。所以说，用脑子记一点儿，背一点儿东西，再用笔头子记一点儿，还是必要的。比如，昨天我讲到中国绘画史，讲每一个时代它的代表人物的名单，那些是《画史会要》和张彦远作的《历代名画记》的内容。书里讲绘画历史、绘画理论、有关鉴识收藏方面知识，还写了上百名画家的传记。从晋代以来，到明末清初，再到现在，至少要有一二百个有名的画家。这么多你是根本记不住的，你就大体上记下一些主要的。比如需要记住的是：元四家是谁，明四家是谁，清六家是谁，扬州八怪又是谁。记住这些主要的，以后再见到他们的作品时，你会形成一个完整的印象，会有一个强烈的时代感。再比如，二十四史的年表，大致的年表，朝代表，不要以为这些是帝王将相的家谱不值得记。就是这些家谱，作为一个符号来说，作为一个年表来说，还是应该记的。汉唐不分总不好吧，唐宋元明清不分也不好吧。历史的大事情，通史的重要部分，你总是要知道一点儿嘛，知道一点儿是有好处的。常识的东西，不管年纪多大，力求把它记忆一下，而且要锻炼离开书本，不要弄得谈话写东西离不开书本，靠人家写稿子，或者自己写了稿子照稿子念。我说我们很多人读书记不住，吃亏就在这上头了。离了稿子不能说话，离开笔记本就不能谈话，这个东西害了很多的人。“文化大革命”以后，形成一股风，就是照稿念，什么都照稿念，连秘书在稿纸末尾写的“接下页”也照念不误。照稿念这股风真害人，大概是适合当时打“语录仗”的需要？

我们自己可以想些办法，基本的东西、基础的东西、常识的东西、必备的东西要记一下。《新华字典》和《辞海》后面都附了一些基本常识、基本知识，比如历史年表，这些东西还是要记一下，花一点儿气力，下一点儿功夫，是可以记住的，并不很难。谁天生脑子好脑子坏，没那么回事儿，主要是后天用的问题，你越用它越好使，你不用它就生锈。但记很多东西，记烦琐的东西也没有必要，更多的是理解。

在理解的问题上，读书离不开所谓训诂之学、义理之学。训是讲音韵，诂是讲词章义理，疏证、笺证，就是解释、诠释、小注吧。过去有些人读书过于迷信注释，结果也吃亏。我觉得第一遍读时，应尽可能按自己的理解来读。关于这一点宋儒有一句话，叫“六经皆我注脚”，六经都是为我所注的，为我所用的。翻过来就是欧洲的一句谚语“书是我的奴隶，我不是书的奴隶”。书要听我的调遣，我不能听书的调遣，不能给书做奴才。我个人读书有个体会，第一遍要按自己的理解来读，然后精读的时候查一查古人是怎么解释的，各家有什么不同的解释，有什么争议。特别是重点的，有争议的，众说纷纭的，要花一点力气，有选择地读一下。

在这个问题上，我主张读书要有主见。我要读书，不要书读我，要独立读书，独立记忆，为理解而读书。这样久而久之，书读多了，有的重要的书也精读了，有的确实也查了些注释，我发觉这个读书的方法好。

举一个例子，比如杜诗，自古以来给杜甫的诗做注的有千百家，集合古人之注就叫“集注”。杜诗集注的集大成者是康熙年间一个叫仇兆鳌注的《杜诗详注》。不是有那么一句话，叫“杜诗仇注”嘛，就是说仇兆鳌是注杜诗的权威。仇兆鳌他把历来注杜的几十家、上百家都集中到一起了。一句五言诗，下面的注竟多达一整页。集注嘛，把所有的注都收集了，确实是权威。学杜诗的人都认为“仇注”是权威了，连学者们打笔墨官司都举仇注为证。可是，另有一个本子《杜诗镜铨》，是清朝人杨伦注的，他用的是另一套注法。他打破了烦琐的注解，直截了当地按自己的理解来注释。我自己是非常讨厌仇注，我就喜欢杨注。我读了杨注以后，处处感到我俩合得来，一见仇注我就讨厌。后来，读来读去，也发现仇注也确有所长，因为它集合了各家所言。但它有一个弱点，它前后矛盾，前边这么说，后边那样说。因为它是“集各家”嘛，结果各家在打架，成了一锅烩，众说纷纭，无所适从。“杜镜”就不同，它有自己的见解。

古人有句话“尽信书不如无书”，相信书，不如没有书。如果家里没有书，只有一本书，那倒省事，逼着你只好就看这一本。我们年轻时打游击，读书的条件不好，手边没有几本书，不像新中国成立以来可以买一架子书放在那里。当时可读书的范围也窄，就是一两本。可是这也有好处，好处就是不分散精力，有几本也就够了，所以也就多少理解了“尽信书不如无书”、“六经皆我注脚”的说法。

我读书，我自己理解，我是为了求知而读书，不是为了别的。我要和古人单独见面，互相促膝谈心。我读杜诗，我要和杜甫谈话，我们哥俩好。拿起他的书的时候，杜先生，咱俩唠唠吧，有这个心情，所以读起来才有味道。

读书的方法很重要，有好多古人，好多旧的知识分子，一生青春作赋，皓首穷经，头发都白了，读了一辈子书，最后落一个食古不化，消化不良，怎么样吃进去怎么样屙出来，这个苦痛，是千古一大憾呀。

我们共产党人，革命者读书，应有主见地读书。即便主观臆想了，猜测了，杜撰了，那也无妨。随着见识的增长，学历的增长，我的见解可以更改。反之，没有主见地读书，没有判断地读书，没有目的地读书，盲目地做书的奴隶，特别是迷信注解，那都没有好结果。

比如《荀子》这部书，注释的人很多，但是最好的注释是王先谦的王注；近人注得好的是梁启雄，梁启超的弟弟；日本人做注的叫猪饲彦博，这三家注是最好的。梁启雄头几年还活着，这几年不知还在不在了，他的注是本王先谦的。那么，注荀也有几百家，选几本好的读读，也如同和古人见面，和注者见面，交谈式地和他处于同等的地位去交流。

读书要理解挂帅，记忆作为辅助，目的是理解，理解是主要的，记忆可以作为理解的手段，记忆可以帮助理解，促进理解。这里的要害的问题还是那句话，是我读书，不是书读我；书是我的奴隶，我不是书的奴隶；我要出于己意来理解书，不怕杜撰，不怕主观臆断，不怕把书读错了。这个也看怎么说，你说我把书读错了，是自己杜撰了，那没关系，多读就渐渐明白了。我看《红楼梦》里的贾宝玉说得好，他说除了《大学》、《中庸》，都是杜撰，四书五经都是胡说八道。杜撰并不可怕，但是没有主见，拿出脑子让人家跑马，那最不好。

我们从前的学者、做学问的人，艰苦虔诚，劳动实在是可敬可佩服，那样做学问的苦功，我们现在做不了。现在社会主义建设这么紧张，那种用功方法不可能再做啦。我说一下过去做学问的方法，过去知识分子读书那难死了。比如学杜诗的人，四书五经、经史子集的一般知识都有了，他想研究杜诗，他怎么办呢？他把各种注杜诗的书都拿来，摆在桌子上，自己买一个白文的杜诗，不带标点符号的就是白文。以前的古书页面上下留的“天地”很宽的，他第一遍对校，怎么叫对校呢？“好雨知时节，当春乃发生”这一句，这本来很好解释。好雨呀，它知道时节到了，春天它就来了。这太明白不过了，可他不，他说王注如何，赵注如何，赵钱孙李，一二十个本子，都把它抄下来，自己用白本校一个本子。他一生写的这个本子，叫底本，是不外露的，小字密密麻麻的，我见过这种底本，用朱砂在白文上批的。有时在中国书店、琉璃厂、各省市旧书店能看到的，那都是他儿孙卖出来的，本来他活着是不会外露的，不肯卖的。这也叫过录校本，他一生也不会扔的。这还不说，然后他把这个校本放到一边，又誊写一遍，这叫过录本。然后他还有一个默录本，什么叫默录本呢？就是赶到把书弄得烂熟烂熟的了，书不要了，默写！闭卷考试！他把杜诗全文都背下来了，连小注统统背下来了，然后默写。

古人读书都得自己抄一遍，完了标点一遍，这叫对校。自己校过的一个本子叫底本，我自己的四书底本跟别人的都不一样。自己校过的，一个字一个字地校对过，对照李本、张本、赵本、王本，哪个字错了都注上，什么眉批、小批，都注上。古书为什么天地留的很多呢，就是为了写这个的。另外用朱砂，就是研磨的那个朱砂墨，在上面画圈儿。最后他不画圈儿了，用一个小竹爪蘸朱砂点小点儿。读一个字点一个点儿。这个点校的功夫哇，他下了之后，他就烂记于心了，什么时候也忘不掉，所以以后他就能默写了。郑板桥就可以默写，当然他以后做官做得很小，就是一个七品官，当了潍县县长，后来他也不干了，画画去了。现在就有影印的郑板桥默写的四书，那是从头到尾完全背写的。有人校过，就错半个字。你说人家那个进士真不冤枉，七品官，乾隆进士，整个四书背校背写，用他自己的独特的六分半的隶体，写得工工整整。他这进士真不是白给的，不是草包哇！难怪他的诗书画样样过硬。

这是古人读书，我们现在哪有工夫这么干呀，像我们十几岁到延安，弄枪弄炮，以后又做工作，忙得要死，这些书要那么读，累死了也干不了。咱们无非是浏览，无非是从思想源流上去读它。我们不能下那样的死功夫了，已经不可能那样干了。

科举时代讲“贴经”，要做八股文章，要讲明经取士。什么叫八股、明经、贴经呢？就是从儒家经典中，上头也不要，下头也不要，凭空找来几个字，就要你做文章，而且要起承转合、合乎八股。别的不懂，你看了《红楼梦》就知道了。《红楼梦》里有许多涉及“四书”的情节，写得十分形象。比如，贾政查看宝玉的功课，老师出的题“则归墨”，就三个字，这是从《孟子》中抽出来的，上下文都没有，就叫宝玉做文章。这个上下文，《红楼梦》也没讲。其实全句是：“杨朱、墨翟之言盈天下，天下之言，不归杨则归墨。”用现在的白话就是：天下者，不是杨子，就是墨子。就这掐头去尾的三个字“则归墨”，叫你做一篇文章。古人管这个叫“贴经”，就是把某段四书五经里的上下文都给你贴上，就露出这三个字，你得知道这出自哪部书，哪一章，哪一段，哪一句，然后还得破题。你弄不准出处，这头一关就破不了题。

古人为啥要这样的贴经、校录、背书呢？就是为了帮助记忆，达到倒背如流。现在一些老中医，他不但可以背《黄帝内经》，而且连小注都给你背下来，老知识分子都有这个本事的。和他们谈话时，你可要小心的，卖弄不得。你提一句，他哗哗地给你背下来，你再提一句，他又哗哗背下来，咱们在人家面前那是班门弄斧，毫无办法的。人家那是童子功，就如同从小唱戏的那毯子功。这样的功夫好不好呢？对于一个真正有出息的学者，对于有独立见解的学者，对于不拜倒在古人神像面前的学者，有好处。但是它也坑苦了天下的读书人，培养了大批书的奴才，吃黄豆屙黄豆，消化不良，古人读书的苦恼也就在这里。

说来也可怜，我们读书甚少，知之甚少，记忆的东西更少，这是我们的可怜处；但是他们读书太多，反过来也有苦恼，书念多了，念蠢了，念糊涂了，这都是难免之事，各有千秋罢了。比如，现在有一些学者也有苦恼，谈起来头头是道，引证起来条条成文，最后自己有啥见解呢？啥也没有，他说的全都是古人说的，一篇文章通篇等于废话。我们不走这条路，何况我们时间这样紧张，我们是业余地、自学地读书，不能采取这个办法。

我提倡必须要有自己的记忆，最基础的、最常识的东西要记忆。但读书的重点要放在理解上，直接和古人对话，直接与作者见面，古人管这叫“心知其意”。列宁管这叫“直接向马克思、恩格斯请教”。我说的这种读法可能是上乘，可能少走些弯路。不要迷信什么谁的脑子好，我看还是个锻炼的问题、方法的问题、读书的态度问题。这是第一个问题。

第二个问题，是处理好史和论的关系，历史和理论观点的问题。

我是主张多知道点史，以史代论，以论来领史，这也是历史和逻辑的关系。这次的读书漫谈，我的希望就是对大家读书能有点帮助。我们年纪大了，时间和精力有限，还想读一点书，读点啥好呢？我为一些老同志设想过，出过这样的主意。比如你初到北京，北京旅游有一日游、有三日游、有一周游，还有半月游。你一日游，游哪儿？三日游，游哪儿？旅游局有一套办法。它有一个大致的介绍，有一个鸟瞰图，是介绍整个森林，不讲树木，是讲全貌的。因此我主张先了解一下历史的鸟瞰，知道门牌号码，知道大体的时间顺序，先掌握一些概要的历史知识，哪怕是简史通史，非常粗略的纲鉴。因为事情都有一个发生、发展、变化的过程。比如，“四书”是什么时候规定下来的，就要大概知道它的历史。最近电视剧上，汉朝人问司马相如“你怎么不读‘四书’”，这不是胡说八道吗，“四书”之名始于宋朝。《论语》、《孟子》，还有从《礼记》里选了两篇叫《大学》、《中庸》，这四部书是儒生必读之书，以后才正式有了“四书”这个名字。汉朝的司马相如如果读了“四书”，这不就等同于宋版的《西厢记》一样了吗？《西厢记》是元朝王实甫作的，你宋朝就有了《西厢记》？这不是笑话吗？这样的新编历史剧、电视剧和文章中胡编乱造的事情很多，百花齐放嘛！反正横的怕愣的，愣的怕不要命的，怎么说都行，也没人挑了。这搁以前是不行的呀，人家老的读书人就要晃脑袋，要笑掉大牙的。比如写李白和杨贵妃的电视剧，李白醉写蛮书，把李白的三首《清平调》“若非群玉山头见，会向瑶台月下逢”，“解释春风无限恨，沉香亭北倚阑干”，怎么解释的呢？解释成李白和杨贵妃在月亮底下沉香亭畔去约会，吊膀子去了。你拉李白下浑水也不能这样拉呀！李白是古人，当然不会出来跟你打架了，你怎么糟蹋都可以。李白要是能到法院去告状，说我没有那男女关系的事，说你是污蔑，李白一告一个准儿！这还不说，就拿唐明皇来说，他多才多艺，通晓音律，确实是一个开明皇帝。他的字写得很好，现存在台北故宫博物院的《鹡鸰颂》就是他现存的唯一墨迹，字写得很好。在长安，他建了一个楼，取名“花萼楼”。花萼就是花托，花托上托着五个花瓣，象征着他们兄弟五人的友爱，他经常和弟兄们在花萼楼上欢聚饮酒。他们家就有乐队，唐明皇是打鼓板的，他的弟兄有的吹笛，有的弹琴，自己唱歌、跳舞、弹奏这事是有的。李家父子李渊、李世民，他们老李家有时和汉高祖一样，饮酒唱歌，拔剑起舞，皇帝也跳舞的。可这个电视剧写成安禄山、李白、唐明皇、杨贵妃四人手拉手跳环形的玛祖卡，这可太新鲜了，真是胡编胡有理，怎么编都成。这可过了，这事情搁在唐朝可是不许可的。这样的电视剧看过以后，有人说，你说两句吧。我说算了吧，都是年轻人，“文化大革命”没成张铁生就不错了，还知道有个唐明皇、安禄山、杨贵妃就算不错了，原谅吧。

其实我们知道的也很少，皮毛得很，很浅薄。在这条路上难说谁是通儒、通人，没有绝对的，都是相对的。但起码的基础知识还是要过关的。在这个问题上，我是主张一个办法，就是先了解历史，先读一点史，把每一事件都放到一定历史的橱窗，放到一定的历史阶段来理解，就有了来龙去脉，有了发生、发展、变化的轨迹。史和论是互相促进的，史可以带论，论可以促史。

鲁迅先生过去和国民党干仗、斗争，国民党提倡读经救国，鲁迅说读经不如读史，读史以后，可以知道古人、那些统治者是怎样愚弄老百姓的。他反对国民党的复古倒退，他说读史可以看清历史的真面目，从历史的夹缝中发现真相。鲁迅的第一篇白话小说《狂人日记》里就有一段话：“翻开历史一查，这历史没有年代，歪歪斜斜的每页上都写着‘仁义道德’几个字。我横竖睡不着，仔细看了半夜，才从字缝里看出字来，满本都写着两个字是‘吃人’。”鲁迅1918年出版的这篇小说就说出了二十四史就是“人吃人”这样的话来，这是何等的尖锐！当时鲁迅并不是马列主义者，就是一个激进的民主主义者。《狂人日记》最后发出了“救救孩子”的呼喊，不要再摆人肉宴席啦！见解是非常深刻的、批判的、革命的。他看问题有深刻独到之处，他提倡读史是为了和倒退的尊孔复古作斗争，今天我们不是从鲁迅这个观点来讨论读经读史的关系喽。

鲁迅是主张读史的。鲁迅常常去捅破那些为地主反动派辩护的文人的面孔，他用历史方法戳穿他们，事实就像窗户纸一样，一捅就破啦。因为历史这个东西是厉害的，尽管可以作假的，但往往真实的事情他不好作。比如，我说一个事，关羽在历史上被宣传得一塌糊涂，说成武圣人，什么身在曹营心在汉，什么汉寿亭侯，汉封侯，宋封王，清封大帝，佛教以后称为护法尊神，把他送进庙里去了。这个我们就不管他了。可是你要读史的时候，会发现完全不是那么回事儿。陈寿的《三国志》对他是很尊敬的，但仔细读就知道他这个人不怎么样。第一，他是叛徒，他是投降的；第二，吴蜀失盟，责在关羽，他是三国的大罪人；第三，说他不近女色，正相反。曹操在河南打了一个胜仗，关羽知道吕布手下将领的老婆美艳，就几次乞求曹操，把这个美人给我吧。但曹操见到美人，一看挺漂亮，就说这个我要了，下次再给你。《三国志》裴松之的注上就有这一笔。我看到这个地方，我也给加个小注：请看，这位关夫子也非常好色。你们有兴趣可以回去查查，历史的夹缝中就会露出他的本来面目。

知道了史就等于手握一个串子。冯友兰和我们搞马克思主义哲学的同事谈话时曾经说过，我和你们不同，我们掌握的史料多，但是没有掌握马克思主义的方法，是钱多没串，钱有一堆，但穿不起来。你们会马克思主义，一穿就是一串。他话里也有挖苦的意思，说我们胡穿、乱穿。他说，我们是有钱没串，你们是有串缺钱。我看他说这个也有点道理。史就是串，材料就是钱，知识的单元就是一个个的铜钱。因此我主张，成年人的读书，可先读点通史、文学史、诗词史，然后再去旁及、扩展，不要一下手就被材料所限，结果转不出来。先要串，后要钱，因为材料无尽无休没有头。可是串呢，就是固定的那么几个。这就是说史是串，用史的方法把它串起来。我们讲读书漫谈，我提倡是找好门牌号码，找好线路图。然后按照门牌号码，按图索骥，有多少时间就选读多少书。我时间不够，我就读主要的。要先知道门牌号码，先知道鸟瞰图，先知道旅游的总图，有一个全局的面貌在心。先见森林，后知树木，总比先见树木不知森林好。这算不算一个成年人的读书方法，我说不好，反正我就是这样做的。以史代论，以论促史，这是读书的一个好方法，一个可取的方法。也是古代有人提倡过的方法，鲁迅先生就是主张这个方法的。这是第二个问题。

第三个问题，就是博与精的关系，浏览和专精的问题。读书的速度和粗读细读的问题。

这历来是读书中的一对矛盾，回答也并不复杂。主要的书、典型的书、基础的书，尽可能精一点；精里面再选择更重要的东西，加倍地细读精读，有所专攻，有所精通。除此之外，一般的采取浏览、泛阅，读得不妨快一点，尽可能广一些，多一点。

究竟要精读的是哪一些，这要看你的兴趣及需要，最好向有关专家或者比我们知识多的人请教，以免走弯路。没有专家指点也没什么，自己翻自己找。比如，《庄子》这部书，内篇七篇，外篇十五篇，杂篇十一篇，其中最要紧的你抓住《齐物论》来读。《荀子》这部书，你要抓住《天论》、《正名》、《劝学》等几个。各类书你都要抓住一两个要害来读。唐宋八大家的古文要读一点，但是每个人选他两三篇细读就够了，其他的一览而过，放在案头，随时翻翻，就完了。我们成年人读书，多浏览一些是必要的，但要把自己必需的、做工具用的、做研究用的书，选择少量的，力所能及的，作为精读书，开出一个小的书单子，那就要一句一句地细读喽；要慢一点，细一点，细嚼慢咽；心知其意，而且要反复寻思；遇到重要名句要记录一下，抄到小本子上，经常翻一翻，反复玩味，往往会有新的体会。

胡耀邦同志曾有一次谈话，说到要读几亿字的书。胡绳同志在文史知识的普及读物上发表，他算了一个账，大约一天要读两万字的书。我算了一下，按我的时间我做不到。但是这个态度方法是可取的，宁可多读一点，其中少数书精读细读。

博和精的关系大体上是这样，以约带博，由博返约。博览群书这一条不是太难，书读的多了以后，阅读速度会加快。有的书可以当枕头，有的书可以垫脚，有的书可以坐马桶上读。这个事儿你还别当笑话听，有些老学者就是在厕所马桶旁边放个小桌子，上面放一些书，他上厕所的时候就可以翻一翻。

说一目十行，那不可能，但是能了解大体的意思，特别是先把它的目录看一下，看看它是由什么体系撰著的。读书有一个特点，你读同一类的书，读同一个作家的书，开始是慢的，后来越来越快。比如，俄罗斯大作家托尔斯泰，这个作家大得很呀，书也很多，有长篇小说《复活》、《安娜·卡列尼娜》、《战争与和平》等等，托尔斯泰的全集摞起来有一米高。可是他的书等你读多了，特别是读了《托尔斯泰传》后，你会发现一个特点：就是这个作家他再大，他在这本书里写的人物，在这本书里叫张三，在那本书里叫李四，还是他。他在《复活》里写的人物，在《安娜·卡列尼娜》中又出现了，《战争与和平》中又出现，在其他著作里还会出现。一个人的脑子里的人物可以有几百个，在不同的场合出现，你再看的时候，会越熟越省事，这个办法叫"刨大树"的方法。

巴尔扎克是法国容量最大的作家。这次我们入学考试就有一道这样的题：《人间喜剧》的作者是谁。我后来和文史教研室的人说，你这个题出的太那啥了，因为中国人不大知道《人间喜剧》的作者是巴尔扎克。《人间喜剧》中国现在也没翻译完呀，就是傅雷翻译了一部分。《人间喜剧》大概有八九十部，我国翻译了不到三分之一，人家日本已经出了好多版的巴尔扎克全集了，中国落后呀，这就没法子说了。可是这个作家再大，他的《贝姨》、《高老头》、《欧也妮·葛朗台》也出现同一人物以不同的面貌出场。因此，你要老读巴尔扎克的作品，他的人物、语言熟悉得很，那就省事了。你一个阶段集中读托尔斯泰或巴尔扎克，就会产生越读越快、越快越读的结果，这叫打"歼灭战"。

再比如，辩证唯物主义教科书，中央党校编的、北大编的、各省党校编的不少，都是按《反杜林论》的顺序，三个规律七个范畴，都是那一套，大致差不多。你把目录翻一翻，大致就是那么一个架子。把其中重点章节翻一翻，这本书有半个小时也就算念完了。看的时候，注意看看有什么新东西、新见解没有，一看差不多，一般化，就撂了。这类书有一万本了，你再读不就是一万零一吗？这就属于浏览类，不需要老读了。

宋词和五代词，说起来很神秘，其实合在一起也没有多少。本子有几百家，你要搞过一下北宋词、南宋词、金元词，如《草堂诗余》、《唐五代词》、《宋六十家词》、《香奁集》，学了几个本子之后，也会很快的。燕子数数“1、2、3、4、5、6、7、8、9、10”，十个数，嘴快数得快；蛤蟆嘴慢，只说“俩五一十”，不也数完了吗！这就叫浏览。浏览之意，说明你已经知道这门学问的基本内容、基本规律、基本特征。再读的时候你就注意看一看：年轻人写什么没有？外国人写什么没有？其他人怎么写的？主要看看有没有新东西。

所以，读书开始慢，入门慢，了解基础东西慢，浏览起来就快了，先慢后快。其中精粹的有代表性的东西要加深，选读的东西要精读要加深。加深之后就可以举一反三，以一代万。有若干篇，必须是反复精读，浏览则是越广越好。

因为词是很有限的呀，著名的大家也就是那么十几家几大派，著名的代表的词也就是那么百八十来首嘛。你仔细读过几本之后，再看到别的新的词书，会发现千篇一律，不过是你抄我，我抄你，天下文章一大抄。不过，偶尔发现抄的里面有新意、新见解、新发现，在这些地方你不要埋没它，要注意一下，把它叠起来或夹一个纸条，以后有工夫再琢磨，或记到笔记本上。

鲁迅、郭沫若常讲这样的故事，他们年轻的时候没钱买书，就到书店去看书。明明这本书很好，可是书很贵，买不起，怎么办呢，结果就站到书摊那儿看。今天没看完，第二天再去接着看。那时北京人说话很有礼貌的，一般的不会像“红卫兵”那么野。对穷学生也是“您、您”的，“您看吧，看吧”。到第三天，老板说，先生您买吧。他说，我买不起，对不起，我看完了。好多穷学生就是用这种办法，站到书摊前、书架子前把一本书读完。哪一段有新鲜东西，回去就记下来，以后写文章就用了。有些必备的书，他再找关系，向人家借书，把这一段抄下来。那时候也没有油印机、复印机，只能靠手抄。

还有一个，就是注意利用工具书。中国有一种好方法，如果你要想知道有关书籍的知识，你可以到图书馆去查一种书，这种书叫类书，一类两类的书。什么叫类书呢？唐宋元明清以来，历代都有修类书的，类书就是搜集汇编同类资料的工具书。如宋朝的《册府元龟》、《太平御览》，明朝人修的《永乐大典》，这个《永乐大典》八国联军的时候已经残缺不全了，剩下的不到十分之一，咱们就不说它了。最要紧的类书是康熙到雍正年间的《古今图书集成》。至于乾隆年间修的《四库全书》，后来到了民国初年，商务印书馆、中华书局出了《四部丛刊》、《四部备要》，以后商务又出了一个叫《丛书集成》，这些书叫丛书。类书与丛书有区别，类书相当于百科全书。

我举个例子，康雍年间修的《古今图书集成》，共分为六编三十二典。原来我不知道这东西的厉害。这个书你要买是买不起的，最少的价钱，铜版影印的也得一千多元，咱们谁有那么多钱买呀。像我昨天说的《阮刻十三经》几十块钱，那不贵呀！早年间那好贵的，现在书都便宜了。

我给你说一个道理，《古今图书集成》这个书里有经济方面的叫“食货典”，还有一个“草木典”，其中关于茶的这一章里头，就把中国书中所有关于茶的东西全集中到一本里面：关于茶的制法、产地、诗词、文章等等，都在茶经里了，一下子一网打尽。你说研究花，研究牡丹，它有一章叫“群芳谱”（广群芳谱），里面就有专门讲牡丹一科的。它把全中国的牡丹的诗、产地、种类，什么魏紫、姚黄，不论是曹州的、洛阳的，还是长安的，关于牡丹的诗统统收到一起。所以说《古今图书集成》这个书就好得很呀。你要查啥，有一天我说“醋”我不明白，我去查一查。我心想这个很简单嘛，好家伙！光讲“醋”的有好几万字。古人不叫“醋”叫“醯（xī）”，现在朝鲜话里这个醋还是叫醯。这个醋就很复杂了，醋确实发源很早，它和酒同时。然后讲醋是怎么来的、醋的变化、它的做法，讲得很详细。

所以说要会用工具书，再加上辞书、辞海、词典，运用《康熙字典》、《中华大辞典》。当然啦，最后一句话，不勤奋还是不行的，不用心也还是不行的，这也是废话。总之吧，毛泽东同志说过，有那个时间去打扑克打麻将，现在没有人打麻将了，不如读点书。

博和精的关系的大体就是这样，这是第三个问题。

第四个问题，知人论世和辞章义理的关系，读书和读作者的传记的问题。

你特别喜爱的书，特别喜欢的作家、思想家、学者，你要认真读他的书，爱上他的书，不仅读懂他的辞章义理，还要去读他的传，知道他的生平，知道他的生活，知道他的坎坷经历，最后知道他的内心世界、他一生的喜怒哀乐，在精神上和他交朋友，这样再去读他的书就不同了。因此，对思想家的传、作家的传、学者的传，这个东西要注意。要知其人论其事，知道作者的经历，知道他内心的矛盾，这样再读他的书就好像和亲密的手足、亲密的朋友促膝谈心一样，隔着几个百年，可以和古人神交神会。

读书的乐趣在于越读越有兴趣，赶到读多了，到最后有兴趣的时候，就像跟老朋友见面一样，特别是你喜欢的。比如我喜欢辛词，辛弃疾的东西，在哪里见到都认得，都喜欢。

这里我举一个例子，田园诗人陶潜，他的集子一共不到 60 页，就那么点儿，他的传记也就那么几本，可历代评论很多。不信你就拿陶潜试验一下，你把他的书读了，诗读了，把他的传读了，把能找到的历代评论他的书读了，就整个把这个大树挖出来了。最后你在哪儿见到他，在茶馆见陶潜，在剧本上见陶潜，在长安街上见陶潜，走道碰上他，在屋里见到他，那都是陶潜了，就熟了，熟了以后就哥俩好了。哥俩好了，在哪儿遇到都熟。他的诗，不管是早期、晚期，还是后期，“饥来驱我去，不知竟何之”是一种心情；“采菊东篱下，悠然见南山”又是一个陶潜；在彭泽做县令 80 天，那又是一种心情。不论在哪儿碰到，就像见到非常熟悉的老朋友一样，这就是知人论事的方法。

我有一点体会，读过自己喜爱的作者的传记，仔细地了解了他的生平和内心世界，再去读他的书就有了格外的感情，甚至时时有新发现、新体会。对喜欢的作家就尽可能地找他的传记来读，读了以后，你就知道他的学问是怎么来的，师友传承、学术派系是怎样来的，生活经历是怎么来的，他的文章是怎么结构的，主题思想大体是哪些，他有什么样内心的隐痛，他有什么样的悲哀、不平和难言之隐。知道了这些，你再读他的书就如同与老朋友见面。我自己就有这么一点儿领会，对于凡是读过作者传记的书都有格外的感情，甚至有自己所谓的新发现，这时感情特深，也就更容易记住。有时甚至会忘形于外，看到某一句，自己会哈哈大笑。旁边的人，家里的人不知道，说老头子怎么傻了？咋哈哈大笑了呢？因为我正和作者在聊天呢！

陶渊明的诗文，什么“采菊东篱下，悠然见南山”；什么《五柳先生传》，“先生不知何许人也，亦不详其姓字。宅边有五柳树，因以为号焉”；什么“晋太元中，武陵人捕鱼为业。缘溪行，忘路之远近”，他的诗并不多，他的传记也就那薄薄的一小本。但当你读了写他的各种传和各种材料，你才知道他的一生和他的爱好，他的书里的隐秘是怎么产生的。他最后到晚年，什么彭泽了，隐逸呀，他最后有一句诗是很惨的，“饥来驱我去，不知竟何之”，饿得他呀，空肚子找人要饭吃。就是这首诗，吃人一顿饭，感谢人家但无以回报。最后一句“冥报以相贻”，到阴曹地府做鬼也要报答。什么大诗人，什么隐逸高士呀，那是饿得够呛啦，饿得要饭了。古人把他弄得那么优雅，哪儿是那么回事儿呀！另外，他为什么不做官，说他什么人格高超，根本不是那么回事儿，鲁迅先生就把这个捅穿了。

竹林七贤是怎么回事儿呢？就是政局不稳定，天天杀人，天天抓人，比“红卫兵”还厉害，抄家、杀人、灭族。那些人就用假面具，什么神仙药酒、竹林聚会、什么谈禅谈道谈老庄，喝酒纵歌，那都是一种掩护法。所以你读古人的书的时候，很有可能被它的注给骗了，被它的解释骗了。你知道竹林七贤他们在当时有些话不敢说得那么明白，他明明讲的是司马懿、司马昭，但他不敢讲，讲了要掉脑袋。他怎么办呢，他就指桑骂槐，他委曲婉转讲别人，实际上指的是司马氏。

知其人而后读其书，读其书莫如知其人，知其人莫如神交，神交而后读其书才能心知其意。因此，读一点儿思想家的传记、诗人词人的传记、作家的传记，懂得其内心世界，是有好处的。比如李商隐的诗，有一二十首叫《无题》，“身无彩凤双飞翼，心有灵犀一点通”，“隔座送钩春酒暖，分曹射覆蜡灯红”，“春蚕到死丝方尽，蜡炬成灰泪始干”。这些句子讲得扑朔迷离，让你又懂又不懂，说不懂又知道它讲了点什么；说懂嘛，从古到今都是猜谜，标题就叫“无题”，你说你有啥法？其实，东解释、西解释都不对，就是他有那么几段秘密的恋爱生活，所以写得那么悲惨、委屈、婉转。这些无题诗写得好，原因也在这里。不像后来的一些注家胡说八道，注得猥琐得很。现在条件好了，文学研究所把有关李商隐的注释全都集中，材料一网打尽。这时你再一读发现了，他还介入了好几个派别的争斗中，当了好几个人的幕僚，介入派性了。政治上不稳定，抱负又很大，生活上又苦闷。他又是贵族出身，架子还放不下，他自己非常矛盾，非常可怜。知道了他一生有很多的坎坷不平，然后你再读他的诗，感觉要深刻得多。

再譬如，要理解《红楼梦》还是应该了解曹雪芹，把曹雪芹了解得稍微清楚一点，对于理解《红楼梦》好处很大。虽然《红楼梦》不等于曹雪芹的自传，可确实与他的生活经历密不可分。

这样说来，你要理解杜甫和李白的诗也要做这件事。要了解杜诗，你就要把杜甫的经历分成阶段：他在山东是一段，北海到济南这是一段，然后到西安献三大礼赋这是一段，然后在西安做小官，认识李白、贺知章这些人，这些人年龄都比他大。安史之乱最初是一段，从西安走的是我们去延安的那一条路，经铜川，到富县，然后到延安。然后又转过去走关中、隆中，然后到灵武见肃宗，麻鞋见天子。然后沿宝成铁路这条线，走剑阁栈道入蜀。入蜀走了一年半，最后妻儿老小撵上他。他沿路走，到处都有诗，到处都有记载，过马嵬坡他写诗，过剑阁他也写了诗。然后他到了成都，最初他在严武手下封了一个工部员外郎，然后到浣花溪，到万里桥，成都附近杜甫草堂那儿，在那儿住了两年多。收复长安洛阳时候，他买舟东下，到了夔州又住了一段。然后又坐船东下，最后死在鄱阳湖，他的葬地在鄱阳湖边。他是河南巩县人。

有人说杜诗无一句无来历，杜诗整个是个地理路线图，整个是天宝安史之乱的历史。要读懂杜诗非得研究杜甫传不可，而且要按大事记来读，跟着他的行踪，知道他各个阶段的经历和他的内心世界。

李白也是这样。对于任何一个大的作家，你要想读懂他的书，必须和他的内心见面，犹如了解一个老朋友。老朋友是可以深谈的人，你敞开心灵，他也敞开心灵。不单单读他的文章，看他的诗词，还可以登堂入室，出妻见子，成为深入他内心世界的人。以后我们再去读他的书，一个简语，一个符号，一个绰号，一个简单的东西，我们都会知道了，就用不着费事了。所以要处理好这第四个关系，读书和知人论世的关系。

第五个问题，是读死书和读活书的问题，就是读书本和向人请教的问题。

书本是死的，白纸印黑字。文献是死的，是过去写的。这个书本当然是要读的，它没有时间性，古代的可以读，现代的也可以读，啥时想读就读。可是有一条，真正要想读书，还有一个书要注意，就是活书，就是人！这就是师友关系问题。我自己有个深深的体会：自己一个人在那里埋头硬读，是真苦。但有时遇到专家、内行的人，“与君一席话，胜读十年书”，这个事儿是经常有的。自己琢磨很长时间的问题，经人家一说，突然像打一个闷雷似的，原来是这么一回事呀！关键地方两句话给你一指点，就豁然贯通了。因此，要想读什么书，最好向内行请教，跟内行的人交朋友。

交朋友有一个很大的问题，就是要不管他是什么人，人家只要有一技之长，确实比我们懂，那就要放下架子向人家请教。什么叫学问呢？学问、学问，学从问而来，问是学的开始。学问、学问，就是每事问！这是孔子的学习方法，事事问，每事问。如果一个人养成每事问的习惯，养成打破砂锅问到底的习惯，这个人就没治了，这个人肯定是个大思想家。对什么问题都想问，对什么问题都想较真儿，对什么问题都有兴趣，对什么问题都想找人请教，这个人就会读活书了。这个人就像干海绵一样，随时吸收滋养的水分。

在向人请教读活书的问题上，我自己有些体会，为此我自己也吃了不少的苦头。新中国成立前不说，新中国成立后“文化大革命”中我的一条罪状就是说我是牛鬼蛇神的保护伞。我交往的人确实很多，不仅有专家学者，还有中医、唱戏的、说大鼓的、画画的、和尚老道、三教九流都有，旧社会做过事的大官僚幕僚，张作霖时代、蒋介石时代的我们那些政协委员、民主人士等等。我在他们面前从不敢摆我什么高级干部、什么部长、副省长的架子，那算个狗屁！你得老老实实地和人家处在同等的地位，向人家请教、打听。首先得给人家留下个印象：这个人是可以跟他谈话的。我们要知道，我们读书少，自幼失学，以后当八路，以后干革命，以后做工作，官儿还挺大。人家看你是个什么部长、省长、常委，一来就坐汽车，知识分子都有自尊心，人家不愿意和你多说话，跟你说话也有几分保留，另外也怕伤了你的面子。中国是一个大民族，胸怀宽厚，藏得住东西，不是一切都显露的那种浅薄，他是根据你能接受的程度来跟你讲，不是一览无余的。你若不努力、不恭敬、不深交，你是学不到他肚里的真功夫的。

我这个人好念错别字，一念还念错好多年。所以说现在一些青年人念错别字不要去讥笑，那有啥奇怪的。鲁迅不是说某一大教授把“银河”没翻译好，成了“牛奶路”。念书、翻译说错话多得很，我在三十几岁的时候很多字都读错，比如“造诣很深”的“诣”字，我就一直念成“纸”，我是干过一二十年“造纸”的。现在还有很多的人还在“造纸”呢！本来这个字读“意”音，遇到年轻人念成“纸”，我就告诉他，这个字不念“纸”，我自己就当了一二十年的“造纸”厂厂长。这有什么丢人的，我小时候读书少，没读好嘛！现在读书我也不敢说没有错字、白字，错别字也不少。现在我写文章，常常有个毛病，不愿意查书，想当然，我怎么说就怎么写，还不加引号。之后秘书同志帮我核对，发现不少错的地方。

一口一个“造纸”，在老学者面前我多次这样说，人家一句不提，连哼也不哼。过了好长时间，有一天在他家吃完饭，他说：“唉，老部长，有个字你好像念错了，咱们研究研究？”人家还说“研究研究”！我说：“好呀，你说你说！”他告诉我这个字，我们都这么读，在哪个地方，在哪本书上怎么读。他绕个大弯子我明白，怕我脸上挂不住。其实他直截了当说你念错了就完了，他不，他说：“也许有你这么个读法，我还没有发现，也许是我的见识浅，你另有所见。”其实咱们听了脸上通红，臊得慌。其实就是我杜撰的，哪有什么所见哪！他另外还指出哪个典故不像你说的那样，那天我去的时候，人家早把书就放到桌子上，里面还夹着一个纸条，他告诉我《诗经·大雅》里这一段是这么讲的，这个音是这么读的，一条一条地讲给我听。赶到朋友做到这个程度就不是一般的了。十年之后我们就是好朋友了，无话不说了。这一点，我们有官在身的，有大官在身的呀，坐小汽车的，上了一把年纪又有地位的人哪，人家听你“造纸”、“造纸”的，你就造去吧！你“开造纸厂”与人家有什么关系！我二十年前还“造纸”呢，现在不造了，经过高人指点了。

这样我倒占了便宜，我在任何人面前都敢于提出最幼稚的问题，我为了打破他对我的顾虑，常常提一些对常人来说不是问题，但对于我来说不甚了了的问题，向他请教。这样打消了他的顾虑，他认为你有诚意向他学习，他就直截了当跟你谈话了。各位，你们身边有没有可以向他请教的人呢？有的是呀！读书比咱们多的人，有的很年轻，四五十岁的人就是专家了，多得很！这次给你们讲宋词的人就是我的秘书刘景禄同志，那是东北文史研究所的头把交椅、状元。他讲宋词比我深得多，他讲可以不用稿子。我跟他说，你讲词怎么可以不用稿子呢？你和我不一样，我这是漫谈，你讲词得写出来、印出来，要不人家不知道呀。他说这都是常见的，我说你胡说，你常见，人家可是不常见的。你说范仲淹的《苏幕遮》，一般弄过的人知道，没弄过的人谁知道什么《苏幕遮》呀！所以你们别不当回事儿，他的功底很深的。我们党校很多人，在各方面功力都比我深。常言道，十步之内有芳草，三人同行必有我师，途之人皆可为尧舜。我们的左邻右舍都是老师，就看你找不找。师父满街跑，就怕你找不着。要学到真本领，就要放下架子，不耻下问，敢于提出最幼稚的问题，寻根究底不松口。

鲁迅写过这么一段话，他说小孩子的问题最难回答，老人的问题最难回答，祥林嫂的问题最难回答。周海婴四岁时，鲁迅坐在台阶上，小家伙跑过来，靠在他身边说，给爸爸提个问题：爸爸能不能吃？鲁迅说，这让科学家、生物学家、历史学家怎么说呢？想了半天，说爸爸可以吃，因为爸爸也是个动物嘛，煮着吃也可以，但是最好别吃。童叟无欺，小孩子的问题最难回答，你欺负他，违背良心，不应该；可是他提出的问题，是成人不提的问题，往往又是宇宙最终的真理。鲁迅说我妈妈提出的问题最不好回答，妈妈问有没有鬼。鲁迅说，我怎么跟她说呢？要说没有鬼吧，她要失望了；要说有鬼吧，我又是不肖子孙，糊弄老太太，这可怎么办呢？最后对老太太说，也许有，也许没有，跟老太太打了个马虎眼。在《祝福》这篇小说里，祥林嫂问他：到阴间是不是两个男人要把她分成两半？这都是很难回答的。说是童叟无欺，真正做到无欺也不易。

伽利略有一次去教堂，主教在那里做弥撒，他跪在那儿仰头见教堂的吊灯来回摆动，他想知道摆动的快慢的原因。他用自己的脉搏做定时试验，最后发现了，与人们想象的不同，决定吊灯摆动周期的是绳子的长度，与吊灯的重量及摆动弧度无关。后来他又在比萨斜塔完成了著名的自由落体试验。从这些故事可以看出，你要认真求知的话，每事问的话，每天都可以发现问题，可以提出100个问题。你经常被问题包围，那你每天就在前进中。见到啥问啥，见到中医问中医，见到国画问画家，见到和尚问和尚，见到老道问老道，见到尼姑就问她们的规矩是什么。我的朋友三教九流，就因为和老道交往谈话过多，“文化大革命”时大字报轰我，说你放着宣传部部长不好好当，去跟和尚老道盘道，你是什么东西。

专家你不服还真不行，人家那真是术业有专攻。好多年前我见过一位中国书画鉴定大家张珩，上海人，也叫张葱玉。我在吉林省工作时，我们那个图书馆有几千件书画，我们那个鉴定小组一看大书画鉴定家张珩来了，大家好兴奋，把书画拿出来请他鉴定。我们好几个人忙着打开画，画一打开，他就说“真的！”“早年作品！”“字是假的！”“去，再打开！”好家伙，二十分钟看了二十多件！我在旁边都看呆了。因为我是省委管这个的头儿，我得招待他呀，晚上我就请他吃饭。吃饭时他就跟我乐了，他说：“宋部长，你是不是看我有点儿像是蒙事儿的呀？”我说：“那倒不是，但坦率地说，你怎么画一打开，款也没看，字也没看，画你也没仔细瞧，你怎么那么肯定地说‘真的！假的！’呢？怎么好像你认识他似的，好像你俩见过面似的，这唐宋元明清的这些人你就那么清楚？”他说：“你大概是不服。”我说：“是不服。”他说：“那好，你明天可以考我。”我问：“怎么考呀？”他说：“你选 100 张，你们熟悉的，研究过的，真的假的你搁到一块儿，然后我给你回答。”好吧！我真的和我们那里干这个的，懂书画鉴定的人挑了那么几十幅，在之前我把资料还看了一遍，心里知道有底儿的。后来给他打开一看，那是真的得服了。他就说：“高凤瀚！高西园画的，四十多岁画的，右胳膊坏了，左手画的。字不对，他学生写的。”你说这玩意儿吓人不吓人！后来我一查资料，一点儿不错。这个东西你看着像蒙人，其实不是蒙的，真的是言之有物，持之有故。后来他就跟我讲了这里面的道理。他后来有一本小书《怎样鉴定书画》，大家有机会可以找来看看，张珩写的。

他还和我讲这样一个事儿，比如吴昌硕的画有这么一个乐子：画是假的，字是真的，图章也是真的，他自己盖的。我说：这不可能呀！他说，这样的事多得很，你不知道的。怎么回事儿呢？原来吴昌硕在杭州西泠印社时，他有一个画画的集团（他还有一个最小的学生叫王个簃，现在还活着吧），他和他的学生一帮人一起画画。这老头子有个特点：是上午画画，一画就画十几张，然后晌午睡觉，画的画就堆在屋子里。他的那些学生、好朋友就挑好的给他偷，把精品就偷了。因为他们都是一派的呀，然后就照他画的那个样再画一张放到里面。这老头子下午起来就题款，就用印盖章，他也不管张三李四，看着差不多，拿来就题款盖章。结果怎么样，过两天他的朋友和学生就来了，拿着偷来的那张画说："老师，你那天给我画的画还没题款呢。"他就给题上款用上印。这样就出现了两张一样的画，都是菊花，都是那块石头。这一张全是真的，而那一张是别人画的假画而字是真的，这一张画是真的字也是真的。这事我哪儿知道呀，像这类事张珩他都知道。看来凡事就怕研究，人家研究的就是透就是深呀。

人家只要有所长，总有你能学到的东西。因此，多多向身边的人请教。人家只要这方面有所长，总是有你可学之处。杜诗说"转益多师是汝师"，取人家一日之长，补我一日之短，无非是这么一个问题。这就是第五个问题。

第六个问题，最后一个问题，就是读书的目的。

读书不可有邪念，读书一有邪念，卷入个人名利，读得再好，也有邪味。为了评教授，为了求功名，为了一个狭隘的目的读书，此人必定有限，必定有烦琐的特征，有他意图的标志。如果是站在一种思想家的高度去求知，以赤子之心去请教，什么都想知道，什么都有信心，又愿意付出劳动，愿意去请教，一心向往美好的事物，灵魂是美的，那么读书的结果就是好的。如果灵魂是脏的，读出的书也带有铜臭气，带有书蠹气，带有官僚气，带有功名气，带有头巾气。古人说"头巾气"，是指旧社会读书人的迂腐气。我可能说得偏激了一点儿，直了一点儿，我这样讲，因为我就是这么想的，不这样讲就是违背良心。

古往今来，知识分子多了，专家多了，读通、读懂、读书比我们多的人有的是。但是由于目的不同，其结果是截然不同的。我们共产党人，特别是像我们这一辈的人，蜡头不高了，在有限之年读一点书是什么目的呢？就是想净化我的灵魂，追求美好的事物，暮年留得两眼看梅花。要心存一个高尚的情趣、高境界的情趣来读书。

每个人都有爱好，有人说，“我没爱好”，我才不信呢。不是爱喝酒就是爱吃肉，爱打麻将，爱跳舞，打太极拳散步，养花养鸟喂鱼，总有一样爱好吧。你说我啥也不爱好，这样的人大概也有，爱睡觉也算是吧。但是爱好当中有一个最高尚的爱好，就是求知。死以前，在生命的最后一息到来之前，总想要多知道一点新东西。“朝闻道，夕死可矣”，这是孔子的话，如果有这样一个境界，那么读书问题不难，死书在那里摆着，活书更多。通过读书最后达到净化灵魂，达到高尚美好的境界。

我们的党，我们的国家，我们的事业，大灾大难之后终于走上坦途，终于走到十二大。当然前进的路上不会一帆风顺，但是我们能活到这一天，在有限的时光里，多知道一些，多回答自己一些问题，多了解一点美好的事物，多读一点书，使自己的精神境界、内心生活更净化、更美化，不是更好吗！

我以上讲了六个关系：记忆和理解的关系，史和论的关系，博和约的关系，知人论事和辞章义理的关系，活书和死书的关系，最后是读书的目的，是为了净化自己的世界观和灵魂境界，以一个思想家的要求去广泛地读书。

这个“读书漫谈”的讲座，我一共讲了六次。说老实话，我干的这个事是谁也不肯干的。跑到这里“哇啦哇啦”一通，又没有什么专长，一个土八路，万金油，知道的不多，“哇啦哇啦”啥都讲，故弄玄虚，卖弄博学，啥帽子都能戴上。有人说你读了那么多的书，又喜欢中医，又喜欢画画，你脑子咋那么好使，不是那么回事！空肚子喝凉水，自己肚子疼自己知道。俗话说，横的，怕愣的；愣的，怕不要命的，为什么不要命？为求知，为我灵魂的美化，活一天就要学一天。要学的东西太多了，可我的生命不允许。生有涯，死也有涯，而我的求知无涯。我的野心太大，而我的生命也许很短，以有限的蜡头去对付无限的求知野心，两者不成比例。我现在又参加这个协会，那个协会，什么都想干，一事无成。杜牧诗“赢得青楼薄幸名”，我是赢了个乱七八糟杂家名。

几次讲座，我胡说八道一大通，累得有些体力不支，可能还引来嫌疑，卖弄玄虚，自炫博学，胡拉乱扯，何苦来呢？我又干了一件自不量力冤大头的莽撞事。好在自家人，自家同志，能理解。我想跟大家说的是：多读书有好处，有时间多读点书吧，这个讲座就权当一次不成功的“劝读篇”吧！

关于读书漫谈，关于读中国书的内容，就在这里结束了。放假了，大家要回家过年了，祝大家一路平安！

人生漫语录

前言

我的尊师宋振庭离开我们已经整整六年了。当今盛世，七老八十的人有的是，但他只有64岁，正是他学识和智慧的收获季节，却过早地去世，怎不令人万分痛惜!

我跟他接触和交往的时间并不长，是1983年我在中央党校学习的时候开始的。那是第一学期临近结束，大家正在紧张地准备考试，有一天布告栏贴出一张通知：下午在东教室由教育长宋振庭开讲“读书漫谈”讲座，欢迎自由参加。这个讲座很有吸引力，我也去了。礼堂里坐得满满的，只见他空着双手，晃荡晃荡地走上讲台，谈心式地随口讲了起来。几句开场白过后，便向大家介绍经、史、子、集四大部类的中国古典著作。

他口若悬河，滔滔不绝，纵横捭阖，海阔天空，在浩如烟海的中华民族的文化典籍中，他提纲挈领地帮助我们找“门牌号码”。一部部著作，一个个作家，来龙去脉，精华糟粕，讲得头头是道，像说评书似的，一下子把大家深深地迷住了。他当时正是癌症手术后恢复不久，身体不太好，每次只能讲两个小时，两三天讲一次。有的学员就在底下嘀咕开了：“教育长凑什么热闹哇！等考试完了，你讲三天三夜都行。”可是每次讲座时，礼堂里仍然是满满的，都不舍得落掉一次。这样前后一共讲了六次。也许，他是有意识地调节一下学习气氛，让大家不要搞得太紧张了吧！

学员们无不惊异他的学识渊博！不论哲学、文学、史学，还是宗教、绘画，甚至医药……他都通晓，可以称得上是一部活的百科全书。我们更为他的超人的记忆力所折服：前朝后代，诸子百家，名人名言，人物典故，他了如指掌，如数家珍。大段大段的引文，一串一串的故事，像涌泉似的流淌，汇成一片智慧的海洋。

面对这样一位精神巨富，我不免感到自惭形秽。我名曰 60 年代初的大学中文系毕业生，正经科班出身。他究竟是怎样一个人呢？我产生了极大的兴趣。我向了解他的人打听情况，到中国文学家辞典中去查他的简历。

他出生于 1921 年 4 月，是我们党的同龄人。在动荡的年代里，他只读到初中，16 岁那年投身到抗日的洪流中，奔赴延安参加革命。他是在革命烈火中锻炼成长的我党的一位高级干部，新中国成立后一直担任文教宣传方面的领导工作。但是，他同时又是出色的马列主义教授，著名的杂文作家，还是戏剧协会会员，新闻协会理事；他善于吟诗作画，出了画集，开过画展；他还懂得医道，能把脉开方子。在党的老干部中，像他这样博学多才的人是不多见的，可以说是个奇迹。

这位富有传奇色彩的老同志身上，有一股巨大的魅力，他的满腹经纶和一脑袋的学识、智慧是怎样积聚起来的？对我来说是个谜。我决心要读一读这部“活书”。于是，我就冒昧地登门拜访，恳切地向他请教，要求了解他的生活道路和学习经验。我说，这些对我们中青年干部一定很有教益。在我再三恳求下，他终于答应了。

1983 年 5 月 30 日的下午，他把我找到一间僻静的房间里，开始了我俩的第一次交谈。这位老战士披肝沥胆地讲述自己，在晚辈和学生面前毫不隐讳自己的矛盾和痛苦，强烈地震撼着我的心。后来，我们又长谈了几次，一次比一次深入。我对于他的思想历程、生活道路、品德气质，以及内心世界，都有比较深刻的了解，解开了我的心头之谜。

他的人格是时代孕育的一个珍宝，是历史凝聚的一笔财富，我无权独享。我决心根据记录和回忆，原原本本地整理出来，奉献给社会，奉献给年轻的朋友们，也作为我对他永久的悼念。

他的谈话是这样开头的——

为什么不能谈自己

我知道你很希望了解我，让我讲一讲自己。这个问题给我思想上带来很大的矛盾。因为不是你一个人，最近起码有四五个人，有两个是大报的记者，有两个是专业的报告文学作家，都提出同一个问题。谈还是不谈，我是犹豫的，家里的老伴、孩子和一些朋友也有不同看法。但这个矛盾本身不是我个人的，这是我们党内的老同志，或者像我这一类人，面对这样的谈话时，都会碰到的。

这种矛盾从好的方面说，是因为我们共产党人都比较谦虚谨慎，许多老同志都有这种高贵品质，一些伟大的思想家、政治家很少谈到自己，如我们敬爱的周恩来同志，他很少谈自己，他的事情都是别人说的。党内有一条约定俗成的习惯，就是不给自己树碑立传。在写党史和回忆录时，因为自己介入了，需要作证，也尽可能少谈自己。对于一个共产党员来说，谈到自己的时候，内心不能没有矛盾和负担，都觉得自己无足轻重，没有多少可谈的。这是好的一面。

但是，从另一面讲，不肯谈自己也不见得都好。许多正直的、应该谈的人却不谈自己。而有的人是很不自量的，在那里不择手段地美化自己，甚至把自己的人格商品化、广告化。

多年来，我们党内有一种“左”的思潮，似乎我们共产党人没有“我”字，在诗词、散文中没有“我”的地位，第一人称不许出现。这成了一种清规戒律。其实，这和共产党人谦虚谨慎，多讲人民，少讲自己，不宣扬自己，并不是一回事。对于自己的爱憎、缺点、忏悔也不敢讲，这是我们党多年来形成的一种倾向。人们往往对于自己的内心世界、思想感情、学习生活、经历的复杂矛盾缺少剖析。如果暴露了，就是大不韪，见不得人。我们看到世界和中国的思想史、文学史上，很多思想家、文学家是不回避自己的。哲学家、诗人、作家如果没有“我”字在内，他的书就没法写。李白、杜甫的诗有百分之六七十与“我”字联系在一起。

另外，讲自己并不等于只讲自己过五关、斩六将，辉煌功业，道德文章。相反地，有人却在大庭广众面前，甚至在历史性的书刊中，解剖自己，坦白自己的丑事。如法国伟大的启蒙学者卢梭在《忏悔录》中，把自己生活中一些在当时社会人所不敢言的事情讲了出来；巴尔扎克也把自己内心的隐秘公诸于世，把自己很不相称的恋爱如实讲出来；托尔斯泰更是不回避自己，他和夫人的争吵，内心的痛苦，一方面通过文学形象如列文、卡列宁等人的身上表现出来，另外还有自述。中国的伟大思想家鲁迅有句名言：我解剖自己并不比解剖别人留情，相反更为严酷。我们党的早期的革命活动家像恽代英、蔡和森、萧楚女、毛泽东等同志，在大革命前后也是不讳言自己的。为什么后来就形成不能谈自己了呢？似乎一讲自己就是不谦虚，就是吹牛，就是树碑立传。难道自己碰钉子、遭挫折也不能讲吗？内心的痛苦、矛盾和爱情也不能讲吗？这是不对的。

到了十年动乱时期，林彪、“四人帮”无限上纲，你不讲还要搞逼供信，“引蛇出洞”，把你打翻在地，踏上一千只脚。你要是自己讲了，那就是自我招供，更糟糕了。因此有的人引以为戒，更不敢讲自己。这也是极左路线流毒的一种表现。

我认为，小谈自己也有两重性。从共产党人的谦虚来说是应该的。不谈自己主要是不能吹捧自己，给自己树碑立传，不能把自己的人格商品化。但是如果谈自己是采取科学的态度，老实的态度，说实在话，是就是，非就非，给后人引以为戒，让同辈人得到印证，使青年人得到一些滋养，这样来谈自己，我认为是允许的，而且应当受到鼓励。

我的与众不同之处

在我的同代人中，就是指年纪在六十多岁，抗战初期参加革命的所谓“三八”式干部，现在大多是省军级以上的党政领导同志，这批人，大体上一生可分如下五个时期：一是少年时代没有条件很好读书（念过大学的也有，但很少）；二是青年时代投笔（或投锄）从戎，放枪放炮；三是壮年时代适逢新中国成立前后，脚打屁股地忙了若干年；四是壮年后期赶上了十年动乱，挨批斗、关牛棚，流逝了大好时光；五是党的十一届三中全会前后平了反，又重新出来工作，然而许多人已到体弱多病的晚年了。这可以说是我们这些老家伙的共性，但每个人又都有自己的个性。像我这样一个人，到底有没有使人们采访和了解的价值？如果有的话，是在哪一点上有些意义呢？

我觉得，我是有些与众不同的东西的。这是我的优点，也是我的缺点，说得不谦虚一点，是很难得的长处，说得实在一点，也是很严重的弱点。我为自己的特点付出了代价。为学习、向往和坚持的几件东西，吃了很大的苦头，受的挫折是很多的。

一、我笔下、嘴下好动感情，感情好外露。这一条对于党的负责干部来说，大家都是忌讳的。我这个人感情丰富，喜怒哀乐强烈，爱的东西爱得入迷，遇到不平事往往拍案而起。不管我做了多大的官，在人面前，我老是保持着喜怒形于色。要知道喜怒形于色和政治家、高级干部是不相容的。高级干部要稳重，不能感情用事，但诗人、艺术家是可以的。因此有人说我走错了路，不应该做政治工作人员。我为这件事也痛苦了一生，碰了许多壁。

二、我坦率直陈。除了党和国家的机密不暴露以外，我的好多事都是向群众交心的。我为直陈而吃的苦头大得很，挨批、挨斗、挨打，但是我的这种性格没有办法改。说得好听的词儿，是说我这个人坦率，赤子之心，玻璃人，肝胆照人；说难听的，这个人是炮筒子，空盒子，嘴上没遮拦。

一些好朋友骂我、责备我的也是这一些。

三、我的爱好太广泛。马克思对小女儿说，凡是人类能够知道的我都想知道。我是这句话的忠实信徒。直到现在，我六十多岁了，每天早晨打开收音机，没有一个节目是我不感兴趣的。土壤，肥料，沙漠，海洋，祖国各地，世界纪游，我哪一个都爱听。我像一块干海绵，对世界上任何一点水分都要吸收。如果要说我学习上有什么长处的话，就是我老保持着干海绵的状态，不管干净水、脏水、茶叶水、红黄蓝白黑什么颜色的水都吸，连空气中的湿气也要吸。吸收以后再整理、消化、分类。我自己脑子里有一个信息储存器，到了调动运用它们的时候，这些知识就为我服务了。

我在知识的海洋里，总是保持干海绵的状态。我总想要学习，学得太杂了，几乎无所不爱，比如我首先爱的是马克思主义哲学、政治经济学，党史、党建，我也爱中国思想史、世界史、断代史、文学、戏剧、诗词、美术、中医、宗教、考古、围棋、象棋……我都想涉猎，但不高明。有的我是钻进去，花了大力气的。如京剧，我是个大戏迷，《红楼梦》我更是着迷，读过许多遍。但有的只是一般了解和掌握，象棋只知道开局怎么走。跳舞我也要试试，不至于踩人家的脚丫子。打猎、射击、骑马、射箭、划船，我都要学一下。凡是人类能够知道的，我都想知道。这种杂，就和我的工作、责任和历史岗位，发生了严重的抵触。誉者说老宋这个人知识面宽，好学，脑袋瓜子好使（有人管我叫大头），博学强记，活字典；毁者骂我不务正业，胡闹，杂而不纯，博而不专，浅薄，皮毛。这两种人确实都是我。我忍受着这种杂的痛苦，但从来没有动摇过。你爱怎么说就怎么说，说我浅薄，我索性刻了一方图章，叫“宋浅溪”。

四、我愿意广交朋友。我结交的人广泛极了，唱戏的、说书的、士绅、狱卒、三教九流、和尚老道、官僚、买办、商行、东来顺掌柜的，等等，并且不是一般的交往，而是很好的朋友。我是副省长，省委常委一级的干部，和这些人来往，平等相交，是有失身份的。为了这一点，我在政治上作出了很大的牺牲，说我是立场问题，划不清界限，甚至我的党籍都有危险。

在“文化大革命”前，省委常委曾专门开会批评过我。到了“文化大革命”，这是我一条重要的罪状，“牛鬼蛇神”的保护伞，而且跟“牛鬼蛇神”打得火热。要知道这些人当中，虽然有的是大资产阶级、大右派，但很多是高级知识分子、大专家。我们成为莫逆之交，是他们把我领进了一般共产党人不愿意也不可能走进去的领域。这是我求知、学习和了解这个世界的最主要的途径。但这一点是不为世人所容、不为当时的许多领导所容的。

五、我爱写战斗性的针砭时弊的杂文。这是惹乱子的。去年在《新观察》召开的杂文座谈会上，蓝翎同志讲的一句话，我很有同感。他说：从中国的旧社会起直到“文化大革命”前，写杂文的几乎没有一个有好下场的，这话说得很痛切。事实确是如此，无论是小人物，还是邓拓的“三家村”/“四家店”，写杂文的哪有一个有好结果的？杂文在中国是最不应该写、最有危险的东西。鲁迅先生有诗写道：“弄文罹文网，抗世违世情。积毁可销骨，空留纸上声。”这诗虽然是他为悼念阮籍、嵇康而写的，但依我看可以算作古今杂文和杂文作者的一篇千古公祭文，二十个字落地铮铮有声，痛切悲愤极了，真是到了《红楼梦》所写的“千红一窟（哭），万艳同杯（悲）”的地步。我一生的大部分时间，特别是新中国成立以来，都在不断地写杂文，共有五六百篇。我的杂文都是根据当时形势需要而写的，都有针对性。要干预生活，直面人生，有介入，就有所赞成和反对；有倾向性，就会伤人。因此我的杂文常常受到一些人的反对，当然也常常受到人们的拥护。四平八稳，白开水似的东西我是不写的。杂文不能不带刺，一点棱角也没有，有什么意思！

六、我是个读书迷。我喜欢买书，我一生除了书以外，没有第二种财富。如果我的书不丢的话，可以说是一个小图书馆了。“文化大革命”中，我的书损失了近半，现在又充实了一些。我还常常重复地买各种版本的书，有的书对我意义并不很大，但翻一翻，我觉得开卷有益。读书和我的工作，在时间上形成尖锐的矛盾，有人说我脑袋好使，记忆力强，能背诵，我听了笑一笑。人的脑子都差不多，哪有特别灵这一说。也许使得多一点，有些差别，也许与家庭环境影响有关系。鲁迅先生说过，知识分子家庭的孩子接触笔墨纸张早一些，跟农民的孩子接触镰刀、锄头，军人的孩子接触武器早一样，我从小爱读书，养成了习惯。一般说来，我是为实用而读书的，但也不尽然，各种各样的书我都有兴趣看。到了林彪提倡活学活用、立竿见影的时候，我就糟了。因为我读宗教、佛学史，不能立竿见影，跟我的工作没有直接联系。念希腊神话、罗马建筑、四书五经、宋明学案，有什么直接的用处呀？因此有人说我不务正业。

我有个好朋友，就是吉林大学的甲骨文专家于省吾先生。他是张作霖时代沈阳税务局局长，后来他把家产变卖，买古董，搞文物研究，古汉语造诣极深，成了名教授、大学者。在“文化大革命”中挨斗的时候，他有句话说得很妙，引起哄堂大笑。他说：“在有钱的人里面，在贪官污吏中，我是最有学问的；在最有学问的人里头，我是最有钱的。”在旧社会，有钱和有学问，往往不能两全，一有了钱就要吃喝嫖赌，变成花花公子，就不搞学问了。我想套用他的两句话：“在同样级别的领导干部里面，我是读书比较多的人；在读书多的人里面，我是党政职务比较高的人。”

获得这样的特色，使我付出了很大的代价，当时因为在我们党内长期存在“左”倾思想，轻视知识，鄙视知识分子，认为党的干部知识越少，越无知，就是越忠厚、纯朴，这才是好干部。这成了党的干部模式不成文的法。如果你兴趣爱好庞杂，结交广泛，保持天真、直率、嬉笑怒骂的文人气质，那就是不守绳墨，不务正业，为社会所不容。我为此而痛苦过，但没有动摇。我想来想去没有错，终于把一些问题想明白了。到了“文革”后期，我下了农村，更是大彻大悟，铁了心，只要我活一天（现在我是癌症病人），就要坚持走我自己的这条路，九死不悔矣！

人都是时代的产物。我所以能坚持走这条路，与我的家庭环境和小时候受的影响、教育有着密切的关系。下面我准备从小谈起。

风雨激荡的少年时代

我于1921年4月出生于吉林省延吉市，从我懂事的时候起，日本帝国主义就侵占了东三省。我的家乡延吉的地理位置比较特殊，处于中、朝、俄的交界，各方面的势力都在那里活动，政治斗争非常激烈。处于铁蹄下的延吉人民抗日情绪高涨，抵制日货，召开国耻纪念会，学生也经常掀起学潮。这是一块风雨激荡的土地。

我家祖籍山东，世代务农，后来从关内逃荒到东北，几经颠沛，最后在延吉定居下来。父亲是个木匠，打大车，造房架屋，样样都干，还会做皮匠活，制马车套、靰鞡鞋。家里人口多，生活贫困，但父亲是一个有血性、有远见的汉子，为人仗义，爱打不平，富有爱国心。他曾上台讲演，宣传抗日，为东北抗日联军募捐过三百双靰鞡鞋。他本人没有文化，但很有眼光，深知要想有出息，必须要掌握知识，他下了大的决心让儿女们上学念书。有时候家里没米下锅，他也要去借债给我们兄弟姐妹交学费。一个穷苦的小手工业家庭，居然同时供四个孩子上学，我大哥上了大学，二哥和姐姐等也都进了专科学校和师范。这在当时是很少有的，是延吉市有名的穷念书的人家。儿女们也没有辜负他老人家的一片苦心，不但学习优秀，而且都是积极参加抗日的活跃分子。唯独我小时候，远没有哥哥姐姐们出众。

我从小身体不好，大脑袋，细脖子，穿着哥哥穿旧了的棉袄，有时还拖着鼻涕，显得邋遢埋汰。我平时不爱吭声，说话闷闷的，五六岁的时候，家里没有人看管我，便跟着在女子小学当教师的嫂嫂到女校待了一年多。在女孩子中间，我感到孤独和寂寞。

上小学以后，我的学习不太好，算术老是不会做，画画更差，画出来的苹果像土豆。别人看我傻乎乎的，喜欢拿我开玩笑。我常到一家理发店去理发，理完以后我要交钱，师傅一本正经对我说："这点钱哪够哇，你的头大，得交双份，算了，你别付了，记在你哥哥的账上吧！"当时，我大哥已当了县的民众教育馆馆长，理发都是记账的，过半年或一年总结算。我却信以为真，很长时间都以为自己理发得交双份钱。后来大哥告诉我，是人家开玩笑的。我瞪着小眼睛还有点不相信。你看我有多么傻!

由于生长在动荡的年代里，便早早接触了革命。当时北京有几个地下共产党员，因暴露身份待不下去，纷纷跑到延吉市改名换姓当小学教师，继续进行革命活动。其中有一位就是现在还健在的原铁道部部长刘建章同志，他当时是我们的班主任。年轻的刘老师常在课堂里悄悄地给我们讲革命道理，揭露日本鬼子的暴行，激发我们幼小心灵的爱国热情，为了避人耳目，他还把我们带到耶稣教堂去，有人来就装作做礼拜、读《圣经》，等到旁人一走，便讲抗日故事，讲共产主义。我们这些八九岁的孩子，就有幸接受了马列主义教育，到十一二岁时，私下里开始传阅《共产党宣言》、《国家与革命》等最早的翻译出版的中文译本了。不过在这些著作的外面，包的却是《啼笑因缘》、《东周列国志》的封皮。对于这些理论著作，我们当时不可能理解多少，只是囫囵吞枣，一知半解，还闹过不少笑话。我们同学之间悄悄谈论，都很崇拜俄国有三杰：一个叫弗拉基米尔，一个叫伊里奇，还有一个叫列宁。说了好久，竟没有弄清楚就是一个人。

现实生活给我的教育，更是严酷而深刻的。由于大哥、大姐是延吉市抗日救亡运动的骨干分子，日本人四处搜捕他们不获，便把父亲抓了去，游街示众七天。

老人被五花大绑，身前身后挂起两条白布，前面写着“妖言惑众”，后面写着“反满抗日”。日本鬼子持枪押架着，前头有人鸣锣开道，在延吉市的大街上一天又一天地游街示众，道旁观看的人们敢怒而不敢言。我看到父亲被折磨得疲惫不堪，拖着沉重的脚步在蹒跚行走，乘人不备，凑近父亲身边轻声呼喊：“爹！抬起头来走，这不是什么丢人的事！”

我很敬佩中国民主革命的先驱徐锡麟，很敬佩刺杀日本首相伊藤博文的朝鲜民族英雄安重根，同时受巴金小说《灭亡》的主人公杜大心（一个无政府主义的革命家）的影响极深，小小的心灵里萌发出一个幼稚而强烈的愿望：做一个行刺敌人的英雄。

有一次，我们得到消息，日本关东军司令植田大将要来延吉市视察，并且要组织小学生到机场迎接，这是一个多么难得的好机会，我心里暗暗高兴，我就偷偷地去买了许多"二踢脚"，把火药倒出来，制造"土炸弹"。那天，我把炸药瓶藏在口袋里，到了机场。植田大将原来是个瘸子，从飞机上下来，一拐一拐地走近欢迎队伍。这时候，日本兵叫口令，要小学生一律九十度弯腰鞠躬，不许看，不准动弹。我的心像敲鼓似的狂跳，热血在奔涌，真可惜错过了机会，没能拿出瓶子引爆。事后我想，要是有一支手枪或一颗手榴弹，那天是能够成功的。

当时的左翼文艺，也深深地吸引着我的心。我家哥哥姐姐有许多进步书籍，我贪婪地阅读鲁迅、郭沫若、茅盾的作品，对巴金、蒋光慈的小说也很喜欢。边读边学着写，诗歌、散文、小说，样样都写，还在《延吉日报》（后改为《间岛日报》）上发表过作品，曾经有一次，我还得到过现大洋的稿酬呢，这对一个小学生来说，是件了不起的事！我年少气盛，雄心勃勃，想入非非，要当一个诗人、作家。为此，我曾想从家里逃走，跑到上海去找鲁迅先生。那时候我听说，东北有两位年轻作家萧军和萧红流亡到上海，得到鲁迅先生的热情关怀和扶持，鲁迅为他俩的小说《八月的乡村》和《生死场》写的序言，当时就读到了。

我13岁小学毕业时，个子长高了，喉音变粗，处处感到自己是个大人了，开始知道打扮，喜欢穿新制服，理了个小分头，还抹点油，吹吹风，懂得爱美了。可是，当我朝镜子里一瞧！天哪，自己长得竟是这么难看：肉头肉脑，小眼睛，蠢乎乎的样子。看看周围的同学，一个个都是翩翩美少年，我心头顿时涌起一股自惭形秽的感情，难受极了，回到家里偷偷地哭了一场。后来拍了一张毕业照，也越看越俗气，内心向往的和现实的差距如此大！我预感自己的一生里，外表和内心恐怕是不可能一致了。从此，我索性不修边幅，不再打扮自己，我要追求内心世界的美，使自己的心灵高尚、知识丰富。这是我在少年时代定下的基调。

在不知不觉之间，哥哥姐姐们也突然发现，自己的小弟弟长大了。小学毕业时，我的二哥当上了吉林省立工业学校的教导主任，学校正在招生。

哥哥姐姐对我说："四儿（我排行第四），你去考一考试试，考上了给你包饺子吃。"我"嗳"了一声就去准备了几天，不声不响地去报名应考了。结果，不但考取，而且是榜上第一名。全家十分惊喜，都说这孩子，别看他平常老是闷着头，不吭声，内秀哇！

随着日本帝国主义对我国加紧侵略和扩张，延吉的形势越来越紧张，父亲被赶到外地，到了敦化去做小手工业，家里的生活更加困难，当时得悉大哥在北平找到了工作，母亲就领着 14 岁的我，在 1935 年一二·九运动发生后不长时间，冒着严寒，千里迢迢来到了北平，大哥设法把我送进北方中学读书。

北平的抗日救亡运动高涨，政治空气浓烈，进步书籍很风行，鲁迅、高尔基的作品随时可见，马克思的著作也可以找到。我参加了抗日民族先锋队，是北方中学支部的负责人之一。我组织读书会，作讲演，印传单，相当活跃。

1937 年七七事变爆发，全面抗日的烽火点燃，北平的局势起了变化，进步学生待不住了。大哥给我了 12 块大洋，让我南下到济南找一个朋友。我和一批同学一起出发，到了济南没有找着人，便转道南京，经地下党介绍，终于奔向日夜向往的抗日前线——革命圣地延安！

双轨生活和三角之争

1937 年 10 月，我们一行十余人，闯过重重关卡，风尘仆仆地从西安步行到了延安，投入了革命的怀抱。

我们都进入抗大学习。我是其中最小的一个，16 岁的初中生，大家把我看作小弟弟。我政治上积极要求进步，到延安仅仅一个月，就加入了中国共产党，1938 年 2 月即转正。由于我的学习成绩比较突出，组织上很快把我从抗大转入马列主义学院，而且没有经过普通班的学习，直接进入哲学教研室工作，主任是艾思奇，副主任杨超，同室的有林默涵、黄乃、陈梦冰等八个人。我在党的理论家们的直接指导下，比较扎实地学习马列主义，刻苦研读了许多经典著作，理论水平提高较快。

1939 年 7 月，华北联大校长成仿吾指名把我调去，大胆地对我这个 18 岁的青年委以重任，让我当联大的教育科长，哲学教研室主任。从 1939 年到 1943 年，我在华北联大讲授过哲学、政治经济学、党史等马列主义基本课程，在理论上下过一番功夫，打下了比较坚实的基础，这对我后来的学习和工作，产生了深远的影响。

1942 年，延安开展著名的整风运动，其中一个重要内容是批判教条主义，对理论脱离实际的学风群起而攻之，说教条主义讲空头理论，是臭狗屎，一文不值，不解决实际问题，在延安学的东西，到保安就不会用了。这场批判，对我的刺激极深。我年少气盛，不甘心当一个书斋里的青年哲学家，向往投入火热的现实斗争。同时，我内心也有几分不服气，在抗大也学了一些军事知识，难道就不能打仗？我那诗人的浪漫气息升腾起来了，不愿意再当教员，坚决要求上抗日前线。经过几次三番的申请，不断找领导“蘑菇”，后来终于得到批准。

这是我生命史上的一次陡转。如果我安心在华北联大教书，也许我后来就成为有成就的马列主义理论家了。但我改变了自己的生活道路。1943 年初，我脱去灰布军装，换上一件长袍，腰里别上一支“三八盒子”，跑到了河北省曲阳县，硬是过了三年李向阳式的游击生活。

抗日战争正处于艰苦卓绝的阶段，民族解放的烈火遍地燃烧。我在曲阳县委宣传部挂了个名，实际是在区的游击队工作。我和县敌工部长王长江同志并肩战斗，打伏击，封锁炮楼，一块儿干过许多惊险的事情，曾经摸进炮楼跟伪军谈判。我在历次战斗中冲锋陷阵，身上挂过多次彩，至今还有一块弹片留在大腿里。有一次敌人“扫荡”，游击队被包围。我带领战士突围，在紧要关头跳了崖，冲出一条血路，九死一生。

1945 年 8 月 15 日，日本鬼子投降，抗战终于取得胜利。在一片狂欢的时刻，我们接到了战略性抢占的命令。我是骑着邓拓给我的一匹马，绕道张家口，来到沈阳的。我参加筹办我党在沈阳的第一张报纸《东北日报》，李常青任社长，我当第一版主编，为报纸的出版而日夜操劳。1946 年我回到家乡延吉，当了延吉市的第一任市委书记。1950 年到吉林省委宣传部当处长、副部长，1952 年即升为宣传部部长。

自从我在 1943 年延安整风运动中跳出书斋以后，就沿着在曲阳时的路子走，那是当县大队政委、区委书记、县委书记、地委书记、省委部长、省委常委，直到副省长，在党政领导干部的岗位上一个台阶一个台阶登上来，完全是“科班”出身。然而，我在领导岗位上，始终没有和教员、诗人、杂文作家、文艺爱好者的生活脱离过一天，我一直坚持读书、讲课、写文章。我过的是双轨生活。白天在机关办公，晚上回家读书、写作。理论和实践，工作和文艺爱好，紧密结合在一起。我一直在这种双轨的生活道路上行进着。

这种双轨生活，给我打开了眼界。我不是两只眼睛，而是变成了八只眼睛、十六只眼睛；看问题不是一个面，而是多面的，生活本身就是多面体。因此，想要用学者、文人的生活来牢笼我，是笼不住的；用实际工作者、做官的一套来难为我，也是难不倒的。我不受这两方面的羁绊。可以这样说，在实际工作的人中我是比较注意搞学问的，在搞学问的人中我又是实际工作经验较多的。

但是，在我们党内长期存在着“左”倾错误思想的影响下，我在双轨的生活道路上行进的步履是多么艰难呵！几十年来，由于轻视知识，排斥知识分子，对于干部的要求是单纯，循规蹈矩，以大老粗为荣，以驯服工具为好，不要去读那些杂七杂八的书，不要去结交三教九流的朋友。像我这样生活道路的人，当然会被视为异端，看作不务正业，不守绳墨。因此我常常受到有形无形的限制和磕碰，始终陷入了不可解的三连环矛盾，这就是做官、做事、做学问的三角之争。

这“三做”的问题古已有之，所谓道德、功业、文章，也就是立德、立言、立行。要做到三者统一，三全其美，很困难。往往是三缺一，三缺二。有的人很会做官，出将入相，保官保位，最典型的是五代时的冯道，此人四次改朝换代中都当了宰相，人们称他为“不倒翁”，他自诩为“常乐老”。每次换皇帝，他都上表劝进，而且是领班领头的。有人问他：“你为什么不尽忠？”他回答说：“这个事情嘛，应该想开一点，谁当皇帝我不是一样做官吗？”笑骂由他笑骂，好官吾自为之。位子要保住，原则我不管。现在有没有只做官、啥都不做的人呢？应该说虽然不多，还是有。不然为什么许多事无人负责，乱糟糟的，不少工作上不去呢？

我鄙视这种光当官的。我也不善于当官，我的思想性格与官场的一些习俗不相容。我不谨慎，容易触犯人，往往跟地委、省委的领导意见不一。有人说我清高、傲气，我在官场是不得意的。如果我脑子放“灵活”一点，放弃读书交友，规规矩矩、老老实实地做官，我的职位可能比现在要高；如果我少放炮，不触犯上司，我的官可以做得甜甜蜜蜜的，我相信自己还是有这个才干的。但我讨厌单纯做官，想干点事，在吉林省期间，我参加了不少有建树性的工作。同时更想做点学问，讲一点课，写一点东西。虽然做事和做学问好比鱼和熊掌不可兼得，但是鱼和熊掌都是我所欲也。我为了兼顾二者，付出了很大的代价，遭受到不少的矛盾和痛苦。做官、做事、做学问的三角之争，在我身上始终是个苦恼。

我是一块干海绵

我来到这个世界上，就要认识和理解这个世界，对各种各样的事物，都想明白明白。现在，我虽然已经年过花甲，身患癌症，垂垂老矣，但我始终怀有强烈的求知欲望，广泛的兴趣爱好，一直保持着干海绵的状态，在知识的海洋里，尽情地吮吸着水分。

我这个人再给我五倍的生命，也不会满足我求知的渴望和野心，甚至十倍也不能解决我的全部爱好。前不久，我还想学单弦，请骆玉笙先生（小彩舞）给我开两堂单弦课，还想学两段京韵大鼓，跟武生学两出戏。我见什么就想学什么。有人说，哎呀，老头儿你算了吧，六十多岁的人了，学这些干什么！我说咱们朝闻道，夕死可矣，明天下午死，上午还可以学嘛！

一个人从小到老，始终好学不倦，是多么难能可贵！孔夫子说："知之者不如好之者，好之者不如乐之者。"知道有用而去学是一种境界，对学习产生兴趣爱好便深了一层，废寝忘食，乐以忘怀，把求知治学作为生命的组成部分，乐在其中，那是最高境界。做一个"乐之者"，生活才有意义。

我读书成瘾，有点像抽烟一样，要是一天不读书报，感到日子是很难过的。这是我自小养成的习惯。七八岁开始，我就躲到哥哥姐姐的屋里，抱起大部头的书啃。即使后来到根据地打游击的年月里，我总是随身带着一个小布口袋，里面装着书、本子和笔，在行军打仗的间隙，抓紧时间读和写。有时敌人来"扫荡"，大家钻进地道，我坐在昏暗的豆油灯下，又开始读起书来。解放后，工作和学习的条件好了，我读书更多、更广。无论是出差，甚至住医院，我总要挑一些书带着。有时候，临时通知我去开会，急忙之中也不忘捎上一张报纸。工作中往往有一些形式的会，我的笔记本下总会有一本书，我读书的速度很快，有时候是一目十行，一次会议下来，往往就读完一本小册子。读书成了我的一种生活需要。

我主张开卷有益，喜欢读各种各样的书，大的如经典著作，《圣经》，小的到小学课本，《三字经》、《百家姓》，我都看。不要小看《三字经》、《龙文鞭影》、《纲鉴易知录》等启蒙读物，比如《三字经》，人家把那么复杂的道理，编成三字一句的通俗教材，非常简练，是很不容易的，这本身就可以学习嘛！知识不要怕杂，它有举一反三、殊途同归的特点，各门学科之间都有内在的联系，互相渗透，相辅相成。博和精是对立的统一，真如打井一样，你想挖掘得深一些，就要把口子开大一点。当然，我读书也不是漫无边际、信手拈来，在博览群书的基础上，还是抓住重点的。解放后我当宣传部部长期间，曾花两三年的时间学习中外历史，后来又用两年时间研究哲学史和思想史。

在我的读书生活中，世界哲学史和中国哲学史是两个主纲，花的功夫最多，最得力的就是这两门学科。我把学到的一切知识，都纳入了自己理解和杜撰的世界哲学史和中国哲学史的总货架里。在我的知识仓库里，没有一条是无用的学问，都按照历史的顺序、哲学的逻辑来分类，需要运用时候，便可以随时调动。

我特别主张多读历史。无论对某一门学问或者某一个作家，都应该做到“知人论世”。对全局有一个总的了解，等于先掌握一张导游图，知道了门牌号码，然后按图索骥。先见森林，后找树木。先了解历史，就能把每一个事物和人物，放到一定的历史背景上去理解，以史带论。鲁迅先生也说过，读经不如读史。

读某个作家的作品，我往往先读这位作家的传记，先了解一下作者的生平事迹、思想品格、内心世界，知其人然后读其书。如在读唐代著名诗人李商隐的许多“无题”诗时，开始觉得又懂又不懂，感到有点扑朔迷离。后来了解了他的历史，知道他有几段秘密的恋爱生活，他在政治上不得志，但抱负大，生活苦，架子又放不下，还介入了派别斗争，内心非常矛盾和痛苦。知道了这些，对作者的“身无彩凤双飞翼，心有灵犀一点通”，“春蚕到死丝方尽，蜡炬成灰泪始干”等诗句，领会就更深刻了。我就是用这种方法，对一些作家产生了特殊的感情。古今人都可以深交，读他们的作品，仿佛像跟老朋友促膝谈心一般，时常有新的感觉、新的发现，忘情于怀，禁不住发出会心的微笑。

读书治学乃寂寞之道。我一捧起书本，坐在那里可以半天、一天不动窝，周围的一切都视而不见、听而不闻。有一个星期天，我在家里埋头读书，中午吃饭胡乱扒拉几口又坐下，如果要问我吃了什么菜，肯定回答不出。那天我的老伴外出有事，下午才回来，发现二闺女小胖不在了，后来在邻居宋任远家找到。小胖高兴地说：“妈妈，妈妈，我已经是宋伯伯家的人了，是爸爸同意的。”小胖已经把自己的被子、枕头抱了过去，在人家吃了中饭，睡了午觉。原来宋任远家只有一女孩，显得有点孤单，他家都喜欢小胖。宋任远就逗小胖说：“你给我当闺女吧，不用改名改姓，还姓宋。你回去问问你爸，你爸同意就来我家住。”我孩子多，有六个子女，老伴过去确有过想法，有合适的人家要，她肯给掉一个。但当时被我骂了一顿：“你怎么想得出来的！我没有饭吃，没有裤子穿，也不能将孩子给人哪！”老伴回来问我是怎么回事，我说：“不知道哇！”“小胖说是你同意的！”“没有这样的事！”我感到莫名其妙。后来才弄清楚，在我看书的时候，小胖回来嘟嘟囔囔跟我说，我一句也没有听进去。最后小胖摇着我的手反复问：“爸爸，你同意不同意呀？”我随口回答：“同意同意。”孩子高兴地说：“那我就去了！”我又说：“去吧去吧！”事情就是这样，我专心读书，把女儿误送人了，后来当然要“反悔”，小胖子大哭一场，好说歹说才把她哄了回来。

我常常说，我所以能得到一点知识，最得力的是两条，一是胆子大，二是脸皮厚！我是个傻大胆，有股子不服气、敢想敢干的傻劲，什么都想学，什么都想干，不被任何庞然大物所吓倒。管它是科学险峰、思想奥秘、艺术殿堂，哪怕龙潭虎穴，我都要闯一闯。我要做知识海洋里的弄潮儿。另一方面，我又是厚脸皮，不怕丢面子，很少有虚荣心，不懂就不懂，老老实实，不装不吹。

我的知识，小一半来自书本，而大一半是向人们请教来的。我更重视读社会这部活书，向各行各业有知识的人学习。如果一个人真能学孔夫子的“每事问”，养成打破砂锅问到底的习惯，那么这个人就没治了，肯定可以成为很有学问的人。这里很重要的一条，就是要放下臭架子，具有甘当小学生的精神。

我没有进正规的学校上学，主要是靠自学出来的，难免念白字，讲错话，在大庭广众出洋相。有一个词“造诣”，我在书本上经常读到，意思懂得，也会运用，但我一直念半边，读成“造旨”，听起来成了“造纸”。人们听了很别扭，又不敢给我指出来，有顾虑，我是宣传部部长，会不会伤了自尊心，引起不快。因此我在大会上老是“造纸造纸”的，“造”了好多年。后来，有一位教授跟我熟了，看我没什么架子，就鼓起勇气私下对我说：“宋部长，这个字嘛，也可能有几种读法，不过一般来说是读‘造诣’，不是读‘造纸’。”我听了“哎呀”一声，急忙紧紧握住老教授的手说：“感谢感谢，太感谢了，我确实念了白字，您是我的一字师，今后请老师多加指教！”我的诚恳态度，使老教授很感动。这件事在群众中也引起了很好的反响，人们对我提出什么意见和批评，就没有顾虑了。我无形中增加了许多老师。

大约在 1962 年，有一天晚上，我在家里读《诗经》，当读到“大雅”中的一首诗时，有好几处词义不懂，我翻了参考书，查了《辞海》，还是弄不清楚。这时也是夜里十点左右了，我冒昧地给我的好朋友，吉林大学的著名文字学家于省吾教授打电话，向老先生求教。于先生很热心，一一跟我解释，还找来许多资料，摆出不少说法，我们两人便互相斟酌，探讨起来，越谈越有意思。这个电话足足打了一个半小时。

我讲话很少要人写稿，就是自己写出稿子来念也不行。我只要有个提纲，或者打个腹稿，根据不同对象，用自己组织的逻辑顺序，来进行交谈式的讲话。我有生以来千百次的报告、讲课、谈话，都是这样进行的。这在过去的年代里，相当危险，但我已经弄险一辈子了。我自己认为，我的语言表达能力要比文字表达能力强，在农民、工人、战士、学生中，我的讲话是比较有鼓动力的。我力求把党的思想、革命的真理、生活的知识，经过头脑里的“变压器”，化成自己的血肉和感性，流向听众的心里。我总是以宣传鼓动家的口吻，带着诗人式激情，以朋友的身份向群众讲话的，一下子能把自己和群众的心贴在一起，我自信有这种能力。

我还不是个思想家，但是一个独立思考者。可以夸张一点说，我不是用双脚站立在地球上的，而是用自己的脑袋站立于世界。我敢于在思想文化的原野上纵横驰骋，每天都生活在理想的美的境界里。革命家的豪言壮语、唐诗、宋词，支配着我的生活，胸中自有豪气在，常有无限的诗的感叹。我觉得自己没有虚度此一生，读到了那么丰富的书籍，结交了那么多心灵美的朋友，确实知道了一些别人不大容易知道的东西。我为此而感到骄傲和欣慰！呵，人生多么美好！

拜张伯驹为师

“文化大革命”前，我就在省委常委会上被点名批评，说我尽跟一些封建官僚、大右派、大资产阶级混在一起，阶级阵线不清。当时的领导指着我的鼻子说：“你怎么居然讲这样的话，你要拜张伯驹做老师，张伯驹是什么人，是窃国大盗袁世凯的妻外甥，北洋军阀张镇芳的儿子，又是资产阶级大右派，你的阶级立场跑哪里去了！”“文化大革命”中，这更是我一条要命的罪状，就是结交牛鬼蛇神。我心里一直不服，张伯驹先生出身是这样，但他是一个大学问家，又是一个了不起的爱国者。我拜他为师，是向他学习诗词戏曲、文学历史，又不是向他学习吃喝嫖赌、收租、抽大烟，有什么不可以。毛主席不是说过要向狱吏、账房先生学习吗？我在张伯驹那里确实学到了许多在别处得不到的东西。

张伯驹是军阀官僚家庭的叛逆，这位张大少爷对做官发财不感兴趣，却醉心于文化艺术，有极高的造诣，他是近代著名的词人和书法家。他对京剧是大内行，得到京剧元老余叔岩的传授，学得十分到家，后来连著名须生杨宝森等人都要向他请教。他还是我国近代著名的文物收藏家和鉴赏家。尤其难得可贵的是，他与夫人潘素先生具有强烈的爱国心，为保存国粹作出了不可磨灭的贡献。

《平复帖》原一直为宫廷所藏，光绪年间传入恭亲王府，后来到了恭亲王府的袭爵将军溥心畬手里。1936 年，张先生得悉溥心畬所藏的一幅唐代韩幹的《照夜白图》被上海的古董商买去转卖给了英国人。他忧心如焚，深怕《平复帖》再次被古董商买去，所以急忙托人找溥先生商量，希望此帖不要流失到国外，并表示愿意出价收藏。但溥心畬说当时不需要钱，如果实在要买，需要大洋二十万元。这分明是拒绝，如此大的数字，肯定拿不出来。第二年卢沟桥事变爆发，到年末又听说溥心畬的母亲去世，正急需要钱，张先生马上托人去商量，终于以四万大洋将《平复帖》买来收藏。当听说日本人愿以三十万大洋的高价买此帖时，张先生正气凛然、义正词严地回答：“这是我们祖国的珍宝，我不会做见利忘义的事情！”抗战期间，张、潘二先生逃难到西安，他们把《平复帖》缝在被套里随身携带，像爱护自己的生命一样保护着国宝。

后来，张伯驹又在一个商人那里发现了隋朝展子虔的《游春图》，他见此宝，欣喜若狂，但商人却说准备以二万美元出售给外国人。张先生苦口婆心地要商人以国家、民族利益为重，不要让它流落在外。谢天谢地，商人总算答应了下来，可是要价高达二百二十两黄金。张先生首先跑到故宫博物院，想说服院长收藏此画，谁知院长无动于衷，他碰了壁。他回来与夫人潘素商量，决心自己来筹款。这时，他们家道已经衰落，哪里拿得出这么多黄金？手里唯一的家产就是弓弦胡同的一宅房子，这是慈禧太后的大太监李莲英转给他祖上的，他们忍痛将它卖了。但仍然不够，潘素又亲自奔往上海向堂姐借贷，加上变卖首饰，才凑足数目，抢救下了这幅《游春图》。

在战乱的年月里，他们为保护国宝含辛茹苦，历尽艰险。1941 年，张伯驹在上海被汪精卫手下的一个师长绑架，开头要价三百万，后来降价为四十万，潘素四处向亲友哭诉告急，苦苦奔波了八个月，才借齐款项，把丈夫营救出来。在匪徒扬言再不拿出钱就要“撕票”的紧急关头，有人劝潘素把收藏的文物拿出来卖掉，她坚决不同意。因为她深知丈夫的为人，要是把国宝丢了，对他来说活着还有什么意义，他们从来把它看得比身家性命还要宝贵。

新中国成立后，张、潘二先生生活安定，心情舒畅。1952 年，他俩出于对党和领袖的热爱，将所藏的唐代大诗人李白的书法真迹《上阳台帖》敬献给毛主席。他们知道毛主席最欣赏三李（李白、李贺、李商隐），毛主席高兴地回信表示感谢。说这样的墨宝我个人不能要，但我很喜欢，借我看几天，然后放到故宫博物院去。张伯驹夫妇极为感动，回来就把稀世珍宝《游春图》也送往故宫博物院收藏。

1955 年，国家动员人民购买公债，支援社会主义建设，张伯驹夫妇毅然做出了捐献文物的爱国行动，在首都文化界引起轰动。文化部部长沈雁冰亲自给他俩颁发了嘉奖令，上面写道："张伯驹、潘素先生将所藏晋陆机《平复帖》卷、唐杜牧之《赠张好好诗》卷、宋范仲淹《道服赞》卷、蔡襄自书诗册、黄庭坚草书卷等珍贵书法八件捐献国家，化私为公，足资楷式，特予褒扬！"

事物往往发生意想不到的变化，仅仅过了一年多的时间，受到党和人民高度赞扬的爱国民主人士张伯驹突然成了反党反社会主义的右派分子。一根棍子打得他晕头转向，莫名其妙。据说主要的罪状是提倡鬼戏。他对京剧《李慧娘》说过一些赞美的话。后来到了"文化大革命"期间，野心家康生透露了内情，原来是说他纠集了一批遗老，组织了什么剧本研究社，顽固维护老戏，妨碍了江青搞京剧革命，致使"旗手"的样板戏晚出来好几年。这该当何罪，他当然是在劫难逃的了。

我正是在张伯驹夫妇蒙受不白之冤、处境很艰难的时候，经朋友的介绍认识和了解他们的，我十分仰慕他们渊博的学识，更敬重两颗爱祖国文化的黄金般的心。

于是我毅然作出决定，邀请他俩到长春工作。我当时是吉林省宣传部部长，我亲自出面打电报，还派专人到北京联系，他俩欣然答应了。

我把张伯驹先生安排在吉林省博物馆当副馆长，潘素在吉林艺术专科学校任讲师。他俩心情很愉快，工作上尽心尽力。我跟他们接触很多。张伯驹比我年长二十多岁，我是以小学生、年轻人身份与他相交的，恭恭敬敬向他学习。他是一部活的百科全书，我的一些诗词、音韵、戏曲、文物鉴赏等方面的知识，很多是从他那里学到的。

张伯驹到长春以后，跟当地的文人、学者意趣相投，一拍即合，组织了一个名曰"春游社"的诗友小聚会，经常在一起谈古论今，吟诗作画。我虽不是"春游社"的正式成员，但也常常参加他们的活动。他们中有甲骨文专家于省吾、杰出的历史学家罗继祖等，都是每门学问的最高代表人物，我和这些大学问家交往，拜他们为师，所学到的东西，是别的什么途径都代替不了的。

到了“文化大革命”的年代，把“春游社”打成了“反革命组织”，省公安厅郑重其事地立案侦破，要我交代与他们的关系，还逼问我拿过什么机密文件给他们看。我简直哭笑不得，我说：“你们好糊涂啊，这些人是典型的不问政治的人，他们是非线装书不读，你给他文件都不愿意看的。”我还告诉他们：“张伯驹过去跟蒋介石、于右任、蒋鼎文、张群、傅作义都是好朋友。他过去都不跟蒋介石干这方面的事，现在何苦搞反革命呢？”我的话公安厅的人根本不相信，说我丧失立场，狠批我一顿，成了我一大罪状。公安厅前后审了三年，当然不会有结果。

张伯驹和陈毅同志的交情很深，1963 年周总理和陈毅同志到吉林的时候，在一个晚上，陈老总当着周总理的面对我说，张伯驹先生是我的好朋友，我把他交给你很放心，希望你好好照顾他。这些话我一直放在心里，“文革”中要我写那么多交代材料，对此我只字未提过。

1969 年，张伯驹夫妇作为牛鬼蛇神被迫退职，被押送到吉林舒兰县农村“插队落户”。当地农民说，你们又不是知青，六七十岁的老头老太太怎么弄到我们这儿来了？在农村里，他们受尽磨难。1971 年底，得悉陈毅同志病重，他们路途艰辛地来到北京。陈毅同志病危时，请张茜同志派人把他最心爱的一副大理石的围棋送给张伯驹，并捎话说：“我患癌症快死了，这副棋子留给你作永久的纪念。你是我的好老师，使我学到很多东西，谢谢你。”张伯驹手捧围棋老泪纵横。1972 年 1 月 6 日，陈老总不幸逝世，张伯驹悲痛欲绝，挥泪写了一副对联。

仗剑从云作干城，忠心不易，军声在淮海，遗爱在江南，万庶尽衔哀，回望大好山河，永离赤县。

挥戈挽日接尊俎，豪气犹存，无愧于平生，有功于天下，九泉应含笑，伫看重新世界，遍树红旗。

1972 年 1 月 10 日，陈毅同志追悼会在八宝山革命公墓举行。毛主席出席追悼会，看到了灵堂内挂着的张伯驹写的那副情深意长的挽联，便问道："张先生现在哪里？"人们告诉他，张伯驹在"文革"中被弄到乡下去，生活很苦，现在户口还在农村回不来。毛主席当场交代周总理：请你帮助解决张伯驹的工作和户口问题。没过几天，中央文史馆就给张伯驹送去了大红聘书，聘请他当馆员，而且很快解决了户口问题。

1979 年，我从长春调到北京中央党校工作，直到 1982 年张伯驹先生逝世前，我们的关系更密，情谊更深。我始终向他执弟子礼，并为有这样一位好老师而深感幸运和自豪。

与傅抱石的特殊友谊

我有不少国画界的朋友，相交都很深。我与大画家傅抱石的关系更加特殊，说起来很怪，颇有一点传奇色彩。

傅抱石和关山月在人民大会堂画了《江山如此多娇》的巨幅国画以后，1961 年夏天联袂北上，做一次愉快的东北之行。我在北京看过这幅气势磅礴的杰作，也读过傅抱石的文章，对他是十分欣赏的。他们两人到了长春，我作为吉林省宣传部部长，尽地主之谊，和吉林的一些美术界人士接待这两位大师。

我对傅抱石是慕名已久的了，但傅抱石的脾气很倨傲，对一般的领导干部是并不在意的。画家们在一起，三句不离本行，聊起画来，我偶尔也说上几句，傅抱石听了一愣，转过头来打量我说："嗯？宋部长，这部书你也看过？"我说看过呀！他开始注意我了，因为我刚才讲的是古代一部画论里的东西，这连一些专业画家也不一定读过的。我们便聊了起来，说到了笔墨源流、题画诗词等等，初次交谈，就非常合拍。

第二天晚上，我们又一次见面，傅抱石开玩笑地说："宋部长，你今天请我喝酒好不好？"我连忙说："好呵！"我立即找来一瓶好酒，两人对饮交谈起来。天南海北，海阔天空，像故友重逢似的投契和贴心，真是相见恨晚。后来，傅抱石要我对他的画提提意见，我便直率地评论起他的画来。

我首先对他的画作了实事求是的评价。我认为，傅公在山水画技法上进行了革新，引起来了一个新的转折，把中国画的笔、墨统一起来，并将现代科学画论和技法引入国画，开创了一条新路，坚持下去，定能形成一种崭新的皴法体系。同时，我也毫不客气地指出了他的缺点和不足之处。他听了以后，站起来整整衣衫，对我行了鞠躬礼，说："你是我的老师！真是与君一席话，胜读十年书，你把我近年来很多苦恼的问题点出来了。"他的举动，大出乎我的意料，搞得我很不好意思。要知道他这个人自称"江西犟人"，是很清傲的。后来，他兴奋地对关山月说："关公，想不到东北还有这么一个人，地方官里还有这样懂艺术的人。"

后来接连几天，我们促膝长谈了好几次，越谈越深。傅抱石谈到小时候的贫困生活，刻苦学画的经历，后来怎样得到徐悲鸿的赏识，留学日本。他还将自己的家庭、妻子儿女的情况和盘托出。我也说起自己十六岁初中毕业，奔赴延安投身革命洪流，在战争年代和新中国成立以后如何广泛读书、求知，遭遇很多挫折，付出了高昂的代价。我们还谈了对中国画的看法，交换了很深的思想。我俩一见倾心，结成知己。

傅抱石离开长春的前一天，正好是7月1日党的生日。头一天晚上我们又谈得很晚。早上九点多，我到宾馆看望他们。傅抱石对我说："明天我们就要分别了，请你关照一下，今天谁也不要来干扰我们。你，还有关公如果没事可以参加，别人谁也不要进这个屋，我要还你的债，给你画画！"我抱拳拱手说："至谢至谢，但得让我满意！"我给他开了一瓶茅台，他端起酒杯说："那当然，请你出题吧！"我说："那就不客气了，今天天气热，我要一幅水墨飞泉图，完全要大笔道，不带颜色，要黑乎乎亮堂堂，一看就似听到满屋子都是水声，使人感到有凉意。"傅抱石苦笑着摇摇头说："哎哟，你这个人真难伺候，好家伙，这下可要我的好看了。"

傅公举起一杯酒一饮而尽，又斟满一杯端着，在房间里来回走动，嘴里念念叨叨的，过了好一阵，他放下酒杯，抄起大提斗，饱蘸浓墨，在铺好的宣纸上连连涂上几大块，接着就横扫竖抹地飞动起来，犹如骏马驰骋，满纸淋漓，我在一旁看得发呆。他这样激动地挥舞了一阵之后，又端起酒杯，全神贯注地看这幅画的底子，我说什么他似乎全未听见，于是我也就闭口不再说话。他就这样静观默想，偶尔喝上一口，足足看了二十多分钟，然后拿起小笔，细心地整理。水口、飞流、近峰、远山，便在他笔下一一显现。中间又站在那里看，最后才戴上老花镜，坐下来画人物。这时一反常态，小心翼翼，像绣花一般地开人脸和画衣纹，简直慢得怕人。大体画完之后，他才大声问道："怎么样？怎么样？"

我心情非常激动，禁不住大声叫好。傅公才华盖世，真有"兴来一泼墨三斗，十里寒涛纸上听"的气势和意境。他自己也颇为满意，长长地舒了一口气，捡起一支秃笔，在画面的空白处题写道："此为振庭同志出题考试之作，即希教我以为如何？时一九六一年党的四十周年纪念日也。"谦恭、亲切，又带有几分得意之情，充满字里行间。

他在回程的路上，跟人好多次谈到我，说这次在东北，我结交了一个新朋友宋振庭，省委宣传部部长，官并不算太大，但很难得。回到南京，对夫人罗时慧说："人活一辈子有些事很奇怪，这次在东北认识了宋振庭，我们虽是初交，两人却一见如故，两心相印，三生有幸，四体不安，五内如焚，六欲皆空，七情难泯，八拜之交，九死不悔，十分向往。"一口气说了十字箴言。

经过十年动乱，生死悠悠离别多年以后，去年春天我到南京去傅家看望罗时慧。我们一起回忆傅公生前的一些事，她还谈起抱石那次从长春回来，几乎天天谈到我。她说："你们两人感情深到这个程度，对抱石来说是少有的。"时慧夫人年事已高，身体又不好，有严重的心脏病，平时很少操管，也少给人赠诗填词，这次一下子给我写了两首长调，并亲自写在宣纸上送给我：

永遇乐·时慧赠抱石故友宋振庭同志

镜泊湖边，牡丹江上，奇景同赏。四围雄峰，百寻飞瀑，翻作豪端浪。万里契机，千秋幸遇，流水高山互响。忆当纪，抱石北旅隆谊，慷慨久仗。

光风霁月，潇洒隽唯，识君襟怀坦宕。道合灵犀，兴会翰墨，趁诗酒豪爽。等闲岁月，波澜迭起，且喜故人犹壮。岂睽隔，人间天国，长毋相忘。

壬戌春初罗时慧题

鹧鸪天·幸题宋振庭同志书画展

紫叶西山映朝霞，昆明湖畔发春华。履轻万步无倦堪，意犹鹏飞征途遐。

诗书画，见高雅，劲松枝绽老春芽。豪情落纸溅珠玉，晚节清风树一家。

罗时慧拜题

壬戌春，时年七十三

时慧夫人诗词的功底如此深厚，令人钦佩。这两首诗笔力雄健，情深意切，对逝者的缅怀，对生者的鼓励，充溢字里行间。

现在我和傅家的儿女常有书信来往，他们来北京到我家，好像回到家里一样。傅抱石的门生也很多，一提到我，就说："傅公把你当作最知己的朋友，那我们是不在话下了。"傅公的许多门徒跟我关系都很密切。我算了一下，我和傅抱石交谈的时间加起来不超过三十小时，竟能达到如此深交的地步，这真的很奇怪。

结交和尚尼姑

我过去是学习和研究中国哲学史的，中国哲学与佛教唯心论的关系很深。我懂得，搞哲学的不研究佛学不行。因此我除了学习马克思主义关于宗教的论述外，还读了不少“五四”以来胡适、冯友兰、陈垣教授等研究佛学的著作，总觉得还有不少问题没有弄明白。我想，最好的办法是向一些有学问的高僧请教。但是，国内的几个大佛学家如太虚法师、弘一法师等都已去世，我没有赶上。不过在长春倒有一个和我同时代的学识深广的和尚，他就是伪满时期就出名的澍培法师。

澍培是位大学者，在近代佛学界辈分最高，是法华宗（又叫天台宗）的大家。他到北京，许多佛门子弟跟他跪见，因为他行辈大。他在1957年被打成右派，现在还活着。我跟他相识是很有趣味的。

1957年以前，我和澍培法师也有些来往。但他是个傲和尚，对我这个共产党的宣传部长非常有戒备。我到他的方丈室里去见他，他总是客客气气礼貌待客，端茶点香。我们可以点起一炉香，喝上三四壶茶，他可以不说一句话，两个人几小时对坐在那儿。我想方设法提问题请教，他都是以门面话应付，不谈心。我为此很苦恼，显然是他不信任我。

他被打成右派以后，受管制，在花房劳动，我还是经常去看望他。在这种情况下，我还去找他，使他有些感动。有时我看到他正在浇花，六七十岁的人了，挑不动水，我就帮助他抬水，一块儿干活。我还带点饼呀、馒头呀，干累了一起坐下吃。他那时已经不当方丈了，主事的是他的一个徒弟，既喝酒又吃肉，对澍培法师很不好，连茶叶也不给他喝了。我便捎些茶叶去，两人对饮几杯。我们之间的感情慢慢地融洽了，他开始对我讲心里话。我们的交往越来越密切。

澍培法师是一个最虔诚的佛教徒，他认为自己早已入了正果，已经成为一尊佛。我有时在谈话中跟他打禅语，问他：“我现在是在跟谁说话呢？”他回答：“你是在跟西方一尊佛说话呢！”我说：“是哪一尊呢？”他说：“是台家大师。”我笑了，又故意问他：“那么，你是在跟谁说话呢？”他说：“我也是跟一尊佛说话，你是马列主义佛！你不能改变我的信仰，正像我不能改变你的信仰一样。”我说：“那怎么办呢？”他说：“我们可以成为好朋友。”

我们在交谈中，常常争论很多问题。我知道创立天台宗的大师是隋代的智顗法师，俗姓陈，这个人是杨广的精神支柱，得到了隋炀帝的垂青。我说智顗也有后台，靠隋炀帝的支持，但隋炀帝这个人不怎么样，不是个好皇帝。他不同意我的观点，说你只知其一，不知其二，跟我辩起来。他认为杨广是个大学者、大武士，而且也是一尊佛，文学、艺术、韬略都很好。他对杨广的史迹很熟悉，说如果杨广要是听了智顗大师的话，不会有后来的结果。我们争论隋朝灭亡的教训，探讨征高丽、开运河的功过，足足争论了一个下午。

有时候，我们争论一些哲学问题。天台宗是最早把儒家的中庸之道引进佛家的，有三个字，即中、道、观。澍培认为马列主义和台家的中、道、观是一个思想体系，讲两极相逢，对立转化。他研究过黑格尔的哲学著作，马克思列宁主义的书也是读过的。他说：“两极转化正好是色空哲学的中道观。”我说不对，这两个思想体系是根本对立的，一个唯物，一个唯心。我们两人吵得很厉害。最后，他笑道：“你说服不了我，我也说服不了你，咱们今天就谈到这儿吧！”

我们的感情越来越深。有一天，他把传衣钵的度牒拿出来给我看，上面有宗谱，他是台家第四十七代的代表人，还有传法的偈子。他要把它送给我。我说这个东西怎么能给我呢？他说：“唉，这个东西连我的徒子徒孙都没有见过，他们知道我有度牒，上面的偈子我在讲法时也曾经给他们讲过。但我现在不需要它了，我已成佛，这些东西都是身外之物，没有用了，给别人没有意思，送给你做文物纪念吧。”这可是了不得的事，在台家大师来说，命可以不要，度牒是不能随便给人的。

我们两个人很有意思，我信仰马列主义，他是典型的宗教徒，哲学观点截然不同，我们成了好朋友，而且交情这么深。1979 年我调到北京中央党校工作，行前去向他告别。他说：“好呵！你那个‘佛法’要大胜呵！我们台家也保险要胜的，我们的子孙一定会兴旺。因为我们台家与马、毛两尊佛的关系很深，你们的书我一看就能懂。”我说：“好呵，但愿如此呵！澍培法师，再见了，我以后再来看你！”离情别绪，不胜依依。

我向澍培法师学了很多东西。在今天的中国，要想了解佛教哲学的唯心论，光看书是不行的。我看佛教著作，起码有一二百个佛教的名词术语，都没法理解。自从结交了澍培法师，不懂就随时可以去问。他曾把《密多心经》、《莲华经》的多少个品（单元），逐字逐句地讲给我听，重要的名词一个个地给我解释。这样的老师到哪里去找？这种读书方式是别的无法替代的。我觉得和这些人接触，并不会影响什么，如果你这个马列主义者跟他们谈谈话，辩论一番，就忘掉了马列主义，那就够呛了。我们有的人为什么这么脆弱和害怕呢？我可不管这些，常常找和尚、老道、尼姑聊天。

吉林省农安县有一个尼姑庵，曾经住过一位大姑子，她是南方一个军阀的女儿，民国初年北京师范大学的学生，因为家庭生活和爱情的问题出家，但父亲给了她很多财产，她可以到处云游。后来她来到吉林省农安县，看到这里山水很好（据说就是过去的黄龙府），就修了一个庵，住了下来，死后便葬在那里。她生前共招了七个徒弟，都是高中、师范或大学程度。七姐妹还活着三个，老五是当家的，都叫她五当家，是个非常能干的人，也很风雅。她对《古文观止》、《古文辞类纂》中的韩、柳、欧、苏的文章，可以通篇背诵。我有一次偶然去那儿，发现这个女和尚可不俗，跟她交谈了几句，就觉得她挺有学问。后来我有事去农安，总要顺便去庵里看看。

五当家见我来到，就把师兄弟打发走，她出面来应付我。我不谈别的，专门跟她讲经，谈了几次也就熟了。她对我说了实话：“我可不和你见外了，对不起，我们僧人不讲假话，过去知道你是个官，不敢跟你多说。你真不简单，对我们佛教的事知道那么多。”她后来向我反映了一件事，就是有的人有意整她们，把县的驴马配种站搬到了前院，天天在她们窗外搞牲口交配。她说："我们佛教也是讲繁衍的，配种对我们来说也无所谓。但我们庵里还有五六个年轻的尼姑，天天让她们看这个总是不大好吧！共产党是讲宗教政策的。"我觉得这样做很无聊，立即跟县委说了一下，配种站很快就挪走了。五当家为此很感激我，我们的话题也就更多了。有一次我说我认识澍培法师。她说："哟，澍培法师是我们的师叔，我从他那儿得到的教益太多了，你既然是澍培法师的朋友，我们就更可以深谈。"

我结交和尚、尼姑，有时也有些同志跟我一起去的，我们沏上一壶茶，焚起一炉香，一谈就是半天，他们插不上话，也不知道讲些啥。他们就说宋部长跟和尚、尼姑盘道，说的都是行话，我们听不懂。我爱跟和尚、尼姑盘道的名声就传开了，"文革"中成了重点批判的一大罪状。

我认为没有错。这些人都是我的好老师，很多知识只能向他们学，在香烟袅缭之中，品茗论经，吟诗赏画，不仅是很好的休息，也是一种很高境界的文化生活。

所有建树

我读书杂，交友广，知识面是要宽一些。我读书、学习并不是为了现炒现卖，立竿见影，只是想多知道些东西，丰富自己的头脑。但现在回想起来，我一生中干成的一些事，又无不得助于此。

在"文化大革命"中，造反派批判我说："吉剧是宋振庭的私生子。"这是无稽之谈。不过，吉剧的诞生，确实倾注了我很多的心血，是我牵头，与一批戏剧工作者辛勤劳动的结晶。1958 年，中央在庐山开了几个会，当时曾把几个地方戏剧种调去庐山给中央政治局的同志看。后来，周总理对东北的同志说："你看人家各地都有地方戏，你们啥也没有，评剧源于唐山落子，不是东北的。"他还说："你们东北是工业基地，钢铁、电力、煤炭等都居全国前列，还有大豆高粱，但你们的文化艺术太差了。"我听到了总理的批评，刺激很深。我是宣传部部长，有责任为振兴东北的文化艺术尽心尽力。于是我就提出要搞吉林戏剧，要搞长白山画派、关东音乐学派。后来都一一搞成了。尤其是吉剧，在全国的影响很大。

为什么在创建吉剧的过程中比较顺利，没有走弯路？这是与我比较系统地学习了戏剧史，对京剧和各种地方戏曲的爱好，都有密切关系的，我平时积累的这方面的知识帮了我的大忙。那是1959年底，我请示省委同意，亲自抓吉剧的创建工作。我因为白天事务缠身，只能靠晚上。每天晚上八点以后，我家里聚集一帮人，有写剧本的，搞音乐的，还有导演，在一块讨论，有时还咿咿呀呀地弹唱起来。老伴嫌闹，要撵我们走。但她看我们决心大，也渐渐支持了。我们每天都闹到十二点以后，有时一两点。她看我们这么辛苦，心疼了，就天天给我们做夜宵，一碗面条，一块烙饼，有时还加几片香肠，当时已是困难时期，没什么吃的。这样七八个人一连搞了55天，终于诞生了一个新剧种。

创建一种新剧种，遇到许多矛盾和困难。吉剧的主基调是什么？开始的看法很不一致，有的说，江西腔很好，唱弋阳调吧；有的说，黄梅调好听，唱黄梅戏味吧；又有人说南昆好。后来经过反复研究，确定了十六字方针：“不离基地，采撷众华，融合提炼，自成一家。”这个指导思想是正确的。吉剧的基本主调只有到东北的民间艺术中去找。后来确定选用二人转的“文嗨嗨”、“武嗨嗨”和“红柳子”等几个曲调作为吉剧的主基调。当时又有人反对说：“二人转太粗俗，粉词多，是大车店的艺术。”我们坚持认为二人转通俗易懂，很粗俗也很迷人，普及性强，群众都会唱，可以去其糟粕，取其精华。我们的艺术不能离开生长我们的土地。但吉剧又要向大剧种靠拢，角色行当要齐全，表演艺术要丰富，必须吸收一切地方剧种的好东西，如水袖，学京剧程派的，又吸收东北的红绸舞，也学了梅兰芳《天女散花》的水袖功夫。二人转的扇子、手帕功夫比京剧讲究，吉剧把它拿过来运用、发展了。哪个剧种的翎子功好，吉剧就把它学过来。我们把全国剧种的绝活、绝技排了排队，加以研究，学过来，加以发展。

一个剧种要站住脚，关键要有自己的剧目。我们进行创作实验的第一出戏是《蓝河怨》，后来又搞了《桃李梅》，这个是我主持写的。我从北京买过一幅水印的梅花，挂在墙上欣赏，我一直在琢磨梅花的特点，后来又想到李花和桃花的不同性格，睡觉时还在想，突然灵感来了：何不拿这三种花的不同性格和命运编一出戏，叫《桃李梅》。我赶紧叫老伴开灯，拿纸和笔来，把这个构想写了下来，后来与几个搞剧本的同志继续吹路子，拟提纲，写出本子不断修改，终于演出了。这个剧目角色行当齐全，对奠定吉剧分腔起了重要的作用。后来全国有十几个剧种移植演出过这个剧目。

60年代初，吉剧进京演出，除《桃李梅》外，还带去了《包公赔情》、《燕青卖线》等几个优秀剧目，在首都引起强烈反响。在座谈会上，曹禺、王朝闻等戏剧界名流都很激动地予以赞扬，他们说："从吉剧创建发展看到了很重要的意义，从这个新剧种的折光反射中，透视了我国戏曲发展的前途。"《人民日报》、《光明日报》为吉剧发了专刊。曹禺同志还说："吉剧的十六字方针好，不仅对吉剧，对一个作家、音乐家、任何一个文艺工作者和文艺部门来说，这十六方针都适用，都要不离基地，不要忘记祖国，不要忘记人民，要牢记你的服务对象是谁。"吉剧的主要服务对象是农民，首先是广大农民喜欢。它的生命力像草药里的车前子，长在道沟里，压在车轮下，马嚼驴啃，可它就是不死不灭，因为艺术扎根在广大农民之中。

我领导主办的另一件事，就是吉林省博物馆的充实和发展。1952年2月，省博物馆开馆成立。由于东北开发时间晚，大量开发还是清末明初的事，文化传统少，很有限。我对文物考古、字画鉴赏也是极感兴趣的，曾向很多名家请教过，这方面的知识使我认识到，不能把博物馆办成展览馆，博物馆要有丰富的馆藏，利用藏品搞陈列展览，要搞科学研究。

对于博物馆的藏品，我提出要兼容并蓄，各家各格，成龙配套，自成体系。要他们去大量收购文物和字画，有时候我还亲自出马。大约是1960年，我带着吉林艺专和省博物馆的同志到北京琉璃厂采购字画。在一家画店里，我看到了几十幅张大千的作品，那超逸的格调、深厚的功力，把我看得心驰神往。当时张大千在台湾，在我们心目中是"反动人物"，所以尽管售价低廉，也无人敢于问津。我对随同的人说："你们别看张大千这个人现在在政治上‘不吃香’，他的艺术在将来会有你们想象不到的大价钱的。”我果断地决定把所能见到的张大千的全部真迹统统买下来，还有另一位远居海外的画家溥心畬的作品，也都买下。

我的决心很大，拨给博物馆每年的书画征集费达一二十万。我要把文物市场上张大千、溥心畬等人的画买绝，见着就买；要把书画、扇面、成扇和名人书札买绝，见着就买。要把博物馆办成某些学科和研究领域的中心和基地。将来研究张大千、溥心畬，研究扇面、书札艺术，都到长春来，长春要成为“热码头”。

1962 年春天，省文化服务社从长春市一个群众手里收购到一幅金代张瑀的《文姬归汉图》。这是 1945 年从长春伪皇宫流散到民间的原清内府所藏珍贵名画。这一难得的收获，轰动了文博美术界。但收购时作价很低，而卖主怕招来其他不必要的麻烦，思想有顾虑，所以在接受画款后没有如实讲出自己的家庭地址。我知道这个情况，感到事情比较重大，关系到贯彻文物政策问题。于是我就亲自带领有关业务人员，跑遍长春市，在公安部门的协助下，终于找到那位卖主，并隆重召开奖励大会，向他颁发奖状和奖金，影响很大。同时还举办了故宫流散画展，编印尚未发现的文物目录，在报刊上刊登征集广告，加强文物政策宣传，收到了很好的效果。不久，就在公主岭市征集到一件原故宫流散的书画，明代董其昌的《昼锦堂图并书记卷》，这幅书与画合璧，是董其昌的精心得意之作，受到广大鉴赏家瞩目。

在博物馆同志的共同努力下，那些年每年都有大批书画藏品进馆，近百年书画藏品总计达四千多件，其中齐白石、张大千、溥心畬等人的作品都在百件以上，扇面、成扇达一千多件。在全国博物馆藏画方面，从第二十多名一跃而成第六名，是大陆收藏张大千、溥心畬绘画作品最多的单位，成为吉林省博物馆的一大特点和优势。我深深感到，作为一个领导干部，要想在事业上作出一些贡献，除思想理论水平和革命干劲之外，学识很重要，它有助于更好地掌握事物发展的规律，深入指导工作，不然就会心有余而力不足。

首当其冲，歪打正着

我45岁那年，“文化大革命”开始了。当时我正值盛年，想在工作、事业、学识上有所作为，碰上这么一场中华民族的历史性大灾难，当然无法幸免，而且首当其冲。我是1966年7月23日被揪出来打倒了，比邓拓晚不了几天。

“文化大革命”从批判《海瑞罢官》发难，紧接着是砸“三家村”。我爱写杂文，说过杂家不比专家，杂家说话广而深者少，我是属于杂家之类，只能说些“万金油”似的意见。按照林彪、“四人帮”的三段说法：“三家村”黑帮集团写过“欢迎杂家”的文章，我自称“属于杂家之类”，那么我就是“黑帮分子”无疑了。还有一条是我所用过的四十多个笔名中有一个曰“海公”。于是三段说法又来了：海公就是海瑞，《海瑞罢官》是“反革命”的，我自称“海公”，所以就是“反革命分子”。林彪、“四人帮”之类惯用封建的“正名”法，利用“海”、“杂”二字罗织罪名，给我戴上了“反党、反社会主义、反毛泽东思想”，“反革命修正主义分子”，“黑帮大将”，“‘三家村’长春分店黑掌柜”等十几顶大黑帽子，把我打翻在地。揭发批判我的大字报铺天盖地。《吉林日报》对我公开点名，连篇累牍，共用38个版面来刊登批判我的文章。

1966年9月2日，召开了批斗我的“万人大会”，会后我就被“隔离审查”，囚禁在一间黑屋子里。然后接着军管，失去自由整整三年。

那时候，造反派对我轮番作战，疲劳轰炸，白天拉出去提审、批斗，晚上要写交代材料。他们拍着桌子要我交代：你参加革命是投机，为了将来当大官。我说不是，当年是为了抗日救亡，为了人民的解放，把脑袋系在裤腰带上参加革命，随时准备牺牲性命，哪里会想到今天能当官。你们不信可以去找铁道部长刘建章，他是我小学时的班主任，他可以作证。他们凶狠狠地说：“刘建章是叛徒，已经关在秦城监狱。”我还是不买账地说：“不管他是不是叛徒，反正是他把我引上革命道路的。”我这样顶撞，招来了一顿打骂。我更加不服气，回到小屋，心头激愤难言，就避开看守，偷偷地在一个破本子的空白处，写了一首长诗，自述一生行状。你们不是要我交代历史吗？这才是我真正的自传，为的是如果遭到不测，可以留下一点心声，也可作为留给亲人们的遗言。幸好这首诗没有被造反派抄走，我就让为我送监饭的女儿夹带出去，保存了下来：

自述杂言

八龄闻道许国殉，常携一剑觅敌人。
十岁祖国遭大敌，每对山河放悲吟。
北山榆柳校园里，极目高山望白云。
风雨飘摇朝朝日，破碎山河寸寸心。
十一解褐度松岭，松花江边且梭巡。
十五负笈度榆关，燕京风云荐此身。
十六西到延水头，宝塔山下眼乍明。
豆灯土窑读马列，顿悟前生后世因。
十七身列党人籍，十九荷戟下昆仑。
太行烽火连天日，滹沱河边刺刀红。
廿五东归故家园，农奴红旗涌大军。
三十一年吉林省，日日呼吸长白云。
弹指千劫万难过，老来豪气胸间存。
发妻同耕同生死，二子四女友于深。
垂老借庐长春郊，阶满苔藓深闭门。
几架图书无别物，粗粝园蔬有余欣。
四十年来形顾影，此身许党九死生。
党命驰骋就上马，党令解辔即为民。
老骥筋疲犹怀烈，竹批双耳金鼓闻。
木床布衾睡梦稳，藜霍槐薪终此身。

来时赤怀去赤子，冰雪肝胆冰雪心。
同志眼明鉴真伪，窗前明月照我心。
心涛起伏行笺事，偷笔述怀闻雷鸣。

这首诗要是现在写的话，那就太不谦虚了，也是不必要的。但当时面对那样的污辱，一个正直的共产党员有权利这样写。这是我对迫害的反抗。我对孩子们说，将来有朝一日你们给我拿出去发表，这全是一字不差的真事。

在游斗高潮中，我被押回故乡延吉市，进行了一次活人展览。阔别故乡十多年了，我有幸以这样的方式又投入了她的怀抱，说实在的，我是永世难忘的。我站在大卡车上，脖子上挂着“三反分子”的大黑牌，弯腰低头。那一天，万人空巷，都出来看，卡车开到十字街口停下，黑压压一片人海，把我们围得水泄不通，我的父老乡亲们全出来看我了。

我听见有人在说：“哦，看上去样子没变，还挺壮实哩！”甚至有人挤到我跟前，悄悄地跟我说起话来。我不能答话，也不敢跟他们点头打招呼，但全身热流奔腾，心头的感激之情是难于用言语形容的。延吉的父老乡亲们了解我，在家乡的土地上，我跟他们一块儿搞土改，斗地主，一块儿打国民党，建设新生活，他们不相信我是“三反分子”，我从他们同情而忧虑的目光中看出来了。这次活人展览，没有把我斗垮斗臭，反而给了我力量，使我熬过了那漫漫长夜。

我被关起来，只准读《毛选》，别的书都不让看。我让老伴给我捎来《鲁迅全集》和《资治通鉴》，看守翻了一下，说不能看，硬叫她带回去。这帮人警惕性特别高，连家人送来的炸酱面，他们也要用筷子在饭盒里兜底搅一搅，检查有没有夹带东西，大概是从样板戏《红灯记》得到的启发，怕藏有密电码，真叫人哭笑不得。我不能总是看《毛选》，都快背出来了。后来我正式向专案组提出，我身体有病，是否可以让我看点医书。终于被恩准了。老伴给我送来《内科学》、《药物学》、《本草纲目》等书，我便开始自学中医。

我读了一些医药书籍以后，就开出一张中草药的单子，让老伴去药店买。每当她来探监，总要带一大口袋药来，什么生地、肉桂、甘草之类，我一包包打开放在桌上，照着书一一辨认，有的还要闻一闻，尝一尝。弄明白了一批，下次又换一批。我这样学到的一点医药知识，后来还真用上了。

1969年底，我被发配到“五七”干校劳动改造。农村缺医少药，有时候老乡生了病无处求医，我就试着给他们把脉开方，真的吃好了，于是一传二、二传十，说干校的老宋头医道挺好，远近的人就来找我。这下可吓坏了我老伴，她极力反对，对我骂道：“你私自开药方不合法，你的反革命帽子刚刚摘下，出了问题你负得了责？”她骂得有一定道理，不过我有时候还是偷偷地给人看。

我的历史早就查清楚了，可是造反派和军管会一直压住我不让出来工作，他们把我看成“危险分子”，我在干校一待就是将近十年。这反倒帮了我的忙，使我少犯错误。我在干校劳动、读书、写诗、学中医、学画画。我读了大量的哲学、历史和古典文学书籍，扩展了知识面，在逆境中颇有所得。这是一个事物的两个方面，可以说是歪打正着。

我这个人在读书交朋友方面不循规蹈矩，有点不守绳墨，但在思想上、工作上是属于正统派的，忠心耿耿跟随着党走，写文章是遵命文学，尽量为党的路线政策作宣传。因此过去在反右派、“反右倾”等一系列运动中，我都是积极分子，斗错了许多人，伤害了不少同志。在长影、在吉林文教界抓了那么多右派，我是有责任的。我是省委反右派领导小组成员之一，不过当时思想上也有矛盾，号召大鸣大放，他们讲的好多问题我是赞成的，后来中央说是引蛇出洞，要抓右派，我思想上硬转弯子，紧跟上去，认为在这种时候讲这些意见是向党进攻。关于反右扩大化，我从不回避责任，在粉碎“四人帮”后的各种会议上，都公开承认错误，有的人谅解了，有的人可能至今还耿耿于怀。因此如果在“文化大革命”中早早地把我解放出来，结合到领导班子中去，我肯定要跟着犯错误。不让我出来倒好，批林批孔，批邓，我一点事儿没有，不欠账。这可以说是我的幸运。

在漫长的岁月里，我有时间来思考和回忆我的前半生，哪些错了，哪些是对的，对自己一分为二。还是在“两个凡是”的时候，我就比较早地想通一个问题，毛泽东同志晚年犯了错误，朦朦胧胧地得到一些和后来若干历史问题决议中基本思想一致的东西。因此在十一届三中全会后，我对党的历史有一种新的自觉，有大灾之后顿彻顿悟的感觉。1979 年我从吉林调到北京中央党校工作，党校是一个解放思想、与“两个凡是”作斗争的前沿阵地，对于我澄清自己思想很有利，我比较顺利地与十一届三中全会的思想路线合拍了。我的思想活跃，文思如涌，写了几十篇文章，参加拨乱反正的斗争。

两代人的隔膜和友谊

“文化大革命”结束后，我调到北京工作前后，在报刊上发表了一批杂文，尤其是一篇纪念张志新的题为“唯真知出大勇”的文章在《中国青年》发表后，我接到许多群众来信，其中不少是青年人写的，读了心里很不平静。他们对我高度信赖，完全像对亲人和牧师一样，坦诚地讲出他们的疑问、苦恼和精神危机。我前后收到过十多封想自杀的信，说活着没有意思，还讲了许多悲观绝望的理由，我看了非常难过。因为他们指责社会的一些弊端，都是事实，我无法反驳，只是看法太绝对。

有的逼着我回信，回了一次，他第二封接着又来了，花了很大力气，跟我辩论，毫不客气地逐条批驳，有的干脆骂上门来，说你是不是也传染上官僚主义习气，跟我们打官腔，是不是认为我们是不平等之交。这些青年很厉害，问题想得很深，在若干历史问题决议出来之前，不少人就提出如何评价毛泽东同志的问题，中国共产党为什么犯“文革”这样的错误问题，还有东方哲学、历史传统思想等问题。我感到很难回答，和这些年轻朋友谈心，可真不轻松。比当“走资派”时写“坦白交代”、“认罪书”的处罚轻不了多少。常言道“言无二价，童叟无欺”，做到这八个字不容易。

鲁迅说过，老人和孩子的问题最难回答。比如："爸爸能不能吃？"你就不好回答。说"不能吃"不对，说"可以吃"，也不好。要说明白么？多难！

在我跟青年人通信和接触多了以后，打破了一个观念，过去认为现在的年轻人，下乡知青，工农兵大学生，大概都是白卷英雄张铁生式的人物。其实不然。尽管有些信字迹潦草，费半天劲也看不懂，但其中有些信写得较工整，文理也很通畅，知识面挺宽，有些我没读过的书他们也读了。思想品德也很好。如宣武区街道医院的一个护士小李，不仅字写得好，文章也很漂亮，是一个"难缠"的女孩子，跟我通的信最多。

她当护士并不安心，一心想要深造。她读了不少哲学和文学书籍，总是感到不满足。她曾想要体验体验监狱生活，她说我去干一件什么违法的事，让他们把我抓进去，看看监狱生活到底怎么样，我写信对她说千万不能那样做。总之，她想入非非，十分苦恼，对个人前途和社会现实，都抱悲观态度。过几天，她来信告诉我，说她越想越觉得活着没意思，精神快崩溃了，也许你收到我这封信时，我已经不存在了。我读了这封信就急了眼，赶忙从信封上查到地址，连夜赶去，在月坛街的一个普通工人家庭里找到了她。她想不到我会来，一谈就哭了。我耐心地开导、鼓励她。全家人都很感激。后来我们就经常书信往来，她的情绪有所好转。

大概是在第三封信，我就直言不讳地讲，把丑话说在前头，我现在工作的单位是学校，是秀才衙门，既无钱又无权，如果想让我们这些教书的书生办什么有实用价值的事，是办不来的。如果有什么用处的话，只是说两句同情和不关痛痒的话。顶多不过"秀才人情纸半张"而已。你上我家来我请你吃顿便饭，在街上我请你吃顿烤白薯，别的不会有任何好处。她回信说，你放心好了，请相信我，除了学习、受受教育，在道德、精神上给我一点帮助以外，我不会向你提出任何一点其他的要求。我说这样就好，我们通信更为频繁，而且写得很长，问题越谈越深，成了忘年之交。

我在与青年打交道中得到启发，写了题为"变两代人的隔膜为友谊"的一组四篇文章，在《中国青年》发表，引起很大反响，后来演化为"代沟"

问题的讨论，其实“代沟”不是我的原文，我说的是“代膜”。我写这些文章是出于这样一种思想：这一代青年正在成长的时候，经历了“文化大革命”，是受害的一代。错误是党犯的，是父辈们犯的，他们无罪，却加倍地受到了惩罚。他们是深思的一代，其中有人尽管走了错路，但很多人是有头脑的，在探索前进。我们对青年不能提了棒子教训，这样越整越戗毛，要放下架子，做他们的知心朋友，要循循善诱，耐心开导，用“左”的腔调去教训他们是受不了的。

两代人的问题始终是一个重大的历史主题，鲁迅曾经讲过我们现代人怎么样做父亲，文学名著《伊凡雷帝》、《彼得大帝》，屠格涅夫的《父与子》等，都是讲这个问题。在时代大转折的时期，哲学上、文学上都存在一个父子、师生关系。有的古人处理得很好，亚里士多德讲：“我爱我师，我更爱真理。”两代人应该平等友好相待。两代人的关系，我认为主要责任在老一代，因为你是教育者、父辈、领导人，青年人是有可塑性的。他们的一些问题，我们应该反躬自问，从我们身上找一找原因，不能光责怪他们，问题也不是光责怪就可以解决的，还得从我们自身的言行、思想工作、教育方法上找教训来解决。因此我的文章为青年人说的话多一点，他们当然欢迎，但也有人反对，说我讨好青年，宠他们。其实我并没有回避青年的问题，也指出他们的精神危机。

为了变两代人的隔膜为友谊，我费尽一番苦心，写文章用第一人称的抒情来阐发自己的主张，严格解剖自己，把我的生活、思想以及内心的痛苦和盘托出，让青年们了解我。这样做确有效果。有的青年人来信说：“你的文章我们爱读，没有教训人的味道，平等对待我们，敢讲心里话，虽然不知道你有多大岁数，我们把你当作好兄长。”

有的青年人很厉害，把我散在各报刊的文章编成索引，而且把我在文章透露出的经历，东一句西一句凑起来，给我编了一个模拟的人物小传。有人还要替我写评传、列年表。他们根本不认识我，完全从我的文章、诗词中来分析、考证，这要费多大的劲啊！我捧读这些信都感到有点烫手，心里非常感动。毛泽东同志说过“感动上帝”的话，“上帝”确实可以感动，无论中国人、外国人，不管青年、老年，只要以诚相见，平等相待，都可以成为真正的知己。

结发夫妻

我要说说自己的爱情和家庭生活，有一段曲折、复杂的痛苦经历，有很奇怪的矛盾状况。我曾是一个比较早熟的文学青年，在中学时代，后来在延安的岁月，回想起来我前后有过四个感情很圣洁的柏拉图式的女友，她们的性格、长相和学识都比较好。但由于种种原因，一个也没有成功。其中三个人还活着，两个已成寡妇，我们的友谊一直维持到现在。她们对我很理解，我们之间的感情纯真不及于乱。我可以无愧地说，我们这些人的私生活是干净的、严肃的，因为我们都是受传统的伦理道德观念熏陶的遵纪守法的人。

记得我在延安当哲学教员时，二十多岁，风华正茂，我爱上了一个女同志，她聪明、能干，又长得非常漂亮，不少青年围着她转，献殷勤，我也是其中之一。谁知道我得天独厚，她真的秘密地表示爱我，使我受宠若惊。

我们刚开始互相有了点儿意思，整风运动开始，反对小资产阶级情感，“左”的思想向我扑来，思想一时弄糊涂了，“左”的要命，认为她出身非劳动人民家庭，又长得那么美丽，可能有“水性杨花”的毛病，觉得很可怕，和她谈恋爱就是小资产阶级意识。就这样，我为了要革命，违心地割断了情丝，跑到游击区去。后来她与别人结婚了，一生受了不少磨难。不久前我们重又见面，大家已经当了爷爷、奶奶，往事不必去触动了，即使提起，只不过是苦笑一下而已。

1943 我到了河北曲阳县，在县委宣传部当干事。当时是抗日战争最艰苦的岁月，到处打游击，在战斗中我认识了县里的民政助理员宫敏章，一个很刚强的女孩子。她出身中农，父亲是个工程师，在外面做事，后来就没有回家，把老婆女儿们遗弃了。她上过两年私塾，就在家劳动，管理家务，照顾妹妹，因为她是老大。在地下党的影响下，她1939年参加工作，并入了党。她泼辣能干，一个姑娘家包下一片村子，还审理案子。有时我们两个人一起到村子里开展工作，我讲形势，她讲反特斗争。我对她印象不错，我向县里的干部流露过，想找个农村对象，有人说宫敏章好是好，就是太厉害了。

宫敏章开头觉得我是外来的不可靠，东北人是亡国奴，挺可怜的，又看到我能讲会写，有点才气，思想上动摇了。有一次赶庙会，宫敏章背了一筐杏，我跟她走在一块儿，同行的区干部逗我们俩，说得我们脸红红的。从那时开始，我们俩都意识到是在谈恋爱了。她的爷爷听说孙女交了一个东北人，不同意。她就对老人说：这小子很能干，样样都行，还会唱京剧呢！有一天，我到她的村子里开群众大会，会前大伙儿叫我来一段，我就站在台前唱“捉放曹”。她赶忙回家把爷爷叫来，指给他看。爷爷是个京剧迷，听到我的声音洪亮，唱得有板有眼，一拍大腿说：“这小伙子行！”便算通过了，我俩约定，抗战胜利后结婚。

1945年“八一五”以后，我们一块回东北。我是延吉市的第一任市委书记，敏章在图们市工作，后来怀了我们的大女儿，临产前她还在开大会，发觉肚子越来越疼，龇牙咧嘴的，便悄悄对警卫员说去叫个大夫，小鬼没有弄清楚，以为宫政委牙疼病又犯了，急忙去喊牙科大夫，大夫到时，她已经生了。什么也没准备，连一块布也没有，用报纸把孩子包包，连小孩的脐带也是她自己剪断的。她就是这么一个刚强的女子。后来，国民党攻打长春，局势紧张，她抱着女儿撤离图们，疏散到一家姓裴的农民家里，是我父亲设法去找到她们，挑着担子，沿路装哑巴要饭，才来到延吉，我们一家团聚。

近四十年来，我们的家庭生活应该说是很好的。我们一共有六个孩子，二男四女，全靠她在操心，我基本上是不管的。她是一个贤妻良母，工作勤勤恳恳，原则性强，群众关系也好，一直是个模范党员。但她为了我也作出了很大牺牲，我在“文化大革命”中遇到的灾难和痛苦，她都承受了。

由于我的关系，她受株连，下放到干校，长期不能恢复工作，直到粉碎“四人帮”以后，才重新回到厅局岗位上。

我们两个人在性格、学识、兴趣、爱好等方面，差距很大。我有点浪漫主义，她是严格的现实主义；我兴趣那么广泛，什么都想明白明白，她极为“本分”，爱好很狭窄。在这方面我们的共同语言不多。有一年京剧大师梅兰芳到长春，卖七块钱一张票，我一连买了好几场，拉着敏章一起去看。我看得如醉如痴，她在旁边打瞌睡，她说哼哼呀呀，不知唱的啥，一句要拖半天，不“多快好省”。最后一场我还想拉她去，她怎么也不干，说一张票的钱可买好几斤猪肉，不值当！我拿她没有办法。

我们两人的反差太大，兴趣爱好方面的矛盾不少。我们常开玩笑，我说我找到你是个误会，她说我找到你也是个误会。两个误会加到一起，负负得正，结合得很好。两极相逢，对立统一嘛！她曾对我公开申明：你看中了哪一个比我好的女的，只要她同意，我也同意你们好，离婚书由我来写，孩子你要都给你，你不要都给我，不能拆散。但有一条，不准你“搞破鞋”。我听了笑笑说：“哪能呢！”

在我的生活里，我确实遇到不少与我性格、志趣相投的女性，有的女性，往我身上靠的都有，也许我有某些吸引人的东西，但我的一生没有二色，私生活是干净的。“文化大革命”中给我贴了成百上千张大字报，没有一张揭发我乱搞男女关系的。当然，我在感情上并不是没有波动，跟有的女同志谈得很深，双方都有点收不住，不过一旦发觉感情出了岔，便马上关闸，我立即想到我是六个孩子的父亲，我有宫敏章。我跟对方暗示一下，甚至公开挑明。这样一点也没有伤害人，人家反而更尊重我，这种感情危机我都一一战胜了。

我们两人共同生活了近四十年，在经济和家庭生活方面没有什么矛盾，但在思想认识方面有不少分歧。尤其是“文化大革命”以后，我经历了否定之否定，已是九死一生的人了，看破了红尘，放开喉咙，敞开胸怀，披肝沥胆地跟人接触，表达思想和抒发感情无所顾忌了。她很担心，怕我捅娄子。她从消极方面吸取了教训，认为不能太乐观，还是为自己留一点保护的东西好。因此她处处在监督我，限制我，冲突和吵架是常事。

她一直在为我战战兢兢，如临深渊，如履薄冰，好像灾祸随时都可以到来。我写文章，她不赞成；我要开画展，她反对；我在文章里提到自己和家庭，她就骂我傻乎乎的什么都说，内心藏不住话，太天真。她处处想要干涉我，保护我。

有时候我主持大会，人家讲话时我喜欢插话，她向我提意见："你这样不礼貌，不尊重人，帽子可以给你戴一摞。"我说下次一定改。可是到时候又忘了，在别人讲话中又插上一段。老伴在下面坐不住了，写了张条子递上来："宋振庭同志，你谦虚点，请来的客人作报告你不要乱插话！"中间休息，她找到后台，把我叫到一边，气呼呼地说："你不要脸，人家讲你非得插话，把我气疯了，上次说得好好的，你总改不了。"我也火了："你怎么这样说话，我这么大人了，还骂我不要脸！""这没有什么不可以的，我没有当着别人的面说你，没骂你偷人抢人了，是给你提个意见。"我们低声地吵了一通。

后来在主席台上，我索性把我跟前的话筒转了过去。听着听着我又不自觉地伸手把话筒转过来，正好一眼瞥见台下端坐着的老伴发急的脸色，我立即又把话筒转过去，她笑了。

我们两人经常为这些事吵吵闹闹。她对我一片赤诚，完全是为我着想，既是我的亲人，也是我的诤友。她对我的一生起了很大的作用，我写过这样一首诗：

偶成·寄老妻

人子心事了，人父事已成。

六雏高飞去，双雁顾影鸣。

我的灵魂深处

我身体有病，一再要求退居二线。中央已经同意，让我当中央党校顾问，抓一抓科研。我的兴趣爱好本来就杂，退到二线以后，好家伙，就更杂了，除了抓些工作之外，我写诗、填词、作文、练字、学画、唱京剧、打太极拳、散步、学做饭、讲演、作报告、探亲访友，比上班还忙。

了解我的人都认为，我这个人的生活基调是乐天派，日日有笑声，时时有激情，说话的嗓门还是以前那样响亮。有话就说，有气就生，说完生完就拉倒了事。人又健忘，得罪了人，人家记得住，我早忘了。就是这种性格，使我度过了十年动乱。要讲挨斗的排场气派，我在吉林省长春市可以“当仁不让”！想当年地质宫前万人的批斗大会，我曾唱过独角戏的。什么时候提起这一幕，不过是大笑一场，并不见得有什么“伤痕文学”的影子，我大概是属于不知愁为何物的一类人。其实，这仅仅是我的一面，在我的灵魂深处，有几个很凄凉的调子，埋藏着很多苦恼。

这些凄凉的调子，不是一天两天，而是多年形成的。前面讲过的做官、做事、做学问的矛盾，是不可解的，在“文化大革命”中又受到创伤，加深了这个观念。首先我喜欢写杂文，还要在文中作自我剖析，抒发感情，这都是犯做官、为人、行事之大忌的。杜甫有两句诗“文章憎命达，魑魅喜人过”，就是说弄文的人没有好结果。

我四十多年来做党员，干工作，但又始终没有放弃写政论散文和抒情散文，始终在刀尖上过日子。我的家属亲友把我当作一个走钢丝的人，时时担心我可能坠落下去，战战兢兢的。因为我不安本分，喜欢弄险，不知道哪一篇文章要栽进去。现在不仅是老伴，连孩子也常说：“爸爸，算了吧，咱们不写了吧，不然早晚要倒霉。”做文章确实难哪！我是副部长级的高干，又是有点名气的人，弄不好就不知道得罪了谁，我预感是不会有好下场的，似乎是命中注定，在劫难逃。我已身患癌症，有一种奇怪的心理，如果死于癌症倒还不错，是上上签，可以得一个好悼词。我知道这种想法是不对的，十一届三中全会以后，情况变化了，应该有信心。上海《解放日报》说现在是杂文的时代，要大家放手写杂文。我同意这个观点，但总是有些不放心，说不上哪一天给你算总账还是吃不消的。过去也讲“百花齐放、百家争鸣”，可从来没有一天真正实行过。什么“百花齐放”，实际是无产阶级和资产阶级两家，不是东风压倒西风，就是西风压倒东风，所以一放就收。我思想上有悲观的东西。

第二个苦恼叫作“武大郎盘杠子”，哪头也不够人。我样样喜好，样样伸手，却样样够不着。在非常广泛的思想文化领域里，我成了个夜蝙蝠，说得好听点是个多面手，实际上哪一样都不精。我越到老就越知不足，恨自己浅薄。我发现坏了，我是以有限的生命来对付无限的求知欲望，没有集中优势兵力打歼灭战。我是打了一场击溃战，十个手指头按十个跳蚤，吃亏就在这里，样样懂，样样松。我的诗词格律就不过关，写的律诗绝句，人家给我挑出毛病，我都知道，不太敢写诗填词了。赵朴初告诉我，你实在没有办法，宁肯不用原牌子，咱们叫“自度曲”，自我作古。

比如我现在文名、诗名、画名一出去，就为名所误，非常凄凉，名变成了债，文债、画债、诗债、友债、信债，一天到晚还不完。一方面是安慰，反过来又是精神负担，感到苦恼。有时想，人生本无事，庸人自扰之，活该活该，脚上的泡是自己走出来的。我的经历、时间、寿命和所爱好的广泛，这之间是难以解决的矛盾。我觉得生命不够用，怎么延长也不够用。

第三个苦恼就是人身攻击。我写文章，有人说是为了捞稿费，要出名，想弄个学位。我有两个好朋友，一个是省委的秘书长，一个是副省长，在“文化大革命”中他们为我挨了批。一个看到我天天挨批，报上批判我写杂文是反党反社会主义、反毛泽东思想，他在饭厅里当着很多人面说：“别瞎扯了，他反什么党，反什么毛主席，他就是爱冲动，爱骂人，爱发脾气，他写杂文就是跟某某人发脾气的。”他为此挨批，罪状是为狐朋狗友宋振庭开脱。另外一个则说：“他不是什么反党，他爱啃猪蹄，写两篇小文章弄点钱买猪蹄的。”他也因此挨了批。即使是好朋友也不理解我，说我写文章是为了骂人和捞稿费，我心里不是滋味。

一般来说，我对功名利禄、升官发财看得比较淡漠，但有一条我受不了，就是名誉被毁坏。我爱名，顾其麟毛，对人间毁誉耿耿于怀，这就是孽根未除。真正的、顽强的共产党人，真正的哲学思想家，毁誉在所不计。我没有突破毁誉关，有人说我的闲话，造我的流言蜚语，我就动感情，很愤怒，跟人家干。说我盗卖古董，我气得要命。本来对这些飞短流长，完全可以一笑了之，我却做不到，说明我不够坚强，还不是一个真正敢殉直道的人。和彭老总、张志新等人相比，我的骨头还不够硬，在他们面前我很惭愧。

有一天早上醒来，我在床上漫思遐想，想到身前身后，进行深深的反思，心潮激荡，忍不住披衣执笔，随手写下了如下一段话：

“我要洗澡，洗去皮肤上的汗泥，要洗去灵魂上的污垢。我要在死之前，在灵魂上没有遗憾，在人格上也没有污垢。我不想死，想活！但要和人一样的活！不说假话，不做假事、违心的事！我要活得不委委屈屈的，我要活得和一个真正人一样！我有权利爱，有权利恨，有权利讨厌和远离那些王八蛋！我有权利做我愿做的事！我一切都为人民，贡献给人民，献给祖国，献给党！但这个党里不包括那些假党员，真坏蛋！党是科学、良心和真理。党也和人一样，也得洗澡！洗去一切腐败和污垢。洗澡、洗礼！我要做一个清白的人，清白的灵魂，有笑声的人，有哭声的人，有生活乐趣的人。我的生命有限了，但要活就得这样活，不然不如死！”

说到死，曾为纪念亡友李都同志写过这样的诗句：“临终诀语无滴泪，为党驰驱日夜心”，“来去一生身磊落，七尺从天唱大归”。也是我自己对于死的态度。

1981 年初，我因患胰腺癌做了手术，在手术台上八个半小时。当时说的情况严重，几乎可以向遗体告别了。我自己也明白：“快了！”但我依然是谈谈笑笑，朋友们都觉得奇怪，其实，我自己是另有想法的。

要讲死，我是早已死过多次了。我屈指算了算，如果把挑帘战、跳崖、重病、负伤、割癌瘤、地质宫前挂牌子、车祸等等险情一一统计在内，摸阎王鼻子的事不止十次，但我都过来了。现在不管明天怎么死，反正我已花甲出头，死不为夭了。

我对死，看得比较平淡，其实没有什么秘密，这不是我对生活没有感情，活得没有劲。正相反，我爱生，但也不怕死。按物质不灭原理，我死了，不过只是作为生命的我结束了，而且作为生命来说是物质中最短暂的形式，长远的还是无机物。

十年动乱中，我一再声明绝不自杀，如果死了，就是他杀。我所以作此声明，因为“自杀”二字的名誉不好，违反党纪。其实后来我也想过，这声明也属多余，因为到底你死后别人怎么宣布，自己也参加不了讨论啦，只能听天由命。

在悼念张志新烈士时，我写了几首诗，其中有一联是“千古艰难小生死，万代权衡大是非”。我的意思是死算不了什么，但活着就不能苟且偷生，死也应死得有价值。死与不死，都应从属于让别人活下去，活得好一些，真正像人一样地活。只要我的同胞，我的人类，能活得美满，我可以死，如果需要死的话。我该活，如果我活着能尽一切力量干有益于人民的事。想通了这一点的人，就是先驱者、革命者，就是一个大生死的人。

王鼎华　整理

选自 1991 年第 4 期《人物传记》

中秋佳节聆佳音

——欢迎天津市曲艺团

国庆节快来了，中秋也快到了。在这样的好时光，长春市的曲艺听众能看到天津市曲艺团的演出，真是一件值得高兴的事。何况这次访问长春的几位说唱艺术家，是我国当代曲艺艺术的代表人物，又是长春观众的老相识呢！

曲艺界有句老话，“学在北京，成于天津”，正像京剧界有句话“学在北京，红在上海”一样。这话是有些原因的。天津是我国北方大港，又是商业中心，也是南、北、东交通干线的三岔路口。正是这个城市成为我国曲艺艺术的北方中心，也是北曲集大成的地方。在这里出现了并使一些近代曲艺大师成名，流传他们的艺术到全国各地。如刘宝全、白云鹏、张寿臣、王佩臣、常连安、常宝堃（小蘑菇）、小彩舞（骆玉笙）、石慧儒、阎秋震等都是闻名全国的艺术宗匠。

在这次重访长春的朋友中，小彩舞同志是集京韵大鼓刘、白、张三家之长于一身的杰出大家，也是独具特点的一个流派的宗匠。她的嗓音能高、低、横、竖运用自如，尤其在忽而坚实铿锵、忽而柔媚缠绵之中出现一些新鲜别致的半音，以及下滑音和半鼻音。可以说是五音俱陈，音色齐至。

如果举一个当代最擅长唱功的戏曲演员来相比的话，那么她非常像豫剧大师常香玉。我常常对同志们这样宣传，小彩舞和常香玉是讲究唱功，并既有继承又大胆革新的两位唱功大师，也是现代民族声乐两个并峙的峰头。这次我们可以有幸听到她反复加工后的《剑阁闻铃》和《红梅阁》了。这是她最有代表性的杰作。她最善于在悲调中体现各种各样的境界，可以出现如怨如诉、边咏边赞、叙述描情、对语缠绵等等最巧妙的音乐形象。在“闻铃”一折中，我们可以听到她时而作第一人称抒情独白，时而作第二人称从旁咏叹，其疾徐有致，念字坚实，行腔自然，使人听了之后实在不能不受到很大的浸染。石慧儒同志也是享盛誉近三十年的单弦演员了，她的最大特点是念字清晰，脆快、坚实、有厚度，发音准确、圆润莹洁，高音不躁，低音不涩。她处理的曲牌都很鲜明准确有棱角，不像有些单弦演员在唱各种牌子时都差不多都是“一道汤”。我常和一些戏曲演员和语文老师宣传，你们要想懂得发声念字，找一个最标准的北京话范本，最好多去听听石慧儒同志的单弦，正像写字有字帖一样，可作为教学和念字的“话帖”。石慧儒同志最擅长的段子是各种岔曲和《杜十娘》、《打芦花》及一部分《聊斋》上的故事，这次我们又可以听到她的珠圆玉朗、沉重凝厚的说唱了。至于常连安老先生的相声就不用多说了，长春的听众是更熟悉的。

更值得高兴的是，这次为了重访长春，天津曲艺团更扩大了演员阵容来我们这里演出。如常玉庭、白全福的相声，小岚云的京韵大鼓，王毓宝的天津时调等等，都可以让我们一览全收地领略天津曲艺的宝藏。

对本地的文艺界，特别是曲艺界和做声乐工作的同志们来说，这实在是一个学习的好机会，要快些行动起来，做好宣传介绍工作，学习进修的工作，要使我们天津的同志们像老朋友相逢和老师上门一样的与我们紧紧地握起手来！

祝他们演出成功。祝这些大师在长春传艺布道，开花结果！祝我们这些老相识们身体健康！

1961 年 9 月 14 日

论新二人转

——1964年5月5日在吉林省二人转工作者学习会上的讲话(摘要)

我不是二人转专业工作者，只能从宣传工作和群众文艺工作方面，谈谈我对二人转工作的一些意见。不妥之处，望补充和纠正。

一、二人转是我省人民群众特别是广大农民最喜闻乐见的一种艺术形式，我们历来就重视这个群众性很强的文艺武器

二人转在劳动人民中有极为广泛的群众性，它是深受人民群众欢迎的一种艺术形式。在旧社会，由于这个艺术形式表达了广大劳动人民的思想感情，并使他们从中受到了鼓舞，因而它和劳动人民有着深刻的渊源和知己的感情。尽管历代统治阶级千方百计地践踏它、摧残它，但它的生命力仍然很强，谁也消灭不了它、取消不了它。解放后，二人转在党的关怀和重视下，在百花齐放、推陈出新方针指引下，恢复了艺术的青春，更加受到了群众的热爱，成为群众最喜闻乐见的艺术形式。在农村，它成为了广大农民的“宠儿”，真是“野火烧不尽，春风吹又生”。现在二人转的观众最多，超过了其他各种表演艺术，仅次于电影。正因为每天都有这么多观众受着它的熏陶，我们共产党人、革命文艺工作者就不能不重视它，不热爱它。因为这是一个群众观点问题。

人民群众之所以这样热爱二人转，就是因为它是东北劳动人民自己的东西。二人转是一种东北地方性很强的民间小戏，它是属于东北民间土生土长的艺术，它的语言、音乐、舞蹈、表演形式等方面都有很强烈的地方特点。人民群众对它很熟悉，有感情，感到亲切。就如同云南的“花灯”、江西的“采茶”、定县的“秧歌”、内蒙古的“二人台”、安徽的“黄梅戏”一样，都是当地人民群众最喜闻乐见的地方戏曲艺术。我们这里和其他地方不同的，就是只有这么一种植根在民间的地方小戏，因此，我省的人民群众也就更加重视它，我省的文艺工作者也就更加重视它。

二人转的地方性、群众性的实质是什么问题呢？是一个农民问题，在我省来说，就是千百万农民爱好的艺术问题。当然，工人、学生、士兵也看二人转，但是最热爱二人转的、最广大的观众面还是农民。所以二人转工作的性质，是农村文化问题（当然任何实质，都不是全部）。因此，如何改造和提高二人转的问题，实质上是如何改造和提高农村的文艺问题，是对待农民文化的态度问题。对待农村、农民问题，必须坚持阶级论和两点论。过去的农村有两部分人，一部分是广大劳动人民，这是被压迫、被剥削阶层；另一部分是地主、富农，这是剥削者、压迫者的阶层。就是基本的农民群众，也是有它的过去，有它的现在和未来，有它进步的方面，也有它保守落后的方面。社会主义的新二人转毫无疑问是要反映农村的基本群众的，问题是反映农民的现在和未来呢，还是反映农民的过去呢？是反映农民的集体化道路呢，还是反映农民的自发倾向呢？这实质上是二人转应该站在新的方面，还是站在旧的方面的问题。我认为，二人转要尽最大的努力去反映农民的现在和未来，反映农民革命的方面，反映农村的生产生活，在这个意义上讲，《闹碾房》、《两个心眼》、《送鸡还鸡》、《接闺女》、《扒墙头》等新剧目，反映了今天的现实，符合广大农民的要求，它受到了广大观众的欢迎，就成为理所当然的了。但是，那些具有民主性精华的传统段子，我们也还是要批判地继承，要取其精华，去其糟粕。

毛泽东同志说过，严重的问题是教育农民。二人转工作者在党的教育下，认识到了这一点，自觉地把二人转当成教育农民的有力武器。新中国成立以后，二人转艺术由于贯彻了党的文艺方针和各项政策，在农村的历次革命运动和社会主义教育中，都发挥了积极的作用。比如在抗美援朝、总路线宣传、农业合作化等活动中，二人转都起到了积极的推动作用。特别是在阶级教育、三史教育和宣传革命化的过程中，又出现了一批新的二人转节目，这说明二人转正在开始走上了一个革命的新阶段。如果我们这次会能开得好，能把方向搞得更加明确，那么我省二人转艺术必将在社会主义革命和社会主义建设中发挥出更大的积极作用，成为农村文化活动中的一支重要力量。现在的问题是，二人转有了最大的群众性，还要进一步加强它的革命性。这次会就是要继续发扬它的群众性，加强它的革命性，为争取实现二人转革命化而奋斗。

怎样对待二人转呢？党和毛主席一再教导我们，对待任何事物都要持两点论、二分法。世界上任何事物，没有一件是完全肯定的而没有它的反面，也没有一件是完全否定的而没有它的肯定方面。有的是基本肯定，但也有否定；有的基本否定，但也有肯定。因此，对待任何事物都要用二分法去加以具体的分析和研究，对待二人转也是如此。对二人转的态度，现在有两种倾向都是应该反对的：一种是对它采取冷淡、怀疑、厌恶，完全否定的态度，这可能是由于我们有些二人转剧团过去在演出中，给人们一些不好的印象所造成的。当然这是我们的责任，但是这种对待事物的态度也是不正确的。另一种倾向，是有些人对它采取了完全肯定的态度，不承认它还有糟粕，认为二人转好得没有边，它不需要再革命、再前进了。这种保守主义的态度，对发展新二人转艺术是极其有害的。我们党和政府十几年来对二人转一直是给予热情的保护，肯定了它的广泛群众性和丰富、朴素的艺术性的优点，又积极进行清除糟粕工作，不断地改造和革新它，使它不断地前进。因此，我省二人转艺术才会有今天这样大的发展。

二、我省二人转艺术发展的道路

十五年来，我省二人转艺术所走过的道路，大体上经过了四个阶段：第一阶段是从土地改革到 1953 年，这是肯定和恢复二人转的阶段。这个时期各级党委和政府文化主管部门都很重视二人转工作，把二人转从当时“奄奄一息”的情况下扶植起来，并开始组织和改造二人转艺术的工作。第二阶段是从 1953 年到 1958 年，这是二人转继承和发展的阶段。省戏曲研究室搜集和校对了二人转传统节目，作为内部的资料，各地也相应地进行了一些工作，有些剧团有了一定的发展和提高，演出了一些现代节目，并出现了表现新生活内容的拉场戏。1958 年 4 月召开了全省二人转工作会议，提出了积极上山下乡和编演现代题材问题，同年又举行了全省二人转表演现代生活节目会演大会，提出二人转发展中的“一树三枝”，并提出了创造新剧种的问题。第三阶段是从 1958 年到 1963 年，在这一阶段中，1958—1959 年二人转事业有很大发展，各二人转团、队都积极上山下乡、创新演新，为农村服务。但是在 1960 年以后一度产生了走回头路的现象，出现了一股否定现代戏的歪风，专演老段子，认为越老越好，甚至有的剧团演出时在舞台上跳大神，宣扬封建迷信。同时在这一时期又出现了一些“黑剧团”，不仅演出坏节目，而且还搞低级下流的表演，影响极坏。另外，我省创造了吉剧以后，有些二人转团、队，硬要把自己的戏改成吉剧，不安于文艺上的轻骑兵地位。也有的二人转团、队，专跑大城市、串码头，不安于农村演出，单纯追求经济收入，迷失了政治方向，走上了商业化的道路。针对这种情况，1962 年 3 月，省里又召开了全省二人转工作会议，提出了：深入挖掘、大胆革新，在继承优秀传统的基础上创造新型二人转的行动口号。一直到 1962 年 11 月全省戏剧工作会议和去年全省文艺工作会议，才顶住了那股歪风，扭转了局面。第四个阶段是从去年全省文艺工作会议到现在，这是二人转进行革命的新阶段。这个阶段虽然时间很短，但是二人转确实发生了很大的变化，出现了一派大好景象，反映现实斗争生活的节目有了很大增加，表演艺术水平也有了相应的提高，受到了广大人民群众的欢迎。

新中国成立以来，在党的百花齐放、推陈出新的方针指引下，在党的关怀和重视下，经过上述四个阶段，我省二人转工作有了很大发展，取得了很大成绩。二人转老艺人重新回到二人转艺术行列，参加了专业二人转剧团，经过历次政治运动，提高了思想觉悟，逐步地走上了为工农兵、为社会主义服务的道路。在二人转队伍中又成长起一批新的二人转艺术的接班人，增加了许多新文艺工作者，青少年演员已占整个队伍的百分之八十以上；现在全省有二十九个专业二人转剧团和六百多名专业二人转工作者的队伍，在广大农村业余剧团里还拥有大量的业余二人转演员；二人转已成为我省流传最广、影响最深、普及程度最大的一种艺术形式，成为宣传社会主义思想、活跃农村文化生活有力的工具，在二人转的队伍中涌现出了不少先进工作者和工作做得很好的团、队。近几年来，各个二人转剧团都陆续创作和演出了不少受到广大群众欢迎的新节目，在历次革命斗争中都发挥了积极的战斗作用。特别是在近一二年来，二人转为农村服务，歌颂新人、新事、新思想，向农村输送社会主义文艺，宣传革命思想，取得了可喜的成绩，新二人转节目已赢得了声誉，取得了观众的信任，保留了一批优秀的反映现实生活的节目；有些地方对二人转工作已经有了一套领导经验和办法；对二人转艺术的理论研究也有了进一步的开展，总结出了一些经验。对这些成绩是应该给予充分的肯定的。但是我省二人转工作中的问题也还是不少的。最根本的问题就是，二人转艺术同社会主义的政治和经济基础还不完全相适应，同社会主义革命和社会主义建设的新形势，以及同广大人民群众的需要还不完全适应。这种不适应，突出地表现在二人转艺术还没有进一步革命化和现代化。目前二人转表现社会主义新生活、新思想、新事物的节目还太少，大大落后于形势的需要。从最近上演的节目来看，虽然反映现代生活的节目有了很大发展，但是社会主义的新二人转在舞台上还没有占优势；二人转队伍的社会主义改造还没有彻底完成，无产阶级思想还没有占领阵地，或已开始占领，但也不够巩固；旧二人转艺术中的一些糟粕还没有完全清除掉，在演出中对广大观众还散布一些封建主义、资本主义的毒素和消极的影响。因此，目前二人转工作的社会主义改造，应使社会主义新二人转逐步扩大影响，占领阵地，使二人转艺术真正成为为无产阶级政治服务的武器。

三、二人转的艺术表演必须进行革新和创造

二人转艺术最接近水源、接近土壤、接近生活、接近群众。它是东北民间艺术的几方面的宝库：①它是东北农民语言的宝库：要想学习农民的语言，当然要向农民直接学习，但是二人转的语言，就是东北农民最生动的语言，民间化、口语化，它的唱词根本不存在听不懂的问题，在演出时不用字幕。②它是东北民间音乐曲调的宝库：二人转的音乐曲调丰富多彩，素有“九腔十八调”之称，音乐语汇平易近人，为东北人民喜闻乐听，直到现在我们还没有把它所有曲调都挖掘完毕。③它是东北民间舞蹈语汇的宝库：二人转的舞蹈基本属于秧歌体系，借鉴了其他姊妹艺术的许多东西。④它是东北民间表演艺术的宝库：戏曲的四功五法，相声的“逗哏、捧哏”，曲艺的“现身说法、说法现身、行出行入、分包赶角、装啥像啥”等表演形式，在二人转里都有。

二人转的表演形式也是丰富多彩，在不断的实践中逐渐发展已经形成了目前的六个分支[①]：第一，小调。二人转中的民歌独唱、齐唱、对唱或对唱加伴唱。用二人转中的民间小调填新词，或经过整理的传统民歌、小调，这种形式我们过去重视得不够，今后应大力提倡，因为小调的曲牌，演员会唱，群众熟悉，形式短小，机动灵活，可长可短。运用“旧瓶装新酒”的办法可以随编随演，能及时地、迅速地反映当地的新人新事、新风尚，

①现在又出现坐唱等形式，已不只是六支了。

我们提倡演员自己动手编唱小调，以充分发挥“小调”的战斗作用。例如传统的《打秋千》、《小看戏》，新的《宣传员》、《新货郎》。第二，单出头。它属于抒情独唱体的范围之内，它的特点是限于一个演员说唱表演一台戏。适于反映生活中的一个横断面，主要是抒发主人公的思想感情，揭示“我”的内心世界，如果需要陪衬，也可以从旁叙述一两个人物，在唱、扮上，演员也要适度地模拟其他人物的动作。这种形式，是早已有了的，但段子不多，解放后，才逐渐丰富发展起来。例如传统段子《红月娥做梦》，新段子《秀女放鸭》、《姑娘的心事》。第三，二人转。这是二人转艺术的主干部分，也可称之为“母体”部分，它有叙述、有抒情，载歌载舞，男女两个演员，说唱一个段子，演唱千军万马，随进随出，分包赶角，遇谁演谁，演谁像谁。例如传统段子《杨八姐游春》、《蓝桥》，新段子《扒墙头》、《送鸡还鸡》。第四，“双人戏”。这种形式与“二人转”、“拉场戏”均有显著区别。它主要是由内容来决定，一般的是表现二人小戏，两个演员的化妆与表演，基本上都按人物的需要来处理，但其中有叙述、议论或夹叙夹议的唱词，仍然由演员分别唱做。例如传统段子《穆桂英指路》、《拉马》，新段子《父女进城》、《接闺女》。第五，“群舞”。这是以众人齐舞、二人对舞、数人齐舞或在扭秧歌中且歌且舞并穿插人物故事情节，以歌舞为主的红火炽烈的艺术形式。这个形式更富于群众性，更容易缩短演员与观众间的距离，适于露天或在较大的舞台上演出，服装、化装可以一致，也可以“百花齐放”，边歌边舞，风趣活泼。例如传统节目《瞎子观灯》，新节目《观画楼》、《闹元宵》。第六，拉场戏。是在二人转的基础上发展起来的民间小戏，唱腔丰富，既有曲联体的形式，又有板腔体的成分，但它主要还是以曲联体为主，由演员扮演固定人物的民间小戏，多年来已逐渐形成东北地方的民间小戏。叫它“小戏”，就是有人物（一般都是三五人，多至六七人），有戏剧故事、情节，也还可以有比较简单的道具、布景。为把拉场戏的文学和表演统一起来，演出前要经过导演的排练。音乐设计不能个个都用“红柳子”，也应根据不同的剧本，根据表现不同人物感情的需要，使唱腔和伴奏音乐能更严密，更完美，更符合人物的思想感情的需要，但却不能离开原有的曲牌，要保持自己独具的风格。例如传统剧目《回杯记》，新剧目《闹碾房》、《表兄弟》。

二人转发展成为六个分支的意义是：在体裁处理上、表演形式上、创作上就更加准确，可以摆脱过去那种在内容和形式上不协调现象，明确体裁的特性，就可以抓住特点。比如：单出头要以抒情唱功见长，歌舞体以舞功和绝活见长，双人表演唱、二人戏各以扮、演、唱为主，群舞是综合艺术，但以舞蹈为主。明确体裁和特点之后，今后就会更有意识地创造各种类型的二人转形式，进一步发展和丰富二人转艺术。

二人转在艺术表演上有许多特点和优点，但也应看到，它还有很严重的弱点，我们对二人转的艺术表演也必须是批判地继承，取其精华、去其糟粕，既注意发扬它的优点，又要克服它的弱点。二人转在艺术上的弱点是什么呢？首先，二人转在艺术上有些地方过于原始、过于粗野，它的表现形式有不少落后于时代的东西、不健康的东西，还有一些低劣的形象。二人转的旧台风还没有得到彻底改造，在表演上还存在一些糟粕：如“脏口”、坏的“双关语”、色情的挑逗、在说口中互相想拣“便宜”，以及一些过于粗野的语言。农民的觉悟越高，旧的舞台形象越不适应他们的要求，我们清除糟粕的工作就越重要。现在农村中的知识青年越来越多了。这些知识青年对二人转的恶感还没完全解决，这是我们二人转过去在演出中给他们一些不好的印象造成的。二人转必须说服这些人使他们热爱二人转，否则我们二人转在农村将会失去越来越多的观众。要做到这一点，光靠我们提倡，还不可能从根本上解决问题，必须从内容到表演都进行彻底的革命和改造。另外，二人转在表演方法、表演程式和音乐、唱腔、舞蹈以及服装等方面同表演的新内容、新人物还有不调和的地方，这都需要我们在批判继承传统的基础上，有所发展、有所创造，大胆地进行革新和提高。

二人转艺术表演的改造和提高的方面，除了规定几条措施，严肃表演作风、清除丑恶舞台形象以外，还应该做到如下几点：第一，传统戏：传统扮，用传统的程式演；第二，现代戏：现代扮，用现代的形式演；第三，人物戏：人物扮，以表现人物的方法演；第四，歌舞体：歌舞扮，以歌舞形式去演。这样做，二人转的内容与形式的关系，才会得到解决，才会成为现代化的艺术，才会更加丰富多彩，倍受群众欢迎。

四、加强理论研究，不断总结经验，加速二人转的革命化

对二人转艺术进行社会主义改造，就是要把旧二人转改造成为社会主义的新二人转，这个任务是艰巨的、复杂的，必须经过全体二人转工作者的反复斗争和大胆革新、创新才能实现。

（一）二人转工作者必须明确自己的奋斗目标：①二人转的改造，是二人转工作上的一场革命，最根本的问题还是对人的思想改造，人的思想革命化。二人转工作者是教育人的人，教育者必须先受教育，把自己的思想改造好，否则就不能正确表现社会主义时代，不能对人民群众起到积极的教育作用，反而会起到消极作用。因此，所有二人转工作者必须努力学习毛主席著作，积极参加社会主义教育，深入农村，适当地参加体力劳动，彻底同工农兵相结合，加强思想改造，加速革命化，使自己真正站到无产阶级立场上来，抛弃资产阶级、小资产阶级以及封建主义的一切肮脏的东西，树立起全心全意为工农兵服务的观点，自觉地做二人转改造的促进派，做革命的二人转工作者。②大力创作和上演现代节目，不断充实和扩大二人转的社会主义内容。要争取在一个比较短的时期内，使社会主义的新二人转在舞台上占绝对优势。

（二）总结经验，加强理论研究工作。过去我们对二人转工作的经验总结得不够，今后需要大力加强这方面的工作，发动一下老艺人和青年同志都写写文章，大家来总结。比如需要人家传统的东西，从内容到表演形式究竟哪些是糟粕，应该坚决剔除；哪些是精华，应该保留和发展。由于我们过去没有专门研究机构，这方面的工作做得还很差。美丑精粗必须加以区别，不要把丑的当作美的，也不要把美的当作丑的，不要把粗的当作精的，也不要把精的当作粗的。现在的二人转化装很不好看，服装也有问题，都需要研究和改进。有人说大红大绿农民喜欢，我看不一定是这样，士林布衫、麻花被很有东北的民间风味，农民更喜欢。还有锣鼓点、音乐、唱腔、舞蹈以及表演方法等等，都需要进一步研究。总之都需要大胆改革和创造，需要进行总结，写出文章，写出教材，搞出样板来。

（三）建设和开拓二人转的新节目。使社会主义新二人转在舞台上占优势，是二人转革命化的重要关键。因此，必须加强二人转的创作工作。加强创作，一方面是组织力量创作出更多更好反映现实斗争生活的节目，另一方面要大力提倡改编工作，就是将其他形式的优秀的革命文艺作品改编成适合二人转的表演形式，比如其他剧种一些成功的剧目、电影和小说等，都可以改编成二人转的段子。现在我们演出的《扒墙头》等也都是改编人家的东西。过去二人转的大多数段子实际上都是这样来的，甚至其中有些段子连作者都找不到，是“集体创作”。二人转的创作应该提倡走这条路，这是一条极为广阔的道路。

我们对建设和开拓二人转剧目的要求是：坚持政治标准第一、艺术标准第二的原则。

（四）加强二人转演员的基本功训练。现在有些二人转演员的功夫还是不过硬，基本功训练很差。二人转的基本功是什么呢？还是原来提的那五个：唱功，扮功，舞功，说功，绝活。我们有些演员唱的时候，板头不瓷实，气口不准，腔调不好听，有声无情；扮的不细腻、不真实；舞蹈缺乏毯子功，不够优美；说口功缺乏提炼，不够生动；有些特技功，现在看要失传了，扇子、手绢功还不错，但也还是不够，有些东西还要继续搞。做一个二人转演员，应该是五功俱全，样样见长，如果是五功不具备，一切稀松平常，那是不行的。特别是青年演员，既干这行，就得钻这行，要下决心把基本功练好。

总之，为了要把我省二人转建设成为一个具有社会主义内容、民族风格、地方色采，革命化、现代化、群众化的社会主义新的地方戏，我们就要很好地总结我省十五年来二人转所取得的成绩和宝贵的经验，对过去二人转工作中的成绩和缺点要用二分法进行分析；明确当前二人转的任务，发扬它的群众性，加强它的革命性。

1964 年 5 月 5 日

学习雷锋，树立共产主义道德

1963年，毛泽东同志发出了“向雷锋同志学习”的号召。雷锋，是伟大的共产主义战士，也是无产阶级的道德楷模。雷锋的身上，闪耀着共产主义道德的夺目光辉。学习雷锋的运动，既是一场严重的政治思想斗争，又是一场深刻的共产主义道德的教育运动。这个运动，触动着旧事物的每一条神经，刺入到剥削阶级的骨髓和膏肓，不能不引起反动势力的强烈仇恨和巨大震动，学习雷锋的运动，也不能不在反复的斗争中向前发展。

社会主义和共产主义事业需要雷锋精神

对于进行共产主义道德教育的重要性，革命导师早有精辟的论述。毛泽东同志指出：“马克思列宁主义也包括无产阶级的革命道德。”列宁把帮助劳动群众克服旧习惯、旧风气作为共产党的一项基本任务，并要求：“使培养、教育和训练现代青年的全部事业，成为培养青年的共产主义道德的事业。”但是，“四人帮”一伙，极力破坏共产主义道德。把无产阶级的道德，说成是无足轻重的“小节”，借以否定共产主义道德。公然否定“一切”道德。谁要是一提“道德”二字，就扣以“封资修”的帽子，乱棒格杀。实际上，他们的所作所为，却是把矛头针对着占统治地位的无产阶级道德，而实行着最反动、最腐朽的剥削阶级道德。由于“四害”猖獗，造成人们对共产主义道德教育不敢问津，我们今天重新讨论这个问题，是很有必要的。

十五年来，学习雷锋的群众运动的经验，使我们充分看出了共产主义道德这种社会意识的巨大作用。这就有力地说明了进行共产主义道德教育，是何等重要、何等迫切。

共产主义道德教育的重要性，是和共产主义道德的作用联系着的，而这种作用，是由社会主义历史时期的特点所决定的。社会主义就是消灭阶级，这不仅包括粉碎资产阶级的反抗，而且包括改造小生产者：这里既有敌我矛盾又有人民内部矛盾。社会主义还必须大大发展生产力，列宁曾指出：“因为归根到底，只有新的更高的社会生产方式，只有用社会主义大生产代替资本主义生产和小资产阶级生产，才能是战胜资产阶级所必需的力量的最大泉源，才能是这种胜利牢不可破的唯一保证。”社会主义是这样一项长期、复杂、艰巨的事业，是亿万人民群众自己的事业，如果没有广大群众的自觉参加，是不可思议的。而要唤起群众的自觉，使他们树立起对这一伟大事业的坚定信仰、激发起他们的革命热情，使他们在斗争中表现出英勇献身的精神和坚忍不拔的毅力，又必须依靠共产主义道德的教育、激励作用。这种作用，具体的表现就是：

第一，使无产阶级和广大人民群众认识共产主义事业的必然性，对资产阶级、旧习惯势力斗争的正义性，激发他们的爱憎，使他们憎恨敌人，热爱人民，自觉地维护新事物、铲除旧事物，在党的领导下，胜利地进行对资产阶级的斗争，加速社会主义改造的进程；

第二，认识社会主义劳动的高尚性质，树立劳动光荣、不劳动可耻的社会风尚，发扬无产阶级艰苦朴素、勤劳勇敢的优良品德，以饱满的热情与献身精神从事社会主义劳动，对技术精益求精，提高劳动生产率，加速社会主义建设；

第三，树立公而忘私、廉洁奉公、助人为乐、全心全意为人民服务的社会风气，激发人们对同志、对祖国、对社会主义事业的热爱，形成团结互助、步调一致的新型的人与人之间的关系，这对生产关系的改进、生产力的发展、无产阶级专政国家制度的完善，对移风易俗、改造中国，都将产生不可估量的作用；

第四，共产主义的道德也是造就新人、形成新的道德规范、为向共产主义过渡准备条件的强大手段。我们联系到国家消亡以后，道德的地位和作用，对此将更加清楚。在这个意义上甚至可以说，没有共产主义的道德，便没有共产主义。

进行共产主义道德教育的重要性，已如上述。而进行共产主义道德教育的一个重要问题，就是要有无产阶级的道德典范。革命导师马克思、恩格斯、列宁、斯大林、毛泽东是这种典范，我们敬爱的周总理、朱委员长和老一辈的无产阶级革命家是这种典范，毛泽东同志亲自表彰、亲自树立的两位青年英雄——刘胡兰和雷锋，也是这种典范。

刘胡兰，面对敌人罪恶的铡刀，大义凛然、视死如归，表现了中华民族的浩然正气和无产阶级的高尚节操。她堪称无产阶级在民主革命时期产生的道德典范，她无愧于毛泽东的崇高评价：“生的伟大，死的光荣。”刘胡兰的光辉形象，不会随着一个历史时代的过去而消失，必将在无产阶级革命和人类进步的历史长河中，永放光芒。

就如刘胡兰产生于伟大的新民主主义革命中一样，雷锋是中国人民伟大的社会主义革命和社会主义建设事业进程中的一个结晶。雷锋，是社会主义时代的英雄。表面看来，雷锋没有轰轰烈烈的壮举，但他的伟大，正寓于平凡之中，这正是社会主义历史时期所需要，并造就出来的伟大。

伟大的无产阶级革命家、我们敬爱的周总理为雷锋同志题词：“向雷锋同志学习：憎爱分明的阶级立场，言行一致的革命精神，公而忘私的共产主义风格，奋不顾身的无产阶级斗志。”周总理的题词，是对毛主席题词的深刻阐述，也是对雷锋精神、对雷锋所体现的无产阶级道德规范的高度概括。我们按照周总理的指示学习雷锋、学习雷锋的伟大精神，也就是学习崇高的共产主义道德。

“憎爱分明的阶级立场”，这是雷锋精神中最重要的东西，也是共产主义道德中最重要的东西。立场问题，站在哪个阶级一边的问题，这是一个政治原则问题，也是一个道德原则问题。周总理的光辉题词，首先点明了这个道德原则、点明了道德的阶级性。在阶级社会中，道德始终是阶级的道德，有多少阶级就有多少种道德，绝没有超阶级的道德，也没有道德的“真空”。善与恶、爱与憎、高尚与丑恶、正义与不义等等，所有的道德观念与道德行为，都具有强烈的阶级性质。

共产主义道德要求我们热爱人民、热爱共产党、热爱自己的领袖、热爱社会主义的祖国、热爱无产阶级的革命事业、热爱国际共产主义运动、热爱共产主义的远大理想。这些，都是无产阶级和劳动人民的根本利益所在。雷锋，是深深地爱着这一切。然而，雷锋的爱，不是空洞的、抽象的，而是实在的、具体的。这体现在雷锋的坚定立场和强烈感情中：他带头参加劳动，他把节省的津贴送给刚成立的人民公社，他以自己的行动和党一起克服国民经济暂时困难。

我们学习雷锋，就要像雷锋那样，爱得鲜明、爱得具体。“憎爱分明的阶级立场”，在今天就要集中到对社会主义祖国四个现代化的热爱，对一切反对、破坏四个现代化的敌人的憎恨上来。因为建设四个现代化的社会主义强国是党中央提出来的无产阶级和全体人民在新的历史时期的奋斗目标，是我们党的路线的体现，是无产阶级和广大人民群众根本利益所在，是我们迈向共产主义明天的坚实阶梯。

共产主义的伟大事业，是一步一步实现的。没有四个现代化，就没有巩固的社会主义，就没有明天的共产主义，无产阶级和人民的利益、支援国际无产阶级和被压迫人民的斗争，就统统不过是一句空话。列宁说：“为巩固和完成共产主义事业而斗争，这就是共产主义道德的基础。”因此，我们完全可以这样说：今天，为完成党在新的历史时期的总任务而斗争，为实现四个现代化而献身，热爱建设四个现代化的社会主义强国的伟大事业，憎恨并无所畏惧地扫除一切干扰、破坏实现新时期总任务的邪恶势力，这就是无产阶级立场的最大体现、共产主义信仰的最大体现、共产主义道德的最大体现。

“言行一致的革命精神”，这是雷锋身上体现的极为重要的共产主义道德品质。言行一致，就是对党、对人民、对革命事业忠诚老实、表里如一，就是不说空话/不说假话，言必信、行必果，坦白磊落、实事求是，就是坚持“三要三不要”的革命原则，搞马克思主义、搞团结、搞光明正大。雷锋以他的光辉实践，完美地体现了这一共产主义道德要求。

我们要培养这种共产主义的品德，必须要有无产阶级的自觉纪律。固然，共产主义道德要依靠每个人来自觉地实行，但是，要维护这种道德，制止破坏这种道德的现象，还必须有无产阶级的纪律。因此，自觉地执行革命纪律，也是革命者应当具备的共产主义品德之一。列宁曾指出：“共产主义者的全部道德就在于这种团结一致的纪律和反对剥削者的自觉的群众斗争。”雷锋，是执行纪律的模范。他在日记中写道：“当你在最困难、最危险，甚至威胁自己生命时，也能严格地遵守纪律，那就是好党员。”雷锋正是这样的一个好党员。

毛泽东同志多次指示：“用三大纪律八项注意教育战士，教育干部，教育群众，教育党员和人民。”（转引自《红旗》杂志1972年第7期）但是，“四人帮”一意孤行，肆意破坏无产阶级的纪律，把无产阶级的纪律攻击为“紧箍咒”，把遵守纪律污为“奴隶主义”、“小绵羊”，鼓吹怀疑一切、打倒一切，乱党乱军乱国，妄图乱中夺权。在他们的利诱与蛊惑下，一些人无政府主义思潮泛滥，跟着“四人帮”跑。结果是乱了无产阶级专政的天下，破坏了社会主义经济，使党的事业遭到巨大损失。这个沉痛的教训，我们一定要汲取。纪律是执行路线的保证。没有无产阶级的铁的纪律，就不能保证实行“三要三不要”的革命原则，就不能顺利地执行毛主席的革命路线。列宁说："无产阶级的无条件的集中制和极严格的纪律，是战胜资产阶级的基本条件之一。"无产阶级的纪律，是在资本主义的现代化生产条件下形成的，是在无产阶级反对资产阶级的斗争中形成的。今天，我们要在更加现代化的条件下搞社会主义的大生产，要对资产阶级进行更为复杂、深入的斗争，没有无产阶级的自觉而严格的纪律，更是不可想象的。在这个意义上，没有纪律就没有四个现代化，就没有共产主义的未来。

"公而忘私的共产主义风格"，这是雷锋精神最感人的地方。在雷锋的思想里，"公"的观念闪闪发光。"公"的观念，就是集体主义的观念，这是共产主义道德的最根本的特点。这种观念是和几千年来的私有观念相对立的，它是生产资料公有制在观念上的反映。这是社会主义的观念、共产主义的观念。为保护公共财产而牺牲个人，为抢救同志而牺牲自己，都是这种道德观念的典型。但是，我们看一个人是否具有"公"的观念、集体主义的观念，最经常的还是要看他如何对待自己的工作。这是在长期的、大量的、通常的情况下衡量一个人的共产主义道德的最主要尺子。毛泽东同志指出："白求恩同志毫不利己专门利人的精神，表现在他对工作的极端的负责任，对同志对人民的极端的热忱。"雷锋是完全按照毛泽东同志的教导去做的。雷锋做了数不清的好事，但最基本的，还是他的本职工作。他干一行、爱一行、专一行，在学校是好学生，在工厂是好推土机手，在连队是好汽车兵，党交给他的任务，他总是不讲价钱，克服一切困难，出色地完成。

在我们的社会主义祖国，每个人，不论做什么工作，都是分工的不同。每一种工作，都是社会主义事业不可缺少的，都是高尚的。每个人都通过自己的工作，为国家创造财富，满足社会上共同的物质、精神需要。这种同志式的分工与合作，就汇合成社会主义事业的滚滚洪流，使我们的祖国日新月异，飞速发展。一个人做好了本职工作，就是为社会的共同利益劳动，就是为人民服务，也就必然受到人民的欢迎和尊敬。爱护公共财产、助人为乐，这些品德是宝贵的。当革命需要我们英勇献身的时候，任何的犹豫、怯懦都是可耻的。而且，在道德实践上，绝不可拒绝任何一件小事，即使是扶老携幼的事也不能忽略。但是，最重要的还是要做好本职工作。这是每一个人的基本义务，也是一项最基本的共产主义道德要求。粉碎“四人帮”之后，人们安心本职工作，生产飞速发展，物质财富一天比一天增多，人民生活迅速改善。社会风气，也有了巨大变化，使人们无论走到祖国的什么地方，都觉得处处有亲人，体会到祖国的温暖。这些，正是工业、农业、商业、文教、科技各条战线的亿万人民通过自己的工作而取得的。现在，我们搞四个现代化，这是需要几十条战线、上万个部门共同努力的，归根结底，还要靠每一个人都做好自己的本职工作。没有一个人一个人的具体努力奋斗，四个现代化是实现不了的。

“奋不顾身的无产阶级斗志”，这是雷锋高尚的共产主义道德的又一表现。这就是要求革命者为了无产阶级的利益、为了共产主义的理想，不避艰险、不怕牺牲。这种斗志，在战争年代表现为冒着枪林弹雨，冲锋陷阵，因为无产阶级在夺取政权的斗争中，主要是靠武装斗争。在社会主义建设中，这种斗志，就表现为忘我地劳动。无产阶级夺取政权以后，进行经济建设、提高劳动生产率就成为一项主要的任务。列宁同志说：“劳动生产率，归根到底是保证新社会制度胜利的最重要最主要的东西。”“资本主义可以被彻底战胜，而且一定会被彻底战胜，因为社会主义能造成新的高得多的劳动生产率。”

雷锋的螺丝钉精神，为我们提供了光辉的榜样。我们每个人从事的工作，都不过是宏伟的革命事业上的一颗螺丝钉。雷锋在自己的岗位上，像螺丝钉一样平凡，又像螺丝钉一样踏实、坚定。他勤行苦学、兢兢业业，决心“在伟大的革命事业中做一个永不生锈的螺丝钉”。雷锋果然成了这样的一个螺丝钉。这颗螺丝钉，拧在了共产主义大厦中一个最平常的位置上，却放射出不朽的光芒，永远照耀着人们前进的道路。我们每一个革命者，都应该像雷锋那样，在自己的岗位上，成为一颗永不生锈的螺丝钉，用勤奋的工作、忘我的劳动，为共产主义事业、为新时期的总任务、为四个现代化贡献自己的一切。

热爱劳动、忘我地劳动，这是共产主义道德的基本内容之一。这不仅是因为社会主义时期劳动对无产阶级利益的极端重要性，而且因为对劳动的态度，反映了无产阶级区别于一切剥削阶级的本质，几千年来一切剥削阶级都鄙视劳动，并且野蛮地占有别人的劳动。正因为如此，他们成为历史的绊脚石，被一个一个地踢开。劳动，这是人类社会赖以存在和发展的基础，并且劳动创造了人类本身。所以，劳动是最高尚最光荣的事业，是无产阶级的本色。热爱劳动，是有共产主义道德的表现。不爱劳动，就是没有道德的表现，是一种耻辱，应当受到唾弃。我们要大大提高对劳动的认识，树立爱劳动的风气，培养忘我劳动的革命精神。

共产主义道德的内容是极其丰富的，这在雷锋的身上都生动地体现出来了。雷锋谦虚谨慎、艰苦朴素、刻苦学习、热爱科学的品德，他的严格的批评与自我批评精神，都是值得我们学习的。但是，雷锋最主要的精神、共产主义道德的最主要内容，正是敬爱的周总理在为雷锋同志的题词中所科学概括了的。雷锋高尚的共产主义道德实践，是在社会主义革命和社会主义建设的伟大斗争中，日积月累、不遗涓埃地完成的，他的平凡而伟大，道理就在于此。社会主义、共产主义事业，没有无产阶级的道德作为教育的武器是不能胜利的。要培养共产主义的道德，就要宣传和学习无产阶级的道德典范雷锋。因此，我们说，社会主义和共产主义的事业，需要雷锋、需要雷锋精神。我们每一个人都要学习雷锋。正如邓小平同志在为雷锋同志的题词中所指出的：“谁愿当一个真正的共产主义者，就应该向雷锋同志的品德和风格学习。”

在斗争中发扬雷锋精神，造就雷锋式的战士

十五年来，在学习雷锋的过程中，经历了不断的斗争。因为雷锋精神是建设社会主义强大国家、防止资本主义复辟的巨大精神力量，因为雷锋精神像一面镜子，可以分明地照出一切奸邪和污秽，所以，它遭到党内资产阶级代表人物的一致痛恨。他们攻击说，“学习雷锋冲淡批林”，并指责那些提倡学习雷锋的同志：“究竟要把运动引向何处？”他们还把学习雷锋的人污为“不抓大事、不讲路线”，“只低头拉车，不抬头看路”，妄图把学习雷锋运动打下去。他们还利用窃夺的宣传大权，攻击雷锋精神，幻想把雷锋的名字从人民群众的心中抹掉。尤其令人发指的是，一伙人竟然冒天下之大不韪，公然指使其在上海的党羽，删去1976年3月5日新华社播发的纪念雷锋的一篇文章中的总理题词，激起了全国人民的无比义愤。但是乌鸦的翅膀再黑，也遮不住太阳的光辉。雷锋的精神深入人心，学习雷锋的运动势不可当。“四人帮”被粉碎，学习雷锋的运动就以更大的深度和广度，迅速开展起来。十五年来的实践说明：学习雷锋，树立共产主义道德的运动，是整个社会主义革命的一个重要组成部分，也是这场革命深入的产物与反映。

怎样在斗争中学习雷锋精神、培养广大群众的共产主义道德？我们觉得，以下几项工作，必须抓紧抓好。

第一，要抓好揭批“四人帮”的斗争。

无产阶级的道德，和无产阶级的革命理论一样，不能自发产生，而要靠无产阶级的先锋队把它灌输到工人以及其他劳动人民中去。诚然，无产阶级的某些道德思想和道德规范，在他们同资本家的斗争中、在大工业生产的过程中，就已经产生了。但是，科学完整的、高度自觉的无产阶级道德理论和道德规范，只有在马克思主义的指导下、在工人阶级政党的领导下，通过革命斗争才能形成。当前，我们就是要通过揭批“四人帮”的斗争，批判他们破坏学习雷锋的罪行，提高对雷锋精神，对树立共产主义道德的重大意义的认识，把共产主义道德灌输到人民当中去。

我们要揭露和批判“四人帮”一伙的反革命道德实践，戳穿他们树立的黑典型的反动道德面目。“四人帮”一伙拼命地用各种绚丽色彩涂抹自己，把自己打扮成最革命、最正确、最高尚的无产阶级的代表，实际上，他们却是一伙最反动、最黑暗、最下流的反革命黑帮。在他们的身上，充分表现了剥削阶级的腐朽与邪恶。有比较才能鉴别、有斗争才能发展。只要把“四人帮”及其余党的卑鄙活动和雷锋的伟大实践一比较，就可以泾渭分明地看出剥削阶级的道德是何等丑恶。我们还可以从这种比较中吸取经验，学会识别资产阶级的种种道德把戏，更有力地同它进行斗争。不破不立、不塞不流、不止不行。只有通过顽强的、反复的斗争，破除资产阶级和一切剥削阶级的旧思想、旧道德，才能树立起无产阶级的新思想、新道德。要大造声势、要形成舆论，因为舆论是道德斗争的主要手段。要使人们知道热爱什么、憎恨什么，支持什么、谴责什么，该做什么、不该做什么。要通过斗争，使资产阶级和一切剥削阶级的旧道德，成为过街老鼠、人人喊打，要使共产主义的道德深入人心、蔚为风气。

第二，要在实践斗争中，用多种形式进行共产主义道德的教育。

如何培养人们的道德观念？中外历史上的哲学家、伦理学家有过数不清的议论，而他们尽管有进步反动之分，却没有一个人能够跳出唯心主义的窠臼。党内机会主义路线的代表人物，从来坚持剥削阶级的道德，也必然坚持剥削阶级的道德修养方法。一些人鼓吹什么“灵魂深处爆发革命”，这是一种道德的自我完成与突变论，与佛教的“顿悟”，毫无二致，是地地道道的唯心主义。“四人帮”一伙更是猖狂。他们信奉的是“有用即有德”，“我的意志就是道德”这一类唯我主义的道德。只要是有利于他们反党、篡权复辟的东西，统统成为至高无上的道德。甚至他们挥霍无度、荒淫无耻的糜烂生活，也成了道德。这简直是随心所欲、不知廉耻。这是一种流氓无赖的道德观，是实用主义的道德观，是法西斯主义的道德观。

马克思主义认为：人们的社会存在，决定人们的意识，人们的认识，来源于实践。道德这种社会意识也不例外。我们就是要通过三大革命运动的实践，通过和剥削阶级旧道德的斗争，通过实现四个现代化的那些日常的、细小的、艰苦的、持久的工作，来培养无产阶级和劳动人民的共产主义道德。雷锋在这方面已经给我们做出了榜样。我们要在改造客观世界的过程中改造主观世界，要通过主观世界的改造去能动地改造客观世界，要在斗争实践中培养人们的共产主义道德，并用这种道德去为革命斗争服务。这就是我们区别于剥削阶级、区别于修正主义，也区别于空想社会主义的道德修养方法和道德观。

运用多种形式培养共产主义道德，其中最重要的就是思想政治教育、无产阶级的法制教育、革命传统教育和各种文化艺术教育。而所有这些教育都必须在革命实践中进行；不是空洞地进行，而是要结合三大革命运动的实际，具体地、生动地、耐心地、有针对性地进行。

无产阶级的思想政治教育，应当是共产主义道德教育的理论基础。马克思主义是社会主义整个意识形态的理论基础，当然也是无产阶级道德的理论基础。无产阶级的道德，只有建立在科学世界观的基础上，用马列主义来指导，才能正确地、健康地发展，才能不断取得对剥削阶级旧道德斗争的胜利。党的路线、政策，是无产阶级利益的集中反映，是无产阶级政治的集中体现，是无产阶级一切实际行动的出发点、过程和归宿。进行无产阶级的思想政治教育，主要的就是进行马克思主义的教育和党的路线、政策的教育。共产主义道德是为无产阶级的利益服务的，因此，它就应当为无产阶级的政治服务，为党的路线、政策服务，并在党的路线领导下进行无产阶级的道德实践。为实现党的路线而斗争，这应当是共产主义道德的基本内容。一切背离党的路线的行为，都是最不道德的。为实现党的路线而斗争，像不怕坐牢、不怕杀头的那些反“四人帮”的英雄们那样，就是最高尚、最符合共产主义道德的。

我们一定要认识和重视道德与政治的关系。道德与政治，从来是密切相连的。在阶级社会中，道德总是阶级的道德，总是阶级斗争的工具，是一种政治斗争的手段，是为政治服务的。道德和政治交互作用，而以政治为主导。政治上先进的阶级，其道德也是进步的，充满着正义感和高尚的节操；政治上反动的阶级，其道德也必然是堕落的。另一方面，高尚的道德能够成为一种推动革命阶级的政治斗争的强大力量，而腐朽的道德又往往加速反动阶级的崩溃，《红楼梦》里的贾府，就生动地表明了这一点。

进行社会主义的法制教育，也是无产阶级道德教育的重要内容之一。法权和道德，在阶级社会中，始终是互相依存、互相影响的。社会主义时期尤其是这样。法律通过国家机关的强力来推行，但它又往往借助道德来帮助维护。任何一个时代的统治阶级，总是把违反体现其意志的法律的行为，斥为不道德的。而对有意识地、严重破坏统治阶级道德的人，又往往采取法律手段来制裁，以法律为道德的后盾。封建社会的“告忤逆”，就是如此。不过，在阶级社会中，由于剥削阶级的私利和广大人民相对立，他们不敢公开申明这一点，而总是企图把道德说成是与法权无关的东西。在社会主义条件下，由于无产阶级代表着绝大多数人的利益，所以法律和道德的关系更为密切。我国的宪法明确规定：公民必须“尊重社会公德”。这就使共产主义道德置于无产阶级法律的保障之下。而共产主义道德又要求人民遵守体现自己利益的社会主义法律，把遵守法律作为重要的道德规范，把违犯法律视为不道德的事情。道德的作用要比法权更广泛、更深入，它能唤起人们的自觉，激发人们内心的力量，起到法律起不到的作用。毛泽东同志教导我们，要把行政命令和说服教育结合起来，作为相辅相成的两个方面，发布行政命令要伴之以说服教育。这是要我们把法律措施和道德教育结合起来，发挥道德的特殊作用，使法律得以实施。

由于“四人帮”的干扰破坏，社会主义的法纪一度松弛。许多人的法纪观念淡薄了，目无法纪、作奸犯科。青少年犯罪量激增。一些青少年没有法纪观念，往往为了一点小事就走上犯罪道路。五届人大的政府工作报告中指出：“实现天下大治，必须进一步加强社会主义法制。”“要广泛宣传，教育人们树立遵守社会主义法制的观念。干部要守法，群众要守法，人人都要守法。”因此，对全体人民，特别是青少年，加强法纪教育，引导他们在阶级斗争和生产斗争中认识无产阶级法纪的正义性、重要性，增强法纪观念、树立遵纪守法的风尚，是共产主义道德教育的一项紧迫任务。

进行党的优良传统和作风的教育，对于培养共产主义道德，具有重大的作用。无产阶级政党的优良传统和作风，是共产主义道德的突出表现，是共产主义道德的精粹，是一个巨大的力量。共产党的优良传统和作风，以及体现这些传统、作风的英雄人物，对无产阶级和全体劳动人民具有极大的教育、鼓舞作用。伟大的共产主义战士雷锋，就是我们党的优良传统和作风哺育出来的。在雷锋的日记里，经常看到方志敏、王若飞、黄继光、董存瑞等革命先烈的名字。雷锋的光辉思想，都是老一代革命者辛勤培育的结果。雷锋在农村时的老乡长，当公务员时的县委书记，在鞍钢时的工人师傅和车间干部，在部队时的班长、指导员、营长，都是对他进行革命教育，引导他跟着党走，用党的优良传统和作风淬砺他的革命精神，陶冶他的高尚情操的诲人不倦的教师。雷锋的革命螺丝钉精神，深深地感染着我们每一个人。然而，正是那位老县委书记，第一个对雷锋进行了这种教育。是他，在雷锋一脚踢开了路上的螺丝钉之后，把它捡起来，擦干净，让雷锋把它送到工厂，并对 16 岁的雷锋，讲了一番语重心长的话……没有老一辈的引导、没有党的传统的哺育，就没有雷锋精神。

学习雷锋，不但小将要学，老将也要学；不但群众要学，领导也要学。每一个党员、干部都应该像雷锋那样，成为体现党的传统和作风的模范，成为体现共产主义道德的模范。进行党的优良传统和作风的教育，特别要注意青少年。整个共产主义道德的教育，也要特别注重青少年，要从小孩子做起。要用我们党的优良传统和作风来教育青少年一代，使他们成为具有高度的觉悟、丰富的知识、高尚的道德和健康的体魄的一代新人。这是关系到培养和造就千百万无产阶级革命事业接班人的大事。我们的党员、干部，特别是老同志，要像雷锋做少先队辅导员那样，关心青少年成长，热情搞好传帮带，使我党的优良传统和作风，在青少年一代身上，发扬光大起来。

各种文化艺术生活，是培养共产主义道德的有力手段。各种文化艺术活动，对人的思想，包括人的道德观念和道德实践，具有很大的影响。在雷锋的日记里不止一次地提到电影、戏剧、小说对他的教育。我们学习雷锋、树立共产主义道德，也要运用各种文艺形式宣传雷锋、宣传雷锋精神，进行共产主义道德的形象教育。要通过丰富多彩的文艺生活，通过感人的形象，告诉广大人民，什么是正义、什么是邪恶，什么应当效法、什么应当反对，什么是道德、什么是缺德。

在我们的现实生活中，许多高尚的道德行为都可以从文艺作品中找到其影响，而反动、黄色的文艺作品，也毒害了不少人，特别是青少年。因此，自觉地利用各种文艺形式对人民进行共产主义道德教育，是极为重要的。我们的文艺作品，对其中的道德形象与道德斗争，也应予以注意。要向人民提供完美的、多方面的道德生活的榜样。我们要在提高全民族科学文化水平的同时，提高全民族共产主义道德水平，使整个中华民族的精神状态达到一个新的境界。

综上所述，共产主义道德是在革命实践中形成的，是教育成的。它的形成，离不开三大革命运动的实践，离不开党的教育、灌输。我们看一个人的共产主义道德修养如何，也主要不是听他的道德宣言，而是看他的道德实践。我们每一个革命者都应该像雷锋那样，注意在实践中接受教育，培养自己的共产主义道德，做一个真正的共产主义战士。

第三，在斗争中不断提出共产主义道德教育的新任务。

马克思主义告诉我们，社会意识是由经济基础即生产关系决定的。它们将随着生产关系的发展变化而不断变化。道德这种社会意识，也是如此。“人们自觉地或不自觉地，归根到底总是从他们阶级地位所依据的实际关系中——从他们进行生产和交换的经济关系中，吸取自己的道德观念。”历史上产生过的各种道德，无论是奴隶主的道德、地主的道德、资产阶级的道德，还是原始公社中人们的道德、奴隶的道德、农民的道德，都是当时社会经济状况的产物，也都随着社会经济状况的变化而变化着。无产阶级的道德是在无产阶级反对资产阶级的斗争中产生的，它反映了无产阶级在经济关系中的地位和要求，它也随着经济关系的变化而发展。不仅在资本主义社会和社会主义社会的不同历史时期，由于无产阶级的社会经济地位发生了根本的变化，无产阶级的道德因而有了巨大的发展，就是在社会主义历史时期的不同发展阶段，随着社会主义生产关系的逐步完善，无产阶级的道德规范也有着相应的发展。我国在生产资料所有制方面的社会主义改造完成之前和之后，共产主义道德的发展变化是很明显的。将来，随着新时期总任务的完成，随着生产的发展，社会主义公有制向更高级形式的发展，以及文化科学水平的提高，共产主义道德也必将有长足的进步，这是毫无疑义的。

无产阶级的政党，一定要根据马克思主义所揭示的规律，自觉地随着社会主义生产关系的每一重大改变，不断提出道德教育的新任务。只有这样，才能使共产主义道德适应经济基础的变化，更好地为经济基础服务，为巩固无产阶级专政的上层建筑服务。

不断提出共产主义道德教育的新任务，还有更为深远的意义。我们将在这个过程中，不断发展无产阶级的道德，使今日的共产主义道德日臻完善，为将来的共产主义社会的道德奠定基础。在有阶级存在的时代，道德始终是阶级的道德。但是，由于无产阶级代表着绝大多数人即全体劳动人民的利益，无产阶级的道德就可以成为代表全体劳动人民利益的道德，并将成为未来的、全人类道德的基础。恩格斯指出："仅仅在欧洲最先进国家中，过去、现在和将来就提供了三大类同时并存的各自起着作用的道德论。哪一种是有真理性的呢？如果就绝对的终极性来说，哪一种也不是；但是，现在代表着现状的变革、代表着未来的那种道德，即无产阶级的道德，肯定拥有最多的能够长久保持的因素。"共产主义的道德，是社会经济状况的产物，它将随着社会生产力的发展所引起的社会生产关系的发展而发展，它将随着社会生产方式的变化、物质产品的丰富而改变自己的形态，向更高的形式发展。我们无产阶级和共产党的任务，就在于根据客观的经济变化，不断为自己提出新的任务，推动整个社会的物质的、精神的进步。

我们一定要把共产主义道德教育搞好，使之成为团结、激励亿万人民为完成新时期总任务而斗争的强大精神力量，成为移风易俗、改造中国的强大力量，我们的伟大国家、我们的伟大民族，将不但有强大的经济、发达的文化，而且将有高尚的道德。我们将以崭新的面目，卓立于世界民族之林。

选自《哲学研究》，1978年第7期

吉剧创建二十年

去年10月，省吉剧团进京汇报演出，受到了首都文艺界和广大观众的好评，也听到了许多中肯的批评和建议，这对我省文艺战线是极大的鼓励和鞭策。吉剧自从开始创建，到现在已经整整二十年。我们应借首都带回的东风，回顾一下创建吉剧的历史，总结一下吉剧创建的经验，以便使初具规模的吉剧之花，在新长征路上开得更加绚丽！

吉剧的创建、夭折和新生

吉剧，是我省创建的新剧种，到今年不过二十岁，却有着一部不平凡的饱经沧桑的历史。

吉林省为什么要创建吉剧？吉剧是怎样创建起来的？

吉林省地处我们辽阔祖国的边陲，由于开发较晚，尽管有丰富的宝藏、勤劳的人民、可歌可泣的历史，但文化比较荒芜，从来没有自己的地方戏曲剧种。梆子曾在东北流传，但它来自河北；1920年评戏出关，继梆子兴盛一时，但它也是河北的剧种。东北的白山黑水，只有二人转转来转去，转出三个分支——二人转和单出头这两支，是有戏剧成分的说唱形式；另一支拉场戏，则是仍有说唱成分的不够完备的民间小戏。新中国成立后，在百花齐放、推陈出新方针指引下，二人转有很大发展。1958年，又出现向戏曲发展的趋势。我省人民也有创建本省剧种的强烈要求。正在这个时候，敬爱的周恩来同志指示我们要繁荣发展东北的文化，丰富创造自己的地方剧种。这样，吉剧便应运而生了。

从说唱的二人转变成地方戏曲吉剧，正像蝌蚪变成青蛙一样，要有一个过程，问题很多，困难很大，并非轻而易举，一蹴即成。要有方针、理论，要经过调查研究，要依靠创作实践。吉剧创建的工作，是在吉林省委领导下，努力按照戏曲发展的规律来搞的。

1959年初，省委决定创建新剧种，首先明确了这样几个问题：

第一，是搞个小剧种还是大剧种？在戏曲史上，从说唱、曲艺发展起来的剧种，有一些是三小戏，或叫半班戏，行当、角色有不少限制。我们认为，吉剧应努力建设成为像京剧、河北梆子等那样的角色、行当、板式俱全的大剧种。

第二，吉剧的地方性和全国性的关系。吉剧是地方戏，但说的东北话接近普通话。所以，吉剧立足于地方，但也要考虑到其他地区，首先是东北地区的需要。

第三，基地问题。可供选择的有二人转、东北大鼓、民歌、太平鼓、秧歌等。省委明确指出以二人转为基础。

二人转有近二百年的历史，有三百多个传统曲（剧）目，三百多个唱腔曲牌，有唱、扮、舞、说、绝五功。它是东北民间音乐、舞蹈、文学、语言的宝库，有一批著名的老艺人。二人转同东北人民有深远的渊源、知己的感情，是和群众心贴心的艺术形式。它虽然在旧社会备受摧残，但它像车轱辘菜一样，轧不断，踩不死，迎风斗雪二百年，东北人民喜爱它，保护它。拿二人转当吉剧的基地，自然就有深厚的群众基础。我们懂得，只有深深扎根于人民群众之中的艺术，才有生命力。

第四，剧种建设从何着手，走什么道路？吉剧创建，主要是为了更好地反映现代生活，但为了创造剧种，培养演员，必须用传统戏打底。选择剧目要从剧种建设出发。

第一个剧目《蓝河怨》，就是在长期流传的二人转《蓝桥》的基础上，通过实践，解决吉剧的小生、小旦、彩旦、小丑等行当问题，同时着重试验了柳调。说唱音乐变成戏曲音乐，我们根据二人转唱腔音乐的基础，研究了戏曲音乐的一般规律，提出吉剧腔要戏曲化、板头化、行当化。要搞柳调、咳调两大声腔兼用曲牌的以板腔体为主体的综合体唱腔结构形式。

《蓝河怨》演出后，受到我省群众的欢迎。1959 年底又搞了大型喜剧《桃李梅》，以戏带功，过“袍带关”，进一步解决老生、花脸、青衣、闺门旦等行当问题，同时使用了咳调。

《桃李梅》演出后，吉剧进一步为我省群众承认。我们并未浅尝辄止。针对当时从创作到表演还有粗俗、毛草以及行当不全等问题，提出用折子戏锤炼剧种。我们搞了《包公赔情》、《搬窑》、《燕青卖线》等传统剧目和《雨夜送粮》等现代剧目。这几个传统戏注意继承和革新的关系，努力从生活出发，用行当不拘于行当，用程式不拘于程式，初步形成了自己的特点。

经过一年多的实践，省委提出了“不离基地，采撷众华，融合提炼，自成一家”的剧种建设方针。这是根据毛泽东同志“百花齐放、推陈出新”的方针，根据中国戏曲发展的规律，根据在实践中碰到的问题提出来的。这个方针的确定，标志着吉剧剧种建设进入了比较自觉的发展阶段。

为了贯彻这个方针，采取了不少具体措施。如：吉剧演员学唱二人转。吉剧乐队试制了喉管、吉胡，在表演上，请进来，派出去，先后到四川学川剧，到山西学蒲剧，到天津学河北梆子……针对唱功和绝活差距大，提出“一唱一绝”，抓住不放。

1962 年，吉剧团到辽宁、黑龙江演出，得到了肯定。特别使我们永远铭刻在心的是，同年向周总理汇报演出。周总理不仅当场接见演员，合影留念，回京之后，还向郭兰英等同志介绍吉剧，让他们来看。总理对吉剧的关怀，是吉剧史上光荣的一页，是我们搞好吉剧的巨大动力。

1963年，在吉剧初具雏形之后，开始了大量的现代剧目的实验工作。先后排演了《夺印》、《争儿记》、《会计姑娘》、《红旗飘飘》等大型现代剧目，特别是《江姐》，连演百场，深受观众欢迎。

周总理亲切关怀过的吉剧，被“四人帮”一伙污蔑为“文艺黑线结的黑瓜”，全省、全国文教战线先进单位的吉剧团，成了“黑样板”，深受人民群众喜爱的吉剧剧目成了“黑剧目”，负责创建吉剧的领导干部成了“黑帮”、“走资派”，为创建吉剧作了贡献的作者、演员成了“黑帮宠儿”、“黑尖子”。在他们那里，一切都是黑白混淆，是非颠倒。吉剧团内，许多干部、作者、演员受迫害，挨揪斗，甚至被摧残而死。他们的同伙，既无知又蛮横地说：“我就不喜欢吉剧，我看就不要搞了吧！”一声令下，二百人的吉剧团大部分被赶出文艺界，“保留”的四五十人，还全部送干校改造。一个好端端的吉剧团，就这样被砸烂；刚刚创建起来的我省唯一的剧种，就这样被扼杀了。

第二步是改造吉剧。吉剧是人民群众自己的艺术，许多同志不顾“四人帮”的淫威，肯定新剧种的建设，肯定吉剧建设的“十六字方针”，这就被污蔑为“反占领”、“反改造”，是什么“黑线回潮”、“吉林特殊”论在吉剧团的主要表现。他们一伙眼看砸烂吉剧不易，便阴谋加以改造。一方面，他们胡批乱砍“十六字方针”，大批什么“唯剧种建设”论、“唯主要演员”论、“唯剧目生产”论，乱扣“反对毛主席文艺路线”、“文艺黑线”、“资本主义”等等大帽子，妄图批倒“十六字方针”；另一方面，下令“用样板戏改造吉剧”，把吉剧搞得像“京剧跑调”，完全丧失了吉剧的特点，演员不愿演，群众不愿看。

第三步是利用吉剧。1976年初，“四人帮”加紧篡党夺权的反革命步伐，一些人竭力利用吉林省的“特产”——吉剧、二人转，大演“与走资派作斗争”的作品，为“四人帮”大效犬马之劳。我省参加1976年全国曲艺调演的二人转《喜看〈春苗〉》、坐唱《小将敲门》，曾受到于会泳一伙的赞赏，这就是他们利用吉剧、二人转参与“四人帮”阴谋活动的铁证。

去年3月，省吉剧团恢复了《包公赔情》等三个小戏和《桃李梅》的一折《闺戏》。拨乱反正，被颠倒了的历史重新颠倒过来了！省内群众欢呼，东北人民高兴，这次到北京，又得到了相当高的评价。人民群众承认，历史作出了结论，吉剧加入了剧种之林，吉林省没有剧种的历史一去不复返了！我们将在毛主席文艺路线指引下，在前七年创建的基础上，医治吉剧在十一年中饱受的创伤，继续建设吉剧。

吉剧创建的几点体会

实践是检验真理的标准。吉剧二十年来走过的“之”字形的曲折历史，从正反两个方面都证明了创建吉剧是必要的，是符合戏曲艺术发展规律的，创建吉剧的道路是正确的。

创建吉剧的经验，有待于大家认真总结。我们认为，以下几条是值得肯定和研究的。

第一，创建吉剧的“不离基地，采撷众华，融合提炼，自成一家”的“十六字方针”，是一个正确的方针，反映了我国戏曲艺术发展的普遍规律。

任何一个剧种都有自己的基地，没有基地，就要脱离群众，就失掉了戏曲艺术的传统，同时，还要采撷众华，广泛吸收，融会贯通，形成别具一格的剧种特点。这也就是要很好地解决剧种个性和共性的关系，继承和革新的关系。吉剧是在二人转的基础上发展起来的，它以具有东北地方特色的基调为母体，同时吸收了其他优秀剧种的长处。这种吸收，是借鉴并融化到自己剧种中来，用以丰富和突出自己剧种的特色，使自己剧种的个性能够更充分地体现戏曲艺术的共性，而不是把特色磨光。因此，吉剧不仅为东北人民所喜爱，而且为其他地区人民所接受和承认。我们感到，“十六字方针”是百花齐放、推陈出新的方针在吉剧建设上的具体运用，是经得起实践检验的。

第二，坚持古为今用、推陈出新的原则。

不仅在艺术形式、表现方法上出新，在内容上更要出新。我们首先抓了剧本的创作和锤炼。《包公赔情》之所以受到人们的欢迎，不仅是因为这出戏的人物、唱词、唱腔给人以清新的感觉，不同于同一题材的《赤桑镇》，更重要的，是这出戏的内容。它歌颂了一个以大局为重、嫉恶如仇、关心人民疾苦、刚直不阿的清官包拯，歌颂了正义和良心。“四人帮”横行时期，赃官当道，人民生活在水深火热之中，人民盼望清官，因此这样的戏能够叩动人们的心弦。这就是传统戏的古为今用。

第三，坚持从生活出发，要行当，破行当，有程式，不程式化。

吉剧的可贵之处，是保持了民间艺术的乡土气息，它亲切、动人。有程式，并不僵化，人物穿着传统服装，画着戏曲脸谱，但却是富有生活气息，有独特个性、活生生的艺术形象。吉剧分了行当，但并不受行当的限制。《包公赔情》中的王凤英，既非老旦，又非青衣，从生活出发，就是“这一个”。

第四，浓厚的地方色彩，又不限于地方，易于为其他地方观众接受。

有的同志说，我们的吉剧是“小喇叭一吹，特点就来了”。扇子、手绢、手玉子都是吉剧特有的绝活儿。吉剧的唱腔、伴奏音乐，都有自己浓厚的地方特色。又由于吉剧博采众长，并融合提炼，为我所用，加上说的基本上是普通话，所以其他地区的观众也都能够欣赏，易于接受。

第五，一台无二戏，坚持严肃认真，一丝不苟的演出作风。

从表演、音乐、唱腔、舞美、灯光、字幕到说明书，都努力做到严肃认真。由于吉剧是新剧种，1959 年才开始创建，主要演员都不超过四十岁，比较整齐，在演出时，每个演员不管是主角还是配角，都进入角色，没有一个在戏外。

第六，努力培养又红又专的文艺创作、演出队伍。

我们选拔、培养了一批政治上和艺术上都比较强的作者、演员骨干。经常进行思想政治教育，鼓励他们树立为革命建设吉剧的事业心和创造精神，批评一些同志的个人名利思想。思想工作结合业务工作去做。鼓励他们大胆进行艺术实践，努力做到又红又专。

吉剧从创建到现在仅仅二十年，中间还被林彪、“四人帮”和省委前主要负责人一伙扼杀、摧残十一年，还很年轻，可以说还处在幼年时期。吉剧还只是初具规模，存在种种弱点、不足，是不言而喻的。剧目太少，唱腔高亢而激越不足，生腔还没过关，地方特色还不是很浓，吉剧还远远不算是成熟的一个剧种。到现在为止，吉剧的创建只是走了万里长征的第一步。我们要认真地肯定成绩，总结经验，找出差距，不断前进。

坚持“十六字方针”继续建设吉剧

吉剧团进京演出的成功，标志着吉剧初创阶段的基本结束。我们要树雄心，立大志，巩固成果，攻其所短，解放思想，阔步前进，坚持不懈地建设吉剧。

“不离基地，采撷众华，融合提炼，自成一家”，是我们创建吉剧的具体指导性方针，实践证明这个方针是正确的。我们要继续前进，必须联系吉剧创建的实际，很好地研究这个方针。四句话，要一句话一句话地写一些文章，剧团人人讨论，大家动手写。四句话分两联。前两句一联，后两句一联。基本思想是继承和革新的问题。还要专门成立一个吉剧、二人转研究室。这是剧种建设的需要，也是思想建设、队伍建设的需要。要坚持“十六字方针”，继续建设吉剧，必须处理好以下几种关系：

第一，不离基地和采撷众华的关系。

“十六字方针”最基本的是不离基地。扎根在二人转这个基地，才能使吉剧的发展有所本，才能保持吉剧的个性和稳定。这是继承方面的问题，也是吉剧建设的根本问题。

要发展和扩大二人转这个基地。有了吉剧之后，二人转仍应独立存在，不能只是把二人转队附设在吉剧团。吉剧和二人转要平起平坐，只能是互相促进，而绝不互相代替。要研究二人转，出版二人转全集，要给老艺人写传记。最近各县都成立了大集体的二人转团（队），就是为了发展二人转艺术，保存和扩大基本骨干队伍。搞二人转不能羞羞答答，要放手搞，大胆搞。要把二人转会议开好。二人转是吉剧的母体，创建吉剧离不开二人转，发展吉剧更离不开二人转。这是吉剧的命根子。吉剧离开二人转，就要脱离东北人民，就要处在茫茫十字路口，无所适从。

不离基地不是故步自封，不是盲目排外，要把其他剧种的长处拿来为我所用，采撷众华，搞“拿来主义”，吉剧才有广阔的发展前途。吉剧，不仅是吉林省人民的吉剧，而且要努力使之为全国人民喜闻乐见。外国的东西，比如伴奏音乐，我们也用了点洋乐器，效果也是好的，今后我们仍要坚持拿来为我所用。

第二，传统戏和现代戏的关系，历史题材和现实题材的关系。

创建吉剧，以传统剧目打底，主要目的还是演好现代戏。从传统戏开始，有利于突破唱腔旋律、角色行当、表演程式、音乐伴奏等问题。现在吉剧仍处在剧种建设时期，要建设一个大剧种，要看得远些，要有战略眼光，要继续搞一些传统剧目，扎扎实实地打好底子。一般认为世界上有三大表演体系，一是布莱希特为代表的，主要在欧洲，强调外形、形式美；二是斯坦尼斯拉夫斯基体系，主要强调内心的交流；三是就是以梅兰芳为代表的中国京剧和其他戏曲的表演体系。京剧有一整套程式、行当，光生行就有十几种。京剧形成在清代，到现在已经程式化，趋于僵化，需要加以革新。毛泽东同志在延安时期就倡导京剧革命，全国解放后取得了很大成绩，我们要很好地把中国戏曲表演艺术遗产继承下来，加以革新。吉剧要走这个路子。要坚持从生活出发，有行当，破行当；有程式，破程式。因此，要根据剧种建设的需要，继续搞一些传统戏，同时要创作、排练、演出现代戏，特别是反映歌颂老一代无产阶级革命家和四个现代化的剧目，努力反映时代性的重大题材和主题。这也是剧种建设的检验。

第三，普及和提高的关系。

吉剧要普及。吉剧要在全省开花，把它建设成为我省最具有群众性的大剧种。现在我省已经有了 15 个吉剧团，还应当再多搞一些。在普及的基础上，也迫切地需要提高。人民不能总是满足于看那几个小戏。吉剧普及到一定程度时就要总结经验，努力提高。在普及的基础上提高，在提高的指导下普及，这就是普及和提高的辩证法。

第四，剧目和剧种的关系。

搞剧目要考虑剧种建设。《包公赔情》、《搬窑》、《燕青卖线》等等都是从吉剧剧种建设出发的。“文化大革命”前，我们通过大小八个剧目，初步摸索了吉剧创建的初步规律和经验，反过来，作为一个要站得住的新剧种，就必须有一批各种各样的具有代表性的能够站得住的剧目。现在我们的剧目实在是太少了。今后，要通过创作、移植、改编，大力丰富吉剧上演剧目，这不仅是建设剧种的需要，也是为新时期总任务服务的需要。

第五，艺术实践和教学、研究的关系。

吉剧的第一批演员将近四十岁，要解决后继有人的问题。剧团要带小科班，省吉剧团一些有经验的演员，不但要演戏，还要注意带好学员。对学员进行严格的基本训练，还要给学员以大胆进行艺术实践的机会。吉剧的研究工作还没有认真进行。吉剧要进一步建设，就要解决理论上的研究和提高的问题。除了有人专门研究外，老演员要注意总结自己的艺术经验，上升到理论，探讨一些吉剧发展过程中带有规律性的问题。这样，也会使其自觉地提高自己的演出质量，促进自己艺术上的成熟。

吉剧创建获得初步成功，是我省文艺史上的一件大事。我们要认真总结、推广创建吉剧的经验，推动我省的戏剧工作和整个文艺工作大干快上，在毛主席文艺路线指引下，尊重艺术规律，发扬艺术民主，调动广大文艺工作者的积极性，繁荣我省的社会主义文艺，迎接中华人民共和国成立三十周年，为实现新时期的总任务作出更大的贡献！

选自《说演弹唱》，1979 年 2 月

题画诗话

——学诗小记

中国画，尤其中国的文人画，不但讲究画，还讲究题画诗，讲究画面上的书法。诗书画有机地结成一个整体，三者俱佳的称作三绝。如石涛、八大山人、板桥、吴昌硕、齐白石等，是历来被称作三绝的代表人物。

从前看过一些石涛的画，觉得画面上不过是些残山剩水、枯木怪石，觉得挺没意思，可是就是这样的画还有人说是很好，自己就百思莫解。后来看得多了，又读了些关于石涛的传记和他的一些诗篇，才逐渐了悟到这个艺术家确是把满腔的亡国的悲痛，都托诸诗、书、画表达出来了。如张野鹤题石涛一张“渔翁”的画上的诗，就很能传达出作者的这种心情：“寒夜灯昏酒盏空，关心偶见画图中。可怜大地鱼虾尽，犹有垂竿老钓翁。”其实，石涛这个和尚，对祖国河山的秀丽还是很敏感的，心情也不总是如此颓丧，他歌颂起春天来也真是读之令人意往神驰的，请看他如下一首题桃花的绝句：“武陵溪口灿如霞，一棹灵之兴更赊。归向吾庐情未已，笔含春雨写桃花。”如此妩媚含情，风流天真，又哪里像个和尚，而且又是一个亡国遗民的口吻呢！其实二者并不矛盾，一方面是爱，一方面是痛，爱得愈深，痛得愈切，以诗人的情肠，托之于画家的笔墨，才能得出这样的好画，写出这样的好诗。

八大山人和石涛一样，也是朱明王朝的宗室遗民，常见他画的一只公鸡把脖子伸得长长的，头沁在地上一声长叫，看不出什么好来，只是觉得有些怪，后来听人讲解才明白，这是表达“颈子九转，一声长叫，叫出满腹的亡国的哀痛”。开始也还半信半疑，直到读到下边这首诗后，才明白，这种画的确是这个意思：“白发黄冠泪欲枯，画成花竹影模糊。湘江万里无归路，应向东风泣鹧鸪。”这诗虽不是八大山人之作，可是泣鹧鸪之心情倒真是用诗来说明白了。

板桥画竹、兰，常常是寥寥几笔，可是有时题起诗来却洋洋洒洒，满纸淋漓，使人一看就明白，他哪里是作画，实在是借题发挥，在那里发牢骚。吴昌硕也常常这样，曾见省博物馆藏的一张黄菊上，就写着这样四句诗：“黄菊有佳色，移自秋涧滨。花开黄金色，莫谓山家贫。”初看，诗并不算出奇，可是仔细寻味一下，真是既风流又牢骚，是所谓“寄大兴致于小物”之作。

白石老人的题画诗是更为丰富多彩的了，如他题不倒翁的名句“将你忽然来打碎，浑身何处有心肝”，真是何等的老辣淋漓。

读前人题画诗有兴味，可是自己一动手就难了，不是陈腐落套，就是枯燥平板，道不出个究竟来，可见眼高手拙，是一大慨叹。这里顺手抄出几首来说说个中的难处：

题“长白山瀑布”

峡谷风雷白练飞，携云带雨自天垂。
雷惊雾拢朝山客，林海花香已忘归。

题“迎春水仙麻雀”

金盏银杯飞羽箭，春寒乍飘绿网花。
得意东风双麻雀，隔枝喜得叫喳喳。

题“梅”

金石肌骨粉玉妆，英雄肝胆女儿肠。

峡谷冰天报春讯，斗寒先放一枝香。

题“风竹”

虚心多硬节，直肠豪客情。

风来飞翠羽，绿箭射青空。

若说没些想法吗，也是冤枉的，可是想法容易走老路，用词好模仿。比如“长白飞瀑”这一首，到过长白山的人能明白，一转近瀑布的山谷就觉得有雷鸣和风声，愈走近，风雷愈响愈大，待走到瀑布之前时，你不知不觉地就进入了水帘雾幕中去了，这时站在远处的人就看不清你了，等你走出来，才会觉出自己身上的潮湿水汽。对于这种壮丽的景色，这样好的意境，想要写出一首好诗，却实在不容易。别的不说，你怎么形容那水帘呢？无非“白练”呵、“飞泉”呵、“天水倒流”呵，其实前人早就多次用过了，再写也不过如此。其余三首也是这样，虽然想拼着气力作点翻新文章，但胸中格局不高，语言生涩，也只能弄点小巧，出不了什么大文章。

俗话说“事非经历不知难”，仅仅对于在画上写两句诗来说，也证明这是千真万确的真理。读《红楼梦》到香菱学诗的那一段，过去觉不出什么，现在才明白那实在既是很高明的诗论，又是高度概括的艺术描写，可见作诗也真够苦的。怎能够一下子就得到诗学三昧，不见李白说杜甫的笑话吗？

若问因何太瘦生，只为当年作诗苦。

选自《宋振庭杂文集》，山西人民出版社 1989 年版

寄给母亲

妈妈，亲爱的妈妈：

再过几天就是您的四十周年诞辰大庆了。我们大家——您的儿女们，正为这伟大的节日的来临在准备着一切。这些天里，我们的心情像波涛汹涌的海水，实在难以平静。我愿把我的忠心在这封信里先向您献上。

妈妈，您诞生在一个伟大的民族里，这个民族既伟大，又聪明，既朴实，又坚强，他有着在我们这个星球上最多的人口，他的土地南起热带北濒寒带，东陲傍午，西方还在迎接朝阳。他的历史是人类历史中最悠久的一个。可是呵！他经历了灾难深重的黑夜，他吃尽了人世间一切苦痛，他付出了无法计算的代价，最后才养育了您。妈妈，您是这个伟大的民族的结晶，您是这个民族的苦难和胜利、黑暗和光明的转折点。

妈妈，您是一个伟大的母亲，在您的抚育下站起了无数的英雄儿女，他们承担起挽救这个灾难深重的伟大民族的重任。妈妈，这个民族自从有了您，他才有了希望，在他的上空才升起了不落的太阳。

妈妈，您已经诞生了四十年。这四十年间您做了人类历史上最伟大的事件之一，您领导四分之一的人类，从黑暗的牢狱中解放了自己。您给这个民族创造了三条总路线，它一脉相承，只有循着它才能走向胜利，离开它一步都没有任何解救的希望。为了实行这三条总路线，为了和黑暗搏斗，您不知耗费了多少心血，牺牲了多少个英雄的儿女。妈妈，我们亲眼看见您，用双手交出自己的儿女，在他们倒下去时，您擦干了眼泪，化悲痛为力量，更凶猛地打击敌人。

妈妈，在您的四十年间的战斗历程上，您所以能战败敌人，能立于不败之地，就因为您永远依靠人民，依靠这一切力量生长的源泉；您总是从实际出发，从自己的历史条件出发，您站得高，看得远，善于把马列主义的普遍真理和中国革命的具体实践结合起来，不为任何迷信和成见所左右；您有着人类最大的勇敢，您勇于责己，把重担子自己担起来，宽于待人，把幸福让给别人，因此才在您的周围团结着一切人，一切可能团结的力量。您和您的儿女们实行着最严格的纪律，铁的纪律，实行着最严格的批评、自我批评的原则。您的胸怀坦荡，有如日月，您的智慧无边，有如海洋，您自身非常纯朴近人，就像真理本身一样。您和一切黑暗、污秽势不两立，有如旭日东升，赶走一切黑暗。

妈妈，我是您的无数个儿女中的一个，是您的一个小儿子，我还十分幼稚，有许多缺点，是您生育了我，抚养了我。您教给我分辨是非、善恶、敌我，正确的道路和错误的道路，好的作风和坏的作风，我惭愧呵！我未能完全达到您的英雄的儿女们那样的标准。我一定用更大的努力来回答您的热望。

妈妈，我知道您最关心您的孩子们的未来，最关心您的小鹰们会不会飞翔，经不经得住暴风雨。是的，一代人有一代人的任务，一代战士要经过一代斗争的磨炼，不会不交出代价就能成为好的战士的。妈妈，您放心吧！您的小儿女们不会违背您的教导，他们一定能依照哥哥和姐姐们的榜样，也会不怕暂时的困难，经得住困难的考验的！

妈妈，当您即将过四十大庆的时候，作为您的儿子，我向您宣誓：

我一定做一个可以称得起是您的子女们的一个成员。

我一定不愧在人前宣布，我的母亲是您！

您的儿女中的一个

1961年6月25日

我为什么要画画

我这个“土八路”，老了老了，还要学画画，还要印一本画集，不但老朋友们听了觉得奇怪，连我自己也觉得有几分好笑。因此，说说这个缘起，倒是有些必要的。

我们这些“老家伙”，也就是所说的老干部，自己算过，大体上一生可分如下几个时期：一、少年时代没有条件很好读书（念过大书的也有，但很少）；二、青年时代投笔（或投锄）从戎，打枪放炮；三、壮年时代适逢新中国成立前后，脚打屁股地忙了若干年；四、壮年后期，赶上十年动乱，挨批斗、关牛棚，流逝了大好光阴；五、党的十一届三中全会前后，平了反，又重新出来工作，然而许多人已到了体弱多病的晚年了。

如此说来，“老家伙”和“画家”这两个概念相去甚远，然而我同画画这行子事产生因缘，却有一定的必然和偶然的因素。四十年来，我一直是干宣传文教这一行。我想，既然干这个和管这个，总得多少懂一些才好，不然总是说外行话，瞎指挥，怎么行？再者，我爱好文学，文学和美术是姊妹，因而爱屋及乌，就常和一些画家们往还，交朋友。这是我同美术产生瓜葛的必然因素。然而从爱美术到自己动手画画，就有些偶然了。第一，这得感谢画界的几位好友，因为交往时间长了，谈得多了，他们就鼓励我自己也试试，说起来，是他们拉我“下水”的。第二，还得谢谢林彪和“四人帮”之流，他们把我赶到乡下去，不能工作，没着没落，我就读中医书，想当中医，甚至还学木匠活，也有一定时间用毛笔在宣纸上涂抹起来，摹仿齐白石画大虾，摹仿徐悲鸿画奔马。本来是近乎闹着玩的，居然也有人顺手拿去几张，拿回家去糊墙，于是我也就近乎闹着玩地把这当成一种鼓励，不然他为什么不用报纸去糊墙呢?

从“画着玩”到“认真干”，而且还要印它若干张，这也有它的外因和内因的。外因是，许多朋友都说，“土八路”、“老家伙”画画的很少，又大多到了晚年，你如果壮着胆子，画几张挂出去或者印它一本，不是也可以增添些老干部晚年的情趣么？就我自己主观方面说，这几年涂抹得多了，几乎到了着迷的程度，将来退休后，就想以此度过晚年。

人贵有自知之明。我的诗书画，严格说来不合章法，自己是知道的。我自己说它是深山野谷里自生自灭的野生植物，用佛家的话说是“野狐禅”，没有根底，水平不高，是不待言的。可是“啦啦队”们又说了，各人有各人的章法，有法无法，各得其法，你的画特点就是胆大无法。看来，凭着这点傻胆量，可以试着闯一下子。

熔诗、书、画于一炉的所谓文人画，是我国古人的一大创造。有些大文人，不但诗好、字好，画也好。但到清朝乾嘉时代馆阁派一出来，就显得僵化和缺少生气了。这时作为反对派，出现了“扬州八怪”。“八怪”中，有人在画上很有功夫，如金、郑、李、罗，但有的人也不见得。至于有些文人画其实是一些即兴的墨戏。我自己既非大文人，这种笔墨只能算作抒情的涂抹。我想，如果画画也可成为老干部晚年生活的情趣之一，我倒愿意做个试验品，试一试。

“票友”唱戏，自然可同专业演员有别，不过唱的毕竟是戏，如全是胡闹，也不能以“票友”为借口来遮羞。我以做试验的态度，取出这十几张画，恭候读者诸君的批评指教。倘有人以为尚有一二可印之处，并不是白白浪费油墨纸张，那我就可以稍稍安心，不太自咎了。

1982年春于北京

《宋振庭画集》于1983年由吉林人民出版社出版，本文是作者为画集写的前言。

老家伙的晚年情趣

先要注释一下啥是“老家伙”，我这里说的家伙不是工具，是人，我们这些老干部常常习惯于彼此称为“老家伙”，或者说这算是一种昵称。用文雅点的说法就是老骥伏枥，志在千里，烈士暮年，壮心不已。

我也算个老家伙了。有一次一个老家伙说我们这一辈人时运不济，或命运多舛，多数人说我们一生可分作五个时期：一、少年失学（念好书的有，但较少）；二、青年从戎，放枪放炮；三、壮年时忙忙碌碌，不知白天黑夜（这大抵是全国胜利前夜或建国之初）；四、临老正好干事时，戴“高帽”，关进牛棚；五、最后得救了，开了十一届三中全会心情舒畅了，但又垂垂老矣，而且老年多病。我觉得这话说得有部分真理，符合一部分或相当部分老家伙一生的命运。

但也有的老家伙说，我们这些人是前助于古人，又后优于来者，中国历史上最美好的一段让我们赶上了，可算适逢其会，历史之骄子。这说的又非常乐观浪漫主义了。或问“请道其详”。他说：我们这辈子，中国翻天覆地，世界翻天覆地，中国人换天换地，扬眉吐气，自己亲眼、亲身、亲手建成新中国，建设新中国，请问历史上哪代人能如此地如愿以偿？远的不说，洪秀全、杨秀清行么？孙中山、廖仲恺行么？我党的先烈们虽人人都有此坚信，但谁能见到“王师北定中原日”？哪个不是抱愿终身寄希望于未来？！

听了这些议论，我觉得这话的真理性更大更足，无可怀疑，不能反驳，于是大家鼓掌而欢，畅歌呜呜。

但是也许命运就是这么安排捉弄我们这些老家伙，现在又碰到了新鲜事，新课题，即党要求，国要求，人民要求，老家伙应心甘情愿扮演传、帮、带，举贤，让贤，为贤前驱的角色，因此一大部分年老多病，不适于岗位的老家伙要退居二线或三线。此事讲道理不难，环顾全球，缅怀历史，看看马列书，所说的社会主义，它所以好，就有这么一条，即好在这个社会才能“老吾老，以及人之老；幼吾幼，以及人之幼”，“老有所养，少尽所怀”。不然，要社会主义干什么？但，干了一辈子了，晚年要我们退，吃碗安乐清闲饭，却真是既不习惯，也难于一听就通，其感情波动，在所难免。

老年时，日子怎么过，这个事十年动乱中我就想过，不但想，而且看来安排过后事，我下放农村时，看中医书、学号脉、开药方干过，买木匠家具、自做木器干过，也想焊洋铁壶，但更多的是作诗、画画、填词、写回忆录，或想写点有分量的书，就拿诗书画来说吧，我现在已算一个业余书画者（先别自己称家，留点退步），天下事就是这么歪打正着，谁能说得那么死！“失之东隅，收之桑榆”往往并不少见。

前几天有一老家伙毛笔字写得很好，给我写了“烈士暮年，情高趣雅”八个精神抖擞的大字，老画家李苦禅还给我写下“云烟供养，书画延年”八个大字，此八字力可扛鼎，我看包世臣、沈寐叟再生，也难臻此（当然，这是我自己的偏爱在内）。

提起“风雅”、“闲适”、“情趣”，甚至种花、钓鱼、延年益寿等等，这些旧词，我们这辈人本不习惯，更无人议论过，若说种菜养猪么还差不多，可是现在就是要提倡提倡老年养生长寿延年的话，更得讲讲，暮年的情趣，无论如何在晚年退居二线时，要力排庸俗低级趣味，尽可能地适于本人情性条件，创造多种多样的活动方式，诸如老战士之家、老家伙之家、老干部俱乐部等等，并在高雅中，尽力之所能多少给少年青年们一点帮助，尽点老家伙的心愿。

毛泽东同志也说过想做个专栏作家、当当先生的话，孙中山这个大人物，就是昨天当大总统，明天可以当白丁当一名医生的高尚的人，连北洋军阀时当过内阁总理的唐绍仪就真的回广东去当了县长，北宋的王安石可以在南京钟山住五间草房，以大宰相衔致仕，并驴背行吟。我们这些共产党员、老家伙又何乐而不为，或不可为呢！

1982 年元宵节

记傅抱石和罗时慧

一、构成大画师傅抱石的“化学分子式”

傅抱石在中国山水画的发展中，可以称为开一代画风的宗匠。山水画到他这里，引起了一个新的转折，从柳暗花明到豁然开朗。姑且不论傅抱石在技法上的革新（即人们称作傅氏皴法的体系），单就画风、意境、趣调而言，傅公的画也是中国画的集诗书画于一炉的新的攀登，在诗中有画、画中有诗的传统上，他作了新的尝试，开辟了新的境界。

我曾和朋友们议论过此事，即傅公画为什么这样被人所重，我想以下三点是否个中的隐秘？

首先，傅公画和他的学识、文史底子的深厚有关，和他画论的造诣密不可分。傅是学者，并且是大学者。比如他的论雪舟的文章，论石涛的一系列专著，论板桥的书，论宋元以来的画史，他对清初的各家的画论源流的考查，这些都达到非常精辟的地步。他对石涛的酷爱，爱到了不惜一切，甚至是一生到底、不可须臾分离、心神俱至的神交好友的地步。人们称赞明四家之一的唐寅的画多成神品，有人问唐寅的老师周臣说：您的画为什么不如您的学生唐寅呢？周臣回答说："吾只少唐生数卷书耳。"这是说到了点子上的名句。可见，做一个画匠容易，做一个画师也可能，但要达到画挽几代颓风，成为标新立异的一代宗师，历史上不会很多，只会很少。

其次，傅公是把现代科学画论和技法引入中国画的主将。他科学地观察了地貌学、岩石学，他掌握了西洋画、东洋画的主要之点，他作了大量的写生速写，他在用笔上纵贯了画史上的所有的笔法。特别是他在构图上，既不离开中国画的传统基地，又把画面的安排和现代的透视关系巧妙地统一起来。记得有一次曹禺同志和我们谈到吉林省的吉剧的创造方针时，他兴奋地说过："吉剧的十六字方针，是一切剧种必须遵守的方针，我看也是一切艺术的创新的必经之路。"移曹禺同志的这句论断，我曾想到用这话来讲傅抱石，倒真正是做到了这十六个字，即："不离基地（归根结底，傅公的画是中国画，不是洋画），采撷众华（这里的"众"是古今中外），融合提炼（绝不是拼），自成一家（但绝不是普通的一家，而是一代宗匠）。"

还有一点，使傅抱石之所以成为傅抱石的，是他的诗人性格，深深地酷爱艺术的殉道者般的生活信条，和他的倔强的江西人的脾气。熟悉他的人都承认傅公有"怪"处，这"怪"处是什么，我看就"怪"在这里。他既善与人同，又耿介孤僻；既博采众长，又谨严落笔。他爱的东西，爱到"废寝食，忘自我"的地步，他激情来时，如孩子一样，天真坦荡，若"婴儿其未孩"这些事例，我想可在以后去谈（我想写篇长文谈傅公。不知能否如愿），但综论傅抱石，不指出傅公这一特点，也是难窥其全体的。

因此我想说，大学者、大诗人和一位大艺术家的殉道者的心灵，是这三个因素才使傅抱石成为傅抱石的，或者说，这即是傅抱石构成的"化学分子式"。

二、记傅抱石作画时的场景

我和傅公结识甚晚，但据他说（我也这样说），我们之间确有相逢恨晚的知己之感。我这里这样说，很有攀扯名家之嫌，但既然我这里在写关于他的文章，也顾不得许多了，只好自以为知心地来写，否则有些话说不明白。

傅公给我作的一幅画，在《中国画》杂志上发表过，即一幅《水墨飞泉图》。此画，他题跋如下：

“此为振庭同志出题考试之作，即希教我以为如何，时一九六一年党的四十周年纪念日也。”

正如他所跋记的这样。那是他即将离长春而去的前一天。我们在前晚谈论得很晚，天南海北，画坛春秋，无所不谈，评论画家人物，说得很坦率。这天早上九时许，他说：“现在我还你的账，请关照一下，别让人来干扰咱们。”我说：“至谢至谢，但得让我满意。”他说：“那当然。请你出题吧！”我说：“今天太热，我要一立幅水墨飞泉，但不是你擅长的瀑布。要黑乎乎、亮堂堂，得一看画就听到满室水声，并且浑身立即有寒意。”他听了，连连摇头说：“你这人真难对付，好家伙，真要我的好看。”接着他走到酒瓶处，满饮了一杯，又斟上一杯端着，念念叨叨地走动。突然，我见他静下来，把大提斗抄起来，调好了墨，在纸上连连顿涂上几大块墨，接着就横扫竖抹地飞动了起来，鼻子不断地打着哼哼（傅公有鼻窦病）。我在一边看得发呆。这样激动地挥舞了一阵之后，他又端起酒杯，全神贯注地看这个画底子，我说什么他似乎全未听见。于是我也就闭口不再说话。就这样，他足足地看了二十多分钟，然后，用小笔细细地整理，先皴水和水口，后又整理近山，最后又找了找远山，中间又站在那里看，最后才戴上花镜坐下来画人物。这时一反前态，小心到以针绣花般地开人脸及穿插衣纹，简直慢得怕人。大体画完之后，他才大声叫道：“怎么样？怎么样？”我也说了几句非常激动的话以后，他才捡了一支秃笔，很快地写上了这段跋语。

另一次，给我的另一张字和石涛小像，又是另一情景。那时就快上火车站了，只有两个多小时就要分手。我来送他时，带了一本他的著作《石涛上人年谱》，我问他此书写作的经过，他说了一下。接着又讲起为了石涛有头发无头发的论争，他忽然说“铺纸”，并自己铺了一张正纸，随便地捡了一支秃了的画笔，为我抄了石涛的长诗，即石涛在跋元人《高房山画》的长诗全文。他写得很快，但留下了很小的一块空白，我也不明白他的用意。又是写完之后，他精心地选了一支细笔，为我缀石涛和尚装的小像和孤松一挺。在跋文时记上“盖忆丁元躬本而为之也”。这也正是头发之争的一个证据。在他写时，一首长诗，几乎很少看，疾书走笔一气而就，可见石涛的诗他早已背得烂熟，于此首更有深厚的感情，朋友们见我这一件傅公的墨迹都说，在大纸上作此长篇形草书的只见此件。可见他对石涛的神交默契的相思之苦，真可算是：“一生订交，两代情深，三生有幸，四体不安，五内如焚，六欲皆空，七情难泯，八拜之交，九死不悔，十分向往。”这十字箴言，及类似的十字诀，皆傅公诙谐的笑料之一，但也确系他的艺术殉道者（他叫作生死恋）的真情写照。

三、访傅夫人罗时慧

抱石公常和我们谈他的家庭生活，谈小石、二石、益璇、益瑶等子女在他作画时侍画的情景，特别是他以熨斗熨画，孩子们的评论。但他说得更多的是老伴时慧夫人。他们是同乡，也是师生，他说都是“江西躁人”，脾气都刚。傅夫人说：“我们天天得吵，但他又一天也离我不得。”确实，在吉林长春时，我见他按时写家书，并戏称“情书”，说我们之间不能一日无“情书”。傅夫人说他写的全是室内室外的描写，及昨天一天的经历。简直是一事一汇报，一定达到让夫人觉得也身在其中了才行。

经过十年动乱，生死悠悠别多年以后，我总算在京见到傅夫人，并于今年春在南京傅家又看见了她。让我更感动的是罗时慧同志给我作了两首词，并亲自写在宣纸上赠我。她身体很弱，年老多病，平时很少操管。我很怕这两首词披露，给她引起书债之累。前几天，她让小女的女婿小吴同志来我处，我谈了披露傅夫人词的想法，请他转告罗大姐，小吴同志说你可以做主。这里我才抄上这两首词如下。这一披露，可从另一侧面看到抱石公的家庭生活的诗情画意的源泉。傅夫人诗词的功力竟如此让人敬佩，这也不须我多置一词了。

永遇乐·时慧赠抱石故友宋振庭同志

镜泊湖边，牡丹江上，奇景同赏。四围雄峰，百寻飞瀑，翻作毫端浪。万里契礼，千秋幸遇，流水高山互响。忆当年，抱石北旅隆谊，慷慨久仗。

光风霁月，潇洒隽雅，识君襟怀坦宕，道合灵犀，兴会翰墨，趁诗酒豪爽。等闲岁月，波澜迭起，且喜故人犹壮。岂睽隔，人间天国，长毋相忘。

壬戌春初罗时慧题

鹧鸪天·奉题宋振庭同志诗书画展

紫叶西山映朝霞，昆明湖畔发春华。履轻万步无倦意，意犹鹏飞征途遐。

诗书画，见高雅，劲松枝老绽春芽。豪情落纸溅珠玉，晚节清风树一家。

罗时想拜题

壬戌春，时年七十三

再说一句，披露这样的文字，我心里忐忑不安，一方面有如前述，更由于实有攀扯名家、附庸风雅、自作广告之嫌。这在眼下也并非我的多虑。好在，我现在不卖画，又无宣扬自己以画道名家的野心。对逝者的知己之情的缅怀，对生者老大姐的盛情，肺腑如焚，我与抱石老伉俪，真是如前词所述："且喜故人犹壮，岂睽隔，人间天国，长毋相忘。"抱石公有知，也当不以此言为虚文，也当不以我的表白为假惺惺吧！

1982年5月1日

人真，情真，才有好词

——小谈李清照的词

（一）

前年，我在游览济南市时，在大明湖参观了辛弃疾和李清照的故居，忽然一股激动的情调蓦地来到心头，我在漱玉泉的石栏边哼了以下四句诗：

大明湖畔趵突泉，幼安南邻是易安。
词雄才女同时地，遥领风骚八百年。

以前，他两个是同时同地人，这一点我是知道的，但未想到他俩先后还是邻居。两位又是人们最喜欢的大词人。我对二安也有自己的偏爱。所以这样的句子，自然地从心底流到口边。

（二）

李清照的词，现在流传的不多。但越因其少，反而显得更加粒粒珍珠，篇篇夺目。从来，诗词名篇名章，传与不传并不是因其多或少来定的。唐人金昌绪只写了“打起黄莺儿，莫教枝上啼。啼时惊妾梦，不得到辽西”

四句，反倒千载流传。反之，靠了偌大势力，刻了高高一摞的木板书的作家，虽想方设法要传世，其实，早被人们忘得干干净净。这是无法可想的。

李清照的词，从来词家以她比拟南唐二主，或合称三李，以婉约著称。但李后主和清照完全不是一回事。其差别并不在于一个是皇帝，一个是平民，一个是男人，一个是女人，一个做亡国之君，一个做流亡的寡妇。我看差别还在于同样以考究凝练的笔触写词，清照更坦率、真诚、不端架子，作为女人，这一点更不容易。以口语直接入词，清照比李后主也大大前进了，词写得那么自然流畅，不做作，而又那么简练、隽永，我看清照实实难得。

以坦直说，也许人们会和我争论。后主又何尝不坦直，如他的描写幽会的情和景，也是多么大胆，"刬袜步香阶，手提金缕鞋"，"好为出来难，教君恣意怜"，"烂嚼红茸，笑向檀郎唾"。但要知道，这并非坦率，是写闺情的香奁体一派的秘诀，因为他们写这类词时，其着意点在刻画女人的心情动态，他们自己是在玩耍、戏弄，在享乐。如以此为坦直，那么欧七黄九（欧阳修、黄庭坚）的粗俗的肉麻要更坦直，"旁有钗银横"不更厉害么！

李清照的词，处处写自己，既深深地剖析自己的内心世界，又冷静地以精练工细的笔触、极艺术的匠心表达出来，于表达之后，于不留意中又处处留意，于自然中又处处工整，于自述中既坦直更含蓄。把这几个不容易凑在一起的长处，她都弄得那么自然利落，当然教人不能不叹服。

如叫我举出证据来，我想这并不难。比如词家重在结句，说一词的分量，千钧之力，大抵在结句的重处。那么，请看清照的结句和许多大家全不同，这是一眼就可看得出来的。

如写临别时：

记取楼前流水，应念我，终日凝眸。

凝眸处，从今更数，几段新愁。

如写伤时消魂时：

莫道不消魂？帘卷西风，人比黄花瘦。

如写愁字：

梧桐更兼细雨，到黄昏点点滴滴。
这次第，怎一个，愁字了得。

如写游乐之闺怨时：

日高烟敛，更看今日晴未？

如写流亡寡妇的凄苦，更逢元宵佳节的心情时：

如今憔悴，风兼霜鬓，怕见夜间出去。
不如向帘儿底下，听人笑语。

如写问答口语时：

知否？知否？应是绿肥红瘦。

如写相思时：

此情无计可消除，才下眉头，却上心头。

如写物是人非之凄苦时：

只恐双溪舴艋舟，载不动许多愁。

如同样写梅，她写道：

一枝折得，人间天上，没个人堪寄。

又如邀人至，她写道：

要来小酌便来休，未必明朝风不起。

如写竞舟：

争渡，争渡，惊起一滩鸥鹭。

我从来就想解开这个谜，这个女大词人，为啥能够达到这步天地。我虽找了不少书来看，有的人说的理，我还心服，但有的理空泛得很，说的人尽管那么说，其实自己也未必相信。

我想以下这个原因是否其中的隐秘？至少是，“我以为”。这就是，易安除学识底子高，才气纵横外，她又下决心压倒那帮俗子庸人，有意地要用自己的文学实践，教训教训那帮俗人熟套。因此，易安每词一成，必有奇趣。

我的证据很有力之处在于她自己的一段话。在《孤雁儿》一词的序中她说：“世人作梅词，下笔便俗，予试作一篇，乃知前言不妄耳。”这话说得何等坦直，何等自负，但又何等的确不误。所以，其结处才写道，“一枝折得，人间天上，没个人堪寄”。在清照眼中，折下一枝梅花，却少有个人堪承受得起。这一惊呼不能说她说得没道理。“天下虽大，可与共言者，却并不多。”“人生得一知己足矣。”“诗不必再作，因为古人把话都说完了。”这些话所以有道理，是深与清照同心的。清照未动笔前，已下定决心要来匡正俗态滥调，所以才成为李清照。

那么，若问有赵明诚这个丈夫，可不可以承受得起清照的梅花？我看可以，也不可以。从夫妇感情同心同调处，两人实在伉俪深情非常般配，但明诚也明知清照高出自己不止一头。其中的情况，我们从清照后期的自传文章《金石录后序》中，已经明白，就单以伊世珍的《琅环记》一书叙述《醉花阴》一词的故事，已可见其中消息。伊说：

“易安作此词，明诚叹绝，苦思求胜之。（从这可见这两口子经常在闺中比武赛文）乃忘寝食三日夜，得十五阕，杂易安作，以示友人陆德夫，德夫玩之再三，曰：只有‘莫道不消魂？帘卷西风，人比黄花瘦’绝佳。”

又如另一证据，周辉《清波杂志》载有一条曰：

“顷见易安族人，言明诚在建康日，易安每值天大雪，即顶笠披蓑，循城远览以寻诗，得句必邀其夫赓和，明诚每苦之也。”

可见，明诚有这么一个爱于雪地里寻诗的老婆，才气压倒自己，也是苦事情。

这样的挥斥俗子的事情，陆游于《老学庵笔记》也说：

“张子韶对策有‘桂子飘香’之语，赵明诚妻李氏嘲之曰：‘露花倒影柳三变，桂子飘香张九成。’”

前边，我在游济南时写的四句话，后来查了查书，也并非什么新见，古人说得更明白，如沈谦论作词，“男中李后主，女中李易安”。王渔洋说，“论词则济南二安，难乎为继；易安为婉约主，幼安为豪放主”。

这个“济南名士多”的地方，何以又使二安如此为邻？千佛山乎？大明湖乎？

（三）

易安不幸是个女人。一成女人，就使她一生吃尽了苦头。不但不得大展其才，终生做个家庭妇女，更倒霉的是又不守俗套规矩，偏又成了文学大家，偏偏又写词，这就使谣言世家的中国文坛大放厥词。除了压迫之外，还再加一个人身攻击。什么“赵死再嫁某氏，晚节流荡无归。作长短句能曲折尽人意，轻巧尖新，姿态百出，闾巷荒淫之语，肆意落笔，自古缙绅之家，能文妇女，未见如此无顾藉也。”（《王灼《碧鸡漫志》）

从这些方面说，是易安的不幸。但天下事，总不能以此辈老混蛋的花岗石脑袋来说了算。我说易安所以万绿丛中一点红，好就好在她是女人。如果易安是男人，中国文学史中不过再多几个什么欧七黄九罢了。在那时的中国能出一李易安，是我们民族的骄傲，祖国的骄傲。

我最爱读易安的《金石录后序》。这是一篇了不起的中国女作家的自传。其文、其情、其风貌，古今罕见。

这里，我试摘录几段附在这篇短文之后：

后屏居乡里十年，仰取俯给，衣食有余。连守两郡，竭其俸入以事铅椠。每获一书，即同共勘校，整集签题，得书、画、彝、鼎，亦摩玩舒卷，指摘疵病，夜尽一烛为率。故能纸扎精致，字画完整，冠诸收书家。余性偶强记，每饭罢，坐归来堂烹茶，指堆积书史，言某事在某书某卷第几页第几行，以中否角胜负，为饮茶先后。中即举杯大笑，至茶倾覆怀中，反不得饮而起。甘心老是乡矣。故虽处忧患困穷，而志不屈。

观此节可见易安夫妇闺中之乐，较诸那些大官僚得一美妾，能“红袖添香夜读书”即为大乐事，又何止以道里计？

易安和明诚不但是同心同志，也可以说是生死与共的难友，请看明诚的遗嘱性的话：

余意甚恶，呼曰：“如此中有缓急奈何？’戟手遥应曰：‘从众，必不得已，先弃辎重，次衣被，次书册卷轴，次古器，独所谓宗器者，可自负抱，与身俱存亡，勿忘也。”

易安作《金石录后序》时，为绍兴二年，自言已52岁，记其34年的生活经历。至今读之，仍叫人心酸。可见是不仅其词之力，其人更有令人景仰之处。

临了，我认为我可送易安四句诗，同时也兼寄同道者：

冰雪聪明冰雪身，梨花肝胆梅花心。
身心俱亡可无憾，千古才情到如今。

1982年10月

从翠溪和画竹想到的

今早漫步，在从化温泉翠溪区走了一遍，才懂得，松园是以松涛命名，而翠溪则是竹。两区都是从浓郁的山谷里流出的涧水形成的溪流，沿两溪而建的各六七栋别墅。松涛加涧声是松园的景色，翠竹的森森加上溪上的潺潺则是翠溪的特点。

你知道，我是喜欢竹子的，后来又学习画竹。对此君是久仰得很。我生在东北，未见过生竹，所见的种类甚少，只见过竹板和竹筒子，我以为竹子就是那样哩！笑话中说，一北人至南方，食竹笋甚甘，问人曰："此何物？"人答曰："竹。"北人回乡，立劈竹床煮之，经日不熟，并不能咬嚼。对竹子之无知，其实北人并不少，虽然劈竹床而煮之的人并不多。

苏东坡和吹捧竹子很有关，此人是竹子的宣传家，就是他讲的"不可一日无此君"。当然他除风雅外，还特爱吃（爱吃的程度比我厉害），把实际主义和浪漫主义结合起来，他说过一句话：

"无竹使人俗，无肉使人瘦，要想不俗又不瘦，不如天天笋烧肉。"

你看，此人多么开通，他的好朋友文与可，又是中国单以画竹出名的祖师爷，这位祖师爷画竹神话颇多，所说的竹影在窗、以笔描之成画的墨笔写意竹，或有成竹在胸的画竹法，都和他有关。但我一直疑心此人的画名和苏老大的宣传大有关系。“文化大革命”前邓拓同志为买苏老大的一幅竹和字，花费了不少心血，我当时就看了，邓公问我：“怎么样？”我说：“不怎么样！”意思很使邓公扫兴，但我实在不敢谬加褒赞，字是写得不错，至于画，我当时还未自己画，但也隐隐地有了野心，心里在想，这个模样，我也能画。实在有些不安分守己，自高自大，野心不敬，罪该万死！

俗话说：店大了压客，客大了压店，就看谁的名气大，有势力。古人多少无名之辈，作了诗画了画，但没有人要，可是一标上某某名人就不得了，如标明此人已死，就更得暴涨。我的画常常写上“五百年后是古画”，就是此意。但画自北宋以后，正如诗至北宋以后，把议论、散文，甚至政论、讽刺等杂文都引进到诗里和画里，这就出现了宋诗好发议论，宋画出现了文人画一脉。这是宋人的功劳也是宋人的罪过，功过相抵，功尚为主。苏老大在文的散文化、画的文人化、诗的杂文化上都是个带头人，因此，在这方面倒不应埋没他，确有功劳。不然，如无他第一个敢吃螃蟹一般的大英雄，吓死我，我也不敢画画。当然，中国画把人物、山水、花鸟等等分开，远在北宋以前，唐末五代黄荃、徐熙、徐崇嗣等人已单以花鸟鸣家，到了苏长么、文与可，已历几十年、近百年，画的分类日益成熟，所以如苏家，如黄山谷、米芾等人，都是身兼书画两家的显赫大师，其势力至今不衰。上边说的邓拓同志艰苦奋斗所收回之画，是真是假是天晓得，但流传有序，南宋以后人就认以为真，字迹很像苏体，在并无旁证的条件下，就算真的，我也是开头就举了手的。

还说画竹吧！元人比宋人更进了一步，如王渊、赵孟頫都画竹，揭溪斯等也画，更有赵夫人管仲姬也画竹，那就更了不得。实在说来，元人的画才是真正的山水画的主干，黄、王、吴、倪、赵各家全是山水画和花鸟画分开的能手，而赵和王蒙爷两个又是画上写诗的提倡者。

板桥的竹，确实气质不同，他给不可一日无此君的竹，大大争了地位。

但夏昶在郑之前已有了“西凉一棵竹，西凉十锭金”之美名。可见，那时的画价就不低，而且也是开放门户，有旅游的外地人花大价买画，一张画十锭金，价钱不少了，比齐白石的大虾差不多了！但未听说卖了画搞走私的事情，夏昶搞不搞这一套，没有调查，没有发言权。希望这方面苏老大、管仲姬、郑板桥不算带头人。但板桥卖画，里表一致，说到做到，并不翻然一只云中鹤，飞来飞去宰相家，他也结识富商巨贾，也和豪绅阔佬打交道，但也明码实价地卖画，并自立笔单润例，上写“送衣送吃食，不如送钱，彼此都方便”，也说过我造了不少假画，托名为自己老朋友金农的赝品，他就画过，并自己招认：老夫的赝品，也被抢购一空。可见，他比今天有些画画的人苟苟且且，干的偷鸡摸狗的暴敛发横财，甚至外逃叛国的肮脏人要高洁得多。

我自己画竹、自己题竹的诗中有如下几句：

一竿无伴自青葱，咬牙直立不弯弓。
任你风狂雨再大，不过吹掉几片青。

此诗不好，但也有所寄托，有所警喻，自己能否真正做得到，海口夸下，但愿不食言自肥耳。

1982 年 10 月 12 日

《红楼梦探微》卷首弁言

编者的话

宋振庭同志是我党一位多才多艺的理论家，是青年人的良师益友。他把自己的一生，献给了党的理论宣传工作，他的文采风范，使青年们倾倒。无论是在重要的领导岗位上，抑或是在医院的病床上，他都念念不忘党的理论宣传工作，不忘奖掖后进。本刊发表的这篇文章，就是宋振庭同志在去日无多之际，克服恶病的折磨，用心血一点一点写成的。

这篇文章，无疑是深沉悼念宋振庭同志的一瓣心香，希望它能对《红楼梦》研究振聋发聩，对满族文学乃至中国古典文学研究方法的改善，对研究工作者学风的改进，有所助益。

红学，这是一门热闹的学问。自《红楼梦》以抄本形式流传始，到程高印本问世，直至今天，研究红学的文字可谓汗牛充栋，比《红楼梦》本身的文字不知超出几千百倍。从脂砚斋开始，出现过各种的评点，各种趣味的题咏，接着有人钩沉索隐，比附时事，又形成了所谓的索隐派。到“五四”

之后，又出现了胡适的所谓新红学，把《红楼梦》视为作者自传。俞平伯先生的红学研究也在这之后形成自己的一派的。关于上述研究，大家都熟悉鲁迅那段精彩的概括：

> 《红楼梦》是中国许多人所知道，至少，是知道这名目的书。谁是作者和续者姑且勿论，单是命意，就因读者的眼光而有种种：经学家看见《易》，道学家看见淫，才子看见缠绵，革命家看见排满，流言家看见宫闱秘事……
>
> 《〈绛洞花主〉小引》

红楼研究的歧异，于此可见。

如果牵来一头鹿，人们讨论它是公鹿还是母鹿，是梅花鹿还是马鹿，是亚洲鹿还是美洲鹿，究竟还是在鹿这个种属内争论，可对《红楼》的研究，却有些指鹿为马、指鹿为牛、指鹿为兔、指鹿为象、指鹿为猫的区别了。我说这是一门热闹的学问，即本此。

解放后，人们力图用马克思主义的立场、观点来研究《红楼》，这无疑是红学研究的正路。但由于种种客观原因和主观原因，红学研究还不能说已经差不多了。人们的看法还是像鲁迅说的“因读者的眼光而有种种”，争论仍在继续。所以红学仍是一门热闹的学问，而且仍将热闹下去。

这个“热闹”，不是有谁故意制造的，实在是因为《红楼》这部书太奇、太怪、太博、太精、太深了。人们读《水浒》、《三国》，理解可有深浅，但很少有人说读不懂的。读《红楼》就不然，我见过许多少年、青年，以至老年人，常常说“读不懂”。比如一杯糖水，一眼即可看到底，可《红楼》偏偏是一杯浑浆浆的麦乳精，一眼看不清它由什么成分构成。由于作者“故将真事隐去”，“用假语村言敷衍出一段故事来”，真真假假，虚虚实实，用了许多障眼法，所以把人们搞糊涂了。作者对此也预料到了，不然他何以发出“都云作者痴，谁解其中味”的慨叹？

研究一部著作，还要像孟子说的，“知人论世”。可对《红楼》的作者，知其人，论其世，又何其难？对于作者是不是曹雪芹，虽仍有争论，但似乎不成大问题了，但曹雪芹的身世，依旧是烟云模糊。史料留下来的是那么可怜，偶有点零星的新发现，又同以前的发现相龃龉，影影绰绰，似续实断，形不成个完整的实体。研究托尔斯泰、巴尔扎克，就不存在这么多的问题；莎士比亚虽也是影影绰绰，但后世对他的剧本本身，却没有那么大的歧见。

所以，红学是一门复杂的学问。由于复杂，所以研究起来就必定热闹。

我对《红楼梦》素无研究，但可算是个爱好者，甚至还可以说是个“红楼迷”。手头常放一部红楼，常常翻翻看看，也常涉猎一些红学研究文章，然而对这门学问我是既爱，又怕。从前，我还常在人前高谈阔论一番，越到后来，越少说话了，这是因为发觉自己知道的太少了。这次胡文彬同志把他的书稿送到我这里来，蒙他不弃，让我写一篇序，所以又翻翻看看一番，按捺不住，就又有几句话要说了。

《红楼》研究，角度很多，但归根到底必须研究《红楼》。近来听说，又兴起一门新的学问，叫“曹学”，起初我还以为是研究曹操父子的，后来才明白是“曹雪芹学”。这就使我有点茫然了。据我知道，曹雪芹流传下来的著作只有一部《红楼》。如果没有《红楼》，谁还知道曹雪芹？离开《红楼》，曹雪芹还有什么研究价值？有人研究曹雪芹的父一辈曹颙、曹頫，再研究其祖曹寅，再研究其曾祖曹玺，再研究其高曾祖曹振彦，这都是有意义的，但必须有明确目的，就是为着研究《红楼》。如果离开这个宗旨去专门为曹雪芹续家谱，那也许对研究宗法制有用，然而曹家又未必是典型。记得东北师大杨公骥教授在一篇杂文中讲到，如果研究牛顿怎样从苹果落地受启发，发现万有引力定律，是有意义的，如果抛开这个去研究那棵果树是青苹果还是红苹果，苹果是自家吃了还是卖掉了，再去考证是谁买去，是做面包馅还是给孩子吃了，那就近于滑稽了。

胡适说《红楼》即作者自传，固属谬误，自不待言。但如果说《红楼》

中有作者的某些经历，宝玉也有几分作者的影子，是谁都以为然的。因此，所谓自传说，虽然站不住脚，但究竟还是较索隐派的研究前送了一大步。不意在自传说被否定若干年后，有人又重新举起索隐派的旗子，自命为“新索隐派”，居然索出刘姥姥是汉奸钱谦益，凤姐是太监吴良辅，宝琴是避居日本的朱舜水，香菱是吴三桂的爱妾陈圆圆，贾宝玉是传国玉玺……不一而足。这不禁又使我有些愕然了。一部伟大的名作《红楼梦》，居然变成一个大谜语，大家都围着它来“打灯虎”，猜谜底，这让人说什么是好呢。所谓新索隐派，尽管标上一个“新”字，仍和旧索隐派索出宝玉是顺治皇帝或纳兰性德、黛玉是董小婉的办法毫无二致，都不会搞出什么名堂，徒然扰乱视听而已。我们不要忘记，《红楼》是一部小说，它是通过对当时现实生活的概括、集中，并通过想象、虚构，塑造出若干活生生的典型人物的伟大现实主义作品。如果曹雪芹仅仅出了大哑谜，让后人纷纷来猜，那还有什么认识意义和美学意义可言？

还有所谓“探佚”派。探佚，如果认真地根据前八十回的线索和脂评的某些提示，对曹雪芹原作的结局作些慎重的推测，未尝不是有意义的事。但如漫无边际地驰骋想象，其结果只能是把《红楼梦》当成“推背图”了。这种“探佚”，最多不过当作人们茶余饭后的谈资罢了。

上面我说过，研究红楼的途径很多，研究《红楼》外围有关的东西，也有助于《红楼》研究，但最根本的途径是根据《红楼》本身研究《红楼》。有《红楼》这部一百多万字的书在，有书中塑造的形形色色的人物和典型环境在，有它博大精深的内容在，《红楼》的认识价值和美学价值都是客观存在，为什么不能就此作更深一层的研究？请让我说句刻薄话，那些“鬼画符”式的研究是不会有出路的。

上面这些话，都是由于看了文彬同志的这部书稿，引发出来的。因此下面想再就文彬同志的治学态度说几句话。

我同文彬同志认识已有十几年了，那时他刚刚从大学毕业，正同周雷同志一起埋头研究《红楼》。论年龄，他们两位都比我小得多，当时还都是青年。也正是从谈《红楼》，谈学问，我同他们结下了因缘，成为忘年之友。他们从事学问的那股韧劲，那种认真、朴实、诚笃的精神，使我很钦佩。他们每有新的成绩，我都为之兴奋、鼓舞。因为我知道，在学问一道上，要靠这一辈人的努力，我只配做个“啦啦队”了。

读过文彬同志这部书稿后，给我印象最深的是作者的实事求是的态度。所说的“真、善、美”，真是基础，离开了真，善和美也就失去了依据。我这不是说，作者的每一论点和论据都立得住，无懈可击了，而是说作者写书著文的态度是认真的。这同文彬同志平时待人接物的风度一致，即憨厚、朴实，有一说一，有二说二，能够实打实。

文彬同志是个职业编辑，这些书稿都是在有限的业余时间里写作出来的。稍有写作体验的人是不难理解个中甘苦的。他已经是个有些成绩的红学家了，但他自己说依旧是红学马拉松起跑线上的一名普通运动员，这种态度我是完全赞同的。全国许许多多的红学研究者都来参加这样的马拉松长跑，将来的研究成果定是斐然可观的。

我祝文彬同志继续在红学这块沃土上耕耘，争取更多的收获。

选自《社会科学辑刊》，1986 年第 1 期

我和我的好老师艾思奇

1979年春，我调到中央党校工作，距1938年在延安马列学院哲学研究室学习已41年了。我和老朋友们说这也是“落叶归根”，不过归来的却是一片老叶子了。

离延安后几十年，我始终没机会到党校来，也始终未能和四十年前把我引入哲学领域里来的领路人——我的老师艾思奇同志见过面。这中间，中国经过翻天覆地的大变化，思想领域波浪汹涌，可我全在外地，对于首都的情况、党校的情况知道得很少。回想起来，我和艾思奇同志相处也只有两年有余，但这两年他却给我留下了深刻的印象。几十年过去了，但我对于他的敬慕是始终未变，直到如今的。

作为一个忠诚的共产主义战士，作为一个朴实勤勉、谦虚笃厚的学者，艾思奇同志的形象在延安的干部中是有口皆碑的。在我们到延安较早的一批青年同志中，对他有不少传说，这些传说给我造成很想对他切近地观察一下的愿望，后来，这个愿望果然实现了，我成为研究员，他是指导。在延安北门外西山坡的一间窑洞里，住着我们八个人，差不多天天在一起读书、讨论、听辅导、编写材料，也常常一块儿吃饭，上山开荒，一起参加晚会。两年的时光不算长，要以现在的时光比，那算是太短暂了（谁晓得！近二十几年竟过得这么快），但那个时光至今还历历在目，许多事情、人物的面目言行还记得清清楚楚。对这种现象怎么解释，大家全有体会，不用我说。可是，在我说来，那几年的生活太新鲜了，太让人难忘了，太不同寻常了。这几个“太”字，在副词字眼里太“通货膨胀”了的昨天，当然算不了什么，但我却深知它真正的含义。

艾思奇同志和别人在一起，他的话不多，讲意见时挺慢，边思索边说，不善于辞藻，更少用副词，但他很关心他的思想是否表达得很清楚。对自己，这个哲学家常常是忘我的，衣服穿得很随便，好像生活中没有自己什么爱好和要求似的，但对人却很谦虚和蔼。比如，我们中的两三人，当时只有十七八岁，但他同我们说话时，却很有礼貌，很尊重人。

他有连续地思索一个命题的习惯。在连续思索中，他把别的事、别的话暂时都忽略不管。我记得有一次，轮到我就“唯物主义的本质”这样一个问题发言时，我引证恩格斯在《自然辩证法》中的一句话：“唯物主义的自然观不过是对自然界本来面目的朴素的了解，不附加以任何外来的成分。”并翻开艾思奇的《新哲学大纲》中载有这句话的一页来解释。我发言之后，艾思奇抓住这句话反复解释它的重要性，几次重发这句引文。等到晚上，月出东山之际，我送他到后山窑洞的路上，他又提起这句话说：“就是这样！就是这样！”我很吃惊，那时我才发现他差不多整整一个下午脑子里全在想着这句话，难怪别人说他常常为想问题废寝忘食！我说的这个小小插曲，其时是1938年春。（后来到了1942年延安整风时，毛主席写下了“实事求是”四个大字，到现在仍然金碧辉煌地嵌在中央党校大礼堂迎面正中的墙壁上）可见辩证唯物主义哲学家的艾思奇，是多么认真地开动机器思考问题的。艾思奇同志一生忠实地把心血用在思索上，用在党指示要他做的工作上。他对党布置的任务，从无二话，总是努力去做。他一生始终如一，表里如一，他也从未想到抓权做官。曾经有过一段时间，人们说陈伯达能“中国化”，“善于联系实际”，“老练深沉”，似乎艾思奇太简单，太老实，太哲学气、书生气。记得建国后一次在怀仁堂的休息室里喝水时，我见过艾思奇。我问他：“您还认得我吗？”他看了看我，笑了笑说：“我认得，还能忘了吗？”我问候他说：“您怎么样？”他笑笑说：“还那样！还是艾教员！”从这次见面后我一直忘不了“艾教员”这三个字，以后我常常在心里掂掇这三个字的分量。我当时也确实把艾思奇和“大人物”陈伯达比过，觉得艾思奇比不了这个号称老练又博学通天的大人物，但我又从心里更加敬慕一个以其一生的心血甘愿做一个教员的人。这件事直到“文化大革命”，我才完全明白了：正直的艾思奇和老谋深算的大奸巨恶陈伯达之间，人和鬼的界线原来在这里！

记得毛泽东同志说过，他很想辞去许多职务，只做一个专栏作家，我也从心眼里把这句话无数次地赞颂过，和其诗句“待到山花烂漫时，她在丛中笑”相印证辉映。但可惜的是历史是不由人的意志决定的，毛泽东同志也未能实现他的这个愿望。

纪念艾思奇同志，我最敬慕的是他一生为党的事业始终如一、表里如一、言行如一，四十年来花费心血培育干部，他是一个真正的艾教员！真正的好老师！

选自《光明日报》，1985 年 3 月 20 日

关于傅抱石先生

我和抱石先生相识很晚，但一旦相识，彼此都有相见恨晚之感，而且成为朋友中比较切心的，感情和互相理解的程度都比较深。我可以举出几点我们之间友情的例子。

第一点，抱石先生个性强，不苟且。有时很熟的朋友，当着很多人在场，一言不合他就可以拍案而起，顶撞人毫不客气，不留面子。有时他对事情有自己的见解，绝不轻易与别人苟同。但我们之间，自从相识之后，无论对时事、政治，特别是对画论、对画家、对著作者，对许多事物的看法，常常很默契、合拍，谈得很深。他谈石涛、八大、八怪，谈西泠印社，谈赵撝叔、吴昌硕、齐白石，我是个没有美术史论专长的外行，却很谈得来，能够有共同语言。抱石先生有时说笑话："我简直奇怪，共产党里有你这样的人，真不大好理解。"

第二点，抱石先生不以衣帽取人，不以地位取人。他主要看人的品格性情是否合得来。我曾见过他与别人一起坐着可以半天不说话。解放后是这样，解放前他与罗家伦、张道藩这些显赫人物相处，他高兴还好，不高兴马上可以顶撞，绝不巴结。我在共产党里也不是大人物，我当时是吉林省委的宣传部部长。傅先生完全不管我是什么身份，而在一般应酬中，如领导干部请吃饭，他是不多说话的。

我记得一件很有趣的事。那年他从南京出来时，手头带了四把扇面，都是一书一画《二湘图》，并已题款盖章。他晚期不大画人物，而这几把扇面画得很精。他到了北京，其中一张“洞庭波兮木叶下”《湘君》送给郭老，另一张不知送给谁了。他在长春临上火车对我说，“振庭啊！我这里有两件东西，是谁都想要的，现在都给了你吧！”这是我想不到的。在一旁的关山月先生也吃了一惊，因为他早向傅先生说过：“这四张有我一张。”不料这两张都归了我。后来吃饭时别人都走了，关公对我说：“你知不知道，谁谁拿去一张，结果两张都给了你，你是怎么回事？”这说明我们相知之深。这两幅扇面后来被别人抢去了一幅，结果此人后来被捕，他的妻子神经不健全，因这是“黑画”，烧掉了。我那时冒着危险，把另一幅保存着。

抱石先生东北之行，我算了一下，他在辽宁、长春、北京等地，包括送朋友的，可能作了60多幅画。他说是一生中创作最旺盛时期，也是他结交朋友最多的时期，心情最痛快的时期。而1960年那时候恰恰是严重困难的时期。那时他别人的可以不画，对我却有求必应。前前后后，给我和我的朋友作了15张画，其中我有5幅，都是精品，不是应酬之作，也不是他的保留之作。他说：“我一生没有为一个人画过这么多画。”他曾经在灯下拿对开宣纸示范，亲自教我画石头和水。我说人家说你能把水画出声音来，他就用笔滚动画给我看。可惜的是这些东西后来被抄家抄没了。

他给我画的最有纪念意义的一张是大幅《水墨飞泉图》。那时他画了好几天累了，1961年7月1日那天，他说：“宋公！今天请你谢绝一切客人，单找一个房间，谁也不许进，我还你的账。你出题，让你服务，我给你画。”我说：“好！”就在长春宾馆的一间书房里，备了茅台。他说：

“你出题吧！”我提出要一幅“水墨飞泉图”，不用一点颜色；要万山空壑，泉从山里喷射出来，满室听见水响；而且要进屋看了画后，身上感觉冷，体温得降多少度。他说：“这真要我老命！”我看他刷刷地画下几块墨，几块石头，像小孩似的高兴：“怎么样？怎么样？”兴奋得鼻子“哼哼”往上抽。他对着这几块墨端详，端详，端详，再拿提笔往上扫，以后又小笔收拾，山脊、栏杆、人物、万山空壑，画了五个小时。最后题了：“振庭同志出题考试之作，即希教我认为如何？”说明他对这画很满意。

第二张画。他说：“我给你带来两本画册（《傅抱石画集》），你喜欢哪张我就给你照着画一张。”这样的事从来没有过。我特别喜欢一老者在水亭里的《听泉图》。这张他画了一整天。后来他说：“我告诉你，你这张超过了我画集里那张。”这画还有一个故事：

我和邓拓有交情。他收藏很多，就是没有一张好的傅抱石作品，他知道我和傅抱石关系好，同我讲听说你有好几张，能不能割爱给我一张，我拿一张“唐伯虎”跟你换。我就把这张《听泉图》派专人送去给他看，他喜欢极了。我说：“我不要你的‘唐伯虎’，这是你用稿费换来的。傅公是我的朋友，我拿他送我的换你的‘唐伯虎’，我对不起他，也对不起你，这张画你要喜欢就来留下。”可是就这时候，“文化大革命”开始，邓拓由于“三家村”的关系挨批了，在紧锣密鼓声中，他还打发一个人，让无论如何要把这幅画送还宋振庭。没过几天，邓拓自杀了，我也被开了十万人的批斗大会，进了监狱。

第三张画，是在他倚装待发之时为我画的《石涛小像》。我十分喜欢傅先生的一本著作《石涛上人年谱》，特别喜欢石涛的诗。还有罗家伦，不管其人怎样，他写的序还是有些见解的。我也看过一些关于石涛的文章，有的是石涛有头发无头发的争论。我们说到傅先生爱石涛到什么程度，他就开玩笑说“一见钟情”。那天我拿出一张纸，一支锦盒装的秃笔。他看我没提什么要求，就画了一个和尚，加一棵小小孤松。我看到在四尺整纸上，人物不到十公分，就奇怪地问：“这要干什么？”结果他就用这支秃笔在上面抄录了高克恭的一首长诗，写的是行草，这是抱石公的仅有之作。画的就是没头发的石涛。

除了上面说的几张画，还有他给别的朋友作的一张也到了我手里。说起来也很有意思，荣宝斋有个田裕生同抱石先生关系很好，有他的画。我为损失了一张《二湘图》，一提起就悲伤、难过。说多了，田裕生就说他还有抱石先生的三张扇面："你这么喜欢，我就给你一张。"这张比我失去的更好，补偿了我的心愿。这扇面画的是简练的山水，背面是石涛送费密的一首诗。

通过这些事例，可以说明我们之间的知己之情。这里有个什么根本道理呢？我那时没想画画，我是搞思想史、哲学史的，也想搞一点美术史，研究美术理论，读了一些书、对当时流行的某种山水画，我有一些看法：什么仿黄鹤山樵啦，用羊毫软笔来画，乍看还很见笔力，看多了，黑乎乎，造型千篇一律，脱离了生活的中心和自然的面貌，这样下去是不行的，这是感到苦闷的第一点。其次，四王的琐碎的、积木式的、半工半写的山水，到清末以后越无生气。再这样下去，中国山水画还有什么出路呢？这是苦闷的第二点。在 50 至 60 年代之间，也出现过利用油画的方法，以重彩来表现山水。是不是历史上的大青绿？看来看去，以彩带笔，笔不胜墨，就是水彩画，是新的，重的水彩画，还不是国画。不管是大青绿、小青绿，大斧劈、小斧劈，大披麻、小披麻，如果一定要按照这些固定的皴法画下去，中国画是山穷水尽。这是我在美术史的学习研究中感受到的对现状的忧虑，关心着中国绘画的前途命运。我就是在这样的思想基础上与抱石先生相识的。

那时我到人民大会堂开会，看到《江山如此多娇》正在挂起来，我觉得这幅画是有气势的，但笔墨多少有点拘谨，作为最高殿堂迎面的、标志性的画，还不太适合。那时我见过抱石先生的其他小品画是很好的。后来他到东北，见到他很多作品，他又送我画集，使我感到"山重水复疑无路，柳暗花明又一村"，中国画有希望！这时，抱石先生随身带着一本书，不是画论，是《地貌学》。这是科学！他给我看了这本书，告诉我一句话："画山水你不从地质的纹理、地质的科学、地貌的科学去寻求事物的本来面目，仅从纸上来画山水是没有出路的。"我看了他的这些皴法等技法，就觉得有了新的出路。

"中国画可能从傅抱石发生大的转折点。"这句话是我在1960年第一个叫出来的，而且当着他，当着许多人在场，这是一。

第二，我说："傅氏皴法是中国历史上一切皴法的综合，囊括前人，囊括中外，囊括古今。""傅氏皴法"可能也是我第一个叫出来的，时间是1960年的六七月，后来叫作"抱石皴"。当时我提出这两个论点，还有人对我不满意，我跟他吵了架。

我和抱石先生相识后，谈画并不多，主要谈历史、谈画论，而哲学谈得更多，甚至谈宗教和禅学。后来他有意识地把他几本著作给我看，有关雪舟、石涛、八大的论文，板桥传记，还有他解放前后出版的一些书。他很客气地说："你有兴趣就看一下，请你指教。"我看了他的著作以后，就说，这不仅是个画家，而且是大科学家、学者，是当代最高明的学者。所以我在南京《新华日报》上写文章说构成傅抱石的化学分子式不是普通的有机化学，不是氢二氧一。他是三个因素构成的：首先他是个大学者、大诗人，学者的冷静（科学），诗人的情感、画师的笔墨。

中国历史上的画家，凡能占有这三条的，才能使中国美术史发生转折，没有任何一个例外。画家可以三者缺一，或只有笔墨，不是唐突古人，比如任伯年，在上海卖画，笔墨熟练之极，也是海派大画家。他不是诗人，不是学者，归根结底，只是大画师。另外仅仅是学者、教授的人也有。古人里也有好多，董其昌官也做得不小，苏东坡是大文豪、大诗人，但也就是即兴画那么几笔山水而已。如果二者俱备而缺乏诗人激荡的感情，还不是大艺术家。

中国历史上真正的大画家，具备上述三条，完成一代历史转折的宗匠是谁呢？我们不得见的是王维，诗中有画，画中有诗，而且晚年入禅。不管当时他对宗教怎么样，他有一个大的哲学思想的境界，是学者、诗人，又有笔墨。后来另有一些画家，最后一个是石涛，是大师，是诗人。所以论傅抱石，如果只把他看作画家，只是画师；看作学者，只是教授；看作诗人，只是书法家，不是三合一。三合一必须是高分子有机合成。怎样才能够产生“抱石皴”？是诗，是学问，是功力，眼睛的观察再加科学。

现在傅先生还留下一些没画完的作品，就是几块墨。这几块墨就是他想要表现宇宙自然形态的，原始的精、气、神，而且都是合乎地貌的。

除了以上这三点，抱石先生的小环境，自幼贫寒，是穷学生，留学日本，有东西两岸的遭遇；在当时情况下，受到那样高的教养，这些都是重要因素。我们现在的作家和青年人最大的矛盾就是不读书，不是“作家”，是“写家”，认字就那么多，生活基础就那么大，还谈什么灵魂工程师？外国的托尔斯泰、巴尔扎克，他们首先是个学者，才能写作。傅先生就同他们一样，首先是学者、科学家和诗人，最后才是画家。

现在研究和学习傅氏，我不主张大家亦步亦趋。最要紧的是弄明白，什么是傅抱石的本质？什么是非本质？不必学他发脾气，不必学他个性倔强，甚至也不一定拘泥于所谓的“抱石皴”，“抱石皴”不是绝对的，要活用，也还要发展。所以要心知其人，就是对“三合一”的本质的了解。如果离开这点，就永远不会理解傅抱石，也不会有成就，甚至会走弯路。单学抱石的文章，就是抄书匠，单学抱石的笔法，即“抱石皴”，皴两下，远看貌似，再看就空了。

因此，我建议，一是办好展览会，二是开好学术会。邀请傅翁生前知心好友，学生，研究傅翁的学者，在纪念馆前安安静静地坐下来，同罗大姐在一起，认真讨论。选择人要精，否则，慕名的太多了，要成立个傅抱石学会，一万人都能来。

解释我国美术界的这颗巨星，究竟给他作出怎么样的科学论述，这件事中国人没有完成。到现在为止，外国人研究超过中国人，要数日本。中国虽然产生了傅抱石这一天才，但并没有完全理解这个天才。中国人要抢时间，即使现在写不出更多的长篇巨著，但可以进一步研究。

对傅抱石先生的评价，认识他对中国画史转折的伟大意义，也许今天中国南北当代画家、画论、评论家，在短时间之内，还不能完全一致。没有关系，没有坏处，历史会证明的。

后记

1985 年 1 月 10 日，我在中央党校宋振庭同志家里，同他谈起傅抱石先生纪念馆即将成立，并举行纪念活动，希望他写篇文章，他欣然答应，“一定写”，并表示要来南京参加纪念、学术会议。不料尚未动笔，他的病情急剧恶化，竟于 2 月 15 日逝世。夙愿未酬，遗憾终天。可慰者箧中留有振庭同志 1984 年 8 月 31 日下午在北京医院病房中和我谈话的录音带，言犹在耳，不胜凄怆，爰整理成篇，也是作为对振庭同志的悼念。

沈左尧记录整理

选自《傅抱石逝世廿周年纪念》，1985 年

爱晚晴诗抄

【前注】

我和几个研究文史的同志，于80年代第一春，结成一个“八〇诗社”。其实，活动很简单，大家个把月碰一次面，交换一下诗稿。社名“八〇”，自然是颂扬80年代了。这不用注出。又有人副以“爱晚晴诗社”，专指其中一些老头、老太太，再逢尧天舜日而言，也正是叶帅“满目青山夕照明”之意。

我不能诗，人又笨，侧身于这个诗社中，也算附庸风雅，可作“大火烧了毛毛虫”的诗。前几天《八小时以外》杂志编者约稿，还说让写点随笔之类，因此，把我的“毛毛虫”之作交出，名之为《八〇诗社笺抄》（只抄我自己的次品，不敢抄社友的大作）。从前人有“幸勿犯我，如再犯我，以汝诗示人”之说。我们这些经过林彪、“四人帮”大劫数的过来人，以诗稿示人，已算不得什么可怕了。我现在也敢公布我的全部日记，不加任何修改（我因日记也吃过不少苦头，对此事，同难者颇多，自然懂得）。经过这场大劫，甚感说真话，说直话，实在不容易。资产阶级当其年轻有为的时候，也是锐不可当的，请看卢梭，请看他的《忏悔录》，他是多么胆大包天。恩格斯说，这些人是敢在真理审判台前讲话的人，自身是很有革命劲的。我们共产党人的党性，最起码的地方是从实际出发，实事求是。连句真话都不敢说，吞吞吐吐，算得了什么。

因为是随便写下来的诗作，只是跟社友交换，根本就未想到要发表。所以，也就是以光身见客，不着牵挂的。这样一来，人的本相，庐山真面目自然也就看得更真，更明白。其中泥沙俱下，一些难免的糟粕也就不可免。当然，太不像样的也有，当时就撕了。也并不是篇篇保留，这是实情。

我以为，诗人的诗中应有我字。此我字，即以真我与人见面，不管你裸身见客也罢，穿衣戴帽见客也罢，须是真身真心和读者相见，当然，此“真我”尊容如何，你得自己心中有数，有点自知之明，如果面目太污秽，灵魂太肮脏，还是算了吧，如少有灰尘，那还不妨，洗一洗仍可见人。因为“文章千古事，得失寸心知”，即使“不千古”、“自己不知”，别人是会鉴别的。

以上交代，是论？是注？是标榜？都难说。是谓前注。

（一）

惜春歌

1980年2月9日

致社友：昨天，诗社以80年代定名，归来，感慨颇多。前几天，我们都听了小平同志讲话，无异为吾诗社同志同心下了注脚。然腊鼓频催，一集在召，而枯肠瑟瑟，真知今日“作诗苦”矣！

昔读《聊斋》时，深为牡丹花神红玉，对其爱人说过如下的话，“妾忍俊风雨以待君，君来何迟”所震动，此系真情人的深情语也。由此联想到吾辈老头、老太太，盼得到党的今天，国之今天，自己的今天，忍俊风雨，苦熬过来又何等的不易呵！又想到，唐宋五代的宫怨、闺思等诗，有的空虚无物，排遣时光，应酬游宴，但有的确有深意，如“还君明珠双泪垂，恨不相逢未嫁时”，不是情诗，反倒是政治诗。李白的“妾发初覆额……郎骑竹马来”，也不是纯言情之作。因仿此意，作惜春诗十首。

其一

妾忍风雨以待君，君来何迟费沉吟。
长安道上花如许，出门尽是看花人。

其二

未尽余寒也是春，染柳曛梅醉煞人。
山风推背飘飘舞，新雨打面别有情。

其三

老来狂颠觅童心，闲随儿童学跳绳。
问余底事情如许，仰面楼头柳色新。

其四

早起难言惜春阴，牛棚长夜望晓星。
耳鸣疑是檐前燕，斜月误作旭日曛。

其五

洗去铅华守君门，布衣荆钗侍夫亲。
瀚海阑干沉沉寂，碧海青天夜夜心。

其六

路转山回眼乍明，陌上花开是真春。
长跪夫前双泪垂，羞插红花衬发银。

其七

检点箱箧理晨妆，儿女绕膝走雁行。
随君出门腮有泪，妾身犹着嫁时装。

其八

噩梦醒时枕犹湿，忍俊风雨待花时。

献君心香一瓣束，珍惜春光过四时。

其九

弹指已是千劫过，俯首无更百代心。

化蝶也是比翼鸟，雷电风雨上青云。

其十

爆竹声里笑语新，社结夏宫北墙阴[①]。

老妇随鼓婆娑舞，强随秧歌忘此身。

（二）

午访陶白公不遇口占戏赠

1980 年 1 月 15 日

其一

陶公愈老愈精神，花镜点批南华文[②]。

不愁午梦迷蝴蝶，只缘楼下有电铃。

其二

回首往事已成尘，潮打石头叩诗魂。

可怜六六八月里，君南我北俱蛇神[③]。

①颐和园人称夏宫。

②陶白同志正作庄子研究。

③前几天在校图书馆，见同志们在整理卡片，在1966年书报剪辑中，公开点名的“黑帮”，都是株连在“三家村”一案中的，赫然有陶白公大名在内。

其三

四十年来几翻身，为文贾祸际无垠。

与君何日同一醉，万艳同杯悼杂文[1]。

其四

风生白下古金陵，六朝风流出丹青。

东去长江入海处，何时重晤抱石君[2]。

其五

垂老重逢旧苑深，雪花满头更精神。

强作骚人附风雅，同结诗社爱晚晴。

其六

同时同代同党人，同悲同喜同回生。

更有一番相同处，琉璃厂甸多相逢[3]。

其七

晚晴楼下聚首频，诗情勃动意趣新。

牢落江南塞北客，新有惊天动地文。

其八

爆竹声里度新春，又成八十年代人。

新得龙井茶一盂，何时同访黄山云[4]。

选自《宋振庭杂文集》，山西人民出版社1989年版

---

①《红楼梦》警幻仙姑有“万艳同杯（悲）”之语。陶公与我，皆为杂文而惹祸者，并几致杀身。同罪为“燕山夜话分店的总经理”。忽然想到，哪天得工夫，相邀去找丁一岚同志，该结算一下分店总经理的旧账业务，并相邀同哭马南邨同志于八宝山一次。

②陶白同志和余，都是画家傅抱石同志的好友，抱石访长白山时，多次言及何时共会陶白公。此言虽仍在耳，而此开一代中国山水新生面的大画家已先作古人了。今夏傅夫人罗时慧同志来京，主持抱石同志的遗作展览会，其时，陶白和我同邀此人称“女侠”的罗夫人以杯酒共忆抱石，江山尤丽，而此一代大师不可起而与言了。

③陶白公喜翻古书字画，与余有同好焉。

④亚明、宋文治同志去夏相约，何时得同去黄山，陶公与余更为神往，但此事不易也！

红五月心曲

我起步的时候，
就唱着“五月的鲜花”。
现在，头发花白了，
我仍在这条路上走着，走着！
我还愿唱你呵！
“五月的鲜花！”
唱过这支歌的人，
我的同学、同志、战友，
许多人都离开人世，
是他们的血，
染得鲜花更红，
是他们的歌声，
呼唤起这么长长的一行大队伍！

五月是红的，
这红是鲜花和鲜血染就的，
五月是灾难和奋起，
激昂和抗争，
飓风和烈火，
鲜花和丰碑，
交织着奏鸣曲。

五月是美的长卷，
这美是心灵美，
战斗的美，
普罗米修斯的美，
天安门广场一般的美，
这美是我们民族骄傲，
她是我的母亲的美。

“五一”，“五四”，
“五五”，“五九”，
“五三”，“五卅”，
红五月的日历印着斑斓的五色。
这是永不凋谢的花环，
这是永远让人振奋的日月。
我的祖国是这个星球上，
最大的巨人，
她是最灾难深重的地方，
也是卷起了齐天巨浪的海洋。
她现在终于得救了！

她拨正了航线，
朝着旭日升起的方向，
朝着共产主义的远方，
汽笛长鸣，
日夜不息地远航。

有的人，
不！应该说是一些软体的生物，
它们诅咒生活，
咒诅命运，
它们不爱自己的祖国，
它们心甘出卖自己的一切！
为了什么，
只是为了一架彩电，
为了洋大人的一杯残羹冷肴，
为了多得几个洋钱，
他们什么全可出卖，
生命，荣誉，
朋友，亲友，
友谊和爱情，
整个祖国的关怀，
都可以当作出卖时的价格。

我的朋友中，
也有人，步履维艰，
显得不大有生气，
有的人显出疲惫不堪！

不！

亲爱的战友，

打起精神来！

我们虽然已迈入老年，

我们虽然经过千山万水，

但，现在！

这个从来没有过的现在！

是多么令人鼓舞的时光，

从天安门到八宝山，

虽然不到十公里，

可是，我们要昂首阔步，

大声地唱吧！

还是那支“五月的鲜花”。

鲜花染着烈士的鲜血，

我们是烈士的生前友好，

在我终了的时刻，

我的朋友们，

我只要求你一点！

你给我再唱支歌，还是：

“五月的鲜花！”

选自《宋振庭杂文集》，山西人民出版社，1989年版

你好！布尔哈通河

前记

延边，是我的家乡。我在这里度过了童年、少年的15年。1926年到1950年间暴风骤雨般的土改时期，我又在这里工作。

前几天，在一次朋友们聚会中，见到一位首都金石篆刻的名家，我求他刻了两方图章，一文为“宋振庭延吉人辛酉生又名星公”，另一方文为“除坦直外乏善足陈”。这不是发牢骚，是有意地回答“四大”时的大字报的。前者是回答说我用笔名太多，因而罗织成罪，这回干脆立不更名，行不改姓，连出生年、籍贯都刻在图章上，“外调”省事，“判决”时也可“验明正身”。后者是因此“打倒”我时，一点也不肯定我，弄到“纣虽不仁，亦未若斯之甚也”的地步。但有人说宋振庭是很坦白的，大概因为万绿之中有一点红的缘故，我自己就很受宠若惊了。以后对这个“坦白”二字的考语，非常珍贵，干脆就刻上这一点吧。从前戏台上唱大白脸曹操时，脸上也有个红点，据老年人说，因为他干过刺董卓的事，只有这么一点忠心，所以不给他埋没，给点上一点红。我看“四大”时，还不如戏台上这么宽大通人情，讲道理，寓褒贬，别善恶，简直是血赤呼拉的私审和私刑。在人类文化史上这也是一次丑剧，创了纪录的。

当然，这些早已是往事和陈迹了无须更多去提它了。但故乡这个词，对于人是有不小的吸引力的，它和往事、陈迹、旧友及回忆是很难分开的。比如，此刻的我，人已到了近六十花甲了，但只要有人从故乡来，还是愿意打听打听的。

坦白的说，我是一直想念着布尔哈通河的，想河，也想人，想这里的世世代代的人。虽然这么多年，我很少回去，只有一次“游斗”在延吉、石观、图们进行这一趟活人展览。我是有幸当过展览品很转过一大圈呢！但这次展览，说实在的，我也永世难忘。那一天，万人空巷都出来看，汽车开到十字街时，居然被围得水泄不通，我的老乡们全来街上看我了。有的竟然和我说起话来。有的说，“还很壮实”！我虽不敢说话，挂着牌子，也不敢点头，但心里的感激是言语难以形容的。我的母亲的怀抱——延边的劳动人民了解我，他们可以证明我和他们一起搞土改，打国民党，打汉奸，建设新中国的，他们不相信我是“三反分子”。“美不美，家乡水”，这是真话。顺便说说，这次展览，也给了我以力量，使我熬过了那段漫漫长夜的十年。

这里我想汇报给布尔哈通河的，正是回忆中的往事。据说（也许不对）人在痛哭流涕、呼天抢地时，全世界的人都喊“妈呀”的，我也不例外，最困难时想妈，喊“妈呀”！提到故乡，总是和妈呀连着的。这里我抄下我最困难时，背着看守，偷偷写上的两首诗。这两首诗都是在白天被“提审”、“批斗”以后，心里不服气，有时当堂顶撞，因而挨打，但心里更不服气了；回到看管室时偷偷地写在破纸上的，幸好还未被查抄了去，也未暴露。说实话，我如果在那时被打死，这两首诗还算“遗作”呢！但既然我未死，还未开追悼会，现在更有此幸福，寄给家乡人看看，那就算是“生前友好”的通讯吧！

自述杂言①

八龄闻道许国殉，常携一剑觅敌人。②

十岁祖国遭大难，每对山河放悲吟。③

北山榆柳校园里，极目高山望白云。

风雨飘摇朝朝日，破碎山河寸寸心。

十一解褐度松岭，松花江边且梭巡。

十五负笈度榆关，燕京风云荐此身。④

十六西到延水头，宝塔山下眼乍明。⑤

豆灯土窑读马列，顿悟前生后世因。

十七身列党人籍，十九荷戟下昆仑。

太行风火连天日，滹沱河边刺刀红。

廿五东归故家园，农奴红旗涌大军。⑥

三十一年吉林省，日日呼吸长白云。

弹指千劫万难过，老来豪气胸间存。

发妻同耕同生死，二子四女友于深。

垂老借庐长春郊，阶满鲜苔深闭门。

几架图书无别物，粗粝园蔬有余欣。

四十年来形顾影，此身许党九死生。

---

①“自述杂言”写于1967年管制时，白天写“交代材料”，“提审”、“批斗”。一日，心里激愤难言，预写此诗于一破纸本的乱字中，其实既以之述怀，也是为不测之后事预留一点心之声音，给亲人们的遗言也。所以自述一生行状，也算一个真正的自传。当然，没有那些“批斗”和“提审”，这种自述是不谦虚的，不必要的，但面对那种污辱，一个正直的共产党员有权作如此宣告。因为这全是一字不差的真事。

②我8岁在延吉北山第一小学读书，教师中有共产党员刘建章同志和曹振嘉同志。刘老当时即秘密地教我们读马列的道理。他现在铁道部工作。被林彪、“四人帮”投入狱中，幸有毛主席亲批释放，其不死亦万幸。

③10岁时九一八事变，出了个伪满，延边为伪满间岛省。

④1936年在北京读书时参加救亡运动，参加民族解放先锋队。

⑤16岁到延安，17岁在延安入党。

⑥1926年春到延边搞土改工作。

党令驰骋即上马，党令解辔即为民。

老骥筋疲犹怀烈，竹批双耳金鼓闻。

木床布衾睡梦稳，藜藿槐薪终此身。

来时赤怀去赤子，冰雪肝胆冰雪心。

同志眼明鉴真伪，窗前明月照我心。

心涛起伏行笺事，偷笔述怀闻雷鸣。

雪夜独行曲

“四人帮”肆凶时，余已切感不知死所，日日夜夜忧党忧国，心底悲歌。但别室旁院，帮兄、帮弟、帮姐、帮妹却华灯豪宴，寻欢作乐，淫声浪语，阵阵传来。一夕，大风雪之夜，余披衣踏玉，信步泪流，在雪夜中踽踽独行，不知城南城北，归来时已午夜二时，老妻并几个“狗崽子”都睡着了。余更难入睡，因明日还要“批斗”，因此独坐床头，疾书此诗于乱纸中。

惯于长夜踱长街，皮帽遮脸步履斜。

欲行欲止游魂步，大啸无声沸热血。

自经生死少睡眠，更堪耿耿银河澈。

斗室团团如困兽，木床冷冷僵尸铁。

前楼笑语后楼欢，左邻笙歌右邻月。

我室沉黑如古墓，市廛虽近车马绝。

昨夜狂风天际来，万里墨空飘大雪。

伶仃最是夜行人，心悲无奈斯雪何！

蹒跚老步没膝行，雪团打面别有情。

万家灯火星宿海，千楼光闪金明灭。

白街迢迢接黑天，黑柳行行烟罗结。

万籁如死隐雷声，有泣无泪万喉结。

问尔城狐能几时，咨尔社鼠何日灭。

午夜雪行寻归路，老躯犹拖踉跄脚。
归听儿女梦里哭，肝肠寸断如死诀。
独坐窗前抠冰窗，无泪干泣听风雪。
夜夜如斯亦堪悲，如斯风雪更奈何。
太阳太阳快当头，自古冰山皆销铄！

选自《宋振庭杂文集》，山西人民出版社，1989年版

艺苑飞花录七首

赠吉林市豫剧团

南花北朵相映开，中州霓裳化雨栽。
莫道未逢常香玉，昨宵顾曲拷红来。

赠吉林市京剧团学员班

慰肠最是故乡音，江城旧调久不闻。
顾曲座上多感慨，眉飞色舞看新人。

赠吉林市艺校

披荆斩棘辟土栽，松花江畔育蓓蕾。
寄语辛勤拓荒手，一代新花赖君开。

赠刘艳霞

《夜宿花亭》震剧坛，赶板压字艺精湛。
春风化雨花更艳，扶病将把绝艺传。

赠余德禄、佟德林二老

余佟二老意气豪，平生歌舞教儿曹。
重逢谈笑数白发，雪上青松格外娇。

赠陈正岩

韵味醇厚是正岩，《碰碑》、《斩谡》继前贤。
且喜年华春正好，但愿心红艺更专。

赠王凤燕（小白玉艳）

许久未见《龙谭燕》，飞枪舞剑多矫健。
闻君功力正加深，百尺竿头重相见。

选自《长春》，1962年2月号

干校诗词

前记[①]

在将近七年的“五七”战士生活中，由于对这个生活的热爱，见到大家作做诗、赛诗，也写了一些。自己心里明白，对诗词未认真学过，没有下过功夫，和我的国画一样，都是卤生的打油体。因此，自己也从未重视，写了、贴出、撕了、拉倒。这里是记在几个本里的剩下的残余。但从此想到，鲁迅先生对自己的“少作”是有一段话的，大意是说，它是生活的痕迹，并不一定要“悔其少作”。“坟”这个专集就专收这些东西的。把自己写的，集合，重抄，检查一遍，对于解剖自己，对于反省昨天走路的样子，还是有利于再战，有利于明天的。

一集合、重抄就发现了问题，没有诗味，格律乖谬是无疑的。这原来就知道。更要紧的是发现有的诗情调不对头，对“五七”战士的生活并不都自觉自愿，旧思想、旧感情、旧痕迹就有流露。这次学习主席关于理论

①此栏目的诗词是以1975年在左家“五七”干校时油印的一本诗集小册子为蓝本整理的，略有调整。此“前言”就是原小册子宋振庭写的前言。

问题的重要指示，正好用来分析检查昨天的思想。正是为了这个原因才抄下存起，给自己常常照照镜子，找找灰尘的所在。这是解剖世界观的斗争的一个战场。

1975 年 4 月 10 日

念奴娇·左家湖上

结束文革审查，到左家“五七”干校

天光水影，览苍穹，心共蓝宇浩莽。纵横来去，念风涛，神驰意翥心长。半百寒秋，脚下万里，未计征程账。汗泪血凝，酸咸苦辣皆尝。

痛定偏思痛处，屏息凝眉，正眼望前方。万里长征新一步，步步自思量。游刃灵魂，镂析心底，风扶海天浪。胸升红日，万钧力来身上。

自嘲

标榜工农未工农，嘴说劳动几劳动。
高去高来高更高，空思空想空对空。
情绪波涛泛秋水，口泻离题飘大蓬。
半百未坚革命骨，依然不改旧家风。

赠同志

岁暮枫柏泛青森，闻君归日老泪淋。
三年风雨联床梦，一笑寒温封酒斟。
征程扶手君肠热，泥途掖步我内焚。
小楼灯火平生话，绿水青山同志心。

黄山天都峰道上口占打油

1972年夏到黄山

（一）

黄山风冷不可留，大雾弥天使人愁。

两脚刚刚伸出去，云外只剩一颗头。

（二）

青年笑我老疯癫，我笑小伙跑的欢。

回顾来程十万里，只在两足一身担。

记天野兄赠苹果梨

极目江天数高鸿，边关飞降雪花梨。

赠言侃侃铭肺腑，手教旦旦觉痴迷，

军行大漠瞻马首，雾航碧海仰风旗。

寄语狂兄休纵酒，与君相邀白山期。

送五七战士归本溪

左家红旗飞大雨，青沟铁镐照月白。

送君归日无持赠，一腔肝胆同心怀。

黄山百丈泉前口占

两石柱期间，万丈飞下泉。

望山唯抬首，抬脚即上天。

无题

1972年至青沟“五七”干校

木屋炉火夜听雨，秋山红叶扑窗来。

依峦广厦映霞里，带水兵营照月白。

半百蹉跎豪兴在，一腔块垒赤子怀。

眼前心底皆诗句，都陵水冷酒一杯[①]。

问李都同志病

1972年9月27日于长春市医院，是日李都同志做手术

硬骨嶙峋睨二竖，山崩海啸不凝眉。

唯物主义岂怕死，七尺从天唱大归。

披肝沥胆惊风雨，把手出门老泪垂。

豪情亦应阎罗惧，预贮茅台邀大杯。

①都陵：都陵河在青沟北。

寄李都同志病榻

信到山村雪花飞，无灯独坐血沸沸。
剑眉长躯宛对语，热肠冰胆透胸围。
千古艰难小生死，万代权衡大是非。
病榻看剑强餐饭，与君相邀上翠微。

念李都同志

时李都同志在北京住院，病情恶化

长春又是杨花节，遥念京华硬骨人。
为祝起疴三执笔，只怕肠断几沉吟。
捷报频传君应笑，病榻长笺我泪噙[1]。
心知会少诀日近，君不挽我我挽君。

哭祭李都同志

几度惊闻并沉沦，心知哭君悲日临。
临终壮语无滴泪，为党驱驰日夜心。
来去一生心磊落，爱憎分明赤子身。
哭告君骨无别祭，林贼子孙已自焚。

①泪噙：得老李病中口述之长信心实悲痛。

沁园春·自嘲作画时疯癫模样

1973年夏日雨天于青沟干校

泼墨飞丹，老笔纷披，霎时万里。兴来时点点洒洒未已。五内如焚，狂风挟雨，一任张狂，信手涂弥，看纸上别有天地。堪笑止，一斑驳老翁，频写花枝。

多情似我何堪？作茧自缚，春蚕早死，行步蹉跎，未醒痴迷，横跌竖撞，不断骚思。半百跄踉，一身创痛，误人自误皆在此。已亦哉！唱大风白云，踏落花归去。

春节夜深偶占

1973年春节于敦化县林业局宿舍

五雏飞去老雁孤，一杯冷红泛屠苏。
小女最解翁心意，僭抢斑发戏猫唬。

西江月·自嘲两首

（一）

曾读子曰诗云，旁鹜斯基拉夫。越读越蠢越糊涂，到头一条书蠹。斩断名缰利锁，拨开迷航大雾。心明再读马列书，老马重上征途。

（二）

自幼感时伤秋，垂老江山依旧。跌宕积习镂骨头，此情到死方休？
不念浮沉休咎，何堪离散人后。无去处时方缩手，东西南北碰头。

自剖自警自嘲口占五首

（一）

半百踉跄步，一身淖泥痕。
剩得须眉在，决不念浮沉。

（二）

豪言多笑柄，壮语积埃尘。
朋辈多分手，途穷几翻身。

（三）

经霜方见红，沥雨洗丹心。
云天从此阔，广宇放喉吟。

（四）

久经大雷雨，翮健破青云。
长舌实呆汉，无语大聪明。

（五）

卷耳心不死，春蚕为丝殉。
九死亦不悔，大笑祭此身。

左家劳动中口占

斑发红颜一身蓝，操耙荷锄学灌园。
学工学农初学步，绝名绝利更绝官。
心底风涛排巨浪，情深火炽焚柴山。
行步踉跄佯狂态，一程风雨半程烟。

赠一青年大学毕业生

青衿解时胆气豪，犹如烈火乘狂飙。
大节无心修边幅，全忠何暇顾羽毛。
论世清浊辨真伪，知人两面别低高。
花中蹉跎作此语，半为赠箴半自嘲。

梦里哭醒后口占

梦里嚎啕觉还哀，分明冷月照窗白。
灯外人语声声在，琵琶别院阵阵来。
信誓旦旦心未死，铁语铮铮身已衰。
云天许我长呼吸，青山独往任徘徊。

漫步吉林市江堤上口占

江上往来人，流似江中水。
东去复东去，一代又一代。
廿载我重来，皤然须发白。
江上风浪急，我心思澎湃。
风在头上吹，我身飘然在。
江上虽有待，我躯已亦衰。
东望一抹青，心悲默默拜。
三截裁昆仑，天地一大块。

念奴娇

寥廓天光，两度秋，青沟越发生色。琵琶峰下雄歌里，正是万山红叶。迤逦营建，彩旗飞舞，阔步几曾歇？万心倾会，指点江山评说。

征程已是经年，肩披星月，风雨接冰雪。黄泥青沟虽百里，跨上两个决裂。万钧气力，沸腾热血，这里谁是客？惊雷急雨，战鼓频催朝夕。

长白草屋

长白草屋茫茫雪，延水土窑点点红。
八千里云浮眼底，五十征尘唱大风。
曾识旧锄镌抗大，再鼓新炉炼老兵。
北山松岗炊烟直，一望大营落照雄。

木屋铭

青沟木屋窗明，五七炉火熊熊。

身在七十年里，心想延安窑灯。

斑白华发满头，身上弹疮猛痛。

遍观寰宇浪潮，何似今朝域中。

心香一瓣默奠，无数烈士英灵。

誓指皎日可鉴，红旗定上巅峰。

卜算子·青沟好

青沟好，更好在秋后，岭上红叶映蓝天，白云穿梭绣。

江山如锦绣，豪情舒胸岫。折得山花盈把归，香凝军衫袖。

登青沟高峰口占

向阳陵绝项，天风鼓袂寒。

袒胸披红雨，垂肩带远山。

昔日烽火地，今朝杏花天。

眈景追斜日，当头月如镰。

声声慢·东归曲

记 1939 年离延安时的情景

行行止止，匆匆歇歇，沉沉侃侃切切！落月河梁沙白，执手话别。满目太行烽火，听万里，黄河激越。共窑灯，读马列，齐步清凉山月。

君家白山黑水，翘首指，东天一星明灭。过河杀敌，担山志坚如铁。赠君悬壶酒洌。驱燕赵，横拔吕梁，荐热血，再见日长白山阙。

无题口占

青衫积征尘，老泪涕泗零。

山高目才远，坡陡练铁筋。

曾为洪波曲，难为小岚云。

重足白山上，长风伴诗吟。

无题

五十知前误，不效歧途哭。

心平气愈静，眼亮胆即粗。

烈士悲日暮，老骥念征途。

云天仍广阔，驱驰上前路。

风雨途口占二首

（一）

风雨如晦行路艰，半程泥淖半程烟。

功过二分群众判，言行一致战友监。

历经寒暑不缩涨，断念浮沉无殊颜。

此身已许湖海赤，岂容葛藤再来缠。

（二）

明灭阴晴常悻悻，风雨迷离更惺惺。

脚前黄叶迷去路，肩上白云自纵横。

山风推背飘飘舞，细雨打面点点情。

前生浮念后身意，半散烟露半洒尘。

满江红·问地球

开天辟地，这星球。我来问你：天天转，负仇几重？载恨何极？冰河万古怎消融？长夜漫漫何尽期？话沧桑，千古一沉沦，寒夜逼。

昆仑脊，上红旗，东方红，乾坤赤。含笑问星君，报春积极。万亿斯年从头记，六水三山一分地。霞翻云蔚花光万里，情何激！

百首题画诗

附：宋振庭儿女的前言

父亲所作的诗词中，题画诗占较大的比例。家里有一本 1982 年 3 月在党校铅印的《宋振庭诗词集》，其中大多数是题画诗。去世前他编写了“宋振庭题画诗目次”，也仅开了一个头。在父亲去世 19 年后的 2004 年，母亲宫敏章曾整理编辑了“宋振庭百首题画诗”草稿。看来二位老人都有意把题画诗单独编辑，遗憾的是没有完成。

此次重新整理，是以母亲编辑的“宋振庭百首题画诗”草稿为基础，把其中的非题画诗提出放入其他编中，再收集补充了新的题画诗。只要是题画的诗词都收入此编，不严格按时间排序。

此编收集的题画诗已逾百首，但一定还有不少遗失。许多诗已经随画送人了，没有留下记录。

“宋振庭百首题画诗”代序

（一）

毛锥一管纸半张，老境聊以寄疏狂。

心涛起伏风挟雨，情深难捺舞倘佯。

愈老更亲诗书画，病躯医禁酒茶姜。

万愁别绪一剑扫，割断牢骚郁结肠。

（二）

老境似舟赴中流，回首千峦万壑收。

昨宵手迹墨犹湿，对镜多见雪满头。

忿激义形多慷慨，毁誉无端任自由。

只要茫宇不陆沉，愿化青烟太空游。

（三）

学诗学画两无成，只缘戎马度平生。

杂涉赢名大洋古，论文自惭浅溪涓。

只信此身无大惭，剩得一死荐英灵。

盖棺论定余自肯，花明耀眼水流红。

（四）

一生只建两功业，一半走路半开会。

两脚发达手脑拙，临老万金油一味。

情浓似酒思渴饮，诗画信手抵一醉。

笺出赠予爱我者，中天见月团团媚。

题白菜萝卜

1964年许老画白菜萝卜

萝卜白菜田家色，布衣草鞋我风光。
而今四海谁为雄，还是小米加步枪。

题葡萄

忆旧居手植一架山葡萄，作于1974年

正是青翠欲滴时，千颗万粒压枝低。
何期一天雷阵雨，挈妇将雏出门去。
八年未到君棚下，知渠忆我我忆渠。
门前遥望缠肠蔓，脚下南北并东西。

1972年元旦题双雁图寄老妻

人子心事了，人父事已成。
六雏高飞去，双雁顾影鸣。

青沟周末灯下题画二首

（一）

春到都陵层冰解，山花带雨重湿红。

北山松岗炊烟上，西峰插云大风生。

三载披蓑荷锄叟，一任诗画龙蛇走。

笑扶小伙肩相问，个中佳趣君知否？

（二）

无风无雨浪千尺，有风有雨雪山排。

一任形骸纵横去，那堪佳节闹诗怀。

灯前洒洒情未已，一犁春雨万梅开。

卧听淅沥浮百感，直待山居纸窗白。

题红菊

余写花头老友庆淮画石，许占志补枝叶，时在1977年元旦，又题：画付余四女小英收藏可矣，时于净月潭松涛深处

蓬头荒服雪霜姿，篱边窗角有相知。

不慕千车新腰蟒，宁做村妇牛郎妻。

丹心墨骨本高洁，尤艳冰消雪化时。

我写红菊似酒醉，大地金光尽花枝。

题钟馗

吓鬼与吃鬼，鬼丛终遭累。
腰中横秋水，何不奋一挥。

题芭蕉

生在长白雪山下，不识芭蕉识马兰。
芭蕉白菜差不多，齐来移种草堂前。

题枇杷迎春

泼墨染天绿，嫩枝抽新黄。
写来已忘我，心意过长江。

题绿枇杷

自写枇杷自解馋，自作辛苦自作酸。
待到枝头累累日，闲坐江边数过船。

壬戌夏头伏题枇杷

冰雪身躯黄金胆，玲珑剔透玉生香。
但得君心似我心，天长地久意绵长。

题玫瑰

花似沥血赤红心，多柯有刺棘手针。
迎风亦自香凝重，无奈可观难觅寻。

题墨荷

正午日亭亭，绿水漫白萍。
荷香浸心脾，无风脉脉情。

题画送吴龙才同志回长春

长春依然飘大雪，京华已是柳摇金。
龙才归去应念我，此番倾谈更同心。

题赠吴作人大师画

簇簇青松迎客，历历冰峰眼中。
此间道上行役，回首已是沉沉。
白山有梦相邀，画师耿耿于怀。
遥寄京华尺素，江山有待君来。

六人合作画·赠美籍华人牛满江博士

1982年于张伯驹后海故居丛碧堂

重洋之外有朋来，节令虽寒百花开。
问渠哪得情深此，天时人事巧安排。

题画沙漠驼铃

云汉黄沙两无垠，来程去路已渺冥。
浑然一宇无生意，何期落照闻驼铃。
几枝弱草思泉水，一行归雁启归程。
人间天上两相忘，不是梦中是痴中。

题三公一母四螃蟹

横行公子并婆娘，自敲锣鼓自坐场。
万人唾骂当喝彩，浑身解数肆张狂。
青史遗臭那管得，神州孑遗真豺狼。
山河风雷起大地，三公一母落釜汤。
南冠牵出风骚态，铁铐监门也尝尝。
如今有幸识“卿”面，对薄台前看下场。

题墨葡萄

1979年3月早信笔由之

学书不成兼学画，粗枝大叶满纸下。
年近花甲充风雅，伏案搔首顾白发。
葡萄牵牛皆一色，不分昆虫并鱼虾。
但得信笔横涂抹，谁信此翁胆天大。

题自画山水

己未立秋后八日，偕陶白兄访亚明、文治、麟庐三位于竹箫斋。自经大劫之后此日之游几疑生前友好之会也。振庭作诗并序，老麟题

山高担日月，水长绵古今。
松劲睨风雪，石坚鉴人心。

寄情山茶花

枝如屈铁束，叶似琢玉就。
本自云中来，开时大如斗。
春时带雨绽，报春情意厚。
灯下写山茶，香犹凝襟袖。

题自画狂风吹竹图

非关狂风非关竹，只缘老子胆气粗。
横涂竖抹兴未已，自家心事入画图。

题蟹梅柿图

辛酉深秋写于北京医院

蟹正肥时菊花香，红梅怒放柿满筐。
写来不觉酒喝甚，无奈寒荆不许尝。

题四螃蟹

1982年元宵节写此物以解颐

娘儿四个哥儿仨，横行家族人恨杀。
一遭落釜锅里煮，也算同命俏冤家。

题许公画

癸亥暮春之际振庭微醉之后题许麟庐大师画

骕骦白裘浑一掷，心沉艺海见平生。

结识许公三十载，彼此肝胆照月明。
两眼朦胧微醉后，一放歌喉唱大风。
麟庐麟庐麟不老，惆怅风流仍从容。

题樱花

1982 年于大连龙王塘水库见之后至今难忘也

三月春风急，樱花带雨姿。
红彻半天云，微醉笔酣时。

题竹

风来飞翠羽，晨曦报曙红。
雨里龙吟细，霜朝更青青。

竹箫斋画竹图

雷停风歇访旧交，赭竹双杆素娇娆。
兰梅侧畔石嶙峋，痛饮豪歌醉竹箫。

题虾

记“四人帮”攻击白石老人画作

冤哉一老白石翁，池虾河蟹蒙灾情。
牛棚冷月无灯坐，背人曾抹两三丛。

题梅花

格高傲霜雪，情深先百花。
风骤亭亭立，一醉抹红霞。

又题梅花

格高傲霜雪，情深先百花。
白眼睨桃李，怒放野人家。

题梅花一首

庚申 4 月 19 日余 59 生日书怀

暮霭森森静不哗，早餐薄粥午啜茶。
莫道老夫缺大志，但留两眼看梅花。

题朱砂梅

红枝红峦并红花，红云红宇抹红霞。
红山红树飞红雨，红墙红篱红人家。

题梅花

森绿苍茫暮霭深，梅花天地共一樽。
并立畅怀江山秀，好风明月知我心。

题除夕画梅

写枝梅花过除夕，掷笔坐忘东与西。
百花只知争炎热，唯有卿卿最相知。

题梅花

天地梅花悄悄雨，好风明月知我心。
惜取秋晴应大笑，红雨披胸落满襟。

画红梅赠冒舒湮先生

梅高傲霜雪，情深先百花。
不至香雪海，足迹遍天涯。

题兰花

怪石嶙峋壮夫志，幽兰彻骨我微醺。
小别离车休揾泪，长凭鱼素寄沉吟。

题兰花

昔称百花王，今为人民香。
芝兰能换骨，人应洗肝肠。

甲子写兰以舒怀

芝兰为友，松柏为师。
青竹寄心，菊花明胆。

题许麟庐大师水仙

洗尘仙子凌波来，霜里湘君倚疏枝。
三个老叟一张画，友谊情同此坚石。

题水仙

碧玉玲珑洗尘妆，岁寒朝雪第一香。
为怜书生寂无伴，案头清供引杯长。

题古松

虬枝蟠龙节，碧针梳晴空。
白云拂老态，雷雨更从容。

题泰山古松

睨视秦皇帝，阅尽千寒暑。
铁臂拥天下，屹立云高处。

题老松并写座右铭

频洗肝胆鉴日月，常擦两眼辨风云。
身如老松冬也绿，头似秋水冷还清。

题风竹

不信有风一边倒，老子偏不瑟瑟鸣。
任你风狂雨再大，不过吹掉几片青。

题自画竹

晚来彤云重，快步归我庐。
心清除万念，拂纸写青竹。
晴窗多美睡，信手自横涂。
自经大劫后，重关顿斩除。
大千任来去，何必哭穷途。

壬戌冬日写雨中竹

微雨清风院，翠竹细细吟。
挥洒得意处，吾句得我心。

题麟庐令文夫妇画

三十冰雪朝，路断魂相邀。
竹箫斋里坐，女侠令文嫂。
人世多白眼，途穷见真交。

白发肠愈热，梅花补芭蕉。

举杯望窗月，风清竹潇潇。

题靳之林作画像自嘲

涉读古今书，纵谈天下事。

嘴上弄小巧，胸中无点墨。

兴致与时转，志趣前后易。

心潮如秋水，思绪颠簸箕。

垂老江山旧，空存厚脸皮。

题黄菊

百花开后我开花，篱边墙角是侬家。

莫羡遍体黄金色，斗寒专放野人家。

题芭蕉小鸟迎春花

绿是浓夏黄是春，颠倒时光抖精神。

好笑老夫面皮厚，也学婢子做夫人。

题紫藤二首

（一）

春来旧苑惹宿疾，背山临水看藤萝。
盘根错节缠千转，应问此君情何多？

（二）

垂垂嫩叶生姿媚，湖光反衬紫璎珞。
眼底云烟层层去，无奈白发今更多。

题海棠白鹅

湖天一瞥月华黄，暗香袭人度野塘。
冰影浮来萍草动，丹铃摇曳几海棠。
老笔纷披信手抹，得来全在瓣心香。
青藤白杨不我见，竹箫斋里任佯狂。

题风竹

昨夜雨驰风骤，阶竹东倒西歪。
自家脚跟不稳，离坡能把谁怪。
请看峻嶒青石，默立无声独在。
米颠确有高见，折腰独向石拜。

题画赠宋文治大画师

画兴浓如酒，知交淡似茶。
小会古白下，待我访梅花。

赠张老

题合作画，与张伯驹老赠答

旧雨京华忘年交，生死途穷历几朝。
文采风流遗一老，孤标阅世忘羽毛。
千金一掷不回首，心村前贤睨儿曹。
大劫之余惊身在，一壶热酒话通宵。

附：张老和诗

雪霜久历岁寒交，几换沧桑梦旧朝。
世事何睁双眼目，人生不过一毫毛。
好花并气称君子，浩劫成灰剩我曹。
今日相逢杯酒在，千金休放此良宵。

题八大山人孤鱼图

残山剩水寄鱼凫，笔简意赅断肠枯。
途穷逢人鱼白眼，道狭入世羽翼孤[1]。
两叶芭蕉雨打后，一枝寒梅雪影殊。
二朱用笔皆高古，泪水哀音入画图。

题黄梅冷月图

赠魏紫熙老

无言默默自倚墙，俯视千花零落香。
孤寒一枝垂淡影，直待夜深月华黄。

为竹节海棠题诗

1973年7月于贵阳

此花有节操，丹心沥血红。
秋来抗霜雪，孤单在西风。

①八大山人画鱼，大抵眼珠在上；鶺鸰一二，孤苦可怜。

鹰

赠杨冬佳同志

四海翻腾日，雷雨交加时。
奋翮经风雨，远瞩四望姿。
坚石立脚稳，雄心裁昆仑。
与君写英魂，长白顶上期。

题画赠张有光

风雨雷电几十年，识君厂肆忆前贤。
张老有光朱颜酡，待我胜过桃花潭。

题梅赠霜红居主人

豪情磊落枝纤纤，柔肠铁骨气昂然。
剧史千秋名刊石，浮言与君有何干。

题梅赠女诗友

冰雪聪明剔透心，侠骨柔情韵高深。
京华相识皆白发，清照居士是前身。

题梅赠爱俊侄女祝起疴

慧眼睨二竖，丽质斗春寒。
窗外爆竹声，声声道健安。

题玉兰花

朝天万花笔，书空写史诗。
临风听铁马，句句惹情思。

题牵牛花

（一）

无尽青藤不尽花，情牵意惹放喇叭。
昨宵一夜听春雨，催我牵牛早离家。

（二）

一身轻骨善攀援，得个高枝便上天。
写来不觉发一笑，平生多见此花颜。

题海棠

黄泥小唊草屋静，山芋苦茶伴薄粥。
小女归来双亲喜，一树海棠到床头。

题许化夷作大公鸡

引吭一声唱，千门万户开。

与渠两相比，应早天下白。

画《双鸡图》赠苏兴钧先生

辛酉冬至日，晨四时披衣起坐，余首次画鸡也

三更即早起，花甲学祖逖。

挑灯舞笔墨，酉年多写鸡。

题双鹰图二首

（一）

方经雷阵雨，振翮下青云。

搏击铁肩阔，并立心连心。

（二）

云天广宇大，雄心立坚石。

远瞻极目外，苍茫有所思。

题向日葵

娇黄势昂然，绿叶攀楼台。
花盘随日转，吾心向党开。

题葡萄

朝文版《长春文艺》发刊之贺，乡人宋振庭寄自京华

客自长春来，告我乡情好。
一别已六年，日日思归巢。
文坛争璀璨，百卉分外娇。
新增朝文版，长春文艺稿。
索句无所赠，伸纸写葡萄。
传语诸乡人，情如青藤绕。
盼君多丰采，文坛犹并茂。

中秋题蟹

癸亥仲秋时心情舒畅，晴窗一挥。星公宋振庭于贵阳

黄花正好蟹正肥，稻粱金食堆复堆。
虽系老病无酒量，也堪抖擞尽大杯。
五年京华湖后居，日日开窗见翠微。
人间有道晚情乐，一瞳绿天见朝晖。

题牡丹

虽系天香国色，却不粉面油头。
端庄凝重出尘，可亲可敬可友。

题黔山王老画

黔山逢王老，订交倾心曲。
诗兴浓如酒，画意尽纷披。
相赠无长物，肝胆冰雪石。
何日一壶茶，论画在花溪。

题风雨竹

植身乱石中，咬住不放松。
风狂雨再大，吹掉几片青。
青青数杆立，叶叶到葱茏。
何惧雷电火，东西南北风。
但问此君节，坚挺心虚空。
停笔常来看，一扫块垒雄。

题木笔花（玉兰）

无穷万花笔，书空写史诗。
史家重三长，求全才学识。
诬古抑溢美，大惇或小疵。
时光最无情，毫厘见铢锱。
扬雄笔如椽，生花名盖世。
媚莽终投阁，千古一叹息。
董狐铁铮铮，朱云折槛臂。
董宣强项汉，大树美冯异。
吾生花甲后，踉跄方知此。
何为木笔花，玉洁冰雪澌。
书生重风骨，铁肩担道义。
直道抑枉道，一念别天地。
人生谁无死，泰山比蝉翼。
木笔复木笔，吾与汝相期。

题竹四首

（一）

老来卜居名湖后，只见四季花开谢。
一池绿波一池影，翠柏苍松金明灭。

（二）

前年移来一竿竹，而今琅玕染窗绿。
今春得雨笋多发，干干直上拾尺余。

（三）

写竹人谓有成竹，此语至今仍未悟。
信手写来信笔扫，不知纸上出何物。

（四）

任尔东西南北风，植身只在乱石中。
只管风狂雨再骤，不过吹去几片青。

题牡丹四首

（一）

花影层叠方盛日，惹得蜂癫蝶也狂。
老夫预贮两竹帚，好教收拾零落香。

（二）

看花归来两袖香，老来愈发少年狂。
一生坎坷皆在此，只余一腔赤子肠。

（三）

不近胭脂远红妆，垂老白头写花王。
禅心古井千年寂，睁眼闭眼已散场。

（四）

媚世何堪欺世何，白发虽添尚娑婆。
暮年只要双睛在，过尽千帆数谁多。

题梅花四首

1983年5月8日早湖后居余写梅花并题四绝句，癌症手术后二年已正式上班

（一）

回首平生九死余，白头无赖写花枝。

开肠破肚仍大笑，心存豪气尚驱驰。

（二）

家邻西山昆明池，诗词伴狂癫并痴。

兴来得意随处卧，招惹儿童笑嘻嘻。

（三）

弄文贾祸古今同，几代同悲也同疾。

只消两句真情语，粉身碎骨死不辞。

（四）

诗文书画曲并词，顺手招来一潭泥。

寄寓各家皆票友，勿忘老夫宋浅溪。

题葡萄

晨起清身夏清采，拨窗扑眼百花娇。

案头正有花青色，不必胭脂画葡萄。

题画赠王君华

京华相逢六十天，把酒临风谈笑间。

离车倚门寻常事，壮夫有泪不轻弹。

题家立品善画梅

泰山丹青岳母诗，斯文一脉两如丝。

梁鸿孟光齐眉案，不抵二侄冰雪姿。

题自画竹

癸亥夏至黔寓花溪宾馆，写竹一幅赠《贵州日报》

相并玉琅玕，入地又柱天。

虚心多劲节，风来翠羽翻。

为箫喷霜雪，策杖蛟龙蟠。

湘灵千滴泪，孤袖倚单寒。

愉老凭君扶，花溪独把竿。

白云何悠悠，闲坐数过船。

老骥闻金鼓，四蹄欲生烟。

题桃花

八侄化夷作桃花因题此绝句如后，1983年10月2日

争艳姐妹并桃李，嫩蕊鹅黄映娇姿。
莫道此花命如纸，人面辉映总相宜。

题杏花

癸亥年夏日为杏花村汾酒厂写此

唐诗有佳句，千古人人吟。
酒客问牧子，遥指杏花村。
欣逢尧日照，祖国焕青春。
老笔纷披处，杏花雨后新。

长忆金达莱

癸亥秋有故乡人来言金达莱杂志索诗稿，乡情涛涌。因伸纸忆之而写照并题句遥寄也

冰峰雪尚白，先见金达莱。
金骨抖擞枝，芳香红炎霭。
折来草屋窗，清水供神采。
有客故乡至，告我香犹在。

儿时梦里歌，垂老情难改。
索我俚语句，乡情激满怀。
请告延河水，游子挥泪拜。
帛短情绵长，长忆金达莱。

宋吟可梅边步月图

癸亥立秋日余至筑结识宋吟老，为余写此仕女图，感慨万端，赋此俚曲，亦长歌当哭之意耳吉

癸亥遇酷夏，逃暑至黔山。
孰知此行壮，邂逅逢高贤。
金陵宋吟老，居筑几十年。
丹青出尘俗，意趣得天然。
删尽俗儿态，笔下走云烟。
相识倾心曲，订交已忘年。
为我写花枝，十幅不嫌烦。
遇井花溪水，红梅雨后鲜。
十幅意难尽，更写翠袖寒。
有女一人兮，月下寻芳源。
行步回眸盼，含情意绵绵。
嘴角含愁笑，知卿心涛翻。
宋兄赠此素，心底忆前贤。
少陵修竹句，玉溪好好篇。
香山梭素口，坡翁论针线。
寿阳含章殿，梅妆马髻编。

曾识马王堆，武梁画像砖。
曹衣吴带里，隋唐写圆圆。
元人重山水，人物半萧然。
明季虎丘下，仕女出婵娟。
唐生破俗韵，十州重彩纨。
易代有高手，可怜李龙眠。
老莲称独步，新罗三任传。
清季颓风靡，改倚骨弱单。
丹旭俗子态，小梅小家范。
闺阁无颜色，回首已百年。
亡友抱石兄，大笔挽颓澜。
傅公已仙去，空上钟阜山。
我求知己殊，梦里几相见。
岂意山回转，在此黔灵山。
吾家吟可兄，老笔动心弦。
梅边孤步月，凝睇古梅攀。
此图得我心，此女友仙兼。
感兄绘逸品，长歌泪泣然。
馨香祝兄健，风骚领黔南。
此影合双帧，南北一心牵。

题自画大芭蕉叶

甲子夏酷热写之

小园夏正浓，挥汗思清风。
感君知情趣，大笔写真容。

甲子年春节题鱼蟹图二首

甲子冬画此画时余大病中

（一）

常忆江湖悲白发，做梦几曾返故家。
至今布尔哈通河上，可见当年钓鱼娃。

（二）

萝卜白菜原无色，鳜鱼螃蟹哪得闻。
只有一串红辣子，年年檐下舞秋风。

题梅花

岁寒仍发威，腊鼓阵阵催。
老夫灯下坐，拂纸写兼梅。

振庭写松付芬儿收之

乙丑之春节前，芬儿到京学习侍余疾，亲尝汤药。余二子四女中，此女多样颇类余也

老松苍虬绕，枝梢欲上天。
吾儿应有志，品德必端严。

乙丑春节前写四君子以贻宋芬儿

（一）红梅

红梅有品格，披雨又带霜。
吾儿得此画，友梅发奇香。

（二）石兰

芝兰王者香，不与众花争。
只要骨骼坚，只要体脉强。
山花与野草，一般可称王。

（三）墨竹

节字自竹始，有节即是师。
人而无节操，便与猪狗齐。

（四）黄菊

菊黄明月夜，蟹肥满酒卮。
老夫不寐日，与儿写花枝。

1978年以前的诗词

附：宋振庭儿女的前言

以“1978年以前的诗词”和后面的“1979年以后的诗词”作为标题确实挺拗口的，但实属无奈，思索再三，想不出别的可以取代的了。

《干校诗词》是父亲生前印制的诗集小册子，《百首题画诗》表达了他生前“把题画的诗放到一起”的意愿，所以这两编的标题应属于作者自己定的。

1978年以前父亲一直在吉林省生活工作，1979年初离开吉林省到北京中央党校。把这两个时间点作为这两编的标题，就可以把没有收入《干校诗词》、《百首题画诗》的诗词囊括并粗略地分开了。这样一来，没有明确标注写作时间的诗总是可以猜出大致的时间段，同时也便于以后的增补。

旧作小诗三首

1959年家居清明街北三胡同平房，浓夏于家里休息达一周以上时光，这是第一次。得诗几首，随想随写如后

（一）

小园夏正浓，纱窗滤清风。
膝前儿女坐，黄花喂青虫。

（二）

斜倚葵花下，绿天茶一杯。
扑怀五儿问，阿妈几时回。

（三）

盘膝土炕坐，围共爷娘食。
曾几沧桑日，岂望乐天伦。

无题

花甲未届人已老，意气尽生搔雪花。
百战未蹶余一卒，千佛已证斥魈魃。
凌云鸡犬声浩渺，归院笙歌隔寒沙。
一室萧森树影看，鬼影憧憧啜苦茶。

示女诗

1973年，给长女森

长女叮嘱要乐天，熟知乃翁正盎然。
窗明炕暖草屋静，心平眼亮海胸宽。
半百恰逢尧风雨，一生晚步舜江山。
躲进花丛放口笑，手舞足蹈月团圞。

调寄钗头风

1976年7月在医大做肛萎手术，病枕上试填自笑

病榻横，白发翁，楼高唯有过堂风，闭双睛，心潮涌，万里来路，花甲征程，匆！匆！匆！

髀肉生，老骨痛，抛书枕上频看镜，意朦胧，眼惺忪，苦辣酸咸，南北西东，碰！碰！碰！

调寄鹊桥仙

手术后赠天野兄同病榻上

迎疼低吟，肠断凝眉，老来谁解这滋味，此身已是火前躯，更说甚柔情似水。

闭目依稀，帽山翠微[①]，故园红杏窗前，一日爬树千回，预储花圈斑斓媚，谁先死就先挽谁！

一剪梅

1976年7月，代天野大哥述怀

斑发衰躯榻上横，点滴瓶静，浮思海涌，闭目万里计平生。塞北冰封，江南大岭。

枥下老骥梦驰骋，髀肉虽生，四蹄犹轻。示儿二愿意即平，埋骨帽山，魂游凤城！[②]

洗冠巾

抛书揽镜，大秃头今朝瘦了，挤眉弄眼，心间事，自家晓。

一任张狂口悬河，空桶子响个不了，今番已矣，虚名误，撒手早！

调寄青玉案

自诩锥颖脱囊出，几经解得装糊涂。平生尽被聪明误，扁舟不羁，烟江独鹜，风雨满江湖。

老来头碰血模糊，江山不改性顽固，人笑我笑两不顾。千官头踏，青云高步，侬有侬归处！

---

①帽山，余老家延吉一山。

②辽宁凤城是天野兄老家。

夏日六月六日席上赠李荒大哥

滹沱河边烽火日，辽海莽原杏花天。

八千烟霞浮眼底，卅年风霜染鬓斑。

良师益友君肠热，陈风宿雨我陶然。

生死途穷识亮节，手把屠苏笑琅玕。

调寄菩萨蛮

1973 年 5 月 17 日，应敦化宁安同志邀，同青沟干校战友游镜泊湖，舟上口占

人在湖上湖在天，船行绿水白云间，水天两无涯，四望白梨花。

同志情谊重，一江风雨共。此去向何方，抬眼金波涌。

调寄武陵春

少荷一戟赴昆仑，誓言荐此身，四十年来争赴死，战友半凋零。

多少大风白雪吟，今朝竟成真，此身行将归大块，等轻尘，诚难泯。

居疗养院，约病友登山

老来意气壮如山，步履翻飞任往还。

传呼病友联袂出，一行诗客攀青山。

钟声断续隔春雨，歌浪尽波唱新篇。
松荫古道情缱绻，要知山花雨后鲜。

劝友晨登大架山

东望蓝天积翠峰，拂晓云深影朦胧。
几日酒渴如狂客，一朝春雨意更浓。
白发如银频搔首，绿窗闭户杯暗倾。
劝君放眼大千世，老骥长嘶要乘风。

晨登大架山遇雨

闻鸡祖逖舞，晨登大架山。
微雨畅胸臆，好风送我还。
衣湿何足惧，山花雨后鲜。
明朝更早起，与日争峰巅。

与病友游红石口遇大雨并冰雹，大笑而作

立壁千峋下，冰雹九天来。
雨泼青松绿，湖映杏花白。
雷鸣助诗兴，山风鼓壮怀。
同行皆病友，野花满把摘。
老兵犹豪迈，挥杖万马来。
林深传鹧鸪，松涛金鼓催。

回头互大笑，雨里行军再。

木屋添炉火，脱衣酒千杯。

无题

漫漫湿雨大罗天，昏昏灯火夜正阑。

禅心古井千年寂，石破天惊一瞬间。

慧素冰心浑似火，摩诘传经半呜咽。

好作幽灵长护持，无憾钟声到耳边。

无题四首[①]

（一）

举杯邀君君莫辞，何为搔首意离迷？

桃花春风逗蝴蝶，荆榛苦雨献蒺藜。

千夫指下凝冷眼，一丁心头唱小诗。

风急天高醉且睡，中天有月笑嘻嘻。

（二）

劝君推窗看青森，天地梅花正一心。

九曲黄河东入海，万曲清歌上干云。

东看蓬莱浪山涌，西眺昆仑雪花纷。

纵有浮云暂蔽日，脱帽大啸共一樽。

①此无题诗五首作于“四人帮”最疯狂之时。其时，他们大搞帮派，并淫乱不堪。官以贿近，党以突入，色身就抱，拉扯升天。余目视耳闻，怒不可遏。诗以志感，追抄在此，以志当时悲怒之怀。但总坚信神州不会无晴日，城狐社鼠末日一定要到。

（三）

娥眉青目总相宜，横鼻冷眼看虫鸡。
时样风流惹蝴蝶，背晦嶙骨苦寒枝。
千官头踏兰台路，庾人踯躅雪山蹊。
休慕侯门新腰蟒，木屋豆火啜蚀稀。

（四）

陈雨旧雨眼底来，忧心如焚且徘徊。
长街腰蟒千车过，蛀虫旌旗八面开。
破帽紧拉人中挤，绳床瓦灶自安排。
不信神州无晴日，闭门先自酒千杯。

纪念张志新

唯有真知出大勇，只缘大勇见真知。
仰瞻前贤心觉愧，俯见冯道眼睥睨。

悼张志新

三代同灾覆舟浪，一女溅血祭轩黄。
唯有真知出大勇，先分高位登明堂。
生死艰难殉真理，大限来时恋儿郎。
我割心香一瓣来，向君顶礼并佯狂。

哭总理二首

（一）

英灵辞世一载间，积泪成河诗如山。
血透花圈石难镌，恨聚昆仑山可燃。
人民自古宰宇宙，真理日月行经天。
人间伏虎除四害，为慰忠魂泪潸然。

（二）

凡人都爱周总理，是处都恨四人帮。
恨爱越深越对比，一在高天一在渊。
五十七岁回头看，来路漫漫浮云烟。
相信群众相信党，此理悟后心已安。

奠周总理遗像前

示儿一诗肝肠断，千古遗恨念陆游。
心香一瓣告总理，人间已断四害头。

荐衷心

1976年9月哭主席

心裂痛，血沸腾，泪迸横飞咽无声。万语告英灵。
六十年，东方红，灾难古国劫后生。山河日月明。

山游感怀

1976年6月6日，净月山居，早四时起，约老八路李自卫同志登大架山，过红石口，穿林莽而行。正值晨曦如彩练，槐香扑鼻，边走边聊，有十知足九死余之论。归来尚未拉起床铃。掀窗帘一角，默写一首五古于后

向阳穿林莽，槐花浸脾香。
朝雨湿小路，晨曦抹红妆。
荡胸白云绕，垂肩杉柏苍。
放谈九死余，畅叙十足长。
老步猿行健，憨笑洗肝肠。
薇蕨随手采，山花插鬓香。
归来山妻笑，老兵兴致狂。
倾盆冷水浴，身轻一介香。
林泉招我往，天地莽苍苍。

沁园春

写于自己杂文集前

万马奔腾，雷驰电掣，乾坤横扫。芟私藤俗趣，投向红燎。城狐社鼠，犁庭直捣。叱咤风云，拽月牵虹，挥彩笔描画天骄。问苍茫，上下几千年，何似今朝。

剥夺者被剥夺，颠倒的重新颠倒了。洗污泥浊水，投万顷波涛，奔腾急，老兵不老。半百征程，脚下万里，前后皆是金光道。你你你！斑驳老叟，高歌快跑！

无题

大野无生意，江湖秋水多。
泥途疲曳尾，鲥鱼喘涸辙。
去日长已矣，来时亦蹉跎。
死生早忘机，云汉渺难讬。
石破天惊日，花明奈如何。
彼姝姗姗步，长裙袅婆娑。
雪身投古井，金光照嵯峨。
佛说法即心，一梦即解脱。

寄大姐

1977年春节日

手足五人皆白发，风雨飘摇雁西东。
历经坎坷尝苦水，一世踉跄泥淖中。
老来幸逢尧日照，枯木逢春花峥嵘。
八郎六女能劳动，门庭早是工农兵。

庆贺粉碎四人帮

积怨如山必自焚，道路以目隐雷声。
机关算尽卿命尽，丑剧演完鬼吹灯！

可恨永鼠踞器日，谁怜黔驴技已穷。
铲除四害天人笑，涕泗横流告英灵。

自画像

诗词书画棋医曲，沾边就赖无师承。
文史经哲马列鲁，醉心苦读难半通。
杂文写罢画大虾，人道此公浅而松。
如今已老旧习固，看来到死亦懵懂。

左家春早步林间

1977年5月5日左家山麓小楼上

爱山惯早起，晨曦一抹红。
小松初放绿，浅草铺丛丛。
云天胸呼阔，露润草香浓。
紫陌通林薮，层峦透远峰。
心静神怡乐，步履何其轻。
十年山居趣，烟雨觉余生。
人间四害歼，心头潮水平。
无复旧时业，斩断烦恼藤。
余年只一愿，江山永固宁。
百战余一卒，枕戈一老兵。

早散步左家湖上后即兴

一凉一热识春秋，一浮一沉见交游。

此事昔从书本得，何曾想见到眉头。

历经百炼难为火，得知此理自凝眸。

来日无多愿心畅，布衣败履任蹉跎。

蔬食风雨自来去，秃笔几支写苍虬。

衰体频老无所恋，心祝社稷江山道。

近来日觉身健有感

1977年5月5日返左家，此当阳长坂坡之搏斗后也。白血球任务已毕，余事可无虑无思，如浓汁一样任其排出可耳

早起果然好，步履渐觉轻。

呼吸天地阔，歌啸东方红。

来日无多暇，但愿心神宁。

安步以当车，野茶味最浓。

往事不可为，快刀剃发茎。

沙弥当头棒，一喝觉顿生。

从此可息影，大块寄此形。

百战余一卒，退休一老兵。

1977年5月4日于长春宿舍信笔

（一）

看遍妖魔犹未悟，尝尽苦水未解禅。
自待老僧当头棒，千枷万索破重关。
早步头上青云岭，暮归灯火大罗天。
人送我送皆归去，红尘游戏又一年。

（二）

问余何事最解颐，沉水西瓜放翁诗。
畅怀大嚼忘百感，信手言出自辟蹊。
四五学画遣人笑，五六作诗打油痴。
但得无事晴窗下，自读自解自迷离。

（三）

拍掌鞭炮难作数，盖棺论定不尽然。
千夫指处犹横目，车马盈门一瞬间。
叔敖子孙衣百结，还借优孟作衣冠。
汉书下酒长叹息，先贤遗教记心田。

（四）

晓是知非无止境，趋利避害要知足。
剩得七尺衰老身，尽灭七情无何苦。
参透网罗放燕雀，回头螳螂急止步。
云天许我长呼吸，至此一笑死亦足。

无题

白发霜鬓不知愁，放逐四海更风流。
悬河之口贯祸阶，弄笔为文怨未休。
无弦琴上逢五柳，折得绿竹自封侯。
午睡醒来煮山果，吟得梅花带月讴。

信笔无题四首

（一）

远岭遥岑起俯，浅草嫩松层铺。
白水蓝天左家湖，日日湖边漫步。
五十六年过去，还堪回首来路。
比前贤自惭怎敢，睨眦千佛不数。

（二）

平生酷爱是读书，要读那得工夫。
峨冠博带官场坐，让你哭笑无路。
老来恩赐有暇，何况婆娑健步。
自抄自写自批注，床头枕畔难数。

（三）

工农政党文兼武，经史哲政毛并鲁。
诗词书画戏医文，样样搬弄样样粗。
若问老夫最爱啥，平生酷好夜读书。
不求甚解是吾解，老来此愿料能足。

（四）

不说风花雪月，不唱豪言壮歌。

吾手自写吾心，与人毫无关涉。

情已怡安平静，体更老健婆娑。

午觉醒时苦茶啜，这余年，怎不叫人乐呵呵！

健身自律

健身之要，首唯心情。

乐观豁达，百病莫生。

饮食起居，规律节制。

动静相间，轨正自然。

少服药物，运动为主。

养怡之法，治生之要。

以人为鉴，可取鲁迅。

以树为鉴，可取松柏。

严峻骨骼，永以自律。

心情常乐，要自慰己。

知足知戒，克制纵心。

浮躁伤生，为害至大。

永远知誓，以此自律。

1985 年述怀致战友

自经害乱少睡眠，披衣独坐已多年。

心知此身无死所，欲哭无泪泣声咽。
不羡卖身腰朱紫，闲坐江边数过船。
铁骨铮铮余何敢，百战元戎死含冤！
摇尾媚态无宁死，裸身如阵创斑斑。
党灾国害愁云锁，一羽翎毛望太山。
半百十春五七路，荷耙挥锄学灌园。
总理巨星神州落，哀声动地摧肺肝。
花岗石坚泪浸透，松柏虽绿尽白衫。
谁知难抹泣血日，主席辞世天地旋！
党脉如缕国难尾，八亿心悬向长安。
山回路转无去路，高峰一柱顶地天。
花好叶茂锣鼓震，能逢此日死也甜。
老马在枥候金鼓，余勇可贾箭上弦。
往事已如东逝水，来日无多敢偷安。
直言罹祸可销骨，结怨猢狲何保全。
半百未谙官场事，蜡头何必愁千般。
关系之学热门货，弹簧轴承保险栓。
余本赤身裸衣汉，老年何必卖耻廉。
自恨才薄无硬骨，俗纭犹作女萝缠。
至友妻儿千般谏，拍案大叫誓皎天。
与棕随身志已定，无多来日应无憾。
唯物主义岂怕死，七尺从天已这般。
追悼会并安骨灰，我送你来你送咱。
三寸气在可驰骋，路死路埋无挂牵！
党创大业磐石固，只欠一死无报颜。
疾书俚语五十句，可算抒怀诗一篇。

1979年以后的诗词

附：宋振庭儿女的前言

这里收集的是1979年父亲调到北京中央党校后所作的诗词。

无题

1979年2月4日至京宿翠明庄

跳出三界外，不在五行中。
入云神觉爽，至京一身轻。
超出生死网，逃脱名利绳。
老境前路阔，劫后眼乍明。
回首望乡台，隔世分青冥。
余生虽可数，往来慰心灵。
衰躯只多病，神健体可轻。
骅骝开道路，鹰隼出风尘。
十载刀兵日，一日江山红。
卅二吉林省，风雨半平生。
来日正历历，此血荐前英。

无题

七九春二月，京华待命时。
馆驿心气闲，健步老如飞。
四大五行透，六尘无滞碍。
大彻复大悟，六合心游怡。
往事七步堪，今朝士庶可。
上无父母养，下无儿女累。
党内帽已去，人前可无愧。
此身虽衰败，尚可驾敝车。

吉省事已了，从此脱重锁。
国事虽至艰，股肱元良健。
妻朴儿女贤，一家无盗贼。
朋辈无羞对，亲友可罢悔。
老境前路明，此心早如水。
锻炼复锻炼，长步又长步。
清晨午门前，长日京华街。
天赐我休息，何事戚戚为。

观故宫历代书画展

1979年2月4日奉命入京，宿翠明庄。8日午漫步入东华门，进故宫宁寿宫，看各省市送展之历代书画。归来吃茶一杯，觉清心无睡意，通体凉爽耳

历代书画古殿深，石阶丹陛柏森荫。
青藤白阳龙蛇走，石涛八大墨气淋。
指点山河咫尺近，扶摇风雨花枝新。
漫步此来身心爽，挣脱缰索出红尘。

至京宿馆驿朝步东华门午门有感

披衣起坐望晨星，在眼宫墙彩绘新。
脱去湿衣通体爽，老来健步东华门。
九劫之灾犹未死，练得钢头铁骨身。
来时老妻劝餐息，相邀白发见昆仑。

1979年3月6日搬进中央党校后口占

四十年间碌碌生，心潮难得半日平。
上天入地一杯酒，读书击剑两无成。
延水土窑风华茂，青沟雨夜长啸声。
老伴昆明一湖水，长天明月舞龙钟。

山居述怀

底事婆娑步轻盈，一天花树满中庭。
二毛报时知来短，双目昏花顾征程。
党事国事危转固，人心我心戚化宁。
归去来兮归已矣，天上地下尽歌声。

读《红楼梦》杂咏

曾言宋诗好议论，因而味同嚼蜡，此固有理在焉。然亦不可以偏概全。如议论中情景交融，文情并茂，亦非坏事。如朱熹之哲理诗："半亩方塘一鉴开"之作，既赋理又寓情，亦为不可多得之名篇。其实，唐人白香山亦有"周公恐惧流言日"之政论诗，老杜又何尝无"不薄今人爱古人"之文艺杂谈。

余性懒，读书不求甚解，每有所得则喜在书眉扉底乱写一通。然此处纸短，我意难述，所以就顺笔写些顺口溜一类的东西，叫它作诗，实实不敢。但算个什么东西，在余初衷殊未计较也。

这里不妨抄些余读敦敏《懋斋诗抄》时写的眉批，虽然前后杂乱，有待敲定，但也算给余之议论自作注脚，示各社友以供批判。

1979年12月29日，爱晚晴楼居客

（一）

覆巢全谷福祸随，王孙黍黎亦自悲。

信手拈来廿四史，刀光剑影腾蛇灰。

酒多艳赋思玄理，歌台舞榭谁悼谁。

身后都归氮氢氧，太空无多亦无亏。

脸谱依样葫芦旧，古鬼今鬼都是鬼。

（二）

燕市悲歌衣冠雪，击筑一呼肝胆裂。

自古燕赵多慷慨，何如天安门前雪。

（三）

中华地大人物稠，傲人唯只一红楼。

雪芹黄叶村中笔，横扫六合足风流。

（四）

荷戟踟蹰一老兵，头斑犹自意气生。

慷慨激昂睨白笺，哭罢雪芹掉臂行。

（五）

诗书棋画两无成，只缘戎马半平生。

老来更无鲲鹏志，杏花春雨水流红。

（六）

一任吾手写我心，不茶不酒亦微醺。
一室松竹明壁影，清风和月到如今。

（七）

蓝天之下有神州，钟灵秀气在红楼。
雪芹地下应欣慰，青埂峰前石点头。

（八）

豪使儿女传神镜，感慨牢骚笔春秋。
我生君后二百载，神交今古放啸喉。

（九）

无志随波逐世流，傲骨嶙峋一石头。
粪土王侯耻铜臭，作小伏低问女流。
绮罗丛里别有见，得一知己已足休。
中国文学三千载，人性自觉是红楼。

（十）

长夜漫漫弥九州，万古昏昏几时休。
高头讲章成底事，人性曙光射红楼。
莫道无才补天用，劚穿黑牢报晓筹。
三百年来谁曾料，曹雪一笔鉴春秋。

（十一）

手无缚鸡力自微，见人羞涩一绔纨。

众星捧月绮罗里，寻愁觅恨似痴癫。
外柔内刚皈真理，毁礼灭法叛祖天。
自寓石头耐千劫，是贬是赞是神仙。

（十二）

自幼读此即泫然，古今异代一心牵。
吾今垂垂一老卒，再读此书别有天。
性相近耶习相远，玉兄知交早有年。
文章得失岂小道，凿通此理归自然。

“爱晚晴居客”释

余属名“爱晚晴居客”，何物晚晴而爱之若此，赋也。阴雨终日，点点滴滴，如何到黑？此非易安女史之凄苦耶？凄风苦雨愁煞人，此非鉴湖女侠之绝命词耶？老夫喜作黄昏颂，满目青山夕照明，正剑老之名句。不言而喻，晚晴难得。如吾辈者，于九死之后再逢之晴，更为难得。于是以是名吾居以言志，目其宜也。不名楼主而称居客，又何耶？因楼系公产，日出租金，固是客，何敢僭之为主。客已大好，何况天下寒士尚无未尽得广厦庇之乎？名即释，赘之俚语，张大言之诗曰：

十年一场风挟雨，雷霆轰鸣走狐狸。
将军百战须发白，愁肠百结含冤死。
长夜绵绵何时旦，人心翘首望晴日。
忽隆一声动地天，中天喷薄宇宙赤。
虽是头童齿豁期，逢此晚晴情何亟。
路转山回疑途穷，谁知斗转花明里。
蓝天无云景物新，晚晴楼下聚故人。
敢言诗词附风雅，自有回肠难耐语。
吾书词语泪盈睫，门外春色深如许。

1980年游大明湖感言

大明湖畔趵突泉，幼安南邻是易安。
词雄才女同时地，遥领风骚八百年。

送给易安居士

冰雪聪明冰雪身，梨花肝胆梅花心。
身心俱亡可无憾，千古才情到如今。

游扬州[①]

前人发宏愿，转世到扬州。
扬子一万里，长卷一望收。
烟花三月下，淮扬联蜀丘。
南北运河通，横贯古邗沟。
京口居门户，淮水绕此流。
三分明月夜，二分此勾留。
画桥二十四，雷塘忆迷楼。
楼台烟雨寺，珠帘琼花幽。
平山接远岑，大师通瀛洲。
白诗欧苏文，樊川载酒讴。

①见于1986年1月26日《扬州日报》，黄经纬：《寄情二分月，神往绿扬城——忆宋振庭为扬州留下的诗文》。

梅花史阁部，丹心照千秋。
红楼溯渊源，百世仰曹侯。
畅观西湖瘦，泛舟古渡头。
历史博物馆，接目景物稠。
珍珠一万粒，简编古今搜。
黄君有心人，集腋成此裘。
临篇神已往，激浪遏飞舟。
三叹复三唱，何日再重游！

癸亥夏六月访乐山大佛

眉山城下访三苏，斜日凌云瞻大佛。
天下钟灵毓秀气，江山代有才人出。
惊叹英雄半在蜀，子瞻沫若辉映图。
馨香遥祝邓公健，沧海茫茫掌舵舻。

吉林花苑的拓荒者

哭老友王庆淮同志

曾几何时哭李老，鹿车京华莫忘年。
病榻为我强餐饭，转瞬携孤泪涌泉。
一锄一铲辟荒苑，半砖零瓦建艺专。
频搔斑发倜傥甚，灯前挥洒长白山。
关东画派期共指，雷轰电闪拓荒原。
桃李无言下成蹊，林海朝晖在眼前。

微雨访扬州怀古口占

1982年3月14日于扬州平山堂

秦王隋炀扫六合，功过抑扬待评说。
万里长城横天带，一贯邗沟通九河[①]。
阿房迷楼埋瓦砾，骊槐隋柳结烟罗。
晴雨楼台今胜昔[②]，手抚琼花感慨多。

谒韶山毛主席故居

原载1983年12月28日《湖南日报》

去岁莱茵拜卡尔，今冬初雪谒韶山。
读书行路期万数，荐血抒肝争百年。
九十华诞音容在，万古丰碑瞻衣冠。
思想光辉今更明，江山代有才人传。

①运河之功，不在禹下。
②此有感于“多少楼台烟雨中”之意。

瞻花明楼少奇同志故居

原载1983年12月28日《湖南日报》

逝水烟波眼底浮，此生竟瞻花明楼。
冰雪肝胆鉴日月，丹心碧血照春秋。
忠魂九天应含笑，人民十亿奋啸讴。
堂上衣冠牵心绪，别时一步一回头。

拜彭总故居心曲

原载1983年12月28日《湖南日报》

民族脊梁党人骨，烈士肝胆将军魂。
青史五千传一脉，黎元十亿赞此君。
人格党性楷模具，直言实语天地心。
彭总高天应大笑，屈子何曾见楚兴。

岁晚致同社诸君杂咏

1979年12月和党校文史教研室爱好诗歌同志结社“爱晚晴”，抄上几首诗以饗诗社社友，以免扫地焚香之罚耳

（一）

年近花甲波澜多，临风惆怅意如何。

一生赤怀心如口，行涯泥淖尽蹉跎。
十六身列党人籍，十七北上太行坡。
烽火满目疑无路，杏花天地豪兴赊。
老妻朴贤作诤友，六雏翮壮飞出窝。
只信坦途通天下，谁知垂老雨滂沱。
雷电交加山河震，血雨腥风倾城郭。
齐天恶浪覆巨舰，舵手辞世又奈何。
天安门前悲声放，满城松柏披素罗。
心知此身殉国至，覆巢其有完卵何。
五内如焚肝肠碎，欲哭无泪更无歌。
山回路转天地变，绝处逢生斩阎罗。
百万工农长街涌，万杯齐倾醉颜酡。
我书此语心如梦，死以瞑目见英哲。

（二）

一生只建两功业，前半走路后开会。
日行百里寻常事，一日三会余一睡。
两脚发达手脑拙，临老万金油一味。
偶尔清兴无泄处，附庸风雅无师会。
诗书医画样样来，自牵牛头碰马尾。
铁骨铮铮有余愧，自诩杂家犯大罪[①]。
星公杂文罹文网，一朝籍没身发配。
牛棚风雨无纸笔，画荻炭笔桦皮绘。
寒山拾得负前身，张打油体是行辈。
只有一长聊堪慰，心如赤子情难昧。
六十花甲寒暑易，俚语代酒聊一醉。

①余以自认杂家，几遭杀身之祸。

（三）

国破家亡入缁流，朱姓儿孙二沙鸥。

大地茫茫鱼虾尽，晚托丹青寄啸讴。

石涛八大诗书画，三绝二难传九州。

破钵芒鞋一蓑衣，秃笔麻纸枕孤舟。

自古王孙皆粪土，朱姓子孙万人仇。

福王醢处福鹿倒，由检煤山帛挂喉。

锦衣玉食繁华梦，二百七六一梦收。

可笑金枝玉叶辈，何论天潢与贵胄。

牧童短笛归灯火，渔舟唱晚收钓钩。

廿五王朝几十姓，几人能吟黍离秋。

千古万古无不朽，青史难记功过筹。

毛锥两管胜华表，诗画而今寄千秋。

吾今花甲人已老，一生走路开会休。

鞠躬尽瘁余何敢，铮铮铁骨有余羞。

差可泯莽昏昏里，偷闲纸笔涂斑鸺。

平仄不调乖韵律，难为古体近体谋。

兴来有句飞嗖嗖，小楼一统足风流。

青藤雪个神颠倒，管他身后废纸丘。

1980年夏至后一日和周南公清明记事诗

（一）

人知我知难为春，雨停风歇柳色新。

可怜云台刻名石，不及大树护将军。

（二）

毁誉从他事已频，策短龟长谁卜分？

管他无风池水绉，陌上尽是看花人。

清明记事

周南

（一）

高楼日日不知春，忽见池塘春草新。

月旦才疏渐许劭[①]，每看大树忆将军[②]。

（二）

孙山内外议频频，尺短寸长未易分。

湖上微风新绉绿，遗珠波底果无人[③]？

和抗日战友相聚

1980年5月18日抗日战争时旧战友36人，自出钱聚餐，成仿吾老校长、诗人何洛等均有诗，余归后也诌得两首：

（一）

相逢惊呼发如丝，三十八年转瞬时。

①许劭字子将，汝南平舆（今河南平舆）人。东汉末年著名的人物评论家。据说他每月都要对当时人物进行一次品评，人称为“月旦评”。曾经评价曹操为“君清平之奸贼，乱世之英雄”。

②被叫作“大树将军”冯异是东汉光武帝刘秀麾下开国名将“云台二十八将”之一。征战间隙，诸将常常聚在一起聊天，话题无非是自述战功，胡吹乱侃。每当众将争功论能之时，冯异总是一个人默默地躲到大树下面。于是，士兵们便给他起了个“大树将军”的雅号。

③沧海遗珠：大海里的珍珠被采珠人所遗漏。比喻埋没人才或被埋没的人才。

杨花落后槐花落，夜莺啼罢子规啼。
千劫过去身犹在，鹿车凭吊友朋稀。
珍惜春光须大笑，一天风月正迷离。

（二）

惜别君时正峥嵘，老年迎得白发翁。
烧茶话旧不觉晚，婆娑风月夜朦胧。

咏怀自励诗一首

孤寒宿芳留香永，鼓炉添薪炼老兵。
魂共冰雪弥大野，气贯广宇饮长虹。
频洗肝胆鉴日月，常擦两眼辨云风。
身如老松冬也绿，头似秋水冷还清。

书赠刘书云

癸亥春晚，余六二初度，诗为小友刘书云

看花归来两袖香，偶过津门眼放光。
为访新秀穷僻壤，谁知此处见兰芳。
淑云正是芳华节，红氍毹上音绕梁。
霜红居主得人继，苏小才女露颖芒。
离车倚门书几语，留赠明朝大木梁。

雨霖铃

抄少时赠女友诗

竟日沉迷，忘饥难寐，丢魂失绪。非关沉疴宿疾，这次第，怎生了得。睁眼闭眼是她，几曾须臾去。受此煎熬，是几世前生欠的。

真情自古即悲剧，叹今生可能有知己。白山黑水凄迷，扯碎心风前飘絮。纵有情盟，一日千年，千年一日，天长地久该有尽，此情何终极。

书赠执咏小友

少游诗赋动人肠，千载以来口角香。

执咏演出多神采，酷似乃师姚玉刚。

寄延吉北山小学八十周年校庆①

往事烟云眼底多，革命人才浪推波。

遥念绿杨森森处，心到布尔哈通河②。

①北山小学余之母校。

②布尔哈通河流经延吉市内。

癸亥题密云水库

高坝入云锁蛟龙，万顷清波一望中。
涓滴供献京津处，千秋何让禹王功。

我的一封家书

选自1984年第一期《老年文摘》

老境话沧桑，人间重晚晴。
夕阳无限好，何必惧黄昏。
新松上千尺，恶竹悉除净。
健步强餐饭，余热供辉明。
寄语故乡人，游子盼好音。
携手登翠微，旭日正初升。

歌唱延吉市北山学校

为延吉市北山小学撰写的校歌

海兰江水清啊，烟霞集山冈。
我们北山学校，在全城先见朝阳。
祖国在振兴啊，民族正兴旺。
建设四化的树苗，正在茁壮成长。

我们的校史值得骄傲，

1901 年在这个山顶开创。

多少师生成为共产党人，

多少英才从这里向蓝天飞翔。

保卫祖国，保卫边疆。

建设祖国，建设边疆。

民族友爱，四化富强。

携手高歌，同学师长。

北山学校，永放光芒！

无题

甲子补旧甸，书之悬诸卧室，以示从容也，1984 年 12 月

六十三年是与非，毁誉无凭实相违。

唯物主义岂怕死，七尺从天唱大归。

无题

1985 年元旦书写挂室内

十险九叩地狱门，牛鬼蛇神也生嗔。

传语人间太狂者，此地无席可容君。

六言自嘲

喜怒悲欢无定，行走坐卧随心。
老来时发儿态，皆道此翁晚骸。

附：宋振庭对联杂句

纪念张志新对联

千古艰难小生死
万代权衡大是非

张伯驹1982年2月26日病逝，宋振庭送挽联

爱国家，爱民族，费尽心血一生为文化，不惜身家性命
重道义，重友谊，冰雪肝胆赍志念一统，豪气万古凌霄

振庭自画像

仅赤子之怀无德可述
除坦直以外乏善足陈

1985年元旦对联

天行健亦余行健
地厚载哉我担山
横批：无愧乾坤